kim

Clássicos Autênticos

Outros títulos da coleção

25 contos de Machado de Assis
Nádia Battella Gotlib

Memórias de um burro
Condessa de Ségur

O castelo encantado
Edith Nesbit

O diário de Gian Burrasca
Vamba

Cuore
Edmondo de Amicis

O cão dos Baskerville
Arthur Conan Doyle

Viagens de Gulliver
Jonathan Swift

A escrava Isaura
Bernardo Guimarães

A ilha do tesouro
Robert Louis Stevenson

A volta ao mundo em 80 dias
Júlio Verne

As aventuras de Tom Sawyer
Mark Twain

Clara dos Anjos
Lima Barreto

Alice no País das Maravilhas
Lewis Carroll

Alice através do espelho
Lewis Carroll

Peter Pan
J. M. Barrie

O Mágico de Oz
L. Frank Baum

Heidi, a menina dos Alpes (2 vol.)
Johanna Spyri

As mais belas histórias (2 vol.)
Andersen, Grimm, Perrault

Pollyanna
Eleanor H. Porter

Pollyanna moça
Eleanor H. Porter

Rudyard Kipling
ILUSTRAÇÃO: J. LOCKWOOD KIPLING

2º EDIÇÃO

Tradução Maria Valéria Rezende

autêntica

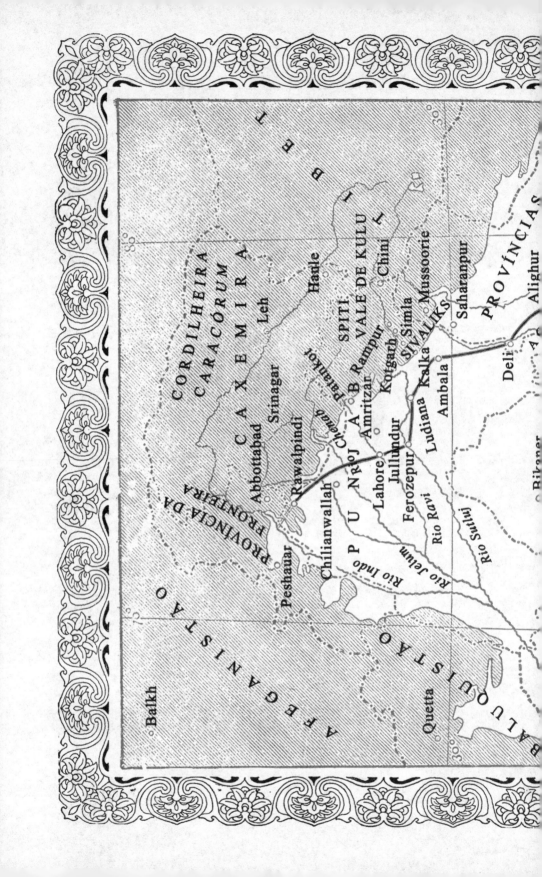

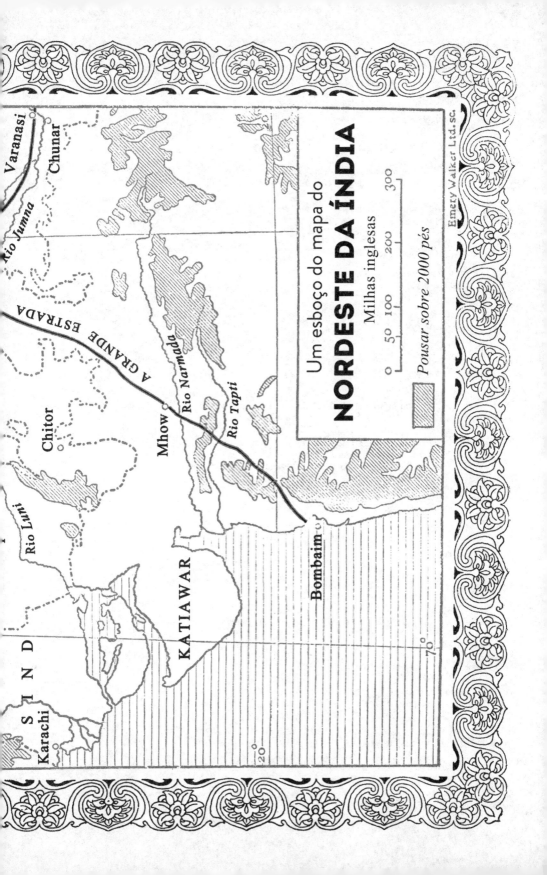

Copyright da tradução © 2014 Maria Valéria Rezende
Copyright desta edição © 2019 Autêntica Editora

Título original: KIM

Fonte: www.gutenberg.org

Todos os direitos reservados pela Autêntica Editora. Nenhuma parte desta publicação poderá ser reproduzida, seja por meios mecânicos, eletrônicos, seja via cópia xerográfica, sem a autorização prévia da Editora.

EDIÇÃO GERAL
Sonia Junqueira

REVISÃO
Luanna Luchesi
Renato Potenza

PROJETO GRÁFICO E DIAGRAMAÇÃO
Christiane Costa

CAPA
Guilherme Fagundes

Dados Internacionais de Catalogação na Publicação (CIP)
(Câmara Brasileira do Livro, SP, Brasil)

Kipling, Rudyard, 1865-1865.
  Kim / Rudyard Kipling ; ilustração J. Lockwood Kipling ; tradução do inglês por Maria Valéria Rezende. -- 2. ed. -- Belo Horizonte : Autêntica Editora, 2019.

  Título original: Kim.
  ISBN 978-85-513-0475-4

  1. Literatura infantojuvenil I. Kipling, J. Lockwood. II. Título.

18-23151   CDD-028.5

Índices para catálogo sistemático:
1. Literatura infantojuvenil 028.5
2. Literatura juvenil 028.5
Iolanda Rodrigues Biode - Bibliotecária - CRB-8/10014

Belo Horizonte
Rua Carlos Turner, 420
Silveira . 31140-520
Belo Horizonte . MG
Tel.: (55 31) 3465 4500

São Paulo
Av. Paulista, 2.073, Conjunto Nacional
Horsa I . 23º andar . Conj. 2310-2312
Cerqueira César . 01311-940 . São Paulo . SP
Tel.: (55 11) 3034 4468

www.grupoautentica.com.br

SOBRE ESTE LIVRO

Logo no início de *Orlando* (1928), famoso romance da escritora inglesa Virginia Woolf, o personagem principal – então um rapazinho do final do século XVI – se diverte chutando a cabeça de um "mouro", morto em combate pelo pai, e encenando combates.

Com variações, essa poderia ser a caracterização da disposição da meninada em todas as épocas e lugares: o desejo de aventuras, de viver experiências vibrantes. Por outro lado, a formação de um ser humano no século XXI pressupõe que nele se desenvolva uma cultura de paz e tolerância, de respeito pelo outro, pela diversidade cultural e religiosa.

Portanto, embora o desejo aventureiro de Orlando seja compreensível para qualquer um que foi garoto, é chocante para nós a sua expressão, através da exaltação da guerra e da visão de outras culturas como "inimigas". No momento em que Virginia Woolf escrevia seu livro, os países da Europa, especialmente a Inglaterra (mais conhecida, na época, como Império Britânico) ainda colonizava boa parte do globo terrestre, praticamente continentes inteiros, como a África e a Ásia.

Poucos anos depois da cena acima citada em *Orlando*, isto é, em 1608, ingleses aportaram na Índia com carta branca para explorar o comércio de especiarias. Pouco a pouco, o Império foi estendendo seu domínio territorial e militar até que, em 1858, após o esmagamento de uma rebelião (chamada de Grande Motim pelos colonizadores) liderada por membros nativos do exército imperial, a rainha Vitória tornou-se oficialmente a governante do território. A característica mais acentuada da presença britânica era o corpo de funcionários civis, quase todo composto por pessoas do país colonizador. Mesmo com a enorme população local e a existência de instituições milenares, a espinha dorsal da administração era toda anglo-saxônica.

Essa situação política perdurou até 1947, quando finalmente o país conquistou a independência (é verdade que, depois da Primeira Guerra Mundial, o Império Britânico já estava bastante debilitado para manter suas colônias).

O escritor mais representativo dessa era de domínio da Índia pelos ingleses e, por extensão, de toda a ideologia que moveu a conquista do mundo pelos europeus é, sem dúvida nenhuma, Rudyard Kipling. E *Kim* – que você, leitor, vai ler agora na primorosa tradução de Maria Valéria Rezende – é, entre os seus livros, o que melhor expressa a situação curiosa desse gênio literário (imensamente popular enquanto viveu) que angariou, talvez injustamente, certa antipatia por sua condição de propagandista do imperialismo.

Kim é o órfão irlandês (ou seja, ele não é nem indiano nem inglês "legítimo"), o "amigo de todo mundo", que vive ao deus-dará por Lahore, na província de Panjab (que hoje faz parte do Paquistão), até que se torna o *chela* (discípulo) de um lama, um sábio tibetano engajado numa busca mística (a amizade entre os dois é um aspecto muito bonito do romance); ao mesmo tempo, no mundo prático, torna-se um agente (aproveitando seu grande talento para o disfarce e a facilidade em dominar vários dialetos) do coronel Creighton, o sagaz chefe do Serviço Secreto, que está tentando descobrir os detalhes de uma conspiração na qual espiões russos estão envolvidos. Kim se entrega de corpo e alma ao que, ao longo da narrativa, é chamado de O Grande Jogo.

Na verdade, *Kim* (publicado em 1901) é a realização artística da nostalgia de Kipling pela Índia (especialmente pelo Panjab), onde nasceu em 1865 e viveu uma infância tão feliz que a viagem para a Inglaterra, onde foi educado em internatos, como era comum naquele período, causou-lhe um grande trauma, muito presente na sua obra. De volta ao Panjab, ali exerceu o jornalismo e começou a escrever contos e poemas, com enorme repercussão, até sair da Colônia (em 1889) para nunca mais voltar. A evocação do país em que nascera foi o impulso principal para a criação das mais celebradas obras kiplinguianas (que lhe valeram o prêmio Nobel) e, apesar de justificar o domínio imperial, não vemos nelas aquela visão hostil dos povos não europeus nem o racismo, tão presentes na atitude "guerreira" e na mentalidade em formação do jovem Orlando; pelo contrário, sentimos que Kim está tão à vontade no mundo indiano, que os ingleses se surpreendem ao constatar que ele é um *sahib*.

Agora adulto, percebo facilmente todas essas questões complicadas e delicadas em *Kim*. Quando o li pela primeira vez, aos 11 anos, o que me chamou a atenção e fez dele meu livro predileto (junto com *As aventuras de Tom Sawyer*) foi o lado da aventura, da disponibilidade tanto espacial quanto existencial de Kim: ele podia se mover livremente por todo o território indiano, disfarçar-se, viver ao ar livre, sem entraves, quase sem regras. Todo o resto (a dominação inglesa, a opressão do povo indiano, o lado angustiante da sua condição: ele não pertence a nenhum lugar ou povo, no final das contas) passou batido, como se diz.

As aventuras do pequeno espião (associadas às dos heróis do que chamávamos então de gibis, que eu venerava) me marcaram tanto, ali nos já longínquos anos 1970, que tomei a seguinte decisão: iria combater o crime (assim mesmo, vagamente, sem a menor noção da realidade)! Alta noite, comecei a me esgueirar para fora de casa e sair numa ronda "heroica". Curiosamente, essas andanças acabavam por me levar aos mesmos lugares frequentados durante o dia (ia para os lados da escola, por exemplo); e nunca encontrei – felizmente – o que combater (ah, aqueles tempos em que um pré-adolescente podia sair pelas ruas na madrugada sem qualquer perigo!).

Após algumas experiências desse tipo, minha carreira de aventureiro noturno chegou a um fim abrupto porque um vizinho me viu saindo (ou voltando, tanto faz) e informou meus pais. A minha saída do apuro foi... passar-me por sonâmbulo. A partir daí, a vigilância materna nunca mais me deu trégua. Para minha tristeza, acabei não participando de nenhum Grande Jogo, a não ser o amor pela literatura.

A moral dessa história, caro leitor, é que hoje em dia precisamos ficar atentos a todas as conquistas humanistas, as quais permitem que a educação seja inclusiva, ecumênica, antirracista e antietnocêntrica, e instauradora da noção de que não há povos ou culturas superiores ou inferiores; mas, ao mesmo tempo, nunca devemos deixar que se perca o crescimento da imaginação e da sensibilidade que o desejo pela aventura carrega consigo. Os Grandes Jogos mudam, mas os pequenos Kims, cada um na sua medida, sempre estarão aí para o que der e vier.

Alfredo Monte
Professor e crítico literário

NOTA DA TRADUTORA

Este livro, escrito no século XIX por um cidadão inglês nascido e criado na Índia, oferece algumas dificuldades quando tentamos traduzi-lo o melhor possível para jovens brasileiros do século XXI:

A população da Índia, há séculos, é um mosaico de culturas, etnias, línguas e tradições religiosas diferentes e misturadas, convivendo no mesmo espaço. Kipling reproduz toda essa variedade de mentalidades, expressões religiosas, modos de falar e até sotaques típicos de cada etnia, principalmente quando falam inglês, língua em que o livro foi escrito. O próprio Kim muda de vocabulário e de tom, conforme o interlocutor, usando a linguagem dos moleques de rua, ou a dos religiosos que vivem de esmolas, ou a linguagem formal que aprendeu no colégio. Ao traduzir para o nosso português, parte dessas características do original, especialmente a grafia fonética dos sotaques, é impossível de reproduzir.

Outra dificuldade está em expressões como provérbios, ditados e até xingamentos tradicionais, que provavelmente qualquer pessoa criada na Índia compreende, mas que soam estranhos para nós, embora não totalmente incompreensíveis. Optamos, neste caso, por traduzi-las o mais fielmente possível, pois acreditamos que o estranhamento também é parte da graça dessa viagem literária à qual Kipling-Kim nos convida, como de qualquer viagem que se faça a um país estrangeiro.

Alguns detalhes poderiam parecer "erros" de tradução ou revisão, mas correspondem a escolhas do autor e têm um sentido. Em alguns casos, um mesmo personagem, ou lugar, ou edifício ou cidade aparece no texto com nomes diferentes, dependendo de quem fala; por exemplo: a mesma cidade é Naklao para os indianos e Lucknow para os ingleses. Em outros casos, certas palavras ou expressões aparecem em maiúscula, como "Montanhas", "Estrada", querendo significar que não são montanhas ou estradas quaisquer, mas sim "as" Montanhas que dão sua feição própria ao território em que se passa o romance, ou "a" Estrada principal que atravessava a Índia, ou ainda elementos simbólicos ou míticos que têm uma importância fundamental para os personagens, como o "Rio", a "Busca", o "Caminho", "O Grande Jogo" etc.

Quando o autor fala de lugares, costumes, profissões que não conhecemos, em vez de tornar a leitura pesada com notas explicativas no rodapé, preferimos acrescentar pequenos apostos esclarecedores no próprio texto.

Maria Valéria Rezende

CAPÍTULO 1

Desafiando a proibição municipal, o menino estava montado no Zam-Zammah, o velho canhão instalado em cima de uma plataforma de tijolos, em frente à Ajaib-Gher, a Casa das Maravilhas, nome que os nativos da região do Norte da Índia chamada Panjab dão ao museu da cidade de Lahore. Quem toma posse do Zam-Zammah, "o dragão que cospe fogo", se apossa de todo o território do Panjab, porque a enorme arma de bronze esverdeado pelo tempo é sempre a principal peça no butim dos conquistadores.

Kim, que acabava de desalojar dali, a pontapés, o garotinho de Lala Dinanath, tinha lá suas razões: os ingleses dominavam o Panjab e Kim era inglês. Mesmo que sua pele estivesse tão escura quanto a de qualquer nativo, ainda que preferisse falar na língua da terra em que vivia e seu inglês saísse num ritmo estranho e num tom cantante e mesmo convivendo em total igualdade com os outros moleques do mercado, Kim era um menino branco, o branco mais pobre dentre os mais pobres.

A mulher mestiça que cuidava dele era viciada em ópio e fazia de conta que mantinha uma lojinha de móveis usados, na praça em que estacionam os carros de aluguel mais baratos. Ela disse aos missionários que era irmã da mãe de Kim e ficou com o menino. A mãe de Kim, porém, era irlandesa, tinha sido babá da família de um coronel e se casado com Kimball O'Hara, jovem sargento graduado do Regimento Irlandês dos Mavericks, que depois deu baixa e empregou-se na companhia ferroviária de Sind, Panjab e Délhi, de modo que seu Regimento voltou para a Inglaterra sem ele.

A mãe de Kim tinha morrido de cólera em Ferozepore e O'Hara tornou-se um beberrão que percorria a linha de trens, para baixo e para cima, levando aquele menininho de apenas três anos de idade mas com uns olhinhos que não deixavam escapar nada. Associações beneficentes e missionários, preocupados com o garoto, queriam tomar conta dele, mas O'Hara escapou de todos, até que encontrou essa tal mulher que fumava ópio, aprendeu o vício com ela e morreu como morrem todos os brancos pobres na Índia.

Ao morrer, toda a sua herança reduzia-se a três papéis: um, que ele chamava de *ne varietur*, que quer dizer "não se pode modificar", porque tinha essas palavras escritas, em latim, sob a assinatura; outro era o certificado de baixa de O'Hara das forças britânicas e o terceiro era a certidão de nascimento de Kim.

Em seus gloriosos delírios causados pelo ópio, O'Hara costumava afirmar que esses papéis fariam do pequeno Kimball um grande homem. Dizia que Kim nunca deveria se separar deles, pois esses papéis tinham poderes mágicos, do tipo de mágica que os homens fazem na grande casa azul e branca chamada de Jadu-Gher, ou Casa das Mágicas, nome dado pelo povo à Loja Maçônica, sede de uma associação meio secreta, a Maçonaria, que cultiva uma filosofia e ações em favor da humanidade sem considerar a religião de cada um.

O'Hara garantia que, um dia, tudo haveria de se ajeitar e o nome de Kim seria louvado num pórtico entre tremendos pilares de grande força e beleza, como os de um templo. O próprio coronel, cavalgando à frente do melhor regimento do mundo, receberia Kim; o pequeno Kim haveria de se dar muito melhor na vida que seu pai. Novecentos diabos de primeira classe, cujo deus era um touro vermelho sobre um campo verde, seguiriam Kim, se ainda não tivessem se esquecido de O'Hara, o pobre O'Hara, que foi chefe de pelotão na linha de Ferozepore. E então o pai de Kim punha-se a chorar amargamente, na varanda, largado numa cadeira de vime toda capenga.

Por isso, quando ele morreu, a mulher costurou bem os três papéis dentro de uma bolsinha de couro, pendurou-a por um cordão no pescoço de Kim, como um amuleto ou uma relíquia e, lembrando-se vagamente das predições de O'Hara, disse-lhe:

– Um dia, você vai encontrar um touro vermelho em um campo verde, esperando por você, e o coronel montado em um cavalo bem alto, sim, e... – acrescentou em inglês – novecentos demônios.

– Ah! – disse Kim –, não vou me esquecer disso. Chegarão um touro vermelho e um coronel a cavalo. Mas meu pai dizia que primeiro iam chegar dois homens para preparar o terreno. Ele explicou que é sempre assim, quando os homens fazem mágicas.

Se a mulher tivesse enviado Kim com aqueles papéis à Casa das Mágicas do lugar, com certeza ele teria sido recolhido pela Loja Maçônica da província e internado no Orfanato Maçônico, nas montanhas, pois o papel que seu pai chamava de *ne varietur* certificava que ele era membro da Maçonaria. Mas, por tudo o que já tinha ouvido falar sobre magia, a mulher ficou desconfiada.

Além disso, Kim tinha suas próprias opiniões. Desde que se tornou capaz de cuidar de si mesmo, aprendeu a evitar os missionários e os homens brancos com cara de poucos amigos que viviam perguntando quem era ele, o que fazia. Pois Kim conseguia o maior sucesso justamente na arte de não fazer nada. É verdade que conhecia como a palma da mão a maravilhosa cidade murada de Lahore, desde a Porta de Délhi até o fosso externo da Fortaleza. O garoto também era unha e carne com pessoas que levavam uma vida tão aventurosa que nem o próprio Harum al Raschid, famoso Califa de Bagdá, jamais teria sonhado. Pois Kim vivia uma vida solta e sem freios, como os personagens dos contos de *As mil e uma noites*. Mas os missionários e os secretários das sociedades caritativas não podiam compreender a beleza dessa vida.

O apelido dele pelas ruelas dos bairros era Amigo de Todos. Muito ágil, de aparência insignificante, muitas vezes era ele quem, por encomenda de rapazes ricos e vaidosos, levava recados secretos às mulheres que se juntavam, à noite, nos terraços sobre o teto das casas. Eram namoros proibidos, claro, e Kim sabia disso, pois desde que começou a falar conhecia todo tipo de malfeito. Mas ele gostava daquilo pelo divertimento de se esgueirar furtivamente através de ruelas e becos escuros, escalar canos até os altos terraços, espiar e ouvir os suspiros e vozes do mundo das mulheres sobre os tetos e, depois, a fuga desabalada de terraço em terraço, protegido pela quente escuridão da noite.

E ainda havia os beatos, homens que buscam a santidade, como os faquires cobertos de cinzas, sentados ao lado de suas capelinhas de tijolo, debaixo das árvores à margem do rio, de quem Kim era muito amigo, a quem saudava alegremente quando voltavam do seu peditório pela cidade e com os quais, se ninguém estivesse olhando, comia do mesmo prato.

A mulher que tomava conta dele vivia insistindo, até as lágrimas, para que ele se vestisse com suas roupas europeias – calças, camisa e um velho chapéu. Kim achava muito mais fácil enfiar-se numa túnica, à maneira hindu ou maometana, para poder dedicar-se a certos negócios. Um dos rapazes ricos, o mesmo que foi encontrado morto no fundo de um poço na noite do terremoto, deu-lhe, uma vez, um traje hindu completo, típico dos meninos de rua das castas mais baixas, e Kim tinha escondido essa roupa num lugar secreto, debaixo de umas toras, no depósito de madeira de Nila Ram, para lá do Tribunal Superior do Panjab, onde os troncos de cedro perfumado ficavam secando depois de ter flutuado pelo rio Rawi abaixo.

Quando havia negócios ou divertimento à vista, Kim metia-se naquela roupa e só voltava de madrugada para sua varanda, exausto de gritar atrás de algum cortejo de casamento ou de um festival hindu. Às vezes, havia alguma comida em casa, mas quase sempre não havia nada, e Kim saía outra vez para procurar o que comer junto aos seus amigos nativos.

Enquanto batucava com os calcanhares no Zam-Zammah, de vez em quando desviava a atenção da brincadeira de rei de um castelo de faz de conta com o pequeno Chota Lal e com Abdula, filho do pasteleiro, para lançar provocações ao policial nativo que estava de guarda à porta do Museu. O grande guarda, natural do Panjab, sorria, sem levar a coisa a sério, pois Kim já era seu velho conhecido. Também já era conhecido do aguadeiro que regava a estrada poeirenta com água de seu odre de pele de cabra, e de Jawahir Singh, marceneiro do Museu, debruçado sobre caixotes recém-fabricados. Do mesmo modo, toda a gente ali à volta conhecia Kim, com exceção dos camponeses que vinham do interior, apressados, em direção ao Museu, curiosos para ver ali as coisas feitas pelos homens de sua província e de mais além. O Museu era dedicado às artes e produtos da Índia e qualquer pessoa que quisesse adquirir mais conhecimentos podia pedir explicações ao Curador do Museu.

– Desça daí! Desça daí! Agora é minha vez de subir! – gritou Abdula, trepando na roda do canhão.

– Seu pai era um pasteleiro, sua mãe roubava manteiga – cantarolou Kim. – Todos os muçulmanos já caíram fora do Zam-Zammah há muito tempo!

– Deixe eu subir! – estrilou o pequeno Chota Lal, com seu gorro bordado a ouro.

O pai dele possuía pelo menos meio milhão de libras esterlinas, mas a Índia é o único país realmente democrático do mundo.

– Os hindus também já caíram fora do Zam-Zammah, empurrados pelos muçulmanos. Seu pai era um pasteleiro...

De repente, Kim se calou, pois vinha saindo de uma esquina um tipo de homem que o garoto nunca tinha visto – ele, que achava que conhecia todas as castas daquela terra. O tal homem tinha mais de um metro e oitenta de altura e estava enrolado em várias dobras de um pano pardo, que Kim não podia reconhecer como vestimenta própria de nenhum ofício ou religião. Pendurados no cinto, trazia um longo estojo para canetas, feito em filigrana de ferro, e um rosário de contas de madeira, como os beatos costumam usar. Na cabeça, uma espécie de boina gigantesca. A cara dele era amarela e enrugada, como a de Fu Shing, o sapateiro chinês do mercado. Seus olhos eram repuxados para cima, nos cantos e pareciam duas lasquinhas de ônix.

– Quem é aquele? – perguntou Kim aos companheiros.

– Talvez seja um homem – disse Abdula, olhando pensativo.

– Isso é claro – retrucou Kim –, mas nunca vi um homem como esse na Índia.

– Deve ser um monge – disse Chota Lal, observando o rosário. – Olha só! Ele vai para a Casa das Maravilhas.

– Não, não – dizia o guarda, em seu idioma do Panjab, sacudindo a cabeça –, eu não entendo sua fala. – E chamou Kim:

– Ó, Amigo de Todos, o que é que ele está dizendo?

– Deixe que eu cuido dele – disse Kim, pulando fora do Zam-Zammah, com um floreio dos pés nus. – Ele é estrangeiro e você é uma besta.

O estranho, desanimado, foi até onde estavam os meninos. Era velho e seu manto de lã ainda fedia a folhas de artemísia das trilhas das montanhas.

– Ó, crianças, o que é esse grande edifício? – perguntou, falando bem a língua urdu, uma das línguas mais faladas na Índia e em países vizinhos.

– É a Casa das Maravilhas – Kim não o chamou com os títulos de *Lala* nem de *Miam*, porque não conseguia adivinhar a religião dele, se era hindu ou maometano.

– Ah! A Casa das Maravilhas! Será que eu posso entrar lá?

– Está escrito em cima da porta: "Entrada franca".

– Sem pagar nada?

– Eu entro e saio à vontade e não sou nenhum banqueiro! – disse Kim, rindo.

– Pobre de mim! Sou um velho e não sabia disso! – Então, dedilhando seu rosário, virou-se para o Museu.

– A que casta o senhor pertence? Veio de muito longe? – perguntou Kim.

– Eu venho de pra lá dos montes Kailas, passando pelo vale de Kulu. Mas sabe lá você onde fica isso? – Com um profundo suspiro, o monge continuou: – Vim dos montes onde o ar e a água são limpos e frescos.

– Ah! Então é chinês – disse Abdula, para se mostrar. Uma vez ele tinha sido expulso da oficina do sapateiro Fu Shing, por ter cuspido numa imagem sagrada chinesa do altarzinho que fica logo acima das botinas.

– Um montanhês – disse o pequeno Chota Lal.

– Pois é, menino: um montanhês de montanhas que você nunca chegará a ver. Já ouviu falar do Tibete? Eu não sou chinês, sou tibetano, e saiba que sou um lama ou, digamos, um guru, como se diz na sua língua.

– Um guru do Tibete – disse Kim. – Nunca tinha visto um. Então há hindus no Tibete?

– Somos seguidores do Caminho do Meio, segundo o ensinamento do grande Buda, vivendo em paz em nossos mosteiros. Eu saí para visitar os Quatro Lugares Sagrados, antes de morrer. Agora vocês, que são crianças, sabem tanto quanto eu, que sou um velho. – Ele sorria para os meninos, com simpatia.

– E o senhor já comeu alguma coisa?

O homem remexeu nas dobras de sua túnica e tirou uma velha gamelinha de pedinte. Os meninos entenderam logo, pois todos os monges ou beatos que conheciam viviam de mendigar.

– Mas ainda não estou com fome. – Virou a cabeça de lado, como uma velha tartaruga ao sol. – É verdade que há muitas imagens na Casa das Maravilhas de Lahore? – e repetiu as últimas palavras, como para certificar-se de que o lugar era aquele mesmo.

– É verdade – disse Abdula. – Está cheia de estátuas de ídolos. E o senhor também é um adorador de ídolos.

– Não ligue para o que ele fala – disse Kim. – Esse edifício é do Governo e lá dentro não há idolatria nenhuma, só um *sahib*, isto é, um senhor europeu, com uma barba branca. Venha comigo que eu lhe mostro.

– Monges estranhos comem criancinhas – cochichou Chota Lal.

– E esse aí, além de estranho, é também idólatra, adorador de ídolos – retrucou Abdula, o maometano.

Kim começou a rir:

– Ele é novo por aqui. Vão procurar o colo de suas mãezinhas que lá vocês estarão a salvo. – E disse ao guru: – Vamos!

Kim girou a borboleta de entrada do Museu; o velho seguiu-o e logo estacou, admirado. No saguão de entrada estavam expostas as maiores estátuas greco-budistas já esculpidas pelas habilidosas mãos de trabalhadores então esquecidos, quem sabe há quanto tempo, mas que tinham a misteriosa sensibilidade artística transmitida pelos gregos. Havia centenas de peças, frisas em baixo relevo, fragmentos de estátuas e pedaços de alvenaria, povoados de figuras que tinham estado incrustadas nas paredes dos antigos mosteiros e mausoléus budistas do Norte da Índia. Agora, escavadas e etiquetadas, eram o orgulho do Museu.

Boquiaberto, o lama virava-se para um e outro lado, até finalmente parar, concentrado e extasiado, diante de um enorme alto-relevo representando uma apoteose ou a coroação do Senhor Buda.

A obra mostrava o Mestre, Buda, sentado sobre folhas de lótus tão profundamente entalhadas que pareciam quase soltas do fundo. Em torno dele, via-se toda uma hierarquia de devotos, reis, anciãos e budas mais antigos. Abaixo deles havia uma espécie de tanque de água coberto de folhas de lótus, peixes e aves aquáticas. Dois *devas*, que são como anjos com asas de borboleta, sustinham uma grinalda sobre a cabeça do Mestre, e outro par deles segurava um dossel sobre os adereços entremeados de joias na cabeça do Bodhisat, isto é, do Sábio.

— O Senhor! O Senhor! Este é o próprio Sakya Muni, o Grande Buda — o monge quase soluçava. E, com o fôlego entrecortado, começou a maravilhosa invocação budista:

Para Ele o Caminho, a Lei, que lhe são reservados,
Ele, que Maya acolhe sob seu coração,
Ele, o Senhor de Ananda, O Sábio.

— E aqui esta Ele! A Excelentíssima Lei está também aqui. Minha romaria começa bem. E que obra-prima, que obra-prima!

— Lá vem o *sahib* — disse Kim, saindo de lado por entre as vitrines de arte e artesanato da galeria.

Um inglês de barbas brancas olhava para o guru tibetano, quer dizer, o lama, que se virou cerimoniosamente, cumprimentou-o e, em seguida, remexendo nas várias dobras da túnica, puxou uma caderneta e, de dentro dela, um pedaço de papel que mostrou ao inglês. — Sim, este é o meu nome — disse o *sahib*, sorrindo do garrancho feito com uma caligrafia infantil.

— Um de nós, atualmente abade superior do mosteiro de Lung-Cho, que fez a romaria aos Lugares Santos, foi quem me deu isto — gaguejou o lama. — Ele me falou disto aqui — e a mão magra e trêmula do monge, num gesto, indicou tudo à sua volta.

— Então seja bem-vindo, guru do Tibete. Eis aqui as imagens e eis-me aqui — o inglês olhou bem o rosto do lama — para adquirir conhecimento. Venha um momento ao meu gabinete. — O velhinho tibetano tremia de excitação.

O gabinete não era mais do que um cubículo de madeira num canto da galeria em que se enfileiravam as esculturas. Kim agachou-se, encostando o ouvido a uma fresta da porta empenada de cedro e, seguindo seu instinto, espichou-se todo para ouvir e espiar. Muito da conversa estava bem além do seu entendimento. O lama, titubeando no início, falava com o Curador a respeito de seu próprio mosteiro, o Such-zen, situado em frente às Rochas Pintadas e a uma distância de quatro meses de viagem a pé.

O Curador foi buscar um grande álbum de fotografias e mostrou-lhe uma foto exatamente desse mosteiro, encarapitado num penhasco, sobre um enorme vale ladeado por camadas de rocha de vários matizes.

– Sim, sim! – disse o lama, munindo-se de um par de óculos chineses de aros de chifre. – Esta é a portinha pela qual entramos com a lenha recolhida para o inverno. E então vocês, ingleses, conhecem isso? Bem que o lama que agora é o abade de Lung-Cho me disse, mas eu não acreditei. O Senhor Buda, o Excelente, é cultuado também aqui? E vocês conhecem a vida dele?

– Pois está tudo aqui, gravado em lajes de pedra. Se o senhor já está descansado, venha ver.

Arrastando os pés, o lama entrou no salão principal e, junto com o Curador, percorreu toda a coleção de peças com a reverência de um devoto e com a sensibilidade instintiva de um artista.

Foi identificando na pedra gasta, às vezes um tanto confundido pelo modo grego de representar as coisas mas deliciado como uma criança a cada nova descoberta, episódio por episódio da bela história. Quando faltava algum dos painéis, como no caso da anunciação do nascimento de Buda, o Curador mostrava-o em gravuras ou fotografias de algum dos seus muitos livros franceses e alemães.

Cá estava o beato Asita – semelhante ao Simeão do Evangelho – segurando o menino nos braços enquanto os pais ouviam suas palavras. Ali estavam os episódios da lenda do primo Devadatta. Aqui, desmascarada, a mulher malvada que tinha acusado o Mestre de impureza; lá os ensinamentos no Parque dos Cervos; o milagre que deixou estupefatos os adoradores do fogo; acolá estava o Sábio em sua aparência de príncipe real; seu nascimento milagroso; sua morte em Kusinagara, onde um discípulo fraco perdeu os sentidos. Havia um sem-número de repetições da cena de meditação sob a árvore de Bondi e por toda parte se reproduzia a adoração da gamela de pedir esmolas.

Em poucos minutos, o Curador percebeu que seu visitante não era um mendigo puxador de terço qualquer, mas sim um estudioso. Então eles visitaram tudo de novo, enquanto o lama cheirava rapé, limpava os óculos e falava, disparado como um trem, numa estranha mistura de urdu com a língua tibetana.

Tinha ouvido falar dos peregrinos chineses, Fu-Hiouen e Hwen-Tsiang, que haviam feito essa mesma romaria muito tempo antes, e estava ansioso para saber se havia alguma tradução dos seus relatos. Quase perdeu o fôlego ao folhear as páginas traduzidas por pesquisadores europeus, o inglês Samuel Beal e o francês Stanislas Julien:

– Está tudo aqui! – suspirou o lama. – Para mim, um tesouro trancafiado em línguas estranhas.

O monge pôs-se em atitude reverente para ouvir alguns trechos apressadamente traduzidos pelo Curador para o idioma urdu. Pela primeira vez entrava em contato com os trabalhos dos estudiosos europeus que, com a ajuda daqueles e de uma centena de outros documentos, tinham conseguido identificar os Lugares Sagrados do Budismo.

Em seguida, o Curador lhe mostrou um impressionante mapa, todo marcado com bolinhas e traços amarelos. O dedo moreno do monge foi seguindo o lápis do Curador de um ponto a outro. Ali estavam Kapilavastu, em seguida o Reino do Meio, e mais além Mahabodhi, para onde todos os budistas sonham fazer uma peregrinação pelo menos uma vez na vida, assim como os maometanos desejam ir a Meca. Finalmente estavam assinalados o Parque dos Cervos e Kusinagara, o triste lugar da morte do Santo. O velho monge curvou a cabeça sobre aquelas folhas de papel durante um tempo, em silêncio, enquanto o Curador acendia mais uma vez seu cachimbo.

A essa altura, Kim já tinha caído no sono. Quando acordou, porém, a conversa continuava correndo como cachoeira:

– E foi assim, ó Fonte de Sabedoria, que eu decidi ir aos Lugares Sagrados onde o pé Dele pisou – desde o lugar de Seu nascimento até o lugar de Sua morte.

O lama acrescentou, baixinho:

– E vim parar aqui, sozinho, porque durante cinco..., sete..., dezoito..., quarenta anos eu venho acreditando que a Antiga Lei não tem sido seguida corretamente: tem sido encoberta, como o senhor sabe, por superstições, feitiçaria e até idolatrias, como me disse um menino, agora mesmo.

– Isso acontece com todas as crenças.

– O senhor acha? Os livros que eu li em meu mosteiro são como lenha ressecada e meus velhos olhos também não veem nenhum valor nos rituais com que nós, os da Lei Reformada, nos sobrecarregamos nesses últimos tempos. Os próprios seguidores do Excelente andam sempre às turras uns com os outros. É tudo ilusão. Sim, apenas ilusão. Mas eu desejo outra coisa.

A cara enrugada e amarela do monge aproximou-se a meio palmo do Curador, a longa unha do seu indicador tamborilou na mesa e ele continuou:

— Através destes livros aqui, seus estudiosos seguiram os Sagrados Pés em todos os Seus percursos; mas há coisas que eles não investigaram. Eu não sei nada, nada sei, nada mesmo, mas vou libertar-me da Roda das Coisas, do apego a este mundo material, por uma estrada larga e desimpedida.

E sorriu, com o mais ingênuo ar de triunfo:

— Peregrinando pelos Lugares Santos, eu adquiro merecimento. Há mais do que isso, porém. Ouça um fato verdadeiro: quando nosso gracioso Senhor Buda, ainda muito jovem, procurou uma noiva, os homens da corte de seu pai disseram que Ele estava muito imaturo para o casamento. O senhor sabia disso?

O Curador assentiu, curioso para saber aonde ia dar aquela conversa.

— Então eles testaram triplamente a Sua força, contra todos que se apresentassem. No teste com o arco, nosso Senhor primeiro quebrou o arco que lhe tinham dado e mandou trazerem um que mais ninguém pudesse envergar. Sabia disso?

— Isto também está escrito. Eu li.

— Então, superando todos os outros resultados, Ele lançou uma flecha que foi muito além de onde a vista alcança e quando, afinal, caiu, do ponto em que se cravou na terra brotou uma fonte que formou um Rio. Pela magnanimidade de nosso Senhor e pelo papel que teve em Sua libertação, esse Rio é de tal natureza que quem nele se banha lava-se de qualquer mancha ou cisco de pecado.

— Assim está escrito — disse o Curador, tristemente.

O lama deu um longo suspiro:

— E onde fica esse Rio? Diga-me, Fonte de Sabedoria, onde caiu aquela flecha?

— Lamento muito, meu irmão, mas eu não sei — respondeu o Curador.

— Não... se o Senhor prefere esquecer... essa foi a única coisa que o senhor não me disse. O senhor deve saber, com certeza. Veja, eu sou um velho! Mas me prostro a seus pés e lhe imploro, ó Fonte da Sabedoria. Nós sabemos que ele lançou a flecha! Sabemos que a flecha caiu! Sabemos que uma fonte jorrou! Onde, então, está o Rio? Meu sonho me disse que o encontrasse. Aqui estou. Mas onde está o Rio?

— Se eu soubesse, por que eu não haveria de proclamá-lo em alta voz?

O lama continuou, sem dar-lhe atenção:

– Através dele se atinge a libertação da Roda das Coisas. O Rio da Flecha! Pense bem! Algum riachinho, talvez, que o calor do sol já secou? Mas o Santo nunca enganaria assim um velho.

– Eu não sei. Eu não sei mesmo.

O lama aproximou outra vez seu rosto de mil rugas a menos de um palmo do inglês.

– É, vejo que o senhor não sabe. Não sendo seguidor da Lei, esse saber fica inacessível para o senhor.

– Sim... oculto... escondido.

O guru levantou-se, com um volteio do espesso e macio manto:

– Estamos ambos atados, o senhor e eu, meu irmão. Mas eu vou me libertar desse nó. Venha o senhor também!

– Eu estou preso aqui – disse o Curador. – Mas para onde vai o senhor?

– Primeiro, para Varanasi: onde mais eu haveria de ir? Lá vou encontrar alguém da fé pura, num templo da religião jainista daquela cidade. Ele também busca o Rio, em segredo, e eu talvez possa aprender dele. Talvez ele me acompanhe a Boddh Gaya, o lugar onde Buda recebeu a Iluminação. Daí para noroeste, a Kapilavastu, onde Ele cresceu e onde vou procurar o Rio. Aliás, vou procurar por toda parte, pois não se sabe em que lugar a flecha caiu.

– E por que meio o senhor vai viajar? É um longo caminho até Délhi e mais longo ainda até Varanasi.

– Caminhando pelas estradas e de *te-rem*. De Patankok, onde deixei as montanhas, eu vim de *te-rem*. É uma viagem muito rápida. No começo, fiquei admirado, olhando aqueles altos postes à beira do caminho, um atrás do outro, sustentando aqueles fios – o monge gesticulou, imitando as curvas dos fios do telégrafo e a rápida passagem dos postes, vistos da janela do trem em movimento. – Mas depois comecei a sentir-me encarangado e tive vontade de andar a pé, como é meu costume.

– Tem certeza desse caminho? – perguntou o Curador.

– Basta perguntar, pagar, e a pessoa encarregada despacha a gente para o lugar certo. Isso eu já sabia desde o meu mosteiro, por informações confiáveis – respondeu o lama, todo satisfeito.

– E quando é que o senhor vai? – O Curador sorria, divertido com a mistura de religiosidade antiga e progresso moderno que é a cara da Índia.

– O mais cedo possível. Seguirei pelos lugares da vida Dele até chegar ao Rio da Flecha. Além disso, há um papel onde estão escritos os horários dos trens que vão para o sul.

– E o que vai comer? – Os lamas, em geral, escondem uma boa reserva de dinheiro em algum lugar, mas o Curador queria ter certeza.

– Para a viagem eu me sirvo da gamela de mendigo, como o Mestre. Sim. Assim como Ele ia, eu também vou, desprezando a comodidade do meu mosteiro. Quando deixei as montanhas, trazia comigo um discípulo que mendigava para mim, como manda a Regra, mas na parada em Kulu ele pegou uma febre e morreu. Agora não tenho discípulo, mas eu mesmo vou passar a gamela das esmolas e assim permitir que as pessoas caridosas adquiram méritos.

Ele balançou a cabeça valentemente. Os doutores dos mosteiros, gente estudada, não costumam mendigar pessoalmente, mas esse lama estava mesmo entusiasmado com sua busca.

– Então, que assim seja – disse o Curador, sorrindo. – Espere um pouquinho, para que eu também possa adquirir méritos. Nós dois, o senhor e eu, temos o mesmo ofício. Eis aqui um caderno novo de papel inglês branco e lápis bem apontados, uns finos, outros mais grossos, bons para um escriba. Agora me empreste seus óculos.

O curador olhou através dos óculos. As lentes do lama estavam muito arranhadas, mas eram praticamente do mesmo grau que as suas próprias, que ele entregou ao monge, dizendo:

– Experimente estas aqui.

– São como uma pluma, leves como uma pluma sobre a cara! – O velho girava a cabeça, deliciado, franzia o nariz e exclamava: – Mal sinto que uso óculos! E como vejo claramente!

– São de cristal de rocha, que nunca se arranha. Que eles o ajudem em seu caminho para o Rio, pois agora são seus.

– Eu levarei os óculos, o caderno e os lápis – disse o lama – como um sinal de amizade entre um monge e outro monge. E agora... – remexeu no seu cinto, desprendeu a peça de ferro rendado e colocou-a sobre a mesa do Curador. – Isto é uma recordação de mim para o senhor, meu estojo de canetas. É uma coisa muito antiga, assim como eu mesmo.

Era uma peça chinesa de estilo antigo, forjada num ferro que já não se faz mais hoje em dia, e o coração de colecionador que batia no peito do Curador ficou logo louco por ela. Não havia perigo de o lama recuperar seu presente.

— Quando eu voltar, depois de encontrar o Rio, eu lhe trarei uma pintura caligráfica do Padma Samthora, o Nascimento do Buda, como as pinturas em seda que eu costumava fazer no mosteiro. Sim, e também a Roda da Vida — ele riu — pois nós dois, o senhor e eu, somos igualmente artistas.

O Curador teve vontade de segurá-lo ali: há pouca gente no mundo que ainda conhece o segredo da tradicional pintura budista a pincel, que mescla a escrita e o desenho. Mas o lama saiu andando, com a cabeça erguida, parou um momento diante da grande estátua do Sábio em meditação, e seguiu ligeiro, girando a catraca da saída.

Kim seguiu-o como sua sombra. Estava superexcitado com o que ouvira. Esse homem trazia algo totalmente novo em relação a todas as suas experiências anteriores, e o menino estava curioso e decidido a investigá-lo muito mais, exatamente como haveria de xeretar num novo edifício ou em algum festival estranho na cidade de Lahore. O lama era seu novo achado e tinha a intenção de tomar conta dele. A mãe de Kim, tanto quando o pai, era irlandesa e curiosa como todos os irlandeses.

O velho parou junto ao Zam-Zammah e olhou em volta até que seus olhos deram com Kim. Seu entusiasmo pela peregrinação havia esmorecido, por um momento, e ele se sentia velho, gasto e muito vazio.

— Nada de sentar-se debaixo desse canhão — disse o policial em tom autoritário.

— Uuuh! Sua coruja! — retrucou Kim, em nome do lama. — Se quiser, ele pode se sentar à sombra do canhão.

E continuou, perguntando ao guarda:

— Ei, Dunnu, quando foi que você roubou as chinelas da leiteira?

Era uma acusação completamente sem fundamento, inventada na hora, mas bastou para calar Dunnu, sabedor de que bastaria um grito de Kim para atrair legiões de pivetes.

Então o menino, pondo-se de cócoras à sombra, junto do lama, perguntou:

— E a quem o senhor foi adorar, lá dentro do Museu?

— Eu não adorei ninguém, menino. Eu apenas me curvei diante da Lei Excelente.

Kim aceitou calmamente essa nova divindade. Ele já conhecia uma boa série de deuses.

— E agora, o que é que o senhor faz?

– Eu peço esmola. Agora estou pensando que faz muito tempo que não como nem bebo nada. Como são os costumes dos esmoleres nesta cidade? Pedem em silêncio, como nós, no Tibete, ou falando alto?

– Os que pedem em silêncio passam fome em silêncio – disse Kim, citando um provérbio nativo. O lama tentou levantar-se, mas caiu sentado de novo, lamentando a falta do discípulo, morto tão longe, em Kulu.

Kim, com a cabeça inclinada de lado, espiava e refletia, interessado. Então disse:

– Dê-me sua gamela. Eu conheço o povo desta cidade, sei quem é caridoso. Dê a gamela que eu trago de volta cheinha.

Com a simplicidade de uma criança, o monge lhe estendeu a gamela.

– O senhor fica aqui descansando. Eu conheço esse povo.

Kim saiu correndo até a banca de uma verdureira de baixa casta, que ficava bem em frente à linha do bonde circular, no mercado Moti. A dona conhecia Kim havia muito tempo e gritou:

– Ah! Você agora virou beato, com essa gamela de mendigar?

– Que nada! – disse Kim, cheio de si. – Há um novo monge na cidade, de um tipo que eu nunca tinha visto.

– Monge velho, jovem tigre – disse a mulher, mal-humorada. – Estou cansada desses novos beatos. Eles voejam à nossa volta como moscas. Você pensa que o pai do meu filho é um poço de caridade para dar a todo o mundo que vem pedir?

– Não – disse Kim – o teu marido é muito mais chato do que santo. Mas esse monge é novo. O *sahib* da Casa das Maravilhas falou com ele como se fosse seu irmão. Ô mãezinha, encha esta gamelinha. Ele está esperando.

– Esta gamelinha, francamente! Do tamanho da barriga de uma vaca! Você é engraçadinho como o touro sagrado do Deus Shiva que, hoje de manhã, comeu quase todo o meu balaio de cebolas; e, com certeza, eu agora tenho de encher sua gamela. Lá vem ele, de novo!

O enorme e cinzento touro brâman do bairro vinha abrindo caminho por entre a colorida multidão, com uma banana roubada pendurada na boca. Veio direto para a banca de verduras, ciente de seus privilégios de animal sagrado, baixou a cabeça, fungou de balaio em balaio, escolhendo. Um rápido golpe do calcanharzinho calejado de Kim atingiu o focinho úmido e azul. O bicho bufou indignado e atravessou a linha do bonde, com a corcova tremelicando de raiva.

– Olha só! O que eu salvei pra você vale mais de três vezes o que cabe nesta gamela. Agora, mãe, bote aqui um pouco de arroz e peixe seco por cima, sim, e um bocado de legumes ao molho de caril.

Ouviu-se um resmungo vindo do fundo da barraca, onde estava um homem deitado.

– Ele espantou o touro daqui – cochichou a mulher – E dar aos pobres é bom. – Pegou a gamela e devolveu-a cheia de arroz quentinho.

– Mas o meu santo homem não é uma vaca – disse Kim, muito sério, abrindo, com os dedos, um buraco no meio do arroz. – É bom botar um bocado de caril, mais um bolinho frito, e acho que ele vai gostar muito de uma geleia de fruta.

– Você abriu um buraco no arroz do tamanho da sua cabeça – disse a mulher, irritada. Mas, mesmo assim, o encheu com gostosos e fumegantes legumes ao molho de caril, tacou um bolinho frito com um pouco de manteiga derretida em cima e uma colherada de geleia de tamarindo ao lado, enquanto Kim olhava deliciado para o recheio da gamela.

– Assim está bom. E, olhe, enquanto eu estiver neste mercado, aquele touro não vai se meter em sua barraca. Aquele é que é um mendigo mal-educado.

– E você, então? – disse a mulher, rindo. – É melhor falar bem dos touros. Não me contou que um dia virá de um campo um Touro Vermelho pra lhe ajudar? Agora carregue isso sem derramar e vá pedir ao seu guru uma bênção para mim. Quem sabe ele conhece algum remédio para os olhos inflamados da minha filha? Pergunte isso a ele também, Amigo de Todos.

Mas Kim já tinha caído fora dali antes do fim da frase e saiu esquivando-se dos cachorros vira-latas e de outros famintos, seus conhecidos.

– Está aqui: isto é que é saber mendigar! – disse Kim, todo orgulhoso, estendendo a gamela ao lama, que arregalou os olhos ao ver o conteúdo. – Agora coma, que eu vou comer junto com o senhor. Ei, aguadeiro – gritou para o homem que aguava os crótons junto do Museu. – Traga uma aguinha aqui, que somos homens sedentos!

– Homens! – riu o aguadeiro. – Será que um odre inteiro basta para vocês dois? Pois então bebam, em nome do Compadecido.

E foi derramando um fio de água nas mãos de Kim, que bebeu à maneira nativa; mas o lama precisou puxar uma caneca para fora das inesgotáveis dobras de seu manto, acima do cinto, e bebeu cerimoniosamente.

— É estrangeiro — explicou Kim, quando o velho despejou, numa língua desconhecida, o que evidentemente era uma bênção.

Muito contentes, os dois comeram juntos, esvaziando completamente a gamela. Depois o monge cheirou uma pitada de rapé, tirada de dentro de uma extraordinária caixinha de madeira, dedilhou por um tempo seu rosário e então caiu no fácil sono dos velhos, enquanto a sombra do Zam-Zammah ia ficando mais e mais comprida.

Kim caminhou preguiçosamente até a tabacaria de uma animada e jovem mulher maometana e pediu um daqueles charutos malcheirosos, vendidos aos estudantes da Universidade de Panjab que gostam de imitar os ingleses. E pôs-se a fumar, pensativo, sentado debaixo da barriga do canhão, o queixo apoiado nos joelhos, até que, de repente, como resultado desses pensamentos, disparou em direção ao depósito de madeira de Nila Ram.

O lama só acordou quando a vida noturna da cidade também despertou, com as luzes se acendendo e o movimento dos funcionários do Governo, trajados de branco, saindo de seus escritórios. Ainda meio tonto, olhava para um lado e outro, mas ninguém lhe prestava atenção, senão um garoto hindu, vestido com um turbante sujo e roupas de cor bege. De repente, o lama apoiou a cabeça nos joelhos e começou a gemer.

— O que foi? — perguntou o menino, em pé diante dele. — O senhor foi roubado?

— É que meu novo discípulo, meu *chela*, foi-se embora, não sei para onde.

— E que tipo de homem é esse seu discípulo?

— Era um menino que me foi enviado para ficar no lugar daquele que morreu, por conta dos merecimentos que ganhei quando eu me prostrei diante da Lei, lá dentro — respondeu, apontando o Museu. — Ele veio a mim para mostrar-me o caminho quando eu me achava perdido. Ele me levou à Casa das Maravilhas, sua conversa encorajou-me a falar com o Curador das Imagens e isso me animou e me fortaleceu. E, quando eu estava desmaiando de fome, ele foi mendigar para mim, como um *chela* faria para seu mestre. Ele me chegou de repente. E de repente sumiu. Eu tinha a intenção de ensinar-lhe a Lei, no caminho para Varanasi.

Kim espantou-se, pois tinha escutado a conversa no Museu e sabia que o velho estava dizendo a verdade, que é coisa raramente dita por um viajante nativo a um estrangeiro.

— Agora percebo que ele me foi enviado apenas com uma finalidade. Agora eu sei que hei de achar certo Rio que estou procurando.

— O Rio da Flecha? — perguntou Kim, com um sorrisinho de muito sabido.

— Será que este é mais um enviado? — exclamou lama. — Eu não falei com ninguém sobre a minha Busca, a não ser com o Guru das Imagens. Quem é você?

— Sou seu *chela*, seu discípulo — disse Kim, simplesmente, pondo-se de cócoras. — Em toda a minha vida, nunca vi ninguém como o senhor. Eu vou com o senhor para Varanasi. E, além disso, acho que um velhinho assim, que diz a verdade para qualquer um que encontre, na penumbra do entardecer, está mesmo precisando de um *chela*.

— Mas e o Rio? O Rio da Flecha?

— Ah, isso eu ouvi quando o senhor estava conversando com o inglês. Eu estava escutando atrás da porta.

O lama suspirou:

— E eu que pensei que você fosse um guia enviado a mim pelo Céu. Essas coisas às vezes acontecem, mas eu não sou digno. Quer dizer, então, que você não sabe do Rio?

— Eu não — Kim riu meio sem graça. — Eu vou é para procurar um... um touro, um Touro Vermelho num campo verde, que vai me ajudar.

O moleque Kim estava sempre pronto para criar seu próprio plano, diante dos planos de quem quer que fosse; de vez em quando pensava também como um moleque — nunca mais do que uns vinte minutos — na profecia do pai.

— Ajudar em quê, menino? — disse o lama.

— Só Deus sabe, mas foi isso que meu pai me disse. Eu ouvi, na Casa das Maravilhas, sua conversa sobre todos aqueles novos lugares estranhos nas Montanhas, e se alguém como o senhor, tão velho e frágil, e tão acostumado a dizer a verdade, pode sair por aí em busca de uma coisinha como um simples rio, acho que eu também devo começar a viajar. Se for nosso destino achar as coisas que estamos procurando, nós vamos achar... o senhor, seu Rio, e eu, meu Touro, os Grandes Pilares e mais algumas coisas que esqueci.

— Não são pilares, mas sim uma Roda da qual eu hei de me libertar — disse o lama.

— Dá no mesmo. Pode ser que eles façam de mim um rei — disse Kim, serenamente preparado para qualquer coisa.

– Na estrada, eu vou lhe ensinar a ter desejos muito melhores – replicou o lama com a voz da autoridade. – Vamos embora para Varanasi.

– Agora à noite, não. Os assaltantes estão à solta. Espere amanhecer.

– Mas não tenho onde dormir.

O velho estava acostumado com a ordem de seu mosteiro e, embora sempre dormisse no chão, como manda a Regra, preferia certa decência nessas coisas.

– Nós vamos dormir no caravançará Caxemira – disse Kim, rindo do espanto do outro. – Tenho um amigo lá. Venha!

Os quentes e apinhados mercados reluziam com inúmeras lâmpadas enquanto os dois abriam caminho por entre a compacta multidão de todas as raças de gente do Norte da Índia. O lama vagava através dela como se estivesse num sonho. Era sua primeira experiência numa grande cidade industrial e assustava-se com os freios dos bondes lotados, guinchando o tempo todo. Meio empurrado, meio arrastado, ele finalmente chegou ao portão do caravançará Caxemira, um imenso pátio quadrado, a céu aberto, cercado por arcadas, junto à estação ferroviária, onde se alojavam as caravanas de camelos e cavalos vindas da Ásia Central. Ali havia todo o tipo de gente e de costumes do Norte: lidando com pôneis amarrados ou camelos ajoelhados; carregando ou descarregando pacotes e fardos; puxando, do poço de polias rangedeiras, a água para o jantar; amontoando capim diante dos garanhões que relinchavam com ar feroz; dando safanões nos cães bravos das caravanas; pagando os cameleiros; contratando novos cavalariços; blasfemando, gritando, discutindo e barganhando no pátio lotado.

As arcadas, três ou quatro degraus mais altas que o pátio, serviam como refúgio em torno desse mar turbulento. A maioria delas estava alugada a mercadores, como em outros lugares alugam-se os arcos de um viaduto. Os espaços entre um pilar e outro, cercados com tijolos ou madeira, formavam quartos fechados por pesadas portas de madeira e enormes cadeados. Portas trancadas indicavam que o dono estava ausente e alguns garranchos malfeitos, às vezes muito malfeitos mesmo, a giz ou a tinta, diziam para onde eles tinham ido. Assim, "Lutuf Ullah foi pro Curdistão". Abaixo, uns versos grosseiros: "Ó Alá, que não deixaste os piolhos viverem no casaco de um afegão de Kabul, por que permites que esse piolho do Lutuf viva tanto tempo?".

Protegendo o lama dos homens e dos animais agitados, Kim ladeou as arcadas até o fundo do pátio, mais perto da estação ferroviária, onde

Mahbub Ali, negociante de cavalos, morava quando voltava daquela misteriosa terra que fica para lá dos desfiladeiros do Norte.

Em sua curta vida, principalmente entre os dez e os treze anos, Kim já havia tido muitos assuntos a tratar com Mahbub e o corpulento afegão, de barba tingida de ruivo para não mostrar que já era velho, sabia da utilidade do garoto como leva e traz. Às vezes, ele pedia a Kim para ficar de olho num sujeito que nada tinha a ver com cavalos: mandava segui-lo o dia inteiro e informar sobre qualquer pessoa com quem ele tivesse falado. Kim fazia seu relatório ao anoitecer e Mahbub ouvia sem uma palavra nem um gesto. Kim sabia que ali havia algum tipo de intriga, mas sua vantagem dependia de não contar nada a ninguém, senão a Mahbub e ganhar dele um belo jantar quente, no restaurante da entrada do caravançará; uma vez, chegou a ganhar até oito moedas, meia rúpia!

– Ele está aqui – disse Kim, dando um tapa no focinho de um camelo mal-humorado. – Olá, Mahbub Ali! – e em seguida escondeu-se por atrás do espantado lama.

O negociante de cavalos, com seu largo e bordado cinturão de Bujará desabotoado, reclinava-se sobre um par de embornais feitos de tapeçaria de seda, fumando preguiçosamente um narguilé de prata, uma espécie de cachimbo com vapor de água. Ele virou levemente a cabeça ao ouvir o grito e, vendo apenas a figura alta e silenciosa do monge, deu uma risadinha pra dentro e disse:

– Por Alá! Um lama! Um Lama Vermelho! É um longo caminho desde os Desfiladeiros até Lahore. O que o senhor está fazendo aqui?

O lama, mecanicamente, estendeu-lhe sua gamela de esmolar.

– Que Deus maldiga a todos os infiéis! – disse Mahbub. – Eu não dou nada a nenhum tibetano piolhento; mas peça aos meus cavalariços baltis, mais para lá, atrás dos camelos. Pode ser que eles deem valor às suas bênçãos. Ei, rapazes, aqui está um conterrâneo de vocês. Vejam se ele está com fome.

Um balti ali acocorado, de cara rapada, que tinha vindo com os cavalos e era considerado uma espécie de budista degradado, voltou-se devotamente para o monge e, com sons guturais, convidou o santo homem a sentar-se junto à fogueira dos cavalariços.

– Vá lá! – disse Kim, dando um empurrãozinho no guru, e o velho foi-se, arrastando os pés, deixando Kim na beira da arcada.

— Vá lá! – disse Mahbub, voltando ao seu cachimbo de vapor. – Dê o fora, hinduzinho. Que Deus maldiga a todos os infiéis! Vá pedir aos meus empregados que são da tua religião.

— Marajá – choramingou Kim, usando esta forma hindu para dirigir-se a um senhor importante –, meu pai morreu, minha mãe morreu, meu estômago está vazio.

— Eu já disse... peça para o meu pessoal, lá no meio dos cavalos. Deve haver alguns hindus entre os meus homens.

— Oh, Mahbub Ali, mas será que eu sou mesmo um hindu? – disse Kim, em inglês.

O mercador não deu o menor sinal de espanto, mas olhou-o por debaixo das sobrancelhas felpudas.

— Amigo de Todos – perguntou –, que história é essa?

— Nada. Agora eu sou discípulo daquele santo homem e nós vamos juntos em peregrinação a Varanasi. Ele é meio maluco e eu já estou farto desta cidade de Lahore. Estou precisando de novos ares e novas águas.

— Mas para quem você anda trabalhando? Por que veio atrás de mim? – disse Mahbub em tom brusco e desconfiado.

— A quem é que eu havia de procurar? Não tenho dinheiro. Não dá para sair por aí sem nenhum dinheiro. O senhor vende montes de cavalos aos oficiais. Esses seus cavalos novos são excelentes, eu já vi. Dê-me uma rúpia, Mahbub Ali, que quando eu receber minha fortuna, juro que lhe pago.

— Hum! – disse Mahbub Ali, pensando depressa. – Você nunca mentiu para mim. Chame aquele lama e esconda-se num canto escuro.

— Ah, tenho certeza de que nossa conversa vai coincidir – disse Kim, rindo.

— Nós vamos para Varanasi – disse o lama, assim que entendeu a enxurrada de perguntas de Mahbub Ali. – O menino e eu; eu vou à procura de certo Rio.

— Pode ser... mas e o garoto?

— Ele é meu discípulo. Ele me foi enviado, eu acho, para guiar-me até esse Rio. Sentado debaixo de um canhão estava eu quando ele, de repente, apareceu. Coisas assim já aconteceram aos afortunados a quem foi concedido um guia. Agora me lembro: ele disse que é um hindu, pertence a este mundo.

— E qual é o nome dele?

— Isso eu nem perguntei. Pois ele não é meu discípulo?

— Qual é a nação dele, sua raça, sua aldeia? É muçulmano, hindu, sique, jainista, de baixa ou de alta casta?

— Por que é que eu haveria de perguntar? No Caminho do Meio não há alto nem baixo. Se ele é o meu *chela*, quem poderá tomá-lo de mim? Pois, entenda, sem ele eu não poderei achar meu Rio – disse o lama, balançando a cabeça solenemente.

— Ninguém vai tomá-lo do senhor. Vá, sente-se lá entre meus baltis – disse Mahbub Ali, e o velhinho saiu cambaleando, sossegado pela promessa.

— Então, ele não é meio doido? – perguntou Kim, vindo de novo para a claridade. – Por que eu haveria de mentir para o senhor, Hadji?

Mahbub ficou um momento em silêncio, pitando seu narguilé. Então começou a falar, quase cochichando:

— Ambala fica no caminho para Varanasi, se é que vocês vão mesmo para lá.

— Ora! Eu lhe garanto que ele não sabe mentir, como nós dois já vimos.

— E se você levar uma mensagem minha até Ambala, eu lhe dou um dinheiro. É a respeito de um cavalo, um garanhão branco que vendi para um oficial, da última vez que voltei dos desfiladeiros. Mas acontece... chegue mais perto e levante as mãos como quem está pedindo esmola... acontece que o pedigree do cavalo não estava completo e o tal oficial, que agora está em Ambala, exigiu que eu mandasse o complemento.

Mahbub passou a descrever as características do cavalo e a aparência do oficial. Enfim, disse:

— Meu recado para esse oficial é o seguinte: "O pedigree do garanhão branco está agora claramente estabelecido". Assim ele vai saber que você foi enviado por mim. Então ele vai perguntar: "Que prova você tem?"; e você responde: "Mahbub Ali me deu a prova".

— Tudo isso só por causa de um garanhão branco? – Kim riu, com os olhos coriscando.

— Essa prova eu vou lhe dar agora, do meu jeito e com uma boa bronca.

Um vulto e um camelo ruminando passaram atrás de Kim. Logo Mahbub levantou o tom da voz:

— Ó, Alá! Você acha que é o único mendigo da cidade? Seu pai morreu, sua mãe morreu... é o que dizem todos eles. Bem, bem...

Ele virou-se, mexeu no chão ao seu lado e jogou para o garoto uma fatia de pão muçulmano, macio e gorduroso.

– Vá, esta noite podem dormir entre os meus cavalariços, você e o lama. Amanhã pode ser que eu lhe dê algum serviço.

Kim sumiu dali, mordendo seu pão e encontrando dentro dele, como já esperava, um papel dobrado dentro de um saquinho de oleado, com três rúpias de prata, um presentão! Kim sorriu e meteu o papel e as rúpias dentro do saquinho de couro do amuleto pendurado no seu pescoço.

O lama, suntuosamente alimentado pelos baltis de Mahbub, já tinha caído no sono no canto de uma das estrebarias. Kim deitou-se ao lado dele e pôs-se a rir. Ele sabia muito bem que estava prestando um serviço a Mahbub e nem por um minuto acreditou naquela conversa de pedigree de cavalo.

Mas Kim não suspeitava de que Mahbub, conhecido como um dos melhores comerciantes de cavalos do Panjab, mercador rico e empreendedor, cujas caravanas se metiam para lá do fim do mundo, estava registrado como o agente C25-IB em um dos livros bem trancafiados no Departamento de Vigilância da Índia, o serviço secreto de espiões ingleses. Duas ou três vezes por ano, C25 mandava um pequeno relatório, escrito de maneira simples, mas interessantíssimo.

Geralmente, seus relatórios mostravam-se bastante verdadeiros, quando confrontados com as informações dos agentes R17 e MA. Tratavam de acontecimentos nos principados mais afastados, nas montanhas, dos exploradores e viajantes de outras nacionalidades, não ingleses, e do tráfico de armas. Enfim, uma pequena parte da vasta massa de "informações recebidas" com base nas quais o Governo Britânico da Índia agia.

Mas, recentemente, cinco reis confederados – que não tinham interesse nenhum em confederar-se – tinham sido informados, por um dos amigáveis Poderes do Norte, de que havia um vazamento de informações de seus territórios para a Índia Britânica. Então, os primeiros ministros desses reis ficaram seriamente aborrecidos e tomaram providências à maneira oriental. Estavam desconfiando, entre muitos outros, do truculento mercador de cavalos, o da barba vermelha, cujas caravanas atravessavam seus domínios sulcando a neve que lhes chegava até a barriga. Por fim, na última estação, quando descia da montanha, a caravana de Mahbub tinha sofrido duas emboscadas com tiros e seus homens viram três bandoleiros que podiam ou não ter sido contratados para atacá-los. Desde então, Mahbub evitara parar na insalubre cidade de Peshauar e seguira direto, sem parar, até Lahore, onde, conhecendo bem o povo de sua terra, já previa curiosos acontecimentos.

Além disso, Mahbub Ali queria livrar-se o mais depressa possível de uma coisa que trazia consigo: um papel bem dobradinho, com quatro microscópicos furinhos num ângulo, protegido por um pedaço de oleado, contendo um relato impessoal e sem destinatário definido, que traía escandalosamente a confederação dos Cinco Reis, um dos simpáticos Poderes do Norte, um banqueiro hindu de Peshauar, uma indústria belga de armas de fogo e um importante e semi-independente Governo maometano do Sul. Essas informações eram fruto do trabalho do agente R17, que Mahbub tinha recebido para lá do Desfiladeiro Dora e estava trazendo em lugar de R17, o qual, devido a circunstâncias fora de seu controle, não podia abandonar seu posto de observação.

Dinamite seria um leitinho inocente se comparada com esse relatório de C25. E mesmo um oriental, com o tipo de noção de tempo própria dos orientais, via que quanto antes aquilo chegasse às mãos certas, melhor.

Mahbub não tinha o menor desejo de uma morte violenta só porque a notícia da rivalidade entre duas ou três famílias que viviam para lá da fronteira tivesse demorado demais em suas mãos. E quando essa questão estivesse resolvida, ele tinha a intenção de sossegar e viver como um cidadão qualquer, mais ou menos honesto.

Desde sua chegada, havia dois dias, não tinha posto o pé para fora do caravançará, mas tinha mandado, ostensivamente, telegramas para um banco de Bombaim, onde estava parte do seu dinheiro; ou para Délhi, onde um sócio seu, do mesmo clã, andava vendendo cavalos para o agente de um estado de Rajputana; e também para Ambala, onde um inglês estava pedindo insistentemente o pedigree de um cavalo.

O escrevente de cartas público, que sabia inglês, escrevia excelentes telegramas. Por exemplo: "Creighton, Banco Laurel, Ambala. Cavalo é árabe, como já avisado. Sinto muito atraso, pedigree traduzindo". E mais tarde, para o mesmo endereço: "Sinto muito atraso. Vou mandar pedigree". Para seu sócio em Délhi, telegrafou: "Lutuf Ullah. Mandei ordem duas mil rúpias seu crédito banco Luchman Narain". Tudo isso parecia apenas simples assuntos de negócios, mas cada um desses telegramas, antes de chegar à estação de trens, a cargo de um balti meio besta que, pelo caminho, deixava qualquer um lê-los, era analisado e reanalisado por quem imaginasse que podia achar ali alguma informação interessante.

Quando, segundo a linguagem pitoresca do próprio Mahbub, ele já havia enlameado as águas do poço investigativo com a vara da precaução, tinha-lhe aparecido Kim, mandado do céu. Tão esperto quanto malandro, Mahbub costumava aproveitar qualquer chance que aparecesse à sua frente e logo tomou Kim a seu serviço.

Um monge andarilho, servido por um garoto de baixa casta, poderia atrair um mínimo de interesse, enquanto perambulasse pela Índia, a terra dos peregrinos; mas ninguém haveria de suspeitar deles nem, de roubá-los, o que era o mais importante.

Mahbub mandou buscar uma brasa nova para seu narguilé e examinou melhor o assunto. Se acontecesse alguma coisa ruim com o garoto, o papelzinho não incriminaria ninguém. Nesse caso, ele próprio iria tranquilamente até Ambala e contaria a história, oralmente, para as pessoas certas.

Mas o relatório de R17 continha o miolo da questão e seria um problemão se não chegasse logo às mãos competentes. Deus é grande, porém, e Mahbub Ali sentia que estava fazendo tudo o que podia naquele momento. Kim era a única pessoa neste mundo que nunca lhe havia dito uma mentira. Isso, para Mahbub, seria um grande defeito da personalidade de Kim se ele não soubesse que, para os outros e a serviço dele mesmo, Mahbub, Kim sabia mentir tão bem quanto um oriental.

Então Mahbub Ali atravessou calmamente o pátio do caravançará até o Portão das Harpias, mulheres que pintam os olhos e seduzem os incautos, e, com muito custo, encontrou a jovem que, como ele tinha razões para crer, era especialmente amiga de um *pandit* – um homem muito estudado – da Caxemira, de cara lisa, que tinha posto no papel o conteúdo de seus telegramas, ditado em simples idioma balti. Foi uma grande besteira de Mahbub fazer uma visita dessas, pois, contra o que manda a Lei do Profeta, os dois acabaram indo beber um perfumado vinho doce que soltou a língua de Mahbub. Depois, na maior bebedeira, ele seguiu a mulher, Flor Deliciosa, caminhando com os pés da embriaguez até desabar entre almofadas, onde ela, com a ajuda do *pandit* de cara lisa, revistou-o minuciosamente da cabeça aos pés.

Mais ou menos à mesma hora, Kim ouviu passos furtivos no quarto vazio de Mahbub. O mercador de cavalos, estranhamente, tinha deixado sua porta destrancada e seus homens estavam longe dali, celebrando a volta à Índia em torno de um cordeiro assado, presente de Mahbub. Um jovem e elegante cavalheiro de Délhi, munido de um molho de chaves que Flor tinha desenganchado do cinto do velho bêbado, entrou e revistou um por um todos os caixotes, fardos, tapetes e embornais de Mahbub, ainda mais minuciosamente do que Flor, enquanto o *pandit* revistava o próprio.

— Pois eu acho — disse Flor, uma hora depois, com desdém, o cotovelo apoiado na barriga do bêbado, que roncava — que esse daí não é nada mais do que um porco afegão, mercador de cavalos, que só pensa em cavalos e mulheres. Além disso, a esta altura, ele já pode ter mandado aquilo adiante, se é que trouxe mesmo alguma coisa.

— Não. Qualquer coisa que tenha a ver com os Cinco Reis só poderia estar bem junto do escuro coração dele — retrucou o *pandit*. — Não havia nada?

O homem de Délhi riu e ajeitou o turbante:

— Eu procurei até entre as solas das pantufas dele, como Flor procurou nas roupas. Este não é o homem, deve ser outro. De meus olhos quase nada escapa.

— Eles não disseram com certeza que era este o homem — comentou o *pandit*, pensativo. — Só disseram: "Veja se é esse o homem, porque nossos informantes estão confusos".

— Naquelas terras do Norte há tantos comerciantes de cavalos quanto piolhos em uma velha capa de pele. Muitos donos de cáfilas, como Sikandar Khan, Nur Ali Beg e Farrukh Shah, andam negociando por lá — lembrou Flor.

— Esses ainda não voltaram — disse o *pandit*. — Você terá de seduzi-los mais tarde.

— Ufff! — exclamou Flor, com nojo, rolando a cabeça de Mahbub pra fora do colo dela. — Eu bem mereço o dinheiro que ganho. Farrukh Shah é um urso, Ali Beg, um fanfarrão, e o velho Sikandar Khan, ai, ai, ai... Vão-se embora. Agora eu vou dormir. Esse suíno não vai se mexer daí até o amanhecer.

Quando Mahbub acordou, Flor fez o maior sermão sobre o pecado da embriaguez. Os asiáticos, em geral, nem piscam quando passam a perna num inimigo, mas Mahbub, assim que pigarreou para limpar a garganta, afivelou seu cinto e saiu cambaleando sob a luz das estrelas da madrugada, quase se pôs a comemorar.

– Mas que truque infantil! – falou com seus botões. – Como se todas as garotas de Peshauar não fizessem a mesma coisa. Mas até que ela fez bem feitinho. Só Deus sabe quantas pessoas, ao longo do caminho, receberam ordens para me testar... Quem sabe até a ponta de faca. Portanto, é mesmo aquele garoto que tem de ir para Ambala, e de *te-rem*, porque aquele relatório é urgente. Eu fico por aqui, andando atrás da Flor e tomando vinho, como faria qualquer potreiro afegão.

Parou num compartimento do caravançará ao lado do seu. Lá estavam seus homens, num sono pesado. Nem sinal de Kim ou do lama.

– Levante-se – ordenou, sacudindo um dos dorminhocos. – Onde estão os dois que dormiram aqui ontem à noite, o lama e o menino? Vocês deram falta de alguma coisa?

– Não – grunhiu o homem –, o velho levantou-se na segunda vez que o galo cantou, disse que ia para Varanasi e o garoto foi embora como guia dele.

– Que a maldição de Alá caia em cima de todos os infiéis! – exclamou Mahbub, contente, e subiu para seu próprio quarto, resmungando por dentro das barbas.

Foi Kim que acordou o lama. Com um olho colado a um buraquinho da divisória, tinha visto o homem de Délhi revistando todos os baús de Mahbub. Aquele não era um ladrão normal, pois remexia cartas, faturas e selas. Nenhum ladrão comum haveria de passar uma faca entre as solas dos chinelos de Mahbub nem revirar tão habilmente todas as costuras de seus embornais. De início, Kim pensou em dar o alarme, o grito de "pega ladrãããão, pega ladrãããão!", que, à noite, poria todo o caravançará em alvoroço; mas, olhando melhor e apertando seu amuleto, tirou suas próprias conclusões.

– Deve ser o pedigree daquele cavalo de mentira – pensou ele –, aquela coisa que eu tenho de levar para Ambala. É melhor a gente ir embora já. Quem revira bolsas com uma faca é bem capaz de usar a mesma faca para revirar barrigas também. Com certeza tem alguma mulher por trás dessa história.

– Ei, ei! – cochichou junto ao velho homem, que tinha o sono leve. – Vamos, está na hora de partir para Varanasi.

O lama levantou-se, obediente, e os dois, como sombras, escapuliram do caravançará.

Kim sobre o Zam-Zammah

O lama

CAPÍTULO 2

O velho e o menino entraram na estação, cuja silhueta negra na madrugada parecia uma fortaleza. Ouvia-se chiar a eletricidade sobre os armazéns em que se manejava o abundante comércio de grãos do Norte.

— Isto é coisa do diabo! — exclamou o lama, encolhendo-se diante do eco da própria voz naquela vasta escuridão vazia, do brilho dos trilhos entre as plataformas de alvenaria e do emaranhado de vigas e cabos do teto. Ficou parado no meio de um imenso saguão de pedra, que parecia pavimentado pelos corpos, amortalhados em lençóis, dos passageiros de terceira classe que haviam comprado as passagens na véspera e jaziam dormindo no chão das salas de espera. No Oriente, as vinte e quatro horas do dia são iguais e os transportes funcionam de acordo com isso.

— É aqui que chegam as carruagens de fogo. Tem alguém atrás daquele buraquinho ali —

disse Kim, apontando para o guichê de venda de passagens – que vai lhe dar um bilhete para viajar a Ambala.

– Mas é para Varanasi que nós vamos – replicou o monge, petulante.

– Dá na mesma. Que seja Varanasi. Corra que o *te-rem* está chegando.

– Pegue você a bolsa de dinheiro.

O lama, afinal, não estava tão acostumado aos trens, como havia dito. Levou um grande susto quando o trem das 3h25, em direção ao Sul, entrou rugindo na estação. Os que dormiam reviveram de um salto e a estação encheu-se de falatório e berros, pregões de vendedores de água e de doces, gritos dos policiais nativos e estrilos das mulheres tentando ajuntar seus balaios, suas famílias, seus maridos.

– Calma, é o *te-rem*, é só o *te-rem*. Ele não vai chegar até onde estamos. Espere aqui!

Admirado pela inocência do monge, que lhe entregava um saquinho cheio de rúpias, Kim pediu e pagou um bilhete para Ambala. Um funcionário sonolento grunhiu alguma coisa e sacudiu-lhe um bilhete para a estação seguinte, apenas uma légua mais adiante.

– Nada disso – exclamou Kim, examinando o papel com um risinho esperto. – Isto aqui pode enganar os caipiras, mas eu vivo na cidade de Lahore. Você é bem espertinho, *babu*. Agora me passe o bilhete certo para Ambala.

Com uma careta, o *babu*, título que se dá aos funcionários indianos que sabem falar inglês, estendeu-lhe o bilhete correto.

– Agora me dê outro, para Amritzar – pediu Kim, que não tinha nenhuma intenção de gastar o dinheiro de Mahbub Ali com algo tão mixo quanto o preço de uma viagem para Ambala.

Voltou até o lama:

– Aqui está: o preço foi tanto e o troco, exatamente tanto. Eu é que sei como funciona o *te-rem*... Nenhum outro beato precisa tanto de um *chela* quanto o senhor precisa de mim – comentou Kim, alegremente, com o perplexo lama. – Se não fosse por mim, eles iam largar o senhor logo ali no povoado de Mian Mir. Por aqui, venha!

Kim devolveu o dinheiro ao lama, mas guardou para si uma moedinha correspondente a cada rúpia gasta com a passagem para Ambala. Era sua gorjeta, tradicional entre os orientais desde tempos imemoriais.

O lama vacilou diante da porta aberta de um vagão lotado da terceira classe.

— Não seria melhor ir a pé? – perguntou, com uma vozinha fraca.
Um corpulento artesão sique esticou sua cabeçorra barbada:
— Ele está com medo? Não tenha medo. Eu bem me lembro do tempo em que eu também tinha medo do *te-rem*. Venha, entre. Esta coisa é feita pelo Governo.
— Eu não estou com medo, não – disse o lama. – Mas tem lugar aí dentro para mais dois?
— Não tem lugar nem para um camundongo – estrilou a mulher de um abastado agricultor hindu, do rico distrito de Jullundur. – Esses trens noturnos não são bem organizados como os diurnos, em que há vagões especialmente separados para cada sexo.
— Ó, mãe do meu filho, a gente pode se apertar um pouco mais – disse o marido, de turbante azul. – É um homem santo, não está vendo? Pegue o menino.
— Já estou carregando setenta vezes sete pacotes no meu colo! Quer que eu ainda ponha o moleque sentado nos meus joelhos, seu sem-vergonha? Os homens são sempre assim! – disse ela, olhando à sua volta, à espera de aprovação dos outros. Uma prostituta de Amritzar, perto da janela, fungou por trás dos véus.
— Entrem, entrem! – gritou um gordo agiota hindu, com seu livro-caixa num saquinho de pano dobrado debaixo do braço. Com um ar piegas, acrescentou: – Está certo ser bondoso para com o pobre.
— É mesmo... com juros de sete por cento ao mês e hipoteca sobre a próxima cria da vaca! – comentou um jovem soldado da etnia dogra que ia gozar sua licença no Sul, e todo o mundo riu.
— Isto vai até Varanasi? – perguntou o lama.
— Com toda a certeza! – gritou Kim. – Senão, por que é que a gente estaria aqui? Entre logo, para não perder o *te-rem*.
— Olha só! – exclamou estridentemente a garota de Amritzar. – Ele nunca entrou num *te-rem*!
— Eu ajudo – disse o agricultor, esticando sua grande mão morena e puxando o lama para dentro. – É assim que se faz, pai.
— Mas... mas... eu só posso me sentar no chão! Sentar num banco é contra a minha Regra – disse o lama. – E, além do mais, me dá cãibra.
— Pois eu lhe digo – começou o agricultor – que não existe nenhuma regra de vida reta que um *te-rem* não nos obrigue a desobedecer. Por exemplo: a gente aqui se senta lado a lado com gente de qualquer casta e de qualquer raça.

— É mesmo, e junto dos mais grosseiramente desavergonhados – disse a mulher dele, com uma careta para o lado da garota de Amritzar que lançava olhares para o jovem sepoy, soldado nativo engajado nas tropas britânicas.

— Bem que eu disse que a gente devia viajar numa carroça, pela estrada, e ainda economizar uns tostões – disse o agricultor.

— Ah, é? E gastar, em comida pelo caminho, o dobro do que economizamos na passagem? Isso já foi discutido dez mil vezes! – exclamou a mulher.

— É... por dez mil línguas! – resmungou o marido.

— Que Deus nos ajude, a nós, pobres mulheres, se não pudermos nem falar.

O lama, obediente à sua Regra, nem tinha tomado conhecimento da presença dela.

— Oh! Este beato é do tipo que não pode responder nem olhar para uma mulher! E esse seu discípulo é igual a ele?

— Não, mãe – respondeu Kim imediatamente –, não quando se trata de uma mulher bonita e sobretudo caridosa para com os famintos.

— Isso é que é resposta de mendigo esperto! – disse o sique, rindo. – Foi você mesma que provocou, irmã! – Kim estendia mãos suplicantes.

— E para onde é que vocês vão? – perguntou a mulher, dando-lhe a metade de um bolo, saído de um pacote engordurado.

— Até Varanasi.

— Como malabaristas, talvez? – sugeriu o jovem soldado. – Não têm algum truque para passar o tempo? Por que esse homem amarelo não responde nada?

— Porque ele é santo e vive pensando sobre assuntos incompreensíveis para você.

— Pode muito bem ser. Nós, do regimento dos Siques de Ludiana – ele pronunciou essas palavras bem alto – não gastamos nossas cabeças discutindo doutrinas. Nós lutamos.

— O filho do irmão da minha irmã é cabo nesse regimento – disse o artesão sique, calmamente. – Por lá há também algumas companhias de *dogras*. – O soldado fuzilou-o com o olhar, pois um dogra é de uma categoria diferente dos siques, e o agiota soltou uma risadinha nervosa.

— Para mim, todos eles são a mesma coisa – disse a garota de Amritzar.

— Disso eu não duvido – soltou, maldosamente, a mulher do agricultor.

– Não, mas todos os que servem ao Governo com armas nas mãos são, como sempre foram, uma só irmandade. Há uma irmandade de casta, mas, além disso – ela olhou em redor, timidamente – há o compromisso com o Regimento, não é?

– Meu irmão pertence a um Regimento Jat – disse o agricultor. – Os dogras são bons homens.

– Pelo menos os seus siques eram dessa opinião – disse o soldado, com um muxoxo para o lado do plácido velho encostado num canto. – Seus siques pensavam assim, há menos de três meses, quando chamaram duas companhias nossas para ajudá-los, no desfiladeiro Pirzai Kotal, a enfrentar oito estandartes da tribo dos Afridis no alto dos penhascos.

Começou a narrar a história de uma ação passada na fronteira com o Afeganistão, em que as companhias dogras dos Siques de Ludiana tinha se saído muito bem. A garota de Amritzar sorriu, pois sabia que toda essa história era só para conquistar sua admiração.

– Coitados! – disse o agricultor, quando ele acabou de contar. – Quer dizer que as aldeias deles foram queimadas e suas criancinhas ficaram sem teto?

– Eles estavam dispostos a nos matar. Pagaram caro pela lição que nós, siques, lhes demos. Foi isso. Aqui já é Amritzar?

– É, e eles já vêm para picotar nossos bilhetes de passagem – disse o agiota, remexendo nos bolsos.

As lâmpadas já estavam empalidecendo à luz do amanhecer quando um guarda mestiço entrou. No Oriente, fiscalizar passagens é um trabalho lento, já que as pessoas escondem seus bilhetes nos mais estranhos lugares. Kim mostrou o dele e disseram-lhe que desembarcasse.

– Mas é para Ambala que eu vou – protestou. – Eu vou com este santo homem.

– Por mim, você pode ir até pro inferno. Mas este bilhete é só até Amritzar.

Kim rompeu em lágrimas, argumentando que o lama era seu pai e sua mãe, que ele era a bengala do lama para seus últimos anos de vida e que, sem seus cuidados, o lama haveria de morrer. O vagão inteiro começou a pressionar o guarda para ser misericordioso. O mais eloquente de todos era o agiota. O guarda, porém, agarrou Kim e jogou-o para fora do trem, na plataforma. O lama piscou atordoado; não sabia como lidar com a situação e Kim gritava e chorava, pendurado do lado de fora de sua janela:

– Eu sou muito pobre, meu pai morreu, minha mãe morreu. Ó gente boa, se me deixarem aqui, quem vai cuidar deste velhinho?
– O quê... o que é isso? – repetia o lama. – Ele tem de ir para Varanasi. Ele tem de ir comigo, ele é meu *chela*, meu discípulo. Se é preciso pagar...
– Fique quieto! – cochichou Kim. – Por acaso somos ricos rajás para jogar fora nossa boa prata, quando há tanta gente caridosa neste mundo?
A garota de Amritzar desceu do vagão com sua bagagem e Kim pregou os olhos nela. Mulheres daquela profissão, ele sabia, eram generosas.
– Um bilhete, só um bilhetinho para Ambala, ó, Rasga Corações! – Ela riu. – A senhora não tem caridade?
– Esse santo homem vem do Norte?
– Ele vem do norte do Norte – gritou Kim –, vem lá das Montanhas.
– Há muita neve por entre os pinheiros, no Norte; lá nas Montanhas há neve. Minha mãe era de Kulu. Tome, para seu bilhete, e peça-lhe uma bênção para mim.
– Dez mil bênçãos! – gritou Kim. – Ó, meu santo, uma mulher foi caridosa para conosco e eu posso ir com o senhor; uma mulher de coração de ouro! Vou correndo buscar meu bilhete!
A jovem caridosa olhou para o lama que, tontamente, tinha saído para a plataforma, atrás de Kim. Ele baixou a cabeça de modo a não olhar para ela e murmurou umas coisas em língua tibetana, quando ela passou por ele no meio da multidão.
– Alegre veio, alegre se vai – disse maldosamente a mulher do agricultor.
– Ela adquiriu mérito – respondeu o lama. – Ela é uma monja, sem dúvida.
– Só em Amritzar há bem umas dez mil dessas monjas. Volte, meu velho, senão o *te-rem* vai-se embora sem o senhor – gritou o agiota.
Kim pulou para seu lugar no vagão e disse:
– O dinheiro deu não só para a passagem, mas também para um pouco de comida. Agora coma, meu santo. Já está amanhecendo.
Douradas, rosadas, alaranjadas, as brumas da manhã flutuavam por sobre os prados verdes. Todo o rico Panjab estendia-se sob o esplendor do sol forte. O lama encolhia-se um pouco à passagem de cada poste telegráfico.
– A velocidade do *te-rem* é enorme – disse o agiota, com um sorriso condescendente. – Já estamos mais longe de Lahore do que a distância

que o senhor levaria dois dias para percorrer a pé. Ao entardecer, entraremos em Ambala.

— E ainda estaremos muito longe de Varanasi — disse o lama, desanimado, murmurando em cima dos bolos que Kim tinha-lhe oferecido.

Todos começaram a desatar suas trouxas e tirar delas sua refeição matinal. Então o agiota, o agricultor e o soldado prepararam seus cachimbos e envolveram todo o vagão com uma fumaça ardida e sufocante, cuspindo e tossindo, contentes. O sique e a mulher do agricultor puseram-se a mascar folhas de pimenteira betel; o lama cheirou seu rapé e se pôs a rezar o terço, enquanto Kim, sentado sobre as pernas cruzadas, sorria, confortado pela barriga cheia.

De repente, o lama lançou uma pergunta a todos os que lotavam o vagão:

— Quais os rios que há por perto de Varanasi?

— Temos o rio Ganges — respondeu o agiota, quando diminuíram as risadinhas de espanto provocadas pela pergunta.

— E que outros mais?

— O que há de melhor do que o Ganges?

— Nada, mas eu estava pensando em certo Rio que cura tudo.

— Pois então é o Ganges. Quem se banha em suas águas fica limpo e vai para junto dos Deuses. Já fiz três vezes minha romaria ao Ganges — respondeu ele, olhando orgulhosamente para os demais.

— Bem que você precisava — disse o jovem soldado. E os outros começaram a rir do usurário.

— Limpo, para ir outra vez para junto dos Deuses — murmurou o lama — e para voltar de novo para sucessivas vidas, continuando amarrado à Roda. — Balançou a cabeça, impaciente. — Mas talvez haja um engano. Quem foi que fez brotar o Ganges?

— Os Deuses. Afinal, o senhor é conhecedor de qual das religiões? — perguntou o agiota, surpreso.

— Eu sigo a Lei, a Excelentíssima Lei. Então quer dizer que foram os Deuses que fizeram o Ganges? Que Deuses eram esses?

O vagão inteiro, espantado, virou-se para ele. Era inconcebível que alguém fosse tão ignorante quanto ao Ganges e aos Deuses.

— Qual... qual é o seu Deus? — perguntou, enfim, o agiota.

— Ouçam! — disse o lama, passando o rosário para a outra mão. — Ouçam, que agora eu vou falar Dele! Ó, gente da Índia, ouça!

E começou, na língua indiana urdu, a contar a história do senhor Buda. Mas logo, levado pelos próprios pensamentos, escorregou para o idioma tibetano e depois para a infindável e monótona recitação de um livro chinês sobre a vida de Buda. O povo, gentil e tolerante, ficou quieto, olhando respeitosamente para ele. A Índia inteira estava cheia de beatos que gaguejavam doutrinas em línguas estranhas e ardiam no fogo de suas próprias devoções, sonhadores, balbuciantes e visionários, como sempre foi e continuará sendo até o fim.

– Hum! – disse o soldado dos Siques de Ludiana. – Havia um regimento maometano acampado perto de nós, lá no Pirzai Kotal, e entre eles um dos seus beatos, um *naik*, me lembro. Quando lhe dava um ataque, ele desatava a dizer profecias. Mas todos os loucos são protegidos por Deus e os oficiais fingiam que não viam, deixavam passar.

O lama, então, lembrou-se de que estava em terra estrangeira e voltou a falar em urdu:

– Ouçam a história da Flecha que nosso Senhor lançou de seu arco.

De narrativas, sim, o povo gostava bem mais e todos ficaram ouvindo atentamente enquanto ele contava.

– Agora, povo da Índia, eu vou à procura desse Rio. Digam-me se sabem alguma coisa para guiar-me, pois somos todos homens e mulheres cercados pelo mal.

Um zum-zum percorreu o vagão:

– Existe o Ganges, e somente o Ganges, que lava os pecados.

– Voltando ao assunto anterior, nós temos bons Deuses, daqueles de Jullundur – disse a mulher do agricultor, olhando pela janela. – Olhe como nossas safras são abençoadas.

– Procurar rio por rio do Panjab não é fácil – disse o marido. – Para mim, basta um riacho que, depois das enchentes, deixe bons sedimentos para nutrir e fertilizar as minhas terras, graças a Bhumia, o Deus das Herdades. – E levantou um ombro nodoso e moreno.

– Você acha que nosso Grande Senhor Buda chegou até aqui, tão ao norte? – perguntou o lama, virando-se para Kim.

– Pode ser – disse Kim, para acalmá-lo, cuspindo no chão o suco vermelho do betel.

– O último dos Grandes – disse o sique com autoridade – foi Sikander Julkarn, o próprio Alexandre Magno, que veio conquistando reinos desde a Macedônia até aqui, dois mil anos atrás. Calçou as ruas de Jullundur e construiu uma grande represa perto de Ambala. O calçamento dura até hoje e o reservatório de água ainda está lá. Desse seu Deus eu nunca ouvi falar.

– Deixe seu cabelo crescer e fale a língua panjabi – cochichou para Kim o jovem soldado, em tom de caçoada. – É o que basta para fazer um sique.

O lama suspirou e recolheu-se em si mesmo, um vulto encolhidinho, sem forma. Numa pausa daquela conversa toda, os outros puderam ouvir o estalar das contas do rosário e o murmúrio de sua ladainha: *Om mane pudme hum! Om mane pudme hum!*

– Isto me exaspera – disse o monge, finalmente. – Esta velocidade e esta barulheira me irritam. Ainda por cima, meu discípulo, eu acho que a gente pode já ter passado além daquele Rio.

– Calma, fique tranquilo – disse Kim. – O Rio não ficava perto de Varanasi? Ainda estamos longe do lugar.

– Mas se nosso Senhor veio até o Norte, o Rio da Flecha pode ser algum desses córregos que o *te-rem* já atravessou.

– Não sei.

– Mas você me foi enviado para me guiar... Ou você não me foi enviado de verdade, pelos merecimentos que adquiri lá em Such-zen? Junto daquele canhão, você me apareceu duas vezes, com duas caras e trajado de duas maneiras diferentes.

– Calma. Nós não devemos falar desses assuntos aqui – sussurrou Kim. – Eu sou um só. Pense bem e o senhor vai lembrar. Um garoto, um garoto hindu, ao lado do canhão esverdeado.

– Mas não havia também um guru inglês de barba branca, entre aquelas imagens, que me confirmou tudo a respeito do Rio da Flecha?

Kim explicou aos outros passageiros, que escutavam a conversa:

– Ele foi à Casa das Maravilhas de Lahore, para rezar aos Deuses que há lá. E o *sahib* do Museu falou com ele, sim, como um verdadeiro irmão. Este é um homem muito santo, de pra lá das Montanhas. Agora, o senhor, meu guru, fique descansado. A gente logo vai chegar a Ambala.

– Mas e o meu Rio, o Rio da minha salvação?

– Então, se o senhor quiser, nós vamos sair a pé, procurando por seu Rio. Assim a gente não deixa passar nada, nem o menor reguinho em alguma beira de caminho.

– Mas você tem a sua própria Busca a fazer, não é? – O lama sentou-se bem aprumado, contente de ter se lembrado do que Kim lhe dissera.

– Sim – disse Kim, no mesmo tom animado do monge. O garoto estava na maior felicidade, viajando, mascando betel e conhecendo novas pessoas neste grande e divertido mundo.

– Era um touro, um Touro Vermelho que devia vir para ajudar você e levá-lo... para onde mesmo? Esqueci. Um Touro Vermelho num campo verde, não é?

– Não, ele não vai me levar a lugar algum – disse Kim. – Foi só uma história que lhe contei.

– Que história é essa? – perguntou a mulher do agricultor, curvando-se para ouvir melhor, com um chocalhar de suas pulseiras. – Vocês dois sonham sonhos? Um Touro Vermelho num campo verde que vai levar você para o céu, ou o quê? Você teve uma visão? Alguém lhe fez uma profecia? Nós temos um touro vermelho sagrado, em nossa aldeia, atrás da cidade de Jullundur, e ele escolheu para pastar justamente o mais verde dos nossos pastos!

– Basta contar a uma mulher uma velha história de comadres ou dar a um passarinho uma palhinha e um fio qualquer e eles tecerão coisas maravilhosas – disse o sique.

– Um Touro Vermelho num campo verde, é isso? – repetiu o lama. – Pode ser que em uma vida anterior você tenha recebido méritos e o Touro venha para recompensá-lo.

– Nada disso. Foi só uma história que alguém me contou, de brincadeira. Mas eu vou procurar o Touro perto de Ambala e o senhor pode procurar seu Rio e descansar desse chocalhar do *te-rem*.

– Pode ser que o Touro saiba, que ele tenha sido enviado para nos guiar – disse o lama, esperançoso como uma criança. E contou a todos, apontando para Kim: – Este aqui me foi enviado ontem mesmo. Eu acho que ele não é deste mundo.

– Mendigos tenho visto por aí aos montes e beatos de todo tipo, mas um discípulo de guru igual a este menino, nunca vi – comentou a mulher.

O marido dela bateu levemente com o dedo na testa e sorriu. E logo que o lama teve vontade de comer, eles trataram de oferecer-lhe o melhor que tinham.

Finalmente, cansados, sonolentos e empoeirados, acabaram chegando à estação ferroviária de Ambala.

– Nós vamos ficar por aqui para tratar de um processo na Justiça – disse a mulher do agricultor, dirigindo-se a Kim. – Vamos nos hospedar na casa do irmão mais novo do primo do meu marido. No pátio há lugar para seu guru e para você também. Será... será que ele me dará uma bênção?

— Ó, santo homem, esta mulher, que tem um coração de ouro, vai conseguir uma hospedagem para nós esta noite! Que generosa é esta terra do Sul. Veja como temos sido ajudados por todo mundo, desde hoje de madrugada!

O lama curvou a cabeça num gesto de bênção.

— Ora! Encher a casa do irmão mais novo do meu primo com gente à toa... — começou a dizer o marido, apoiando no ombro seu pesado bastão de bambu.

— O irmão mais novo do teu primo ainda está devendo ao primo do meu pai uma parte dos gastos da festa de casamento da filha dele — respondeu a mulher, rispidamente. — Ele pode botar a refeição deles nessa conta. E o guru, sem dúvida, vai mendigar.

— Eu vou mendigar por ele — disse Kim, ansioso para abrigar o lama naquela noite, poder sair à procura do inglês de Mahbub Ali e livrar-se logo do pedigree do cavalo.

— Agora — disse Kim, logo que viu o lama bem ancorado num pátio interno de uma casa hindu bem decente, por detrás do quartel — eu vou ter de sair um pouco para... para comprar mantimentos para nós, no mercado. Não saia daqui enquanto eu não voltar, para não se perder por aí.

— Você vai voltar? Promete que vai voltar? — o velho agarrou o pulso dele. — E vai voltar com essa mesma forma que tem agora? Acha que é tarde demais para ir procurar o Rio esta noite mesmo?

— Tarde demais e escuro demais. Fique tranquilo. Pense em quanto já avançou até aqui: cem milhas desde Lahore.

— É, e ainda mais longe do meu mosteiro. É um mundo enorme e terrível.

Kim deu o fora dali. Sua figurinha, insignificante como sempre, carregava, pendurado no pescoço, o próprio destino e o de milhares de outras pessoas. As orientações dadas por Mahbub Ali ainda o deixavam em dúvida quanto à casa onde vivia o tal inglês, mas um empregado que trazia uma charrete de volta do clube lhe deu certeza. Agora só faltava identificar o homem.

Kim esgueirou-se através da cerca viva da casa e escondeu-se atrás de umas plantas, junto à varanda. A casa resplandecia de luzes; os empregados circulavam ao redor de mesas postas com flores, copos de cristal e talheres de prata. Logo entrou um inglês vestido de preto e branco, cantarolando uma musiquinha. Estava muito escuro para ver o rosto dele; então, Kim, com sua prática de mendigo, tentou um velho truque:

– Protetor dos pobres!

O homem virou-se para o lado de onde vinha a voz.

– Mahbub Ali disse...

– Ah! O que disse Mahbub Ali? – perguntou o inglês sem olhar para quem falava e isso mostrou a Kim que ele sabia do que se tratava.

– O pedigree do garanhão já está claramente estabelecido.

– Que prova há disso? – o inglês voltou-se para o canteiro de rosas, à beira da calçada do jardim.

– Mahbub Ali me deu esta prova. – Kim atirou para o lado dele o envelopinho com o papel, que caiu no chão ao lado do homem. O inglês cobriu o papel com um pé quando um jardineiro apontou numa esquina da casa. Depois que o empregado passou, abaixou-se e pegou o papel, Kim ouviu o tilintar da moeda de uma rúpia que ele deixou cair antes de caminhar para a casa, sem nunca se virar para o lado do menino.

Kim apanhou rapidamente a moeda. Mas, sendo irlandês de nascimento e curioso como todos os irlandeses, considerava o dinheiro a parte menos interessante de qualquer jogo. O que ele gostava mesmo era de ver os efeitos da ação; então, em vez de escapulir dali, deitou-se na grama e rastejou até bem junto da casa.

Os bangalôs indianos são abertos por todos os lados, de modo que Kim pode ver o inglês entrar numa saleta que dava para a varanda, uma mistura de quarto de vestir com escritório, cheio de papelada e arquivos, e sentar-se para estudar a mensagem de Mahbub Ali. À luz do candeeiro de querosene, Kim, como todo mendigo treinado em espiar e interpretar as expressões, viu a cara do homem mudar e fechar-se e tomou nota daquilo em sua cabeça.

– Will! Will, querido! – chamou uma voz de mulher. – Você já devia estar na sala de visitas. Eles vão chegar em um minuto!

Mas o homem continuou lendo e relendo atentamente o papelzinho.

– Will! – chamou de novo a voz feminina, cinco minutos depois. – Ele já está chegando, estou ouvindo os passos da escolta na entrada.

O inglês correu para fora no momento em que uma carruagem,

escoltada por quatro soldados nativos, parou junto à varanda e um homem alto, esticado como uma flecha, de cabelos bem pretos, apeou, precedido por um jovem oficial que ria, divertido.

Kim estava deitado de bruços ali perto, quase tocando as rodas do carro. O inglês e o estranho do cabelo preto trocaram duas frases.

– Com certeza, senhor – disse prontamente o jovem oficial. – Quando o assunto é um cavalo, todo o resto tem de esperar.

– Não vamos demorar mais de vinte minutos – disse o homem que Kim já conhecia. – Enquanto isso, você pode fazer as honras da casa e distrair os outros convidados.

– Diga a um dos meus soldados para esperar – disse o homem alto, e os dois entraram juntos na saleta, enquanto a carruagem partiu para outro lugar. Kim via as duas cabeças curvadas sobre o papel mandado por Mahbub Ali e ouvia as vozes: uma, grave e respeitosa, a outra, mais aguda e decidida.

– Não é questão de semanas, mas de dias, até mesmo de horas – disse o mais velho. – Eu estava esperando alguma coisa dessas há algum tempo, mas isto aqui – bateu com um dedo na mensagem de Mahbub – fecha a questão. Grogan vem jantar aqui esta noite, não é?

– Sim, senhor, e Macklin também.

– Muito bem. Eu mesmo vou falar com eles. É claro que vamos submeter o problema ao Conselho, mas este é um caso que justifica entrarmos em ação imediatamente. Avise as brigadas de Pindi e de Peshauar. Isso vai desorganizar toda a escala das licenças de verão, mas o que se há de fazer? Foi nisso que deu o fato de não termos acabado completamente com eles, da primeira vez. Oito mil homens devem ser suficientes.

– E quanto à artilharia, senhor?

– Preciso consultar o Macklin.

– Quer dizer que vai mesmo haver guerra?

– Não. É só um castigo. Quando um homem não cumpre os compromissos de seu antecessor...

– Mas C25 pode ter mentido.

– Ele só confirmou a informação de outros. Eles já tinham começado a por as mangas de fora há, praticamente, seis meses. Mas Devenish achava que havia uma chance de conseguir um acordo de paz. Mande logo esses telegramas... usando o novo código, meu e de Wharton, não o antigo. Acho que não é preciso deixar as senhoras esperando mais tempo por nós. Podemos resolver o resto na hora dos charutos, depois do jantar. Eu sabia que isso ia acontecer. É um caso de punição, não uma guerra.

Assim que o soldado se afastou, Kim rastejou para os fundos da casa, onde, baseado em suas experiências de Lahore, achava que encontraria comida e informações. A cozinha estava lotada de ajudantes do cozinheiro, um dos quais lhe deu um pontapé.

– Ai, ai – disse Kim com voz de choro. – Eu vim aqui só pra lavar os pratos em troca de encher minha barriguinha.

– Ambala inteira está tentando a mesma coisa. Agora vão servir a sopa. Você acha que nós, empregados do *Sahib* Creighton, precisamos de estranhos para nos ajudar durante um grande jantar?

– É mesmo um jantar enorme – comentou Kim, olhando para as travessas cheias.

– Grande coisa! O convidado de honra é ninguém menos do que o Jang-i-Lat *Sahib*, o Comandante em Chefe.

– Oh! – exclamou Kim com o correto tom de espanto. Já descobrira o que queria saber e, quando o ajudante se virou, tinha sumido dali.

– Tanta complicação – disse Kim consigo mesmo, pensando, como sempre, na língua hindustâni – só por causa do pedigree de um cavalo! Mahbub Ali devia ter me pedido para lhe ensinar a mentir um pouco melhor. Antes, cada vez que eu tive de levar alguma mensagem, o destinatário era sempre uma mulher. Desta vez é um homem. Melhor. O homem alto disse que eles vão mandar um grande exército para castigar alguém, em algum lugar... As ordens foram mandadas para Pindi e Peshauar. Haverá até canhões. Se eu pudesse me arrastar para mais perto! É uma baita notícia!

Voltou para a casa do irmão mais novo do primo do agricultor e encontrou-o discutindo com o próprio agricultor, a mulher dele e alguns amigos o processo da família na Justiça e suas consequências, enquanto o lama cochilava.

Depois do jantar, alguém passou para Kim um narguilé e ele se sentiu um verdadeiro homem enquanto aspirava o vapor de dentro do bojo do narguilé, feito de uma casca de coco seco. De vez em quando, estalava a língua como se comentasse o que era dito. Os anfitriões os tratavam muito atenciosamente, pois a mulher do agricultor tinha contado a visão que o garoto tivera do Touro Vermelho e explicado que, provavelmente, ele tinha descido de outro mundo. Além disso, o lama era objeto de grande curiosidade e veneração.

O capelão da família, um velho e tolerante brâmane da casta Sarsut, chegou um pouco mais tarde e, naturalmente, meteu-se numa discussão teológica com o lama, para impressionar a família. Por sua crença, é claro, eles estavam todos do lado do seu capelão, mas o lama era um hóspede e uma novidade. A suave bondade do tibetano e as suas impressionantes citações em chinês, que soavam como palavras mágicas, deliciavam a todos. Com seu jeitinho simpático e simples, o velho monge desabrochava como a flor de lótus do próprio Sábio, quando falava de sua vida nas montanhas de Such-Zen antes de, como ele disse, "erguer-se para sair em busca da Iluminação espiritual".

Acabou contando que em seus tempos mundanos, antes de tornar-se monge, tinha sido um especialista em traçar o mapa astral das pessoas. O capelão da família pediu-lhe que explicasse seus métodos e os dois discutiram longamente, um dando aos planetas nomes que o outro não conhecia, ambos apontando para as grandes estrelas que lentamente navegavam pelo céu, cruzando a escuridão. As crianças da casa puxavam o rosário do lama sem ser repreendidas; e ele acabou por esquecer a Regra que proíbe olhar para mulheres, enquanto falava da dificuldade de aguentar a neve, de avalanches, de desfiladeiros bloqueados, dos longínquos despenhadeiros onde se encontram safiras e turquesas e daquela maravilhosa estrada que atravessa planaltos e conduz, enfim, à própria Grande China.

– O que o senhor acha dele? – perguntou o agricultor, cochichando com o capelão.

– Um santo homem, santo mesmo. Os Deuses dele não são Os Deuses, mas seus pés andam pelo Caminho certo – respondeu –, e seus métodos astrológicos, embora você não possa entender, são sábios e seguros.

– Diga-me – pediu Kim, vagarosamente – onde posso encontrar meu Touro Vermelho num campo verde, como me foi prometido.

O capelão perguntou, inchando de importância:

– O que você sabe sobre a hora de seu nascimento?

– Foi entre o primeiro e o segundo canto do galo, na primeira noite de maio.

– De que ano?

– Isso eu não sei bem, mas sei que eu dei meu primeiro grito bem na hora do grande terremoto de Srinagar, lá na Caxemira. – Kim sabia disso pela mulher que tomava conta dele, que tinha ouvido de seu pai, Kimball O'Hara. O terremoto tinha sido sentido na Índia e essa data foi lembrada por muito tempo no Panjab.

– Ah! – exclamou uma mulher, excitada, pois esse fato parecia confirmar a origem sobrenatural de Kim. – Não houve uma filha de alguém nascida também nesse momento...

– E a mãe dela deu ao marido mais quatro filhos, todos machos, em quatro anos seguidos! – gritou a mulher do agricultor, que estava sentada na sombra, um pouco afastada dos outros.

– Ninguém que se dedique ao conhecimento – disse o capelão – esquece qual era a posição dos astros sobre sua casa naquela noite. – E ele começou a desenhar na areia do pátio. – Você nasceu quando o Sol estava na metade na Casa de Touro. O que diz sua profecia?

– Diz que um dia – respondeu Kim, contente com a sensação que estava causando – eu me tornarei um grande homem por obra de um Touro Vermelho num campo verde, mas primeiro virão dois homens para deixar as coisas prontas.

– Sim, como sempre acontece no início de uma Visão: uma treva, que lentamente se desfaz; em seguida, vem alguém com uma vassoura para preparar o lugar. Então é que começa a Visão propriamente dita. Você disse dois homens? Pois é isto: o Sol, saindo da Casa de Touro, entra na Casa de Gêmeos. Por isso há dois homens na profecia. Agora, raciocinemos. Pegue uma varinha para mim, ó, pequeno.

O capelão franziu o cenho, fez uns riscos, apagou-os e recomeçou a traçar no chão uns sinais misteriosos – para grande espanto de todos, menos do lama, que, com instintiva delicadeza, evitou interferir.

Ao fim de meia hora, com um grunhido, o capelão atirou fora a varinha:

– Hummm! Eis o que dizem as estrelas: em três dias vêm os homens para aprontar tudo; depois deles vem o Touro, mas o sinal em frente a ele é o sinal da guerra e de homens armados.

– De fato, havia um homem do Regimento dos Siques de Ludiana no vagão em que viemos de Lahore – disse a mulher do agricultor, cheia de esperança.

– Não, não é isso! Aqui se trata de muitas centenas de homens armados. O que é que você tem a ver com guerras? – continuou o capelão, dirigindo-se a Kim. – O seu é um sinal vermelho e feroz de guerra prestes a estourar.

– Nada... nada – disse o lama, ansiosamente. – Nós só estamos à procura de paz e do nosso Rio.

Kim sorriu, lembrando-se do que tinha ouvido pouco antes, no escritório do inglês. Decididamente, ele tinha uma boa estrela.

O capelão esfregou o pé na terra e desmanchou seu rústico horóscopo:

– Não posso ver mais do que isso. Daqui a três dias o Touro virá a você, menino.

– E o meu Rio... e o meu Rio... – choramingou o lama. – Eu tinha esperança de que o Touro dele haveria de guiar nós dois até o Rio.

– Sinto muito, meu irmão, por esse fantástico Rio. Mas uma coisa nada tem a ver com a outra – respondeu o brâmane.

Na manhã seguinte, embora todos os convidassem a ficar mais tempo, o lama insistiu em partir. Deram a Kim um grande pacote cheio de boa comida, um punhado de moedinhas de cobre para algum gasto no caminho e, sob muitas bênçãos, ficaram olhando os dois partirem no rumo do Sul, à suave luz da madrugada.

– Pena que essa gente e outros como eles não possam ser libertos desta vida material... – comentou o lama.

– Não! Se não fosse assim, só restaria no mundo gente ruim, e quem é que nos daria comida e hospedagem? – observou Kim, carregando alegremente sua trouxa.

– Ali adiante há um córrego. Vamos lá ver – disse o lama, e saiu na frente, deixando a estrada e atravessando o campo, até se ver bem no meio de uma matilha de cães vadios e ferozes.

Mahbub Ali

CAPÍTULO 3

Atrás deles vinha um camponês, furioso, brandindo um bastão de bambu. Era hortelão e jardineiro, da casta *arain* do Panjab. Plantava flores e hortaliças para vender no mercado de Ambala. Kim conhecia bem esse tipo de gente.

— Gente assim — disse o lama, sem ligar nem um pouco para a cachorrada — é grosseira para com os hóspedes, boca-suja e sovina. Tenha cuidado com gente assim, meu discípulo.

— Ô, seus mendigos sem-vergonha! — berrou o agricultor. — Fora daqui! Fora já daqui!

— Vamos mesmo embora — retrucou o lama em tom muito digno. — Vamos embora dessa roça que não é abençoada.

— Viu? — disse Kim, enchendo os pulmões. — Se você perder sua próxima colheita, a culpa será da sua própria língua.

O homem ficou pulando de um pé para o outro, sem graça:

— É que esta terra está cheia de mendigos — começou a dizer, como desculpa.

— E a troco de que você achou que nós íamos lhe pedir alguma coisa, ô, hortelão? — perguntou Kim, provocando, por saber que os agricultores não gostam de ser chamados assim.

— A gente só queria dar uma olhada naquele riozinho lá do outro lado deste campo.

— Rio, imagine...! — disse o homem. — De que cidade vocês vêm, que nem sabem reconhecer um canal de irrigação? Ele corre reto como uma flecha e eu pago caro por essa água, como se fosse prata derretida. Há um braço de rio bem mais além. Mas se vocês querem água, eu posso lhes dar, e leite também...

— Não, nós queremos é mesmo chegar até um rio — disse o lama já saindo.

— Leite e almoço! — gaguejou o homem mirando aquela estranha e alta figura. — E assim não vou atrair nenhum mal contra mim nem minha plantação. Mas é que há tantos mendigos nestes tempos difíceis...

— Preste atenção — o lama disse, virando-se para Kim. — Ele falou grosseiramente, deixando-se levar pela Bruma Vermelha da raiva. Mas quando seus olhos clarearam, voltou a ser gentil e de bom coração. Que sua roça seja abençoada. Tome cuidado para não julgar as pessoas apressadamente, ó, agricultor.

— Conheço santos homens que teriam amaldiçoado você, seu lar e seu estábulo — disse Kim ao homem envergonhado. — Não vê como ele é sábio e santo? Eu sou discípulo dele.

Então, levantou o nariz com ar petulante e passou por cima do aceiro das roças com grande dignidade.

— Os que seguem o Caminho do Meio não têm soberba — disse-lhe o lama, depois de uma pausa.

— Mas o senhor mesmo disse que ele é de baixa casta e mal-educado.

— Eu não falei nada sobre baixa casta, porque não se pode falar do que não existe. Ele logo corrigiu sua descortesia e eu esqueço as ofensas. Além disso, ele está, como nós, preso à Roda das Coisas; mas, coitado, não está trilhando o caminho da libertação.

O lama parou junto a um reguinho de água no meio dos campos e observou as margens, marcada por pisadas de cascos de animais.

— E agora, como o senhor vai saber se esse é o seu Rio? — disse Kim, acocorando-se à sombra das altas touceiras de cana-de-açúcar.

— Quando eu o encontrar, certamente receberei uma Iluminação. Ó, você, o menorzinho dos cursos d'água, se pelo menos pudesse dizer-me onde corre o meu Rio! Mas seja bendito, de qualquer jeito, por fazer os campos darem uma boa safra!

— Olhe! Olhe! — Kim pulou e puxou-o para trás. — Uma fita amarela e marrom arrastou-se sinuosamente do meio dos farfalhantes talos roxos da cana até a margem, esticou o pescoço para a água, bebeu e ficou ali quietinha: uma cobra venenosa, com os olhos parados e sem pálpebras.

— Eu não tenho bastão, nenhum bastão — disse Kim. — Vou procurar um porrete e baixar no lombo dela.

— Por quê? Ela está atada à Roda das Coisas, do mesmo jeito que nós: uma vida em ascensão ou em decadência, mas ainda muito longe da libertação. Que grande mal deve ter feito essa alma para reencarnar nesta forma!

— Eu detesto cobras — disse Kim. — Nenhum nativo destas terras pode superar o pavor do homem branco diante da Serpente.

— Deixe-a viver a vida dela. — O bicho enrolado soltou um silvo e moveu a cabeça. — Que sua libertação chegue logo, minha irmã! — continuou o lama, falando calmamente com a cobra. — Por acaso você sabe onde fica meu Rio?

— Nunca vi uma pessoa como o senhor — sussurrou Kim, espantadíssimo. — As próprias serpentes entendem sua fala?

— Quem sabe? — E o lama passou a menos de dois palmos da cabeça empinada do bicho, que logo a baixou sobre o próprio corpo enrolado e empoeirado.

— Siga-me, você — chamou o lama por cima do ombro.

— Eu, hein? — disse Kim. — Eu vou é dar a volta.

— Venha, ela não faz mal nenhum.

Kim hesitou um momento. O lama resmungou alguma citação em chinês que Kim pensou serem palavras mágicas. Ele, então, obedeceu, atravessou o regatinho — e, de fato, a cobra não lhe deu a mínima atenção.

— Nunca vi um homem como o senhor — repetiu Kim, enxugando o suor da testa. — E agora, para onde vamos?

— Isso é você quem tem de me dizer. Eu sou velho e estrangeiro, tão longe da minha terra! Se aquele *te-rem* de ferro não me enchesse a cabeça com o barulho de tambores infernais, eu iria nele para Varanasi agora... Mas se viajarmos assim, podemos perder o Rio. Vamos ver se achamos outro rio por aí.

Através de terras cultivadas que dão três ou até quatro colheitas por ano, cruzando plantações de cana-de-açúcar, de tabaco, de nabos e de outras hortaliças, os dois caminharam aquele dia todo, desviando e parando junto de cada reflexo de água, despertando cães vadios e aldeias adormecidas ao calor do meio-dia. O lama respondia com a mais tranquila simplicidade às perguntas que lhe lançavam. Eles estavam à procura de um Rio: um Rio de cura milagrosa. Alguém ali teria notícias de um rio assim?

Às vezes, os homens riam do velhinho, mas a maioria ouvia a história até o fim e lhes oferecia um lugar à sombra, um copo de leite, um prato de comida. As mulheres eram sempre bondosas e as crianças, como acontece em qualquer lugar do mundo, mostravam-se às vezes tímidas, outras vezes, atrevidas.

O anoitecer encontrou-os repousando debaixo da árvore principal de uma aldeiazinha cercada de muros e coberta de tetos de barro. Conversavam com o chefe da aldeia, enquanto o gado voltava dos pastos e as mulheres preparavam a última refeição do dia. Tinham ultrapassado o cinturão de hortas e pomares que abasteciam o faminto mercado de Ambala e estavam agora no amplo espaço verde das grandes plantações para exportação.

O líder da aldeia era um afável senhor idoso, de barbas brancas, acostumado a tratar com estranhos. Trouxe para fora um estrado com uma esteira para o lama, serviu-lhe comida quentinha, preparou-lhe um cachimbo e, assim que acabou a reza da tardinha no templo, mandou chamar o sacerdote da aldeia.

Kim contou às crianças mais velhas histórias sobre o tamanho e a beleza da cidade de Lahore, sobre as viagens de *te-rem* e outras coisas urbanas, enquanto os homens conversavam, tão devagar quanto o gado ruminava sua ração.

– Não tenho a menor ideia – disse finalmente o chefe da aldeia ao sacerdote, perguntando-lhe: – Como é que o senhor interpreta essa conversa de Rio que salva? – O lama, tendo acabado de contar sua história, esperava silenciosamente, desfiando seu rosário.

– Ele está na Busca – respondeu o sacerdote. – A terra está cheia de outros que buscam como ele. Lembra-se do faquir que passou por aqui com uma tartaruga, no mês passado?

– Ah, mas aquele homem tinha toda a razão, pois o próprio Deus Krishna apareceu-lhe numa visão e lhe prometeu o paraíso, sem ter de passar pela pira funerária, se ele fizesse uma peregrinação até Prayag. Este homem aqui não está procurando nenhum Deus, que eu saiba.

– Calma, ele é velho, vem de muito longe e está meio caduco – respondeu o sacerdote de cara bem barbeada. Virou-se para o lama e disse:

– Mais ou menos a uma légua a oeste daqui passa a Grande Estrada para Calcutá.

– Mas eu ia para Varanasi... para Varanasi.

– Ela vai também até Varanasi. Essa estrada atravessa todos os cursos de água que há do lado de cá da região do Hind, quer dizer, da Índia propriamente dita. Meu conselho para o senhor, meu santo, é de que descanse aqui até amanhã. Então, pegue a grande estrada e vá verificando cada riacho que ela atravessar, já que, pelo que eu entendi, a força milagrosa desse rio não está em um de seus remansos nem em um trecho específico, mas ao longo de todo o seu leito. Então, se essa for a vontade dos Deuses, tenha certeza de que vai encontrar sua libertação.

– O senhor disse muito bem – respondeu o lama, impressionado pelo plano exposto pelo outro. – Nós vamos começar amanhã, e que todas as bênçãos caiam sobre vocês por terem indicado a estes meus velhos pés uma estrada tão próxima. – Uma longa e grave ladainha meio cantada, em chinês, completou a frase. Até o sacerdote ficou impressionado e o chefe da aldeia teve medo de que o lama lhes estivesse rogando uma praga. Mas, olhando para a cara simples e sincera do velho monge, ninguém mais teve coragem de suspeitar dele.

– Alguém está vendo meu discípulo por aí? – perguntou o lama, mergulhando o nariz dentro de seu saquinho de rapé e dando uma boa cheirada. Era seu dever retribuir a amabilidade do outro.

– Estou vendo... e ouvindo. – O chefe dirigiu o olhar para onde Kim estava batendo papo com uma garota vestida de azul que acrescentava gravetos a uma fogueira.

– Ele também tem sua própria Busca. Não um Rio, mas um Touro. Sim, algum dia um Touro Vermelho num campo verde vai elevá-lo a uma posição de honra. Eu acho que ele não é inteiramente deste mundo. Ele me foi mandado muito de repente para ajudar-me nesta minha Busca e seu nome é Amigo de Todos.

O sacerdote sorriu e chamou através da fumaça ardida:

– Ei, você, Amigo de Todos, afinal, quem é você?

– Sou o discípulo deste santo homem.

– Ele diz que você é um ser de outro mundo, um espírito.

– E os espíritos podem comer? – respondeu Kim, com uma piscadela. – Porque eu estou com fome.

– Isso não é problema – exclamou o lama. – Há um astrólogo daquela cidade cujo nome esqueci...

– Trata-se da cidade de Ambala, onde passamos a noite ontem – cochichou Kim no ouvido do sacerdote.

O lama ouviu e continuou:

– É, Ambala, não é? O astrólogo fez o horóscopo dele e declarou que meu discípulo vai encontrar o que está buscando dentro de mais dois dias. E o que mais foi que ele disse sobre o significado da posição dos astros, Amigo de Todos?

Kim pigarreou e olhou todos aqueles aldeões de barbas grisalhas ao seu redor, atentos. Então, respondeu pomposamente:

– O significado de minha Estrela é Guerra.

Alguém deu uma risada, vendo aquela figurinha maltrapilha debaixo da grande árvore a pavonear-se sobre o banco de tijolos, como se fosse um pedestal. No banco que um nativo dali usaria para deitar-se, Kim, com seu sangue de branco, punha-se arrogantemente de pé.

– É isso, guerra – respondeu o lama.

– Essa profecia é mais do que certa, pois sei bem que há sempre guerra ao longo das fronteiras – disse uma voz muito grossa.

A voz vinha de um velho enrugado, que tinha servido fielmente ao Governo Britânico como oficial num regimento de cavalaria composto de indianos, na época dos Motins, como ficou conhecida uma grande revolta da maioria dos soldados nativos da Índia contra os seus chefes ingleses. O Governo o tinha recompensado com uma boa propriedade de terras junto daquela aldeia. Ele ainda era uma pessoa importante ali, embora já tivesse empobrecido um bocado pelos gastos com seus filhos – todos, agora, também oficiais militares de barbas grisalhas. Até os oficiais ingleses e mesmo comissários do Governo, passando por perto, pegavam um desvio da estrada principal só para vir visitá-lo. Nessas ocasiões, ele vestia a farda dos velhos tempos e punha-se de pé, firme como um comandante.

— Mas essa será uma grande guerra, uma guerra de oito mil homens. – A voz de Kim ecoou, estridente, no meio da multidão que se ia ajuntando rapidamente, assustando até o próprio garoto.

– De casacos vermelhos, dos soldados britânicos brancos de farda vermelha, ou de nossos próprios regimentos nativos? – inquiriu o velho oficial, falando de igual para igual com o menino. Seu tom logo fez com que os homens da aldeia passassem a respeitar Kim.

– De casacos vermelhos – arriscou Kim –, casacos vermelhos e canhões.

– Mas... mas o astrólogo não disse nada sobre isso! – gritou o lama, fungando estrondosamente, agitado.

– Mas eu sei. A palavra veio a mim, que sou discípulo deste santo homem. Vai estourar uma guerra, uma guerra de oito mil casacos vermelhos. Vão ser transferidos de Pindi e de Peshauar. Tenho certeza.

– O garoto andou ouvindo boatos no mercado – disse o sacerdote.

– Mas ele não saiu de perto de mim – disse o lama. – Como é que haveria de saber uma coisa que eu mesmo não sei?

– Esse menino vai dar um esperto malabarista, depois que o velho morrer – murmurou o sacerdote ao ouvido do chefe da aldeia. – Que novo truque será esse, agora?

– Uma prova, dê-me uma prova – rugiu o velho soldado, de repente. – Se fosse haver guerra, meus filhos me teriam dito.

– Quando tudo estiver pronto, seus filhos certamente lhe dirão. Mas é um longo caminho desde o homem que manda nessas coisas até chegar a seus filhos.

Kim estava gostando daquele jogo, pois lhe lembrava suas experiências de espionagem amorosa, quando, para arrancar do freguês mais alguns tostões, ele fingia saber mais do que de fato sabia. Mas agora o que estava em jogo era algo muito maior, uma aventura muito mais excitante e a sensação de poder. Respirou fundo e continuou:

– Ó, ancião, dê-me o senhor uma prova. Subalternos podem ordenar movimentos de oito mil homens... e com canhões?

– Não – respondeu o velho, sempre falando com Kim como se fosse seu igual.

– O senhor sabe quem é o tal que poderia dar essa ordem?

– Eu o vi, sim.

– Ainda o reconheceria?

– Eu o conheço desde que ele era um simples tenente da Artilharia.

– Um homem alto, do cabelo bem preto e que anda assim – Kim deu uns passos, bem empertigado, como um boneco de pau.

– É, mas isso qualquer um poderia ter visto.

A multidão prendia a respiração, calada, acompanhando essa conversa.

– É verdade – retrucou Kim – mas eu posso dizer mais. Olhe só: primeiro, o homem anda... assim; então, ele pensa... assim – e Kim passou um dedo desde a testa até o ângulo do queixo. – Logo em seguida, ele mexe os dedos deste jeito e enfia o chapéu debaixo do braço esquerdo. – Kim ia reproduzindo os gestos; depois, ficou parado, esticado feito uma cegonha.

O velho oficial deu um grunhido de espanto e a multidão estremeceu.

– Certo, certo... Mas o que é que ele faz quando está prestes a dar uma ordem?

– Ele esfrega a pele da nuca, assim, ó. Depois ele bate com um dedo na mesa e dá uma fungadinha pelo nariz. Daí ele fala: "Convoque tal e tal regimento. Lance tais canhões".

O velho levantou-se, em posição de sentido, e bateu continência.

Kim continuou traduzindo para o idioma nativo as frases que tinha ouvido em inglês, no escritório em Ambala:

– E ele disse: "Pois nós já devíamos ter feito isso há muito tempo. Não é uma guerra, é uma punição, sniff ".

– Já basta, eu acredito. Eu já o vi no meio da fumaça de uma batalha. Vi e ouvi. É ele mesmo!

– Eu não vi nenhuma fumaça – a voz de Kim adquiriu o tom cantado em que falam os profetas de beira de estrada, ao prever o futuro. – Eu vi tudo isso no meio da escuridão. Primeiro veio um homem para preparar tudo; depois vieram cavaleiros; finalmente, ele apareceu de pé, no meio de um halo de luz. O resto aconteceu como eu já contei. Então, ancião, eu disse a verdade ou não?

– É ele mesmo. Sem dúvida nenhuma, é ele.

A multidão em volta deu um longo suspiro, olhando para um e para outro – o velho oficial ainda em posição de sentido e o esfarrapado Kim contra a luz avermelhada do pôr do sol.

– Eu não disse? Eu não disse que este menino é de outro mundo? – gritou o lama, orgulhoso de seu discípulo. – Ele é o Amigo de Todos, o Amigo das Estrelas.

– Ainda bem que a gente aqui não tem nada a ver com isso! – gritou um dos homens que ouviam. – Ó, jovem adivinho, se esse dom está em você durante todas as estações do ano, eu tenho uma vaca malhada de vermelho. Vai ver que ela é irmã do seu Touro...

– Que me importa? – disse Kim. – Minhas Estrelas não têm nada a ver com seu gado.

– Não, mas ela está muito doente – palpitou uma mulher. – Meu marido é uma besta; senão, teria escolhido melhor as palavras. Diga-me, ela vai se curar?

Se Kim fosse um garoto qualquer, teria continuado com a brincadeira. Mas ninguém vive por treze anos numa cidade grande como Lahore, observando todos os faquires que ficam perto da Porta Taksali, sem se tornar bom conhecedor da natureza humana.

O sacerdote estava olhando para ele com o rabo do olho, uma expressão meio amarga e um sorrisinho amarelo.

Kim gritou:

– E não há um sacerdote nesta aldeia? Eu pensei que tinha visto um grande sacerdote agora mesmo.

– Sim... mas... – começou a mulher.

– Mas você e seu marido esperavam conseguir a cura da vaca em troca de um punhado de "obrigados".

O golpe foi certeiro, porque toda a gente da aldeia sabia que aqueles dois eram o casal mais pão-duro do lugar. Kim continuou:

– Não está certo trapacear contra o templo. Deem uma novilhinha ao seu próprio sacerdote e a vaca vai voltar a dar leite dentro de um mês, a não ser que seus Deuses estejam pra lá de zangados com vocês.

– Você é um mestre na arte de mendigar – murmurou o sacerdote com admiração. – Nem quarenta anos de prática levariam alguém a fazer melhor que isso. Certamente você está tornando o seu velho lama muito rico.

– Um punhado de farinha de trigo, um tiquinho de manteiga e um bocadinho de sementes picantes de cardamomo – replicou Kim, enrubescido pelo elogio, mas ainda cauteloso. – Pode alguém ficar rico com isso? E, como o senhor pode ver, ele é doido. Mas para mim está bom, pelo menos enquanto eu aprendo o caminho.

Kim sabia bem como falavam, entre si, os faquires da Porta Taksali e imitava direitinho a expressão de seus discípulos ignorantes.

– A Busca do seu lama, então, é mesmo a verdade ou isso é um disfarce para outros fins? Pode estar buscando um tesouro.

– Ele é doido, pra lá de doido. É isso aí.

Então, o velho soldado adiantou-se e perguntou a Kim se aceitava hospedar-se em sua casa por aquela noite. O sacerdote recomendou-lhe que aceitasse, mas insistiu em que a honra de hospedar o lama pertencia ao templo. Diante disso, o lama sorriu inocentemente. Kim olhou as caras de uns e de outros e tirou suas próprias conclusões. Então, puxou o velho lama para um canto mais escuro e cochichou:

– Onde está guardado seu dinheiro?

– Está junto do meu peito. Onde é que haveria de estar?

– Me dê esse dinheiro, depressa e sem dar na vista.

– Mas por quê? Aqui não é preciso comprar nenhum bilhete.

– Eu sou seu *chela*, não sou? Não sou eu o guardião dos seus pés pelos caminhos? Me dê aquele dinheiro que eu lhe devolvo assim que amanhecer. – Kim enfiou a mão por dentro da túnica, acima do cinto do lama, e retirou a bolsinha de dinheiro.

– Está bem, está bem – o velhinho sacudiu a cabeça. – Este é um mundo enorme e terrível. Eu nunca soube que havia tanta gente vivendo nele.

Na manhã seguinte, o sacerdote apareceu de muito mau humor, mas o lama estava bem feliz. E Kim tinha aproveitado muito o interessante serão com o velho oficial, que tinha ido buscar seu sabre da Cavalaria e, com ele equilibrado sobre os joelhos, contou histórias do Motim e de jovens capitães já enterrados havia trinta anos, até que Kim caiu no sono.

– Com certeza os ares desta região são muito bons – disse o lama. – Eu, em geral, tenho o sono leve, como todos os velhos; mas esta noite dormi sem acordar nem uma vez até o amanhecer. Ainda agora estou sonolento.

– Tome um pouco de leite quente – disse Kim, acostumado a providenciar vários remédios para os fumadores de ópio, que ele conhecia bem. – Já é hora de pegar a Estrada de novo.

– A longa Estrada que atravessa todos os rios do Hind! – disse o lama alegremente. – Vamos. Mas como você acha que havemos de retribuir a essa gente, especialmente ao sacerdote, sua grande bondade? É verdade que hoje eles são adoradores de ídolos, mas quem sabe, em outras vidas, eles receberão a Iluminação... Uma rúpia para o templo?

Aquilo lá dentro é só pedra e tinta vermelha, mas devemos reconhecer quando um homem tem bom coração.

– Meu santo, alguma vez o senhor já andou sozinho pela estrada? – Kim olhou atento ao seu redor, como os corvos da Índia quando ciscam os campos.

– Certamente, menino: de Kulu até Patankot... desde Kulu, onde meu primeiro *chela* morreu. Quando os homens foram generosos conosco, nós sempre fizemos oferendas e todos mostraram boa vontade para conosco através das Montanhas.

– Pois no Hind não é assim – disse Kim, secamente. – Os Deuses deles têm um monte de braços e são malvados. Não ligue pra eles.

O velho combatente, montado num pônei de pernas tortas, avançou a passo para a rua da aldeia, toda sombreada ao amanhecer, e anunciou:

– Eu vou guiá-los um pouco até seu caminho, Amigo de Todos, você e seu amigo amarelo. A noite passada abriu as fontes da memória em meu tão ressecado coração e foi como uma bênção para mim. É verdade que sinto no ar que vai estourar a guerra nas fronteiras. Eu sinto o cheiro. Vejam: eu até trouxe a minha espada.

E, com suas longas pernas, seguiu montado no pequeno animal, a grande espada pendurada de um lado e a mão pousada no punho da arma, olhando severamente por sobre os campos em direção ao Norte. E disse a Kim:

– Diga-me de novo como ele, o comandante, aparecia na sua visão. Monte na minha garupa, este animal aguenta carregar nós dois.

– Mas eu sou o discípulo deste santo homem – disse Kim, enquanto saíam pela porta da aldeia.

Os aldeões pareciam quase ter pena de vê-los partir, mas o sacerdote despediu-se deles de modo frio e distante, pois tinha desperdiçado um tanto de seu ópio com um homem que não trazia consigo nenhum dinheiro.

– Disse bem – respondeu o soldado. – Não estou muito acostumado a homens santos, mas respeito é sempre bom. Hoje em dia não há mais respeito, nem mesmo quando um *sahib* Comissário vem me visitar. Mas a troco de quê alguém cuja Estrela conduz à guerra fica andando atrás de um homem santo?

– Mas ele é mesmo um homem santo – disse Kim vivamente. – Santo de verdade, em palavras e atos. Nunca encontrei outro como ele. Nós não somos adivinhadores da sorte, nem malabaristas, nem mendigos.

– Você não é. Isso eu posso ver. Mas o outro, não sei... Mas ele marcha bem.

O frescor da manhã empurrava facilmente o lama para a frente, com passos largos como os de um camelo. Ele ia em profunda meditação, desfiando mecanicamente seu rosário.

Os três seguiram pela estrada da aldeia, bem gasta e sulcada por muitas rodas, que serpenteava através da planície por entre o verde escuro das mangueiras. Avistavam vagamente, ao longe, o topo nevado da cordilheira do Himalaia. A Índia inteira estava trabalhando nos campos, a julgar pelo guincho das roldanas dos poços, os berros dos cultivadores atrás de seus arados e seus bois e o grasnar dos corvos. Até o pônei sentia essa boa influência e quase saiu a trote quando Kim descansou a mão na correia de um estribo.

– Estou arrependido de não ter dado uma rúpia para o templo – disse o lama, ao chegar à última das oitenta e uma contas de seu rosário.

O velho soldado resmungou alguma coisa debaixo das barbas, de modo que o lama, pela primeira vez, percebeu que ele vinha junto. Virando-se, perguntou:

– O senhor também vai à procura do Rio?

– O dia mal começou – foi a resposta. – Para que preciso de um rio senão para banhar-me antes de o sol se pôr? Eu vim para mostrar a vocês o caminho mais curto para a Grande Estrada.

– Isso é uma gentileza que não esqueceremos, ó homem de boa vontade. Mas para que essa espada?

O velho soldado olhou-o sem graça, como uma criança apanhada numa brincadeira de faz de conta.

– A espada – respondeu o outro, mexendo com a arma. – Ah, é uma mania minha, um capricho de velho. É verdade que a polícia proíbe que qualquer homem ande armado no Hind, mas... – disse, animando-se e dando um tapinha no punho da espada – ... por estas bandas, todos os policiais me conhecem.

– Essa não é uma boa mania – disse o lama. – Para que serve matar gente?

– Serve para muito pouco... eu bem sei, mas se não houvesse ninguém que, de vez em quando, acabasse com os homens maus, o mundo não seria um bom lugar para sonhadores desarmados. Eu falo com conhecimento de causa, eu, que vi a terra lavada em sangue, desde Délhi até o Sul.

– Mas que loucura foi essa?

— Só os Deuses, que mandaram essa praga, é que sabem. Deu a louca no exército inteiro e os soldados indianos se rebelaram contra seus oficiais ingleses. Esse foi o primeiro mal, que não seria irremediável se eles tivessem parado por aí. Mas decidiram matar as mulheres e crianças dos *sahibs*. Então vieram outros *sahibs* do outro lado do mar e os fizeram pagar por tudo aquilo.

— Ouvi algum boato sobre isso, eu acho. Que eu me lembre, aquele foi chamado o Ano Negro.

— Que espécie de vida o senhor leva, para não ter notícia completa de O Ano? Um boato, francamente! Toda a Terra soube e tremeu!

— A nossa terra só tremeu uma vez... no dia em que o Excelente Buda recebeu a Iluminação.

— Hum! Pois eu vi pelo menos Délhi tremer, e Délhi é o umbigo do mundo.

— Então eles atacaram mulheres e crianças? Isso foi um ato que não se pode deixar de punir.

— Muitos tentaram fazer isso, mas com muito pouco resultado. Eu estava num Regimento de Cavalaria que debandou. Dos seiscentos e oitenta sabres desse Regimento, quantos o senhor acha que permaneceram fiéis em seus postos? Só três. E um dos três era eu.

— Um grande mérito seu.

— Que mérito! Naquele tempo a gente não considerava isso mérito. Meu povo, meus amigos, meus irmãos afastaram-se de mim. Eles diziam: "Acabou-se o tempo dos ingleses. Vamos, cada um, pegar um pedacinho da terra para si". Mas eu tinha falado com os homens de vários regimentos e disse: "Esperem pra ver, o vento vai virar. Esse movimento não foi abençoado". Naqueles dias, eu cavalguei por uns cem quilômetros, carregando uma senhora inglesa e o bebê dela no arco da minha sela. Ah, aquilo é que era um cavalo adequado para um homem! Deixei os dois em segurança e voltei para junto do meu oficial, o único dos nossos cinco que não foi morto. Eu lhe disse: "Arranje trabalho para mim, pois me tornei um renegado para minha própria gente e meu sabre ainda está molhado do sangue de meu primo." "Pois fique contente", disse ele, "porque de agora em diante não vai faltar trabalho. Quando esta loucura acabar, haverá uma recompensa."

— É? Há uma recompensa quando a loucura passa? Com certeza? — murmurou o lama quase que só para si mesmo.

– Naquele tempo eles não costumavam pregar uma medalha no peito de qualquer um que por acaso tivesse ouvido troar um canhão. Não! Eu participei de dezenove batalhas corpo a corpo, de quarenta e seis escaramuças a cavalo e de um sem-número de pequenos confrontos. Carrego as marcas de nove ferimentos, uma medalha de honra e mais quatro condecorações, além da medalha de uma Ordem, pois meus capitães, que agora são generais, lembraram-se de mim quando a imperatriz da Índia, a Rainha Vitória da Inglaterra, completou cinquenta anos de reinado e toda a Terra comemorou. Eles disseram: "Deem-lhe a Ordem das Índias Britânicas". Agora eu a carrego pendurada no pescoço. As terras de minha propriedade também recebi das mãos do Estado, um presente dado a mim e aos meus. Os homens dos velhos tempos, que hoje são todos comissários, agora vêm até minha casa, cavalgando através dos campos em seus cavalos altos, de modo que toda a gente pode vê-los de longe, e nós relembramos as velhas escaramuças, os nomes dos companheiros mortos, um após o outro.

– E daí? – perguntou o lama.

– Depois eles vão-se embora, mas não antes que toda a minha aldeia tenha visto que vieram me visitar.

– E ao fim disso tudo, o que é que o senhor vai fazer?

– Ao fim de tudo eu vou morrer.

– E depois?

– Será o que os Deuses quiserem. Eu nunca importunei os Deuses com longas rezas. Acho que eles não vão querer me prejudicar. Sabe de uma coisa? Em minha longa vida, notei que as pessoas que passam o tempo todo apoquentando Os-Lá-de-Cima com queixas, explicações, brados e lamentações vão-se embora logo, assim como nosso Coronel costumava mandar chamar os homens de boca mole, que falavam demais. Eu não, nunca dei canseira aos Deuses. Eles hão de se lembrar disso e vão dar-me um lugar tranquilo, na sombra, onde eu possa praticar com minha lança enquanto espero a chegada de meus filhos: eu só tenho três, todos majores em algum regimento.

– E todos eles, do mesmo jeito, amarrados à Roda das Coisas, continuarão de vida em vida, de desesperança em desesperança – disse o lama, suspirando –, esquentados, inquietos, tentando agarrar-se a qualquer coisa.

– É... – O velho soldado deu uma risadinha. – Três majores em três regimentos. Meio chegados a um jogo, uma aposta, mas isso eu também sou. Eles têm de estar bem montados, e não se podem tomar os cavalos à vontade, como se tomavam as mulheres nos velhos tempos. Bem, minha propriedade rende para pagar por tudo isso. O que é que o senhor acha? É uma faixa de terra bem irrigada, mas meus trabalhadores trapaceiam contra mim. E eu não sei mandar a não ser com a ponta da lança. Arre! Eu me zango, xingo, eles fingem arrependimento, mas bem sei que, nas minhas costas, me chamam de velho macaco desdentado.

– E o senhor nunca desejou mais nada?

– Sim... sim... mil vezes! Ter de novo as costas retas e os joelhos fortes, um punho rápido e um olho afiado e o tutano que faz um homem. Ah, os velhos tempos, os bons tempos de toda a minha força!

– Essa força é fraqueza.

– Virou fraqueza mesmo; mas há cinquenta anos eu poderia provar o contrário – replicou o velho soldado, esporeando a magra barriga do pônei.

– Mas eu sei de um Rio que realiza grandes curas.

– Já bebi água do Ganges até inchar. Tudo o que ela me deu foi uma diarreia e nenhuma espécie de força.

– Não se trata do Ganges. O Rio que eu conheço lava qualquer sinal de pecado. Entrando nele, ao sair na outra margem a gente tem a liberdade garantida. Não sei da sua vida, mas o senhor tem cara de homem honrado e cortês. O senhor apegou-se ao seu caminho, permanecendo fiel quando isso era muito difícil, durante aquele Ano Negro de cujas histórias já estou me lembrando melhor. Tome agora o Caminho do Meio, que é a passagem para a Liberdade. Ouça a Excelentíssima Lei e deixe de ir atrás de sonhos.

– Pois então fale, meu velho – o soldado sorriu e bateu continência.

– Na nossa idade, somos todos tagarelas.

O lama agachou-se debaixo de uma mangueira, cuja sombra desenhava um xadrez no seu rosto; o soldado continuou ereto, montado em seu pônei. Kim, certificando-se de que não havia nenhuma cobra por ali, deitou-se num vão entre as raízes retorcidas.

Um zumbido de pequenas vidas sob o sol quente, um arrulhar de pombos e um rangido de roldanas dos poços nos campos davam sono. Impressionante e lentamente, o lama começou a falar. Ao fim de dez minutos, o velho soldado apeou do pônei para ouvir melhor o que ele dizia e sentou-se, com as rédeas enroladas no pulso. A voz do lama começou a falhar e as frases foram ficando mais longas. Kim estava ocupado observando um esquilo cinzento. Quando aquela bolinha peluda e arisca desapareceu do galho onde estivera agarrada, o pregador e seu ouvinte já tinham caído no sono, o braço do velho oficial servindo de travesseiro para sua cabeça angulosa, e o lama, recostado no tronco da árvore, parecendo uma figura talhada em marfim amarelo.

Uma criancinha nua aproximou-se no seu passo cambaleante, olhou e, movida por um súbito impulso de respeito, fez uma pequena e solene reverência diante do lama. Mas a criança era tão pequena e gorducha que acabou tombando de lado, e Kim começou a rir daquelas perninhas rechonchudas abertas no ar. A criança, assustada e indignada, começou a berrar.

— Ei! Ei! – disse o soldado, pulando de pé. – O que foi? Quais são as ordens?... Mas... é uma criancinha! Eu sonhei que estavam dando o alarme! Pequeno, não chore, pequeno. Então, eu adormeci? Mas que falta de educação, francamente!

— Eu estou com medo! – gritou a criança.

— Medo do quê? De dois velhos e um menino? Desse jeito, como é que você vai ser soldado, principezinho?

O lama também acordou, mas, sem tomar conhecimento da criança, pôs-se a desfiar seu rosário.

A criança interrompeu seus berros e perguntou:

— O que é isso? Nunca vi uma coisa assim. Me dê essas bolinhas.

— Aha! – disse o monge, sorrindo e estendendo uma volta do rosário sobre a relva e cantarolou:

Eis um pouco de cardamomo,
E uma colher de manteiga,
Milho, pimenta e arroz,
Jantar pra você e pra mim!

A criança gritou de alegria e agarrou as contas escuras e brilhantes.

— Ohô! – disse o velho soldado. – Desde quando o senhor, que despreza este mundo, canta uma cantiga dessas?

— Aprendi em Patankot, sentado no batente de uma porta – disse o lama, meio envergonhado. – Deve-se ser bondoso com as criancinhas.

— Se me lembro bem, antes do sono nos pegar, o senhor estava me dizendo que o casamento e a procriação escurecem a verdadeira luz, são pedras de tropeço sobre o Caminho. Lá na sua terra as crianças caem do céu? Ou cantar cantigazinhas para elas faz parte do Caminho?

– Nenhum homem é perfeito – disse o lama gravemente, recolhendo seu rosário. – Vá, pequeno, corra para sua mãe.

– Olhe só! – disse o soldado para Kim. – Ele está envergonhado de ter feito uma criança feliz. O senhor podia ter dado um bom pai de família, meu irmão. Tome aqui, criança! – chamou, jogando uma moedinha para o menino. – Um bombonzinho é sempre gostoso. – E continuou, enquanto a figurinha ia embora, bamboleando sob o sol:

– Eles crescem e viram homens... Ó, santo homem, sinto muito ter adormecido bem no meio do seu sermão. Perdoe-me.

– Nós somos dois velhos – disse o lama. – A culpa é minha. Eu fiquei ouvindo sua conversa sobre o mundo e sua loucura, e um erro leva a outro.

– Ouve o que ele diz? Que mal se pode fazer aos seus Deuses somente por brincar com uma criancinha? E a sua cantiga foi muito bem cantada. Vamos embora e eu vou cantar para o senhor a canção que Nikal Seyn, aquele que os ingleses chamam de Nicholson, cantou diante de Lahore... uma velha canção.

Deixaram, então, a penumbra de baixo da frondosa mangueira e saíram, a voz estridente do velho cavaleiro soando através dos campos, enquanto, verso por verso, desenrolava-se toda a história de Nikal Seyn na canção que até hoje é cantada pelos homens do Panjab. Kim estava encantado e o lama ouvia com grande interesse.

– *Ai, Nikal Seyn morreu... morreu diante de Délhi! Que as lanças do Norte vinguem Nikal Seyn!* – o velho cantou com a voz trêmula até o fim, marcando o ritmo com batidas da lâmina da espada na garupa do pônei.

– E agora, chegamos à Grande Estrada – disse, depois de receber elogios de Kim pela canção, pois o lama fez questão de ficar em silêncio. – Há muito tempo que eu não cavalgo por esta estrada, mas o que disse esse garoto me animou. Olhe, santo homem, a Grande Estrada é a espinha dorsal de todo o Hind. É sombreada na maior parte, como aqui, por quatro fileiras de árvores; o meio da estrada, bem calçado, é para o tráfego rápido. No tempo em que ainda não havia trens, centenas de *sahibs*, quer dizer, de ingleses viajavam por aqui de um lado para o outro. Agora só passam charretes e outros carros pequenos. As faixas de terra da direita e da esquerda são para as carroças pesadas, que levam grãos, algodão, madeira, ração para os animais e fardos de couro e peles. Vai-se em segurança por aqui, pois há postos de polícia a cada tanto. Os policiais são ladrões e corruptos, mas pelo menos não permitem nenhum concorrente. Eu mesmo já patrulhei esta estrada com a Cavalaria... jovens recrutas sob as ordens de um forte capitão. Por aqui passa gente de todo tipo e de todas as castas.

E apontou:

— Vejam! Brâmanes e muçulmanos, banqueiros e funileiros, barbeiros e comerciantes, peregrinos e oleiros... o mundo todo indo e vindo. Para mim, é como um rio do qual eu estou fora, como um tronco atolado na margem depois de uma enchente.

É verdade que a Grande Estrada é um espetáculo maravilhoso. Ela corre reta e permite o trânsito da Índia por mais de dois mil quilômetros sem engarrafamentos... Um rio de vida como esse não existe em nenhum outro lugar do mundo. O lama, o velho soldado e Kim admiravam aquela extensão da estrada, sombreada pelo verde arco da copa das árvores, o chão branco salpicado, aqui e ali, por gente caminhando sem pressa e, do outro lado, os dois cômodos do posto de polícia.

— Quem é que está portando uma arma, contra a lei? — gritou um policial, rindo, quando viu a espada do soldado. — Será que a polícia não basta para dar conta dos malfeitores?

— Pois é justamente por causa da polícia que eu vim armado — foi a resposta do velho cavaleiro. — Então, vai tudo bem no Hind?

— Vai tudo bem, sim, senhor Major.

— Eu estou como uma tartaruga velha, veja só, espicho a cabeça pra fora do casco mas puxo logo pra dentro de novo. Sim, esta é a Estrada do Hindustão. Todo mundo vem por este caminho...

De repente, ouviu-se:

— Ô, seu filho de um porco, está pensando que a parte mais lisa da estrada foi feita para você ficar aí, no meio dela, coçando as costas? Ô, pai de todas as filhas desavergonhadas e marido de dez mil mulheres sem virtude, sua mãe foi levada pela mãe dela para se oferecer a um diabo! Há mais de sete gerações que nenhuma das suas tias tem nariz! Sua irmã... Quem foi a coruja louca que lhe disse para atravessar-se na Estrada puxando essas suas carroças? Roda quebrada, é? Pois então eu lhe quebro a cabeça e depois você pode colar as duas coisas à vontade!

A voz e o som de uma chicotada saíam de uma coluna de poeira, a cerca de quarenta e cinco metros de distância, onde estava atravessada uma carroça quebrada. Uma égua magra e alta, com os olhos e as narinas inflamados, saltou no meio do engarrafamento, bufando e empinando, enquanto seu cavaleiro a dirigia para a estrada, perseguindo um homem que fugia aos berros. O perseguidor era alto, de barbas grisalhas, montado no animal enlouquecido como se os dois fossem um corpo só, e ia chicoteando sua vítima, sistematicamente, cada vez que a égua empinava.

A cara do velho soldado iluminou-se de orgulho:

– Meu filho! – disse brevemente, pelejando para curvar o pescoço do pônei num arco mais elegante.

– Eu tenho de apanhar bem em frente da polícia? – gritou o carroceiro. – Justiça! Eu hei de obter justiça!

– E eu tenho de ficar bloqueado aqui por causa de um macaco berrador que derruba dez mil sacos bem no nariz da minha potrinha? Uma coisa dessas estraga uma égua.

– É verdade o que ele diz. Está certo. Mas ela ainda acompanha bem o seu homem – disse o velho. O carroceiro meteu-se debaixo das rodas de sua carroça e dali prometia todo tipo de vingança.

– Seus filhos são homens fortes – disse o policial, na maior calma, palitando os dentes.

O cavaleiro brandiu mais uma vez, furiosamente, o seu chicote, saiu do meio da confusão e veio vindo a trote.

– Meu pai! – gritou. Freou a montaria a dez metros e desmontou.

O velho apeou do pônei num instante e os dois se beijaram, como fazem pai e filho no Oriente.

O major

The Ressaldar

CAPÍTULO 4

Os dois cavaleiros começaram uma conversa em voz baixa. Kim foi descansar debaixo de uma árvore, mas o lama, impaciente, foi puxá-lo pelo cotovelo:

— Vamos embora. O Rio não é aqui.

— Já?! Será que a gente não andou o bastante? Não podemos parar e descansar um pouquinho? Nosso Rio não vai sair do lugar. Tenha um pouco de paciência, que o velho ainda vai nos dar uma esmolinha.

De repente, o velho soldado disse:

— Este é o Amigo das Estrelas. Foi ele quem me deu a notícia ontem. Tinha tido uma visão do Próprio Homem dando ordens para a guerra.

— Humm! — disse o filho, com uma voz grossa saída lá do fundo do peito. — Ele ouviu algum boato num mercado e se aproveitou disso.

O pai riu:

— Pelo menos, ele não veio até mim para pedir um novo cavalo e só Deus sabe quantas rúpias! Os Regimentos dos seus irmãos também receberam essas ordens?

— Não sei. Peguei uma licença e corri para vir ver o senhor, no caso de...

— No caso de eles chegarem aqui para pedinchar antes de você. Que jogadores e gastadores são todos vocês! Mas até agora vocês nunca tiveram de cavalgar num verdadeiro ataque. De fato, para isso é preciso um bom cavalo. Um bom cavalo de batalha e também um bom pônei para a marcha. Vamos ver... vamos ver — disse o pai, batendo no cabeçote da sela.

— Aqui não é lugar de se fazer as contas, meu pai. Vamos para sua casa.

— Pelo menos, pague o menino: eu não trago nem um tostão comigo e ele me trouxe boas notícias. Ei, Amigo de Todos, vem vindo uma guerra, como você disse.

— Como eu disse, não, como eu sei: há uma guerra — replicou Kim, calmamente.

— E então? — disse o lama, dedilhando seu rosário, ansioso para pegar a Estrada.

— Meu mestre não incomoda as Estrelas por dinheiro. Nós trouxemos a notícia, o senhor é testemunha de que demos a notícia direitinho, e agora vamos embora. — Kim esticou um pouco a mão, torcida para um lado.

O filho atirou uma moeda de prata que rebrilhou ao sol, resmungando alguma coisa sobre mendigos e saltimbancos. Era um quarto de rúpia, que já dava para alimentá-los bem por alguns dias. O lama, ao ver o metal brilhar ao sol, cantarolou uma bênção.

— Boa viagem, Amigo de Todos — gritou o velho soldado, fazendo girar sua esquelética montaria. — Pelo menos esta vez, em toda a minha vida, encontrei um verdadeiro profeta... que não fazia parte do Exército.

Pai e filho fizeram a volta juntos, o velho montado tão firmemente quanto o mais jovem.

Um policial panjabi, vestindo calças de linho amarelo, cruzou a estrada com um andar desengonçado. Ele tinha visto o voo da moedinha.

— Alto lá! — gritou num inglês impressionante. — Não sabem que, para quem entra na Estrada vindo dessa estradinha vicinal, há um pedágio de um oitavo de rúpia por cabeça, o que dá um quarto de rúpia?

É ordem do *Sirkar*, o governador nativo da província, e o dinheiro é empregado para o plantio de árvores e embelezamento das estradas.

— E para os buchos da polícia — disse Kim, saltando fora do alcance dos braços do policial. — Pense um pouco, seu cabeça de lodo. Você acha que nós viemos do charquinho aqui perto que nem o sapo, seu sogro? Quer que eu diga o que foi que seu irmão fez?

— E o que foi? — gritou um policial mais velho, achando muita graça naquilo, fumando seu cachimbo, de cócoras na varanda do posto. — Deixe o garoto em paz.

— Ele descolou o rótulo de uma garrafa de refrigerante, pregou na entrada de uma ponte e passou um mês cobrando pedágio de quem passava, dizendo que aquilo era uma ordem do Sirkar. Daí apareceu um inglês, que sabia o que era aquele papel, e quebrou a cara dele. Ah, meu irmão, eu sou um esperto corvo de cidade, não um tolo corvo da roça! — disse Kim.

O policial voltou pra trás, envergonhado, e Kim seguiu pela estrada, vaiando o homem.

— Já viu alguma vez um discípulo como eu? — gritou Kim, alegremente, para o lama. — Se eu não protegesse o senhor, todo mundo já teria roído até os seus ossos, nos primeiros dez quilômetros fora de Lahore.

— Às vezes fico cismando se você é mesmo um espírito do céu ou um diabinho — respondeu o lama, sorrindo mansamente.

— Eu sou o seu *chela*.

Kim acertou seu passo com o do lama, caminhando naquele modo indescritível, típico de todos os vagabundos andarilhos do mundo.

— Agora toca a andar — murmurou o lama, e continuaram caminhando por quilômetros, em silêncio, no compasso do clique-clique do rosário do monge.

Este, como sempre, ia absorto em suas profundas meditações; mas Kim avançava com os olhos bem abertos. Descobria que aquele largo e risonho rio de vida era muito melhor do que as ruas de Lahore, apinhadas de gente e coisas. A cada passo, podia ver novas paisagens e novos tipos de gente, de castas que já conhecia e de castas totalmente ausentes de sua experiência anterior.

Cruzaram com um bando de malcheirosos ciganos Sansis, com suas longas cabeleiras, carregando nas costas balaios cheios de lagartos e outras comidas consideradas nojentas, com cachorros magros farejando-lhes os calcanhares. Caminhavam por um canto da estrada, com passinhos rápidos e furtivos, e as outras castas afastavam-se o mais possível para lhes dar passagem, pois consideravam os Sansis impuros e poluentes.

Atrás deles, sob a densa sombra das árvores que margeavam a Estrada, caminhando com passos largos e rígidos como se suas pernas ainda carregassem a memória dos grilhões de ferro, vinha um homem recém-saído da prisão, cujo estômago estufado e a pele luzidia provavam que o Governo alimentava seus prisioneiros melhor do que muitos homens honestos conseguem se alimentar. Kim conhecia muito bem aquele andar e, ao passar por ele, imitou-o, por zombaria.

Depois vinha um Akali, um devoto sique, com os cabelos jamais cortados e olhos fogosos, vestido com a roupa de xadrez azul típica de sua fé e discos de aço polido brilhando no alto turbante azul. Passou numa atitude arrogante, voltando de uma visita a um dos estados siques independentes, onde devia ter estado contando as antigas glórias da comunidade dos siques, devidamente iniciados em sua fé, a jovens nobres, formados em universidades, vestidos com botas de cano longo e calções brancos. Kim tomou cuidado para não irritar o Akali, pois eles têm mau gênio e o punho rápido.

Aqui e ali, encontravam ou eram ultrapassados por grupos trajados com cores alegres: aldeias inteiras voltando de alguma feira local. As mulheres carregavam seus bebês nas ancas, andando atrás dos homens; os meninos já grandinhos iam a cavalo em varas de cana-de-açúcar, puxando trenzinhos feitos de lata comprados por uma bagatela ou lançando, com espelhinhos de bolso baratos, reflexos de sol nos olhos dos maiores. Dava logo para ver o que cada um tinha comprado e, em caso de dúvida, bastava reparar nas mulheres aproximando os braços morenos para comparar suas novas pulseiras de contas de vidro banais, trazidas do Noroeste.

Festeiros, voltavam sem pressa, brincando uns com os outros e parando para pechinchar com os vendedores de doces, ou para fazer uma oração diante das capelinhas de beira de estrada, algumas hindus, outras maometanas, que o povo simples dos dois credos compartilhava com bela imparcialidade.

Uma compacta fila azul, subindo e descendo como o dorso de uma lagarta apressada, passava balançando-se e levantando poeira, ao som de um coro de veloz tagarelice. Era uma turma de *changares*, mulheres que se encarregam da manutenção dos leitos de todas as estradas de ferro do Norte.

Mulheres de pés chatos, grandes seios, pernas e braços fortes, carregadoras de terra vestidas com batas azuis, que corriam rumo ao Norte, sem perda de tempo, atrás da notícia de um novo trabalho. Pertencem a uma casta cujos homens não são de nada. Caminham com uma mão na cintura, balançando as cadeiras, com a cabeça bem levantada e o pescoço reto, como andam sempre as mulheres que costumam carregar muito peso na cabeça.

Pouco mais adiante, era um cortejo de bodas que desembocava na Grande Estrada, com música, gritos e perfumes de jasmim e cravo-de-defunto mais fortes do que o cheiro da poeira. Dava para ver, como um borrão vermelho e dourado balançando-se no meio da nuvem de pó, a liteira que carregava a noiva, enquanto o pônei do noivo, engalanado de flores, saía de lado para abocanhar um feixe de capim de uma carroça que ia passando. Kim se juntava à zoada de aplausos, votos de felicidades e piadas maliciosas, desejando ao casal mil filhos machos e nenhuma filha, como reza o ditado indiano.

Ainda mais interessante e melhor ocasião para aplaudir e gritar era o encontro com saltimbancos ambulantes, seus macacos meio ensinados, ou seu urso capenga, ou uma mulher com chifres de bode atados aos pés, dançando numa corda bamba, assustando os cavalos e fazendo as mulheres lançarem longos estrilos de espanto.

O lama nem levantava os olhos. Não notou o agiota que vinha num pônei de garupa raquítica, apressado para ir cobrar seus juros extorsivos; nem reparou no pequeno batalhão de soldados nativos em gozo de licença, marchando ainda em formação militar e cantando com voz grossa para marcar o passo, felizes por se verem livres das fardas e perneiras, lançando os mais pesados gracejos às mais respeitáveis senhoras à vista. Nem mesmo viu o vendedor de água do Ganges, embora Kim tivesse imaginado que ele haveria de comprar pelo menos uma garrafa daquela coisa tão preciosa. O lama olhava firmemente para o chão, assim como caminhava firmemente havia horas, com o espírito muito longe dali. Kim, no entanto, sentia-se no sétimo céu, de tão alegre. A Grande Estrada, naquele ponto, era construída sobre um dique, para protegê-la das enxurradas que desciam do sopé das colinas, no inverno, de modo que ali se caminhava um pouco acima dos campos, como ao longo de uma majestosa passarela, vendo toda a Índia estender-se à esquerda e à direita.

Era lindo contemplar os carros repletos de grãos e algodão, puxados por várias juntas de bois, arrastando-se pelos caminhos entre as roças. A mais de um quilômetro de distância, podia-se ouvir o canto lamentoso de seus eixos aproximando-se até que, com guinchos, gritos e palavrões dos carreiros insultando-se mutuamente, conseguiam subir a íngreme ladeira que os trazia para o sólido leito da Estrada principal.

Era igualmente bonito ver toda aquela gente, pequenas manchas de vermelho e azul e cor-de-rosa e branco e alaranjado pegando os atalhos em direção a suas aldeias, dispersando-se e tornando-se cada vez menores, grupos de apenas duas ou três pessoas atravessando a planície.

Kim sentia tudo isso, mesmo sem poder expressar seus sentimentos com palavras. Contentava-se em comprar roletes de cana e ir cuspindo o bagaço pelo caminho. De vez em quando, o lama cheirava uma pitada de rapé, em silêncio. Até que Kim não pôde mais aguentar calado:

– Que boa terra, esta terra do Sul! – disse. – Bom ar e boa água, não é?

– E estão todos atados à Roda – disse o lama, aéreo. – Amarrados a uma vida após a outra. O verdadeiro Caminho ainda não foi revelado a nenhum deles. – Só então o monge despertou, de volta a este mundo.

– E agora, já estamos cansados de caminhar – disse Kim. – Daqui a pouco, com certeza, encontraremos um ponto de parada. Vamos parar lá? Olhe, o Sol já se está inclinando para o poente.

– Quem vai nos hospedar esta noite?

– Tanto faz. Esta terra está cheia de gente boa. Além disso – Kim baixou a voz, cochichando –, nós temos dinheiro.

O povo na estrada ia aumentando na medida em que se aproximavam do ponto de parada, local de acampamento que marcava o final daquele dia de jornada. Enfileiravam-se, ali, barraquinhas vendendo comida caseira e tabaco; mais adiante, um monte de lenha, um posto de polícia, um poço, um comedouro para cavalos, algumas árvores e, debaixo delas, um grande terreiro salpicado de manchas negras de carvão onde alguém, antes, havia feito uma fogueira, como se vê em todos os pontos de acampamento ao longo da Grande Estrada, além dos mendigos e corvos, ambos famintos.

A essa altura, o sol, declinando, já lançava largas listas douradas através dos galhos mais baixos das mangueiras. Centenas de periquitos e pombos vinham voltando para casa. Os estorninhos de costas cinzentas, tagarelas, andavam para lá e para cá, conversando sobre suas aventuras daquele dia, em pares ou em trios, quase debaixo do pé dos viajantes. Uma agitação e um farfalhar entre os ramos indicavam que os morcegos estavam prontos para partir para o turno da noite. Ligeira, a luz concentrou-se na linha do horizonte e, por um instante, tingiu de vermelho sangue as caras, as carretas e os chifres dos bois.

E caiu a noite, refrescando o ar, estendendo um límpido véu azul de neblina, baixo e uniforme, por sobre a face da Terra e trazendo distintos e penetrantes cheiros de fumaça das fogueiras e do gado, e o cheiro bom dos bolos de trigo assando nas cinzas. A patrulha vespertina emergiu do posto policial com um acompanhamento sonoro de tosse e repetidas ordens. Uma brasa viva reluziu, rubra, no bojo do narguilé de um carroceiro, à beira da estrada, enquanto os olhos de Kim percebiam, mecanicamente, o último reflexo de sol nas pinças de latão que transportavam brasas.

A vida no ponto de parada era bem parecida com a do Caravançará Caxemira, apenas em tamanho bem menor. Kim mergulhou naquela alegre bagunça asiática onde, ao fim de algum tempo, acaba-se por encontrar tudo aquilo de que uma pessoa simples precisa.

As necessidades de Kim eram poucas, pois o lama não tinha tabus alimentares semelhantes aos que têm as castas indianas; assim, a comida preparada na barraquinha mais próxima já serviria para eles. Mas Kim deu-se o luxo de comprar uma placa de bosta seca de vaca para acender um fogo. Por toda parte, indo e vindo em torno das fogueirinhas, havia homens gritando por azeite, ou cereais, doces, tabaco, acotovelando-se junto ao poço enquanto esperavam sua vez. Sob a voz dos homens, podiam-se ouvir, saindo dos carroções cobertos, os gritos e risadinhas das mulheres, proibidas de mostrar o rosto em público.

Hoje em dia, e cada vez mais, os nativos mais esclarecidos acham que é melhor levar suas mulheres – nas muitas viagens que fazem para diversas visitas – de trem, em compartimentos especiais, bem fechados. Mas há sempre aqueles de velha cepa que se agarram aos costumes de seus antepassados; sobretudo, há sempre as velhas senhoras, até mais conservadoras do que os homens, que, vendo aproximar-se o fim de seus dias, partem em longas peregrinações religiosas. Essas, já enrugadas e nada atraentes, em certas circunstâncias não se negam a tirar os véus. Após longos anos de reclusão – apesar de sempre terem dado um jeito de meter-se em mil negócios com gente de fora –, agora, livres e respeitadas por serem viúvas e velhas, apreciam demais a agitação e o vai e vem das estradas, os ajuntamentos de gente nos santuários e as infinitas possibilidades de mexericar com outras viúvas ricas que pensam como elas. Muitas vezes, a família, que já não aguenta mais a língua comprida e o mandonismo da velha senhora, acha ótimo quando ela resolve sair percorrendo a Índia desse jeito, pois, com certeza, uma peregrinação agrada muito aos Deuses. Assim, por toda a Índia, nos mais remotos ou nos mais concorridos lugares, pode-se sempre encontrar um magote de servidores já grisalhos, encarregados de escoltar uma velha senhora mais ou menos escondida atrás das cortinas de um carro de boi fechado com toldos e cortinas. Tais homens são sisudos e discretos e, quando há algum europeu ou um indiano de alta casta por perto, tratam logo de tomar estritas precauções para isolar sua senhora. Mas, nas peripécias normais dos caminhos de romaria, eles afrouxam a vigilância. A velha senhora, afinal de contas, também é gente e deseja viver e ver a vida.

Kim reparou bem num carroção alegremente ornamentado, coberto por duas cúpulas bordadas, como duas corcovas de um camelo, que acabavam de arrastar para dentro do acampamento. Oito homens faziam sua escolta e dois deles estavam armados com sabres – enferrujados, mas que indicavam que ali, seguramente, vinha uma pessoa muito distinta, pois gente comum não usa armas. De trás das cortinas, saía um crescente cacarejar de queixas, ordens e gracejos, que, para um europeu, soariam como grosserias. Ali estava, evidentemente, uma mulher acostumada a mandar.

Kim examinou criticamente a escolta. A metade dos homens, de pernas finas e barbas grisalhas, era da província de Orissa, mais ao sul. A outra metade era de montanheses do Norte, com suas capas felpudas e seus chapéus de feltro. Essa mistura já contava toda uma história, mesmo que Kim não tivesse ouvido a incessante disputa entre as duas partes. A velha senhora ia para o Sul, provavelmente visitar um parente rico – muito provavelmente, um genro – que tinha mandado uma escolta para buscá-la, como demonstração de respeito. Os montanheses deviam ser do pessoal dela mesma, gente de Kulu ou de Kangra. Era claro que ela não estava levando uma filha para se casar, pois, se assim fosse, as cortinas estariam bem amarradas e os guardas não deixariam ninguém se aproximar do carro. Uma alegre e animada dama, pensou Kim, equilibrando a placa de bosta seca numa mão, na outra, o prato de comida e pilotando o lama com cutucões de um ombro. Alguma coisa poderia surgir daquele encontro. O lama não o ajudaria em nada, mas, como discípulo conscencioso, Kim estava contentíssimo de ir mendigar pelos dois.

Acendeu seu fogo o mais perto que ousou do carroção, esperando que algum dos homens da escolta o mandasse sair dali. O lama deixou-se cair no chão, exausto, encolhendo-se feito um morcego pesado de tanto encher o bucho de frutas, e voltou ao seu rosário.

– Vá para longe daqui, mendigo! – a ordem foi gritada em língua hindustâni mal falada por um dos montanheses.

– Huuuu! Não passa de um montanhês – disse Kim por cima do ombro. – Desde quando os asnos montanheses são donos de todo o Hindustão?

A resposta do guarda foi um ríspido e brilhante resumo de três gerações da genealogia de Kim.

– Ah! – continuou Kim, com voz suave, enquanto quebrava a placa de bosta seca em vários pedaços. – Na minha terra esse tipo de conversa é a introdução a uma declaração de amor.

Um áspero e agudo cacarejo atrás das cortinas animou o montanhês para mais um xingamento.

– Nada mal... nada mal – disse Kim, calmamente. – Mas tome cuidado, meu irmão, se não nós... nós, eu digo... podemos resolver jogar-lhe uma maldição. E olhe que nossas pragas têm o dom de pegar pra valer.

Os homens de Orissa riram; o homem das Montanhas saltou para a frente, ameaçador. De repente, o lama levantou a cabeça, de modo que sua enorme boina, típica dos monges tibetanos, ficou visível à luz do fogo que Kim acabava de acender.

– O que foi isso? – perguntou ele.

O homem estacou, como se tivesse sido petrificado.

– Eu... eu acabo de escapar de um grande pecado – gaguejou.

– O forasteiro, afinal, descobriu que ele é um monge – sussurrou um dos homens de Orissa.

– Ei! Por que ainda não deram uma boa lição a esse fedelho mendigo? – gritou a mulher de dentro do carroção.

O montanhês recuou até perto do carro e cochichou alguma coisa junto à cortina. Fez-se primeiro um profundo silêncio e, em seguida, ouviu-se um resmungo.

– A coisa vai indo bem – pensou Kim, fingindo não ver nem ouvir nada disso.

– Quando... quando ele acabar de comer... – disse o montanhês a Kim, em tom de bajulação – ... solicita-se que o santo homem dê a honra de falar com alguém que quer falar com ele.

– Depois de comer ele vai dormir – respondeu Kim altivamente, sem saber ainda muito bem qual a nova direção que o jogo estava tomando, mas resolvido a se aproveitar dele de qualquer jeito. – Agora eu vou buscar comida para ele.

Essa última frase foi pronunciada bem alto, terminando com um suspiro de desânimo.

– Eu... eu mesmo e os outros do meu pessoal cuidaremos disso... se nos permitem.

– Permitimos, sim – disse Kim, mais altivo que nunca. – Santo homem, essa gente vai nos trazer comida.

– Esta é uma boa terra. Toda a terra do Sul é boa... um mundo enorme e terrível – murmurou o lama, sonolento.

– Deixem que ele durma – disse Kim –, mas cuidem de alimentar-nos bem quando ele acordar. Este é um homem muito santo.

Um dos homens de Orissa disse novamente alguma coisa depreciativa.

– Ele não é um faquir. Ele não é um mendigo destas terras baixas – prosseguiu Kim, com ar severo, dirigindo-se às estrelas. – É o mais santo dos homens santos. Ele está acima de todas as castas. E eu sou o seu *chela*, o discípulo dele.

– Venha aqui – disse uma voz esganiçada, por trás da cortina. Kim foi, consciente de que estava sendo espiado por olhos que não podia ver. Um dedo magrinho e moreno, carregado de anéis, apareceu na beirada do carro e lá de dentro saiu uma fala:

– Quem é aquele?

– Uma pessoa santíssima. Ele vem de muito longe. Vem do Tibete.

– De que parte do Tibete?

– De pra lá das neves... de um lugar muito longe. Ele conhece as estrelas, sabe fazer horóscopos e traçar o mapa astral de cada um conforme seu nascimento. Mas ele não faz isso por dinheiro. Faz só por bondade e grande caridade. Eu sou o discípulo dele. Também sou chamado de Amigo das Estrelas.

– Você não vem das Montanhas.

– Pergunte ao monge. Ele vai lhe contar como fui enviado, lá das Estrelas, para mostrar-lhe o ponto final de suas peregrinações.

– Hum! Fique sabendo, moleque, que eu sou uma mulher idosa, experiente, e não sou nada boba. Eu conheço os lamas e lhes presto minha reverência, mas você não é um legítimo *chela*, tanto quanto esse meu dedo não é a vara que conduz este carro. Você é um hindu sem casta... um mendigo cara de pau e sem-vergonha que deve ter-se juntado ao santo homem só pelo ganho.

— Pois então: todos nós não trabalhamos pelo ganho? — Kim imediatamente mudou seu tom de voz, para contrapô-lo àquela voz alterada, e jogou verde para colher maduro: — E ouvi dizer... ouvi dizer...

— O que foi que você ouviu dizer? — interrompeu ela, batendo com o dedo na beira do carro.

— Nada de que me lembre muito bem, mas ouvi alguma conversa de mercado, mentirosa, com certeza, de que mesmo os Rajás... os pequenos Rajás das Montanhas...

— Mas, apesar de tudo, todos de bom sangue de Rajput...

— Certamente, de sangue nobre. ... Que até esses vendem suas filhas mais bonitas para obter bom ganho. Elas são vendidas no Sul... a ricos fazendeiros e a outros homens desse tipo... todos da desorganizada província de Oudh.

Se há uma acusação que os pequenos Rajás das Montanhas fazem questão de negar, é essa; mas acontece que toda a gente, nos mercados, acredita nisso, quando se toca no assunto do misterioso tráfico de escravas na Índia.

A velha, cochichando em tom indignado, disse a Kim, com todas as palavras, que espécie de mentiroso maldoso era ele e que, se tivesse tocado nesse assunto no tempo em que ela era jovem, teria morrido esmagado por um elefante, na mesma hora.

— Ai, ai! Eu sou apenas um moleque mendigo, como a Visão de Beleza já disse — gritou o garoto com exagerado terror.

— Visão de Beleza, só me falava essa! Quem você pensa que eu sou pra me lançar galanteios de mendigo? — Mas, mesmo assim, ela riu ao ouvir o elogio já havia muito tempo esquecido. — Há quarenta anos, até podiam me dizer isso, e não seria mentira. É, trinta anos atrás. Mas perambular pra cima e pra baixo pelo Hind faz com que a viúva de um rei tenha de se misturar com toda a ralé desta terra e aturar a zombaria de mendigos.

— Ó Grande Rainha — disse Kim prontamente, pois percebera que ela tremia de indignação —, eu sou mesmo tudo isso que a Grande Rainha diz que sou; mas nem por isso o meu mestre deixa de ser santo. Ele ainda não recebeu a ordem da Grande Rainha para que...

— Ordem? Eu, ordenar a um homem santo, um Doutor da Lei, que venha falar com uma mulher? Nunca!

– Tenha piedade da minha estupidez. Eu pensei que isso havia sido uma ordem...

– Pois não foi. Foi um pedido. Ficou claro, agora?

Uma moedinha de prata tiniu na beirada do carro. Kim pegou-a e fez um profundo salamaleque. A velha senhora tinha reconhecido que, sendo os olhos e os ouvidos do lama, ele, Kim, tinha de ser bem tratado.

– Eu sou apenas o discípulo do santo homem. Depois que ele comer, talvez venha vê-la.

– Ô, seu malandro patife e sem vergonha! – Ela sacudiu reprovadoramente o dedo cheio de joias, mas ele pode ouvir uma boa risada da velha senhora.

– Mas... não! O que é isso? – e Kim passou a falar com seu tom de voz mais carinhoso e confidencial, ao qual, ele bem sabia, pouca gente podia resistir. – Por acaso... não está faltando um filho homem na sua família? Pode falar sem medo, porque nós, os sacerdotes... – Kim usou esta última expressão plagiando diretamente um faquir da Porta Taksali.

– Nós, os sacerdotes?! Você ainda não tem idade para... – Ela interrompeu a piada com outra risada. – Pode crer, ó, sacerdote, que, de vez em quando, nós, mulheres, temos outros assuntos, não só filhos, em que pensar. Além disso, minha filha já pariu um filho macho.

– Ter duas flechas na aljava é melhor do que uma só; e três é ainda melhor. – Kim citou o provérbio indiano com um pigarro meditativo, olhando discretamente para o chão.

– É verdade... oh, bem verdade. Mas isso talvez ainda vá chegar. O certo é que aqueles brâmanes, os sacerdotes da religião hindu dessas terras baixas, são completamente imprestáveis. Já cansei de lhes mandar presentes, dinheiro e mais presentes e eles só profetizam que vai chegar mais um menino.

– Ah! Eles só profetizam! – disse Kim bem devagar, com tom de infinito desprezo que nem um profissional teria expressado melhor.

– E foi apenas quando eu me lembrei dos Deuses da minha própria fé que minhas preces foram ouvidas. Escolhi a hora propícia e... talvez seu santo homem já tenha ouvido falar do abade do mosteiro de Lung-Cho. Foi a ele que apresentei meu problema e então, passado o prazo certo, tudo aconteceu como eu desejava. O brâmane da casa do pai do filho de minha filha, desde então, diz que foram as preces dele que trouxeram o menino... o que é um enganozinho que eu vou lhe explicar muito bem quando chegarmos ao fim de nossa viagem. E, depois disso, eu continuo até Buddh Gaya para fazer uma cerimônia de luto em memória do pai de meus filhos.

— Pois é para lá que nós também vamos.

— Que notícia duplamente auspiciosa! – chilreou a velha senhora. – Até que enfim, virá um segundo filho!

— Ó, Amigo de Todos! – O lama tinha acordado e, com a simplicidade de uma criança que acorda assustada num leito estranho, chamava por Kim.

— Já vou indo! Já vou, meu santo – e o garoto correu até sua fogueirinha, onde encontrou o lama já rodeado de travessas de comida, de montanheses olhando-o com visível veneração e de sulistas espiando com ar de poucos amigos.

— Afastem-se! Fora daqui! – gritou Kim. – Acham que nós vamos comer em público, como se fôssemos cachorros?

Os dois, cada um virado para um lado, em silêncio, acabaram de comer a refeição que Kim completou com um cigarrinho nativo, enrolado à mão.

— Eu não disse cem vezes que o Sul é uma boa terra? Pois está aqui, em peregrinação, uma senhora muito virtuosa e bem-nascida, viúva de um Rajá das Montanhas, que diz que vai para Buddh Gaya. Foi ela que nos mandou todos esses pratos; e quando o senhor tiver descansado, ela gostaria de lhe falar.

— Isso também é resultado do seu trabalho? – disse o lama, colhendo uma boa pitada de sua caixa de rapé.

— E quem mais tem tomado conta do senhor desde que começamos esta nossa maravilhosa viagem? – Os olhos de Kim vagavam pelos arredores, enquanto ele expirava pelo nariz aquela fumaça fedida, estirado no chão poeirento. – Alguma vez deixei de zelar pelo seu conforto, meu santo?

— Eu lhe abençoo. – O lama inclinou a cabeça com solenidade. – Conheci muitos homens na minha longa vida e não poucos discípulos. Mas a ninguém dentre os humanos, se é que você nasceu do ventre de uma mulher, a ninguém meu coração se apegou tanto quanto a você... atencioso, sábio e gentil, mas com um toquezinho de travessura.

— E eu nunca vi um sacerdote como o senhor. – Kim observou ruga por ruga daquela bondosa cara amarela. – Faz menos de três dias que nós caímos na estrada juntos e para mim é como se fossem cem anos.

— Pode ser que, numa encarnação anterior, eu tenha podido prestar-lhe algum serviço. Talvez – o lama deu um sorrisinho – eu tenha libertado você de alguma arapuca; ou, tendo apanhado você com meu anzol, no tempo em que eu ainda não tinha recebido uma iluminação, soltei você de volta para o rio.

– Talvez – disse Kim, sossegadamente. Ele já tinha ouvido repetidamente, da boca de muita gente, esse tipo de suposição, que os ingleses considerariam nada imaginativa. – Agora, voltando àquela mulher que está no carro de bois, eu acho que ela está precisando de um segundo filho para sua filha.

– Isso não tem nada a ver com o Caminho – suspirou o lama. – Mas, pelo menos, ela vem das Montanhas. Ah, as Montanhas e a neve das Montanhas!

Ele se levantou e saiu andando em direção ao carroção. Kim teria dado as suas duas orelhas em troca de ir junto, mas o lama não o convidou. Além disso, as poucas palavras que conseguia captar daquela conversa eram numa língua desconhecida para ele, porque falavam em algum dialeto das Montanhas. A mulher parecia fazer perguntas e o lama levava um bom tempo refletindo antes de responder. De vez em quando, se ouvia a cantilena de uma citação em chinês.

Era uma estranha cena, que Kim espiava com os olhos semicerrados. Via o lama, muito digno e empertigado, com as amplas dobras do manto amarelo riscadas por sombras negras à luz das fogueiras do acampamento, como um rugoso tronco de árvore risca-se de sombras ao sol poente. Ele falava para uma carroça laqueada e espalhafatosamente enfeitada que tremeluzia como uma joia multicor à mesma luz cambiante. Os desenhos dourados das cortinas subiam e desciam, desfaziam-se e reapareciam à medida que suas dobras se sacudiam e tremulavam ao vento da noite. Quando a conversa esquentou, um dedo carregado de joias apareceu, lançando mais alguns reflexos de luz por entre as cortinas bordadas. Atrás do carro, levantava-se um muro de vaga escuridão, salpicada de pequenas chamas e cheia da vida que se vislumbrava em forma de vultos, caras e sombras. O vozerio da boca da noite havia diminuído até tornar-se um zum-zum tranquilizante, cujo som mais grave era o constante mastigar dos bois, com seus focinhos metidos no capim cortado e o mais agudo era o tinir da cítara de uma dançarina Bengali. Muitos homens, depois de bem alimentados, puxavam longas tragadas de seus narguilés, que, a todo vapor, gorgolejavam como o coaxar de um sapo-boi.

O lama voltou, afinal, acompanhado de um montanhês que trazia uma coberta de algodão acolchoada que estendeu cuidadosamente junto ao fogo.

– Ela bem que merece ter dez mil netos – pensou Kim –, apesar de que, se não fosse pelo meu esforço, esses presentes não teriam aparecido.

– Uma mulher virtuosa e sábia – o lama disse, arriando-se no chão, dobrando junta por junta como um camelo lerdo. – O mundo está cheio de caridade para com aqueles que seguem o Caminho – e estendeu quase metade do acolchoado para cobrir Kim também.

– E o que foi que ela disse? – perguntou Kim, enrolando-se bem no seu pedaço de coberta.

– Ela me fez várias perguntas e propôs uma série de problemas... A maioria era sobre lendas bobas, ouvidas de sacerdotes seguidores do diabo que fingem seguir o verdadeiro Caminho. A alguns eu respondi, outras eu disse que eram tolices. Muitos se vestem com o hábito monástico, mas muito poucos permanecem no Caminho.

– Verdade. Isso é verdade mesmo – Kim falava naquele tom pensativo e amistoso de quem tenta atrair mais confidências dos outros.

– Mas para os conhecimentos que possui, ela pensa muito bem. Deseja muito que viajemos com ela até Buddh Gaya e vai pelo mesmo caminho que nós, por vários dias.

– E daí?

– Espere um pouco. A isso eu respondi que minha Busca é mais importante para mim do que qualquer outra coisa. Ela ouviu muitas histórias tolas, mas a grande verdade da história do meu Rio ela nunca tinha ouvido. Está vendo como são os sacerdotes das colinas mais baixas? Ela conheceu o abade do mosteiro de Lung-Cho, mas não sabia da história do meu Rio... nem a história da Flecha de Buda.

– E daí?

– Então eu lhe falei sobre a Busca e o Caminho e sobre outros temas proveitosos; e ela só querendo que eu a acompanhe para rezar por um segundo filho de sua filha.

– Aha! "Nós mulheres" não pensamos em nada senão em filhos – disse Kim, já com sono.

– Agora... já que vamos pela mesma estrada, não acho que nos desviemos de nossa Busca se a acompanharmos, pelo menos até... esqueci o nome da cidade.

Kim virou-se e perguntou a um dos homens de Orissa que estava a poucos metros:

— Ei! Onde fica a casa do seu patrão?

— Um pouco além de Saharunpore, entre os pomares — e disse o nome da aldeia.

— É esse o lugar — disse o lama. — Até lá, pelo menos, podemos ir com ela.

— Lá vão as moscas para a carniça — disse o homem de Orissa, com ar distraído.

— Para uma vaca doente correm os corvos, para um homem doente correm os brâmanes. — Kim sussurrou o provérbio como se falasse para o topo sombrio das árvores.

O homem de Orissa resmungou e ficou quieto.

— Então nós vamos com ela, santo homem?

— Alguma coisa contra? Ainda posso ir parando e examinando todos os rios pelos quais passa a Estrada. Ela deseja que eu vá, realmente deseja muito que eu vá com ela.

Kim abafou uma risadinha debaixo do acolchoado. Uma vez que aquela senhora mandona se recuperasse do seu respeitoso e natural temor diante de um lama, poderia valer a pena ouvir o que ela tinha a dizer. Já estava quase dormindo quando o lama, de repente, também citou um provérbio:

— Os maridos das mulheres tagarelas receberão uma boa recompensa em outra vida. — Depois, Kim ouviu-o cheirar três vezes seu rapé e caiu no sono, ainda rindo.

Os brilhantes raios do sol nascente despertaram, ao mesmo tempo, homens, corvos e bois. Kim sentou-se, espreguiçou, sacudiu-se e estremeceu de satisfação. Isso sim é que era ver o mundo, de verdade. Essa era a vida que tinha pedido a Deus: alvoroço e algazarra, cintos afivelando-se, carreiros chuchando os bois, rangido de rodas, fogos acendendo-se, comida fumegando nas panelas e novas coisas para ver a cada movimento dos seus olhos satisfeitos. A bruma da madrugada foi-se embora numa espiral prateada. Papagaios, em verdes bandos palradores, dispararam para algum rio distante. Todos os poços ao alcance do seu ouvido punham-se a trabalhar. A Índia acordava e Kim estava no meio dela, mais acordado e excitado que ninguém, mastigando a ponta de um graveto para fazer uma escova de dentes, pois tomava emprestados, aqui e ali, conforme lhe convinham, os costumes dessa terra que conhecia e amava.

Não era preciso preocupar-se com a comida nem gastar um tostão nas barraquinhas onde os outros se amontoavam. Ele era o discípulo de um homem santo, agregado ao cortejo de uma velha voluntariosa. Tudo já estaria preparado para eles, quando fossem respeitosamente convidados a sentar-se e comer. Quanto ao resto, e Kim riu-se enquanto escovava os dentes, a companhia daquela senhora só ia tornar a viagem mais divertida.

Quando os bois da viúva foram trazidos, mugindo e bufando sob as cangas, Kim examinou-os com olho crítico. Se não andassem depressa demais, o que não parecia provável, haveria um lugar bem confortável para ele em cima do cabeçalho do carro; o lama se sentaria ao lado do condutor. A escolta, é claro, ia a pé. É claro também que a velha senhora ia falar muito e, pelo que Kim já tinha ouvido, sua conversa não haveria de ser insossa. Ela já estava mandando, arengando, repreendendo e, falta dizer, praguejando contra os empregados pelo atraso.

– Deem-lhe seu cachimbo! Pelo amor de Deus, deem-lhe seu cachimbo pra que ela cale essa boca de mau agouro – gritou um dos homens de Orissa, enquanto amarrava numa trouxa suas cobertas de dormir. – Ela é igual aos papagaios, começa a gritar logo de madrugada.

– Os bois de guia! Ei! Olhem os bois de guia! – Os animais recuavam e berravam porque o eixo de uma carroça de grãos tinha batido nos seus chifres. – Onde é que você vai, seu filho de uma coruja? – gritavam para o carroceiro sorridente.

– Ai, ai, ai! Parece que aí dentro está a grande Rainha de Délhi, que todo mundo sabe que é estéril e vai fazer promessas pra ter um filho homem – respondeu o homem, por cima da alta carga de sua carroça. – Deixem passar a Rainha de Délhi e seu Primeiro-Ministro, aquele macaco cinzento trepando pela própria espada acima.

Outra carroça, transportando cascas de árvores para um curtume, vinha logo atrás, e seu carroceiro também acrescentou elogios de gozação, enquanto os bois do carroção continuavam recuando cada vez mais para trás.

De trás das cortinas tremulantes saiu uma rajada de insultos. Embora não tenha durado muito, essa corrente de injúrias estava muito além de qualquer coisa que Kim já tivesse ouvido, em variedade e qualidade, de tão furiosa e capaz de atingir seu alvo de forma tão certeira e mordaz. Dava para ver o peito nu do carroceiro encolher-se de susto, enquanto o homem se curvava reverentemente num salamaleque para aquela voz, saltava fora de sua carroça e ajudava a escolta da viúva a arrastar aquela espécie de vulcão bovino até a estrada principal. Aí, a velha senhora lhe disse bem direitinho com que tipo de mulher ele havia casado e o que essa mulher deveria estar fazendo durante a ausência dele.

– Oh, incrível! – murmurou Kim, sem poder se conter, quando o homem deu o fora dali.

– Bem feito, não é? É uma vergonha e um escândalo que uma pobre mulher não possa ir orar a seus Deuses sem ser abalroada e insultada por toda a escória do Hindustão... Que ela tenha de engolir desaforos como os homens engolem manteiga. Mas ainda tenho um chicote na língua... uma ou duas palavras bem certeiras para essas ocasiões. E ainda por cima, estou sem tabaco! Quem é o desgraçado caolho filho da vergonha que ainda não preparou meu cachimbo?

Um dos montanheses apressou-se a passar-lhe o cachimbo e logo os fiapos de espessa fumaça saindo pelos cantos das cortinas mostraram que tudo estava de novo em paz.

Se, na véspera, como discípulo de um santo homem, Kim já caminhava altivamente, hoje ele dava suas passadas com orgulho dez vezes maior, vendo-se reconhecido como parte de um cortejo semirrégio, sob o patrocínio de uma velha senhora de maneiras encantadoras e cheia de manhas. Os homens da escolta, com as cabeças envoltas em turbantes tradicionais, marchavam em formação dos dois lados do carro, levantando uma enorme nuvem de poeira.

O lama e Kim caminhavam um pouco mais à beira da Estrada, Kim mascando seus roletes de cana e não se dignando a dar passagem a ninguém que fosse menos do que um sacerdote. Eles podiam ouvir a língua da senhora tagarelar tão incessantemente quanto uma máquina de beneficiar arroz. Ela exigia que sua escolta fosse lhe relatando tudo o que acontecia na estrada e, assim que se afastaram bastante do acampamento, abriu as cortinas e espiou para fora, com o véu cobrindo-lhe apenas um terço da cara. Seus homens nunca a olhavam diretamente quando ela falava com eles, de modo que, assim, a decência era mais ou menos mantida.

Um Chefe de Distrito policial, um inglês bronzeado e impecavelmente fardado, passou ao lado do cortejo, trotando num cavalo cansado, e vendo, pelo aparato que a cercava, que tipo de gente era ela, pôs-se a provocar:

– Ó, minha mãe, é assim que se faz nos aposentos das mulheres de sua terra? Imagine se aparecesse um inglês e visse que a senhora não tem nariz?

– O quê? – ela estrilou. – Sua mãe não tem nariz?! E a troco de que você proclama isso assim, em plena estrada?

Tinha sido uma resposta esperta. O inglês levantou a mão no gesto de quem acusa o golpe recebido. Ela riu e acenou.

– Acha que esta é uma cara para tentar alguém a abandonar a virtude? – disse a senhora, afastando o véu e olhando para ele.

Ela não era nada bonita, mas, assim mesmo, refreando o cavalo, o homem chamou-a de Lua do Paraíso, Perturbadora de Corações e mais um bocado de outros qualificativos, igualmente fantásticos, que a divertiram ainda mais.

– Isso é que é um malandro! – disse ela. – Todos os policiais são uns patifes, mas os graduados são mais malandros ainda. Ei, meu filho, você não teria aprendido a falar assim se tivesse vindo da Europa. Quem foi que o amamentou?

– Uma montanhesa de Dalhousie, ao Norte, minha mãe. Vá pela sombra com sua beleza, ó Distribuidora de Deleites! – E se foi.

– Esse é o tipo de homem... – afirmou ela, e encheu a boca com folhas de bétel – esse é que é o tipo de homem certo para supervisionar a justiça. Esses conhecem a terra e os costumes desta terra. Os outros, os recém-chegados da Europa, que foram amamentados por mulheres brancas e aprenderam nossas línguas nos livros, são piores do que a peste. Eles prejudicam os Rajás.

E começou a contar, para quem quisesse se aproximar e ouvir, a longuíssima história de um jovem e ignorante policial inglês que tinha ido perturbar o Rajá de um pequeno reino das Montanhas, primo dela em nono grau, por causa de uma questãozinha de terras. Terminou a história recitando uns versos que não eram, de jeito nenhum, parte de algum cântico religioso...

Logo ela mudou de humor e mandou um de seus homens perguntar se o lama aceitava vir caminhar ao lado dela para discutir temas religiosos. Kim, então, voltou para a poeira e para seus roletes de cana. Por cerca de uma hora, via-se a boina do lama aparecendo como uma lua através da nebulosidade; e, pelo que ouviu, Kim percebeu que a mulher estava até chorando.

Um dos homens de Orissa veio pedir-lhe desculpas pela sua grosseria da véspera, dizendo que nunca tinha visto sua senhora tão mansa e atribuía isso à presença do estranho monge. Ele, pessoalmente, acreditava nos sacerdotes brâmanes, apesar de estar bem a par das manhas e da ganância deles, como todos os nativos da Índia. Ainda assim, quando a mãe da esposa de seu patrão se irritava com tantos pedidos de esmolas dos brâmanes e mandava-os embora, e eles, zangados, lançavam maldições sobre todo o cortejo da senhora – aliás, era por isso que um dos bois andava mancando e que o eixo do carroção tinha se quebrado na véspera –, ele, o guarda, estava pronto a aceitar qualquer sacerdote de qualquer religião de dentro ou de fora da Índia. Kim concordou e fez notar ao homem de Orissa que o lama não recebia nenhum dinheiro e que o dinheiro gasto em comida para ele e para Kim haveria de ser pago ao cêntuplo pela boa sorte que os dois, dali em diante, atrairiam para toda a caravana.

Kim caminhava ao lado dos guardas da viúva, contando-lhes histórias da cidade de Lahore e também cantando uma ou outra canção que fazia rir toda a escolta. Criado na cidade, conhecedor das mais novas canções dos compositores da moda, na maioria mulheres, Kim levava grande vantagem diante daqueles caipiras de uma aldeiazinha de pomares para lá de Saharunpore, mas deixava para eles mesmos o trabalho de perceber essa vantagem.

Ao meio-dia, pararam à beira da Estrada para almoçar. A comida era boa, abundante e bem servida, decentemente, em grandes folhas verdes, frescas e limpas, livres de poeira. Distribuíram os restos aos mendigos, cumprindo assim todos os preceitos do costume, e sentaram-se todos para fumar longa e luxuosamente. A velha dama permanecia recolhida por trás de suas cortinas, mas metia-se livremente na conversa de seus servidores, que a provocavam e contradiziam, como é comum em todo o Oriente. Ela comparou o ar fresco e os pinheiros de suas montanhas de Kangra e Kulu com a poeira e as mangueiras do Sul. Contou uma história de certos Deuses locais, da divisa do território de seu marido. Vez por outra, maldizia a qualidade do tabaco que fumava, maldizia todos os brâmanes e especulava, sem discrição, sobre seus muitos netos machos que ainda haveriam de nascer.

Na Estrada / On the road

CAPÍTULO 5

Mais uma vez, a caravana voltou à estrada, num grupo compacto, arrastando-se preguiçosamente, e a velha dama dormiu até que chegaram ao próximo ponto de parada. Tinha sido uma caminhada muito curta, o por do sol tardaria ainda cerca de uma hora, e Kim deu uma olhada por ali, em busca de alguma diversão.

– Mas por que você simplesmente não se senta e descansa? – perguntou um dos homens da escolta. – Só os diabos e os ingleses vivem andando de um lado pra outro sem motivo.

– Nunca faça amizade com um diabo, com um macaco nem com um menino. Ninguém sabe qual é a próxima que eles podem aprontar – ensinou um companheiro dele.

Kim virou-lhes as costas, sem dar a mínima... Não estava a fim de ouvir mais uma vez a velha história de como até os diabos se arrependiam de brincar com meninos. E saiu andando à toa pelo campo.

O lama logo foi atrás dele. Aquele dia inteiro, cada vez que passavam por algum curso de água, ele saía da Estrada para examiná-lo bem, mas em nenhum caso recebeu qualquer sinal de que havia encontrado o seu Rio. Também, sem que ele percebesse, a comodidade de ter com quem falar numa língua razoável e de se sentir considerado e respeitado como conselheiro espiritual da velha dama tinha distraído um pouco seus pensamentos de sua Busca. Além disso, estava preparado para passar serenamente os próximos anos nessa missão, cheio de fé e sem a impaciência dos homens brancos.

– Pra onde você vai indo? – gritou ele, atrás de Kim.

– Pra lugar nenhum... estou só dando um passeiozinho – Kim respondeu, fazendo um amplo gesto com as mãos –, tudo isso aqui é novo pra mim.

– Sem dúvida, aquela é uma mulher de sabedoria e discernimento. Mas é difícil meditar quando...

– Todas as mulheres são assim – Kim falava como se fosse o próprio Rei Salomão.

– Diante do meu mosteiro, havia uma larga plataforma de pedra – o lama falou, balançando, numa curva, o rosário já bem gasto. – Ali deixei os rastros de meus pés, andando de um lado pro outro, desfiando estas contas.

Ele chacoalhou o rosário e começou a repetir, conta por conta, o mantra de sua devoção: *Om mane pudme hum*, grato pelo ar mais fresco, a quietude do campo e a ausência da poeira da Estrada.

O olhar de Kim ia vagando à toa, de uma coisa para outra, através da planície. Não havia um propósito especial para aquele passeio: apenas viu que as choupanas ali por perto pareciam novidades e teve vontade de ir lá xeretar.

Foram dar numa larga faixa de pasto, marrom e arroxeado à luz do entardecer, com um espesso bosquezinho de mangueiras no centro. Kim ficou curioso por não ver nenhum oratório construído ali naquele lugar tão apropriado: tornara-se um bom observador dessas coisas, como qualquer monge. Ao longe, do outro lado do campo, viu quatro homens caminhando lado a lado, parecendo pequenos por causa da distância. O garoto sombreou os olhos com as mãos em curva, olhou atentamente e percebeu o brilho de insígnias militares nos trajes dos desconhecidos.

– Soldados! Soldados brancos! – disse ele. – Vamos ver.

– Sempre aparecem soldados quando nós dois andamos sozinhos. Mas eu nunca vi soldados brancos.

– Eles não fazem mal, a não ser quando estão bêbados. Fique aqui atrás desta árvore. Esconderam-se atrás dos grossos troncos, à sombra fresca das mangueiras copadas. Duas das figurinhas pararam; as outras duas vieram vindo, meio incertas. Era uma patrulha avançada de um regimento em marcha, enviada, como de costume, para marcar um local de acampamento. Os soldados traziam mastros de cerca de um metro e meio, com bandeiras esvoaçantes, e gritavam uns para os outros enquanto se espalhavam pela terra rasa.

Finalmente, entraram no bosque de mangueiras, pisando duro.

– É aqui, ou por aqui... As tendas dos oficiais debaixo das árvores, eu acho, e o resto de nós pode ficar do lado de fora. Eles disseram onde devem ficar as carroças de suprimentos?

Gritaram outra vez para os camaradas e a resposta ríspida chegou fraca e suavizada pela distância.

– Finque a bandeira aqui, então – disse um deles.

– O que é que estão preparando? – perguntou o lama, espantado. – Este é um mundo enorme e terrível! O que é aquele emblema na bandeira?

Um soldado enfiou uma estaca na terra a poucos passos de onde Kim e o monge estavam escondidos; grunhiu descontente, arrancou-a, foi conversar com seu companheiro, que examinou de um lado a outro a sombria caverna verde formada pelas árvores e voltou a fincar a estaca no mesmo lugar.

Kim espiava de olhos arregalados, ofegando por entre os dentes. Os soldados saíram para a luz do sol.

– Oh, meu santo! – ele disse num suspiro. – Meu horóscopo! O desenho que o sacerdote de Ambala fez no chão. Lembre-se do que ele disse. Primeiro virão dois... *ferashes*... servidores... para deixar tudo pronto, num lugar escuro, como sempre acontece no início das visões.

– Mas isto não é uma visão – disse o lama. – Isto é a Ilusão do mundo, nada mais.

– E depois deles vem o Touro... o Touro Vermelho sobre um campo verde. Olhe! É ele!

Kim apontava para a bandeira que a brisa da tarde sacudia a menos de três metros de onde eles estavam. Não passava de uma simples flâmula para marcar limites de um acampamento militar, mas o Regimento, sempre meticuloso em matéria de divisas, havia posto nela o emblema dos Mavericks: o grande Touro Vermelho sobre um fundo do tom verde irlandês.

– Estou vendo e agora me lembro – disse o lama. – Com certeza, este é o seu Touro e os dois homens vieram para deixar tudo pronto.

– Eles são soldados, soldados brancos. O que foi que o sacerdote disse? "O signo que se contrapõe ao seu Touro é o signo da guerra e de homens armados." Meu santo, isso tem a ver com a minha própria Busca.

– Verdade. É verdade – o lama olhava fixamente para a insígnia que flamejava como um rubi, no crepúsculo. – Em Ambala, o sacerdote disse que o seu era o signo de guerra.

– E agora, o que é que a gente faz?

– Espera. Vamos esperar.

– Mesmo agora está clareando o que era escuro – disse Kim. Era perfeitamente natural que, à medida que o sol baixava, seus raios penetrassem por entre os troncos do bosquezinho, lançando ali uma luz dourada, por alguns minutos; mas, para Kim, aquilo era o coroamento da profecia do brâmane de Ambala.

– Escute! – disse o lama. – Alguém está tocando um tambor, lá longe.

No início, filtrado pelo ar parado, o som parecia apenas o pulsar de uma artéria na cabeça. Mas logo se tornou mais forte.

– Ah! A música – explicou Kim, que conhecia o som de uma banda militar, mas o lama ficou admirado.

Até que uma espessa coluna de poeira apareceu, no outro extremo da planície, e o vento trouxe uma canção bem conhecida:

Pedimos sua licença
Para contar-lhes o que sabemos
De como marcham os Mulligan Guards
Descendo ao porto de Sligo.

Então se ouviu também o som agudo dos pífanos:

Com as armas ao ombro,
Marchamos, marchamos,
Desde o parque Fênix
Até a baía de Dublin.

Oh, como tocavam bem
Os tambores e os pífanos,
E nós marchando, marchando,
Com os Mulligan Guards.

Era a banda dos Mavericks conduzindo para o acampamento o Regimento, que se deslocava com todas as suas bagagens. A coluna ondulante guinou para o terreno demarcado, com as carroças que vinham atrás se dividindo para a esquerda e a direita. Todos se puseram a correr como num formigueiro e...

– Mas isso é feitiçaria! – exclamou o lama.

...em dois tempos, espalhavam-se pelo terreno as tendas que pareciam já saltar armadas de dentro das carroças. Outro grupo de homens correu para invadir o bosquezinho e, em silêncio, ali montou uma enorme tenda; em seguida, mais outras oito ou nove tendas dos lados da tenda maior. Desencavaram panelas, frigideiras e trouxas que iam sendo repassadas a uma multidão de servidores nativos e logo, diante dos olhos de Kim e do lama, brotou, sob as mangueiras, uma cidadezinha bem ordenada.

– Vamos embora – disse o lama, encolhendo-se de medo, enquanto os fogos cintilavam e oficiais europeus, com suas espadas retinindo, marchavam para a tenda-refeitório.

– Chegue para a sombra. Fora da luz da fogueira, ninguém pode nos ver – disse Kim, com os olhos ainda fixos na bandeira. Ele nunca tinha visto a rotina de um regimento experiente montando um acampamento completo em trinta minutos.

– Olhe! Olhe! Olhe! – cacarejou o lama. – Levam um sacerdote – de fato, era Bennett o capelão anglicano do Regimento, coxeando em seu traje preto empoeirado. Um dos fiéis do seu rebanho havia feito comentários malcriados sobre a disposição do capelão e, para envergonhá-lo, naquele dia Bennett tinha feito questão de caminhar a pé, passo a passo, ao lado dos soldados. A batina preta, a cruz de ouro pendurada na corrente do relógio de bolso, a cara lisa, bem barbeada, e o chapéu mole de feltro preto o identificariam como um santo homem em qualquer lugar da Índia. Ele despencou numa cadeira dobrável e livrou-se das botas. Três ou quatro oficiais juntaram-se em volta dele, rindo e fazendo piadas sobre sua façanha.

— A fala dos homens brancos é completamente destituída de dignidade – disse o lama, julgando só pela entonação do que ouvia. – Mas eu observei a compostura daquele sacerdote e acho que ele é um homem sábio. Você pensa que ele entenderia nossa fala? Eu gostaria de falar com ele sobre minha Busca.

— Nunca fale com um homem branco enquanto ele não estiver bem alimentado – disse Kim, citando um dito popular muito conhecido. – Agora eles vão comer e... acho que não adianta nada mendigar com eles. Vamos voltar pro acampamento da Estrada. Depois que arranjarmos o que comer, nós voltaremos aqui. Trata-se de um Touro Vermelho, com toda a certeza... O meu Touro Vermelho.

Quando o pessoal da velha senhora veio lhes servir a refeição, dava para perceber claramente que os dois estavam com a cabeça longe dali; por isso, ninguém perturbou seu silêncio, pois aborrecer os hóspedes traz má sorte.

— Agora – disse Kim, palitando os dentes –, vamos voltar lá praquele lugar; mas o senhor, meu santo, vai ter de esperar um pouquinho do lado de fora, porque seus passos são mais pesados do que os meus e estou ansioso para ver mais alguma coisa daquele Touro Vermelho.

— Mas como é que você vai entender o que eles dizem? Ande mais devagar. O caminho é escuro – respondeu o lama, inquieto.

Kim fez que não ouviu a pergunta.

— Marquei um lugar junto às árvores onde o senhor pode se sentar e descansar até eu chamar. – O lama fez um gesto de protesto, mas Kim continuou. – Não, senhor, lembre-se de que esta é a minha Busca... a Busca pelo meu Touro Vermelho. O sinal das estrelas não era para o senhor. Eu conheço um pouco dos costumes dos soldados brancos e sempre desejo ver coisas novas.

— O que é que você ainda não sabe deste mundo? – o lama sentou-se, obedientemente, numa pequena depressão do terreno, a menos de trinta metros do bosquezinho de mangueiras que se destacava, escuro, diante do céu salpicado de estrelas.

— Fique aí quietinho, enquanto eu não chamar.

Kim chispou no lusco-fusco. Sabia que devia haver sentinelas em volta do acampamento e sorriu para si mesmo quando ouviu o som das pesadas botas de um deles. Um garoto capaz de esquivar-se pelos telhados de Lahore numa noite de lua, aproveitando cada cantinho de sombra para despistar seus perseguidores, não havia de ser impedido por uma linha de soldados bem treinados. Kim rastejou bem entre dois deles e, correndo e parando, agachando-se ou deitando-se, foi costurando seu caminho até a tenda-refeitório iluminada onde, bem encolhido atrás de uma mangueira, ficou esperando que alguma palavra lhe desse uma dica.

Agora o menino só tinha cabeça para alguma nova informação sobre o Touro Vermelho. Pelo pouco que sabia – e as limitações do que Kim sabia eram tão inesperadas e estranhas quanto seus conhecimentos –, aqueles homens, os novecentos perfeitos diabos da profecia de seu pai, poderiam ir rezar diante do bicho, quando caísse a noite, como fazem os hindus diante da Vaca Sagrada. Isso, afinal, seria correto e lógico, e lá estava o padre com sua cruz dourada para orientar os homens nesse assunto. Por outro lado, lembrando a cara sorumbática dos padres de quem ele tantas vezes havia desviado em Lahore, eles podiam ser xeretas e chatos, querendo mandá-lo estudar. Mas, em Ambala, não tinha recebido a prova de que seu signo no alto do céu previa guerra e homens armados? Não era ele o Amigo das Estrelas, tanto quanto Amigo de Todos, cheio até a boca de terríveis segredos? Finalmente – e seguindo a corrente que estava sempre subentendida em todos os seus pensamentos – esta aventura era um tremendo jogo, uma deliciosa continuação de seus velhos voos sobre os telhados de Lahore, tanto quanto o cumprimento de uma sublime profecia. Estendeu-se de barriga para baixo e serpenteou até a porta do refeitório dos oficiais, segurando com uma das mãos o amuleto que trazia pendurado no pescoço.

Como suspeitara, os *sahibs* estavam rezando ao seu Deus, pois, no centro da mesa de jantar – o único luxo deles quando estavam em marcha – estava um touro dourado, do tipo das esculturas muito antigas que eram roubadas nos ataques ao Palácio de Verão de Pequim, um touro em vermelho e ouro, com a cabeça abaixada, em atitude de ataque sobre um campo verde como os da Irlanda. Os *sahibs* levantavam suas taças para ele, por entre gritos confusos.

Então, o reverendo Artur Bennett, que sempre deixava o refeitório depois desse brinde, muito cansado da marcha, saiu de repente, mais rápido do que costumava. Kim, com a cabeça um pouquinho levantada, ainda estava com os olhos pregados naquele totem em cima da mesa, quando o reverendo padre pisou bem em cima de seu ombro direito. Kim estremeceu debaixo da sola e, rolando para um lado, derrubou o capelão, que, ainda um homem de ação, agarrou-o pela garganta e quase o sufocou. Kim, desesperado, deu-lhe um pontapé no estômago. O reverendo gemeu e dobrou-se, mas sem afrouxar o aperto; rolou de novo e, silenciosamente, arrastou Kim para sua própria barraca.

Os Mavericks eram incuráveis adeptos de pregar peças uns nos outros e o sacerdote inglês achou que era preferível ficar em silêncio até ter certeza de que aquilo não era uma brincadeira armada por algum oficial.

– Epa! É um garoto! – exclamou, assim que puxou sua presa para a luz da lanterna pendurada na estaca central da barraca.

Sacudindo Kim severamente, gritou:

– O que é que você estava fazendo? Você é um ladrão? – e, achando que o menino não entenderia inglês, tentou umas palavras em hindi: – *Choor? Mallum?*

O hindi do padre era muito limitado e Kim, irritado e indignado, resolveu continuar a representar o papel que o outro lhe atribuía. Enquanto recuperava o fôlego, já ia inventando uma história lindamente plausível de seu parentesco com um ajudante de cozinha do Regimento, sem tirar o olho do vão debaixo da axila esquerda do capelão. Quando achou que dava, Kim correu, tentando sair porta afora, mas um longo braço esticou-se e apanhou-o, arrebentando o cordão que lhe pendia do pescoço e segurando firmemente o amuleto.

– Me dê isso. Ô, me dê isso aí. Estragou-se? Me dê os papéis de dentro.

Essas palavras foram ditas em inglês, aquele inglês em tom metálico, entrecortado, como falam os indianos, e o capelão espantou-se:

– Um escapulário – disse ele, abrindo a mão. – Não, algum tipo de feitiço pagão. Ora, ora, você fala inglês. Você sabe que meninos que roubam costumam levar surras?

– Eu não roubo... eu não roubei – Kim saltitava agoniado como um cãozinho diante da ameaça de uma paulada. – Oh, me dê isso. É meu amuleto. Não me roube.

O capelão nem ligou, chegou até a porta da tenda e chamou em voz alta. Logo apareceu um homem gorducho e também sem barba.

– Quero sua opinião, Padre Victor – disse-lhe Bennett. – Encontrei este moleque no escuro, do lado de fora do refeitório. Normalmente, eu devia ter-lhe dado uma sova e deixado ele ir embora, porque creio que é um ladrão. Mas parece que ele fala inglês e dá algum tipo de valor a um amuleto que trazia pendurado no pescoço. Acho que o senhor talvez possa me aconselhar.

Bennett achava que havia um abismo entre ele e o capelão católico romano das tropas irlandesas, mas quando a Igreja da Inglaterra tinha de lidar com um problema humano, costumava muitas vezes recorrer à Igreja de Roma. A implicância oficial de Bennett para com os costumes da Mulher Escarlate, como chamava a Igreja Católica, só se igualava a seu particular respeito para com o Padre Victor.

– Um ladrão que fala inglês, é isso? Deixe-me ver o amuleto. Não, não é um escapulário católico, Bennett – disse, estendendo a mão.

– Mas será que temos o direito de abrir isto? Umas boas palmadas...

– Eu não roubei nada – protestou Kim. – Foi o senhor que me deu pontapés no corpo inteiro. Agora me dê meu amuleto que eu vou embora.

– Não com essa pressa. Primeiro nós vamos dar uma olhada nisto aqui – disse o Padre Victor, desdobrando calmamente o pergaminho chamado *ne varietur*, ou "*não se pode modificar*" escrito em latim, que atestava o pertencimento do pobre Kimball O'Hara à maçonaria, seu certificado de baixa do Regimento e o atestado de batismo de Kim. Neste último papel, O'Hara, com uma confusa ideia de que estava fazendo maravilhas pelo bem de seu filho, havia rabiscado várias vezes: "Cuidem do menino. Por favor, cuidem do menino", e assinado seu nome e o número de sua inscrição no Regimento.

– Raios que o partam! Sabe o que são estes papéis?

– Sim – disse Kim. – Eles são meus e eu quero ir embora.

– Não estou entendendo bem – disse Bennett. – Provavelmente ele trouxe isto com alguma intenção. Pode ser mais um truque para mendigar.

– Nunca vi um mendigo tão pouco ansioso pela atenção dos outros. Pelo jeito, há algum mistério aqui. Você acredita na Providência Divina, Bennett?

– Espero que sim.

– Bom, eu acredito em milagres, o que dá na mesma. Mas que diabo! Kimball O'Hara! E o filho dele! Mas este menino é um nativo e eu mesmo vi Kimball casado com Annie Shott, que também era irlandesa. Há quanto tempo você tem essas coisas, garoto?

– Desde que eu era uma criancinha.

Padre Victor deu um passo adiante e, agilmente, abriu a camisa que cobria o peito de Kim.

– Olhe só, Bennett, ele não é muito escuro. Qual é seu nome?

– Kim.
– Ou Kimball?
– Pode ser. O senhor vai me deixar ir embora?
– O que mais?
– Costumam me chamar de Kim *Rishti ke*. Quer dizer, Kim dos Rishti.
– E o que significa *rishti*?
– Quer dizer "olho"... *rishti*, que era o Regimento do meu pai.
– Ah, *irish*, irlandês, entendo.
– Ééé... foi o que meu pai me disse. Meu pai, quando ele vivia.
– Vivia onde?
– Vivia. Claro que ele morreu, bateu as botas.
– Oh! E você diz isso desse jeito tão grosseiro?
Benett interrompeu:
– Pode ser que eu tenha feito uma injustiça com o garoto. Certamente ele é branco, embora, evidentemente, abandonado. Com certeza eu o machuquei. Não acho que um traguinho...
– Então lhe dê uns goles de vinho doce e deixe-o sentar-se no catre. Agora, Kim – continuou o Padre Victor –, ninguém vai lhe fazer mal. Beba isto e fale-nos de você. Preferimos a verdade, se você não tiver nada contra.

Kim tossiu um pouco, devolvendo o copo vazio, e ficou pensando. Parecia que a ocasião pedia cautela e imaginação. Moleques que rondam os acampamentos, em geral, são postos para fora depois de levar umas lambadas. Mas ele não tinha sido chicoteado; o amuleto estava, evidentemente, trabalhando a seu favor, e tudo aquilo parecia combinar milagrosamente com o que dissera o horóscopo de Ambala e com as poucas palavras que podia lembrar dos vagos delírios de seu pai. Além disso, por que o padre gordo parecia tão impressionado e por que o magro lhe tinha dado aquela bebida amarela e forte?

– Meu pai, ele está morto na cidade de Lahore desde que eu era muito pequeno. A mulher, ela tem um bricabraque perto de onde ficam os carros de aluguel – Kim arriscou, sem saber ao certo o quanto a verdade podia favorecê-lo.

– Sua mãe?

– Não! – respondeu com um ar de repugnância. – Ela morreu quando eu nasci. Meu pai, ele conseguiu esses papéis na Casa das Mágicas, ou... como é que vocês chamam aquilo? – Bennett assentiu. – Porque ele tinha uma boa posição. – Bennett concordou, de novo. – Ele disse, e o brâmane que fez um desenho na areia lá em Ambala, há dois dias, também disse, que eu haveria de encontrar um Touro Vermelho num campo verde e que esse Touro vai me ajudar.

– Que mentirosinho fenomenal – resmungou Bennett.

– Oh! Que diabo de país é este! – murmurou o Padre Victor. – Continue, Kim.

– Eu não roubei. Além disso, agora sou discípulo de um homem muito santo. Ele está sentado lá fora. Nós vimos dois homens chegando com bandeiras, pra aprontar o lugar. É sempre assim que acontece nos sonhos, ou nas narrativas de... de profecias. Então eu soube que tinha chegado a hora. Eu vi o Touro Vermelho no campo verde e meu pai tinha dito: "Novecentos autênticos diabos e o Coronel montado num cavalo vão cuidar de você quando você encontrar o Touro Vermelho". Eu não sabia o que fazer quando vi o Touro, mas fui embora e voltei quando escureceu. Eu queria ver o Touro de novo e eu vi de novo o Touro e os *sahibs* rezando pra ele. Eu acho que o Touro vai me ajudar. O santo homem também disse isso. Ele está sentado lá fora. Se eu gritar para ele vir aqui, vocês vão lhe fazer mal? Ele é muito santo. Ele pode confirmar tudo o que eu disse e ele sabe que eu não sou ladrão.

– "*Sahibs* rezando para um touro"? O que há de ser isso? – disse Bennett. – "Discípulo de um santo homem"! Será que esse moleque é maluco?

– É filho de O'Hara, com toda a certeza. O filho de O'Hara metido com todos os Poderes das Trevas! É exatamente o que seu pai teria feito se estivesse bêbado. É melhor chamar o tal de santo homem. Ele pode saber alguma coisa.

– Ele não sabe de nada. Eu vou mostrar ele pra vocês, se vierem comigo. Ele é meu mestre. E depois nós podemos ir embora.

– Poderes das Trevas! – foi tudo o que o Padre Victor pôde dizer, enquanto Bennett já ia saindo, com uma mão firme no ombro de Kim.

Encontraram o lama onde tinha sido deixado por Kim.

– A Busca acabou para mim – gritou Kim na língua local. – Eu encontrei o Touro, mas só Deus sabe o que vai acontecer depois. Eles não vão fazer mal algum ao senhor. Venha até a barraca do sacerdote gordo com este homem magro e veja como isso vai acabar. Eles não sabem falar hindi. São apenas jumentos ignorantes.

– Então não está certo zombar da ignorância deles – retrucou o lama. – Fico contente de que você se alegre, *chela*.

Dignamente e sem desconfiança, o lama entrou na pequena barraca, saudou os outros dois sacerdotes como a companheiros de ofício e sentou-se junto ao fogareiro a carvão. A lona amarela da tenda, refletindo a luz do candeeiro, dava à cara dele um tom de ouro avermelhado.

Bennett olhou-o com o soberbo desinteresse da crença que costuma amontoar nove décimos da humanidade sob o título de "pagãos".

Mas o lama dirigia-se a Kim.

– E qual foi o fim da sua Busca? Que dom lhe trouxe o Touro Vermelho?

Kim, por sua própria conta, assumiu o papel de tradutor:

– Ele pergunta: "O que os senhores vão fazer?".

Bennett olhou inquieto para o Padre Victor.

– Não vejo o que este faquir tem a ver com o garoto, que provavelmente é enganado por ele ou então é seu cúmplice – começou a dizer Bennett. – Não podemos permitir que um menino inglês... Supondo que ele seja mesmo filho de um maçom, quanto antes for para o Orfanato Maçônico, melhor.

– Ah! Essa é sua opinião como secretário da Loja Maçônica do Regimento – disse o Padre Victor –, mas bem que podemos dizer ao velho o que vamos fazer. Ele não parece má pessoa.

– Pela minha experiência, nunca se pode adivinhar o que vai na cabeça de um oriental. Agora, Kimball, quero que você traduza para este homem, palavra por palavra, o que eu vou dizer.

Kim pegou o sentido geral das frases seguintes e começou sua tradução assim:

– Santo homem, aquele magrelo abestado que parece um camelo disse que eu sou filho de um *sahib*.

– Mas como?

– Oh, é verdade. Eu sabia disso desde que nasci, mas ele só ficou sabendo porque arrancou o amuleto do meu pescoço e leu todos os papéis que estavam lá dentro. Ele acha que quem nasceu *sahib* é *sahib* pra sempre, e eles dois estão querendo ou que eu fique com o Regimento, ou me mandar para uma escola. Já quiseram fazer isso comigo antes, mas eu sempre me esquivei. O bobo gordo tem uma opinião e o cara de camelo tem outra, mas isso não é raro entre eles. Eu posso ficar aqui uma noite e talvez a seguinte também. Já me aconteceu antes. Daí eu fujo e vou me encontrar com o senhor.

— Mas diga-lhes que você é meu *chela*. Conte-lhes como você veio a mim quando eu estava fraco e desorientado. Explique a eles a nossa Busca, eles certamente deixarão você partir agora.

— Eu já disse a eles, mas eles só riram de mim e começaram a falar de polícia.

— O que é que vocês estão dizendo? – perguntou Bennett.

— Oh, ele só está dizendo que se vocês não me deixarem ir com ele, isso vai atrapalhar o negócio dele, seus assuntos privados urgentes – estas últimas palavras de Kim eram aproveitadas de uma conversa que teve um dia com um eurasiano, funcionário do Governo, mas só provocaram o riso dos padres, o que ofendeu o garoto. – E se os senhores soubessem qual é o negócio dele, pensariam duas vezes antes de fazer a burrice de interferir.

— E o que é então? – disse o Padre Victor com certo interesse, olhando a cara do lama.

— Há um Rio, nesta terra, que ele deseja demais encontrar. Esse Rio saiu de uma Flecha que... – Kim bateu um pé no chão, impaciente, enquanto sua cabeça trabalhava para traduzir da língua local ao seu desajeitado inglês. – Ah, ele foi feito por nosso senhor Buda, sabem, e se vocês se lavarem lá ficam limpos de todos os seus pecados e com a alma branquinha como lã de algodão. – Kim já tinha ouvido algumas vezes a pregação dos missionários. – Eu sou discípulo dele e nós precisamos achar esse Rio. Isso é muito, muito importante pra nós.

— Conte de novo essa história – disse Bennett. E Kim obedeceu, com acréscimos.

— Mas isso é uma bruta blasfêmia! – gritou o homem da Igreja da Inglaterra.

— Tsk! Tsk! – respondeu o Padre Victor com simpatia. – Eu dava tudo para saber falar a língua deles. Um Rio que lava todos os pecados! E há quanto tempo vocês estão procurando por ele?

— Oh, há muitos dias. Agora a gente quer ir embora, procurar por ele de novo. Não é aqui, entende?

— Entendo – respondeu o Padre Victor seriamente. – Mas você não pode continuar na companhia desse velho. Se você não fosse filho de um soldado, Kim, seria diferente. Diga a ele que o Regimento vai cuidar de você e fazer de você um homem tão bom quanto seu... tão bom quanto for possível. Diga-lhe que, se ele acredita em milagres, deve acreditar que...

— Não é preciso abusar da credulidade dele – interrompeu Bennett.

– Não é isso que eu estou fazendo. Ele precisa crer que o fato do menino vir atrás de seu Touro Vermelho e chegar justamente aqui, em seu próprio Regimento, é um tipo de milagre. Pense só na pouca chance disso acontecer, Bennett. Exatamente este menino, de todos os que vagabundeiam pela Índia, encontrar, por acaso, exatamente o nosso Regimento, entre tantos que estão marchando para a linha de combate! Está na cara que isto estava predestinado. Sim, menino, diga a ele que isso é *kismet*, destino. *Kismet*, destino, *mallum*, entendeu?

Kim virou-se para o lama, que não entendia nem uma palavra de inglês e para quem o padre podia estar falando da Babilônia ou de outra coisa qualquer.

– Eles estão dizendo – os olhos do velho brilharam de novo ao ouvir a fala de Kim – eles estão dizendo que o significado do meu horóscopo ficou claro e completo e que se fui trazido de volta para esta gente e seu Touro Vermelho, mesmo que só pela curiosidade, como o senhor bem sabe, agora eu tenho de ir pra escola e virar um *sahib*. Então eu vou fingir que aceito e não vai acontecer nada pior do que comer algumas refeições longe do senhor. Daí eu fujo daqui e pego a Estrada no rumo de Saharunpore. Por isso, meu santo, continue junto daquela senhora de Kulu e não se afaste dela de jeito nenhum até eu voltar de novo. Sem dúvida, o meu signo é de Guerra e homens armados. Viu só como eles até me deram vinho e me sentaram sobre uma cama de honra! Meu pai deve ter sido um grande homem. Então, se eles me elevarem a uma posição de honra entre eles, tudo bem. Se não, tudo bem, também. Seja lá como for, eu vou correndo pra junto do senhor quando me cansar disto aqui. Mas fique sempre com a viúva do Rajá, pra eu não perder seu rastro.

E voltando-se para o Padre Victor, Kim disse:

– Eu expliquei direitinho a ele tudo o que o senhor mandou.

– Então não há razão para ele ficar aqui esperando – disse Bennett, enfiando a mão no bolso da calça. – Nós podemos investigar os detalhes depois e eu vou lhe dar uma rúpia...

– Não há pressa, dê um tempo ao velho. Pode ser que ele queira mesmo muito bem ao garoto – disse o Padre Victor, interrompendo com um gesto o movimento do colega.

O lama puxou o rosário para fora e baixou seu chapéu de abas largas até quase cobrir os olhos.

– O que é que ele está querendo agora?

– Ele diz – e Kim levantou a mão – ele diz: "Fiquem quietos". Ele quer falar comigo sozinho. Vejam só, vocês não entendem nem uma palavra do que ele diz e eu acho que, se continuar com esse falatório, pode ser que ele lhes lance uma maldição bem ruim. Quando ele agarra as contas do rosário desse jeito, é porque quer ficar quieto, quer silêncio.

Os dois ingleses sentaram-se, muito espantados, mas Bennett lançou a Kim um olhar que não prometia nada de bom para quando ele fosse entregue aos braços da Igreja da Inglaterra.

– Um *sahib* e filho de um *sahib*... – a voz do lama soava rouca de desgosto. – Mas nenhum homem branco pode conhecer esta terra e seus costumes como você conhece. Como pode ser verdade que você é um *sahib*?

– O que importa, santo homem?... Mas lembre-se, isso é só por uma ou duas noites. Sabe que eu posso mudar num piscar de olhos. Vai ser tudo como foi quando eu falei com o senhor pela primeira vez, lá debaixo do Zam-Zammah, o grande canhão...

– Sim, como um garoto em trajes de homem branco, quando eu fui à Casa das Maravilhas. E na segunda vez você tinha se tornado um hindu. Como será sua terceira encarnação? – perguntou, com um risinho discreto. – Ah, meu *chela*, você fez um mal a este velho homem, porque meu coração apegou-se a você.

– E o meu apegou-se ao senhor. Mas como eu havia de saber que o Touro Vermelho ia me meter nisso?

O lama cobriu o rosto de novo e pôs-se a dedilhar nervosamente o rosário. Kim acocorou-se junto ao monge e segurou uma prega do manto dele.

– Então está combinado que agora o garoto é um *sahib*? – continuou o lama, num cochicho. – Um *sahib* como aquele que toma conta das imagens na Casa das Maravilhas. – A experiência do monge com gente branca era muito limitada. Parecia que ele estava repetindo uma lição para entender bem. – Quer dizer que provavelmente ele não deve ser diferente dos outros *sahibs*. Ele deve voltar para sua própria gente.

– Só por um dia, uma noite e mais um dia – argumentou Kim.

Quando Padre Victor viu o garoto dirigindo-se para a porta da tenda, esticou uma perna gorda para barrar-lhe o caminho:

– Nada disso, você não vai embora não!

O lama espantou-se:

– Eu não entendo os costumes dos brancos. O sacerdote das imagens lá na Casa das Maravilhas, em Lahore, era muito mais cortês do que esse magro daqui. Eles vão me tomar o menino. Vão transformar meu discípulo em um *sahib*? Ai de mim! Como vou conseguir encontrar meu Rio? Será que eles não têm seus próprios discípulos? Pergunte.

– Ele diz que está muito penalizado porque agora não pode mais encontrar seu Rio. Ele diz: "Por que vocês não arranjam seus próprios discípulos e não deixam o meu em paz? Ele também quer ser purificado de seus pecados".

Nem Bennett nem o Padre Victor tinham resposta pronta para essa questão.

Kim continuou em inglês, aflito com a agonia do lama:

– Acho que se vocês deixarem a gente ir embora agora, nós vamos tranquilamente, sem roubar nada. Vamos continuar procurando aquele Rio como antes de vocês me apanharem. Eu preferia não ter vindo aqui nem achado o Touro Vermelho e todo esse tipo de coisa. Eu não quero isso.

– Esta é a melhor jornada que você já fez para o seu próprio bem, rapaz – disse Bennett.

– Oh, céus! Não sei como consolar o velho monge – disse o Padre Victor, olhando atentamente para o lama. – Não pode levar o garoto com ele, mas é um bom homem... tenho certeza de que ele é boa gente. Bennett, se você lhe der aquela rúpia, aí é que ele vai mesmo amaldiçoar você da cabeça aos pés!

Ficaram calados, ouvindo a respiração um do outro... três... cinco minutos completos.

Então o lama levantou a cabeça com um olhar que atravessava os outros e perdia-se no espaço e no vazio.

– E eu, que sou um Seguidor do Caminho – disse amargamente. – A culpa é minha e para mim é o castigo. Eu fiz de conta... porque agora eu vejo que era tudo um faz de conta... que você tinha sido enviado pra me ajudar na Busca. Então meu coração abriu-se para você, por sua caridade e sua delicadeza e a sabedoria de sua pouca idade. Mas aqueles que seguem o Caminho não podem permitir que cresça a chama de nenhum afeto ou apego, pois tudo é ilusão. Bem que disse... – e então ele começou a citar um velhíssimo texto chinês, confirmando-o com outra citação de outro texto e reforçando-os ainda com uma terceira citação. – Eu dei um passo para fora do Caminho, meu *chela*. Você não tem culpa. Eu me distraí e me deliciei ao ver a vida, ver novas gentes ao longo das estradas e com a alegria de ver essas coisas. Em vez de pensar e levar em conta apenas a minha busca, eu me divertia com você. E agora estou sofrendo porque estão tomando você de mim e meu Rio está muito longe de mim. É por causa da Lei que eu desobedeci.

– Poderes das trevas profundas! – exclamou o Padre Victor que, acostumado ao confessionário, embora não entendesse as palavras podia ouvir a profunda tristeza em cada frase do lama.

O monge continuava a falar tristemente:

– Agora vejo que o Touro Vermelho era um sinal não só pra você, mas pra mim também. Todos os desejos são vermelhos... e maus. Eu vou fazer penitência e encontrar sozinho o meu Rio.

– Pelo menos, volte para junto da mulher de Kulu – pediu Kim – senão o senhor vai ficar perdido pelas estradas. Ela vai lhe dar de comer até eu voltar pra junto do senhor.

O lama fez um gesto com a mão para mostrar que o assunto já estava, finalmente, resolvido na cabeça dele.

– Agora – disse, mudando de tom e dirigindo-se diretamente a Kim –, o que é que eles vão fazer com você? Eu, pelo menos, posso apagar o mal já feito, adquirindo algum mérito.

– Fazer de mim um *sahib*... é o que eles pensam. Mas não fique triste que depois de amanhã mesmo eu volto pra junto do senhor.

– Que tipo de *sahib*? Igual a este ou àquele homem? – perguntou o lama, apontando o Padre Victor. – Um *sahib* como aqueles que eu vi, esta manhã, portando espadas e pisando duro?

– Pode ser.

– Isso não está certo. Esses homens seguem seus desejos e acabam no vazio. Você não deve ser do jeito deles.

– O sacerdote de Ambala disse que a minha Estrela era a da Guerra – replicou Kim. – Vou perguntar a esses otários... mas, na verdade, nem é necessário. Eu vou fugir esta noite, porque tudo o que eu quero é ver coisas novas.

Kim fez duas ou três perguntas ao Padre Victor, em inglês, traduzindo as respostas para o lama e as dele para os ingleses:

– Ele diz: "Vocês tomam o menino de mim, mas não sabem dizer o que vão fazer dele. Digam-me antes que eu me vá, pois fazer crescer uma criança não é uma coisa qualquer".

– Você vai ser mandado para a escola e depois veremos. Kimball, eu suponho que você gostaria de tornar-se um soldado?

– Eu, hein? Eu não! Nada disso!– Kim balançava a cabeça furiosamente. Não havia nada no seu modo de ser que o atraísse para a disciplina e a rotina. – Nunca que eu vou ser soldado!

– Você há de ser o que lhe disserem que você deve ser – disse Bennett – e devia ficar agradecido de nós ajudarmos você.

Kim sorriu, com pena deles. Se esses homens mantivessem a ilusão de que ia fazer qualquer coisa de que não gostasse, melhor pra ele.

Seguiu-se outro longo silêncio. Bennett irritava-se, impaciente, e sugeriu que se chamasse uma sentinela para botar o faquir para fora dali.

– Entre os *sahibs*, o conhecimento é dado ou vendido? Pergunte-lhes – disse o lama e Kim traduziu.

– Eles dizem que se paga em dinheiro ao professor... mas que o Regimento vai dar esse dinheiro... Mas pra quê? É só por uma noite.

– E quanto mais dinheiro se paga, melhor é o ensinamento? – O lama continuava, desconsiderando os planos de fuga de Kim. – Não está errado pagar pelo ensinamento. Ajudar o ignorante a saber é sempre um mérito. – As contas do rosário chocavam-se furiosamente nas mãos do monge. Então ele encarou seus opressores.

– Pergunte-lhes quanto custa em dinheiro um ensino sábio e conveniente? E em que cidade esse conhecimento é oferecido?

– Bem – disse padre Victor, quando Kim traduziu as perguntas – isso depende... O Regimento vai pagar por todo o tempo em que você ficar no Orfanato Militar. Ou você poderia ir para a lista do Orfanato Maçônico do Panjab. Aliás, nem você nem o monge entendem nada disso... Mas a melhor escola que há para um garoto, na Índia, é sem dúvida o colégio jesuíta de São Francisco Xavier, em Lucknow.

Isso foi um tanto demorado de traduzir e Bennett quis logo interromper.

– Ele quer saber quanto custa – disse Kim, placidamente.

– De duzentas a trezentas rúpias por ano. – O Padre Victor já não estava se espantando com mais nada e respondeu. Bennett, impaciente, não entendeu a conversa.

Mas Kim já continuava a traduzir as palavras do lama:

– Meu mestre disse: "Escreva num papel o nome da escola e o preço e passe para mim". E ele diz que o senhor escreva também o seu nome embaixo, porque daqui a alguns dias ele vai lhe enviar uma carta. Ele diz que o senhor é um homem bom. Ele diz que o outro é um tolo. Ele vai embora.

O lama levantou-se subitamente e bradou:

– Eu sigo na minha Busca – e foi embora.

– Ele vai cair nas mãos das sentinelas! – gritou o Padre Victor, pulando em pé assim que o lama atravessou a porta –, mas eu não posso largar o menino.

Kim fez um rápido movimento para seguir o lama, mas se deteve. Não havia nenhum som de alarme lá fora. O monge tinha desaparecido.

O menino sentou-se calmamente sobre o catre do capelão. Pelo menos, o lama tinha prometido que ia continuar na companhia da viúva do rajá de Kulu e o resto não tinha importância. Ele ficou contente de ver os dois padres tão evidentemente agitados. Os dois cochicharam um tempão, Padre Victor querendo empurrar algum plano para cima de Bennett, que parecia não se convencer. Tudo isso era muito novo e fascinante para Kim, mas ele estava ficando com sono. Os dois padres chamaram outros homens para a barraca. Um deles, certamente, era o Coronel, como seu pai tinha profetizado, e fizeram uma infinidade de perguntas, a maioria delas sobre a mulher que tinha tomado conta dele quando o pai morreu. A todas elas, Kim respondeu com a verdade. Os homens não pareciam achar que aquela mulher fosse uma boa guardiã para ele.

Pensando bem, aquela estava sendo uma experiência inteiramente nova para Kim. Mais cedo ou mais tarde, quando quisesse, ele haveria de escapar dali para a imensa, nebulosa e confusa Índia, para longe de tendas, padres e coronéis. Enquanto isso, se era interessante impressionar os *sahibs*, ele, Kim, faria o melhor possível para impressioná-los. Afinal, ele também era um homem branco.

Depois de muita conversa que o menino não conseguiu compreender, entregaram-no a um sargento com estritas recomendações para não deixá-lo fugir. O Regimento ia para Ambala e Kim ia ser mandado, em parte às custas da Loja Maçônica, em parte por ordem militar, para um lugar chamado Sanauar.

– Isso é pra lá de milagroso, Coronel! – exclamou o Padre Victor, depois de ter falado por uns dez minutos, sem parar. – O budista amigo dele foi embora, depois de pedir meu nome e endereço por escrito. Não dá pra saber se ele pretende pagar os estudos do menino ou se ele está preparando algum tipo de feitiçaria por conta própria.

E acrescentou, virando-se para Kim:

– Você ainda vai viver bastante pra agradecer muito ao seu amigo Touro Vermelho. Vamos fazer de você um homem, em Sanauar, mesmo à custa de fazer de você um protestante.

— Com certeza, com toda certeza — disse Bennett.

— Mas vocês não vão para Sanauar — disse Kim.

— Mas nós vamos, sim, para Sanauar, rapazinho. Esta é a ordem dada pelo Comandante em chefe, que é alguém um pouquinho mais importante do que o filho de O'Hara.

— Vocês não vão para Sanauar. Vocês vão pra sua guerra.

Todos que estavam na barraca caíram na risada.

— Quando você conhecer nosso Regimento um pouco melhor, Kim, não vai mais confundir uma frente em marcha com uma frente de batalha. Nós esperamos que, um dia, você vá pra "sua" guerra.

— Ora, eu já sei de tudo isso. — Kim arriscou de novo um tiro no escuro. Se eles não estavam indo para a guerra, era porque ainda não sabiam nada do que ele tinha ouvido na varanda da casa dos ingleses em Ambala.

— Eu sei que vocês agora não estão na sua guerra, mas eu lhes digo: assim que chegarem a Ambala, vão ser mandados pra guerra, a nova guerra. É uma guerra de oito mil homens, além dos canhões.

— Muito bem explicado! Além de seus outros talentos, tem também o dom da profecia? Leve-o, sargento. Arranje uma farda dos Tambores pra ele e tome muito cuidado pra não deixá-lo escapar por entre seus dedos. Quem disse que o tempo dos milagres já se acabou? Acho que vou pra cama. Minha pobre cabeça já está ficando tonta.

Uma hora mais tarde, na extremidade do acampamento, silencioso como um animal selvagem, Kim estava sentado, de banho tomado e vestido numa horrível farda engomada, que arranhava seus braços e pernas.

— Que bichinho espantoso — disse o sargento. — Ele aparece acompanhando um sacerdote brâmane com cara de bode amarelo, com o certificado de filiação do pai à Maçonaria pendurado no pescoço, dizendo sabe Deus o quê a respeito de um touro vermelho. O bode-brâmane evapora-se sem explicação, o garoto se senta com as pernas cruzadas em cima da cama do capelão e profetiza uma sangrenta guerra envolvendo todos os nossos homens. A Índia é uma terra danada para um homem temente a Deus. Eu vou é amarrar a perna dele no pau da barraca, para o caso de ele querer sair pelo teto. O que foi que você disse sobre uma guerra?

— Oito mil homens, além dos canhões — disse Kim. — Logo, logo, vocês vão ver.

— Você é um diabinho muito confortador. Deite-se entre os meninos-tambores, e tchau. Esses dois garotos vão velar seu sono.

CAPÍTULO 6

De manhã, bem cedinho, as brancas tendas foram desmontadas e desapareceram, enquanto os Mavericks tomavam uma estrada secundária ao caminho de Ambala, que não passaria pelo posto de parada da grande Estrada principal. Kim já não se sentia tão confiante quanto na noite anterior, capengando ao lado de um carroção de suprimentos enquanto era metralhado pelos comentários das mulheres dos soldados. O garoto descobrira que estava sendo vigiado atentamente, de um lado pelo padre Victor e, do outro, pelo Sr. Bennett.

Pelo fim da manhã, a coluna parou. Um ordenança, montado num camelo, chegou trazendo uma carta para o coronel. Ele leu e falou com um major. Cerca de meio quilômetro atrás de si, Kim ouviu um rouco e alegre clamor rolando e crescendo, através da grossa poeira do caminho, até onde ele estava. Então alguém lhe deu um tapa nas costas, gritando:

– Diga lá, ó, seu malandrinho de Satanás, como é que você sabia disso? Caro padre, veja se consegue que ele nos diga.

Um pônei emparelhou-se com Kim e ele foi içado para o arco da sela do padre Victor.

– Então, meu filho, sua profecia da noite passada tornou-se realidade. Recebemos ordem de embarcar, amanhã, de Ambala direto pro fronte.

– O que é isso? – perguntou Kim, pois "fronte" e "embarcar" eram palavras novas para seu pouco conhecimento do inglês.

– Nós estamos indo pra "sua" guerra, como você disse.

– Claro que vocês estão indo pra sua guerra. Eu já disse isso ontem à noite.

– Você disse mesmo, mas, ó, Poderes das Trevas, como é que você sabia disso?

Os olhos de Kim faiscaram. Ele fechou os lábios, abaixou a cabeça e parecia estar pensando em coisas que não se podem dizer! O capelão moveu-se através da poeira e os soldados, sargentos e outros subalternos chamavam a atenção um do outro para o garoto. O coronel, na cabeça da coluna, olhava para ele curiosamente.

– Isso provavelmente é algum boato de mercado – disse ele. – Mas mesmo assim... – referia-se ao papel que tinha na mão – ...deixe isso pra lá... as coisas só foram decididas nas últimas quarenta e oito horas.

– Há muita gente como você na Índia? – perguntou o padre Victor. – Ou você é uma espécie de exceção da natureza?

– Eu já disse pro senhor... o senhor nunca vai me deixar voltar pra junto do meu velho? Agora eu já lhe disse tudo – respondeu o menino. – O senhor vai me deixar voltar pro meu velho? Se ele não tiver ficado com aquela mulher de Kulu, eu tenho medo de que ele morra.

– Pelo que vi, ele é tão capaz de tomar conta de si mesmo quanto você. Não, você nos trouxe sorte e agora nós vamos fazer de você um homem! Eu vou levar você de volta lá pro carroção das bagagens e você venha falar comigo esta noite.

Aquela longa procissão em que, de vez em quando, irrompia a música, e essa multidão que falava e ria com tanta facilidade, parecia-se, sob vários aspectos, com os festivais da cidade de Lahore. Até então, nenhum sinal de trabalho duro e Kim resolveu aproveitar o espetáculo.

À tardinha, uma banda de música veio encontrá-los e, tocando, acompanhou os Mavericks até o acampamento perto da estação de trem de Ambala. Foi uma noitada bem interessante! Homens de outros regimentos vieram visitar os Mavericks. Estes, por seu lado, saíram visitando outros regimentos. Suas sentinelas saíam correndo para trazê-los de volta e no caminho encontravam sentinelas de regimentos estranhos que vinham fazer a mesma coisa. Depois de certo tempo, a confusão era tão grande que havia muito mais sentinelas do que oficiais para controlar o tumulto. Os Mavericks tinham uma reputação a zelar, a fama de serem muito animados. Mas, na manhã seguinte, eles entraram em ordem unida na plataforma da estação, em perfeitas condições. Kim, deixado para trás junto com os doentes, as mulheres e as crianças, viu-se gritando adeus com muita animação, à medida que os trens foram deixando a estação.

A vida de *sahib* até então estava sendo bastante interessante, mas Kim ainda a encarava com muito cuidado. Então, foi mandado de volta, acompanhado por um menino-tambor, para aquele quartel de Ambala, caiado e vazio, com o chão coberto de lixo, pedaços de cordão e de papel, cujos tetos lhe devolviam o eco de seus passos agora solitários. À maneira nativa, Kim encolheu-se sobre um catre vazio e adormeceu.

Foi acordado pelo som dos passos pesados de um homem que entrou, irado, pisando duro pela varanda do quartel, e se apresentou como o mestre-escola. Isso já bastava para que Kim se encolhesse ainda mais dentro de sua concha. Ele mal conseguia soletrar as várias advertências escritas pela polícia inglesa na cidade de Lahore, importantes porque afetavam o seu próprio conforto. Além disso, entre os vários visitantes da mulher que tomava conta dele em Lahore, havia um alemão muito esquisito, que pintava cenários para um teatro mambembe indiano e disse a Kim ter estado nas barricadas de umas revoltas, em 1848, e que agora ia ensinar o garoto a ler e escrever em troca de alguma comida – ou, pelo menos, foi assim que Kim entendeu.

Kim tinha passado pelas letras aos trancos e barrancos, até aprender de cor o abecedário, mas não via muito futuro naquilo.

– Eu não sei nada. Pode ir embora! – disse Kim ao mestre-escola, sentindo um mau cheiro.

Então, o homem agarrou-o pela orelha, arrastou-o para uma sala numa ala afastada do quartel, onde uma dúzia de meninos-tambores estava sentada em formação de sentido, e disse que, se ele não quisesse fazer nada, pelo menos ficasse quieto. Isso era algo que Kim sabia fazer sempre, com muito sucesso. O homem explicou uma coisa ou outra com linhas brancas sobre um quadro-negro, durante pelo menos meia hora, e Kim continuou no seu cochilo, sem ser interrompido. Ele não estava nem um pouco contente com o atual estado de coisas, porque aquilo era mesmo uma escola e sua disciplina, coisas das quais ele tinha passado dois terços de sua curta vida tratando de escapar. De repente, uma ótima ideia lhe veio à cabeça e ele se espantou de não ter pensado nisso antes.

O homem dispensou-os e o primeiro a saltar através do terraço para o ar livre foi Kim.

– Ei, você! Pare, pare aí! – disse uma voz aguda, bem nos seus calcanhares. – Eu tenho de tomar conta de você. As ordens que recebi foram de não deixar você sair das minhas vistas. Pra onde é que você vai indo?

Era o menino-tambor que tinha estado rodando em volta dele toda a tarde, uma figura gorda e cheia de sardas, de mais ou menos catorze anos. Kim detestava aquele menino desde as solas dos sapatos até a fita do boné.

– Vou pro mercado... comprar doces... pra você – disse Kim, depois de pensar um pouquinho.

– Bom, o mercado está fora dos limites. Se nós formos até lá, vamos acabar recebendo um castigo. Volte pra trás.

– Mas até onde podemos ir? – perguntou Kim.

Kim não sabia o que era ter limites, mas ele queria ser bem educado, pelo menos por enquanto.

– Nós podemos ir só até aquela árvore ali na beira da estrada.

– Então eu vou até lá.

– Tá certo, mas eu não vou. Está calor demais. Eu posso ficar vigiando você daqui mesmo. Não adianta nada você querer fugir. Se você fizer isso, com essas suas roupas, eles acham você em dois minutos. Você está vestindo a farda vermelha do regimento. Não há nenhuma sentinela em Ambala que não traga você de volta mais depressa do que você saiu daqui.

Isso não impressionou Kim tanto quanto saber que aquelas roupas iam deixá-lo morto de cansaço se tentasse fugir.

Ele foi arrastando os pés até a árvore à beira da estrada que leva ao mercado e ficou a contemplar os indianos que passavam. A maioria deles era de trabalhadores no quartel, pertencentes à mais baixa casta. Kim chamou um varredor, que prontamente respondeu com uma frase desnecessariamente grosseira, naturalmente convencido de que um menino europeu não ia entender. A resposta rápida e rude desfez o engano. Kim pôs naquela resposta toda a sua alma aprisionada, contente de ter uma última oportunidade de insultar alguém na língua que ele conhecia melhor.

– E agora vá ao mercado, procure o escrevente de cartas mais próximo e diga-lhe para vir aqui. Eu quero escrever uma carta.

– Mas... mas que tipo de filho de branco é você, pra precisar de um escrevente do mercado? Não tem um professor no quartel?

– Sim, e o inferno está cheio deles. Faça o que eu disse, senão, senão...! Sua mãe se casou debaixo de um balaio! Servo de Lal Beg, o deus dos varredores, corra pra fazer o que eu mandei ou vamos ter uma nova conversinha!

O varredor correu apressado para longe dele.

– Há um garoto branco que não é um garoto branco, perto do quartel, esperando debaixo de uma árvore – gaguejou o varredor para o primeiro escrevente que encontrou. – Ele está precisando de você.

– Ele vai pagar? – perguntou o escrevente muito bem-arrumado, recolhendo sua mesinha, suas canetas e a cera para lacrar cartas.

– Não sei. Ele não é como os outros meninos. Vá lá e veja você mesmo. Vale a pena.

Kim dançava de impaciência, num pé e noutro, quando o magro e jovem escrevente apareceu. Logo que ele chegou ao alcance de sua voz, Kim disparou a praguejar.

– A primeira coisa que você tem de fazer é me pagar – disse o escrevente. – Seus palavrões já fizeram o preço subir. Mas quem é você que se veste de um jeito e fala de outro jeito?

– Ah! Isso é o que você só vai saber pela carta que vai escrever. Nunca na vida você ouviu uma história parecida. Mas eu não tenho pressa. Outro escrevente qualquer me servirá. A cidade de Ambala está tão cheia deles quanto Lahore.

– Quatro tostões – disse o escrevente, e estendeu seu tapete à sombra de uma das alas abandonadas do quartel.

Kim, instintivamente, acocorou-se ao lado dele como só os nativos sabem fazer, apesar das abomináveis calças justas de *sahib* agarradas às pernas.

O escrevente olhou para ele, desconfiado.

– Esse é o preço que se pede para *sahibs* – disse Kim. – Agora me diga o preço verdadeiro.

– Um tostão e meio. E quem me garante que uma vez que a carta esteja escrita você não vai sair correndo com ela sem pagar?

– Eu não posso passar além desta árvore, e você também deve levar em conta o preço do selo.

– Eu não cobro comissão sobre o preço do selo. Mas que tipo de menino branco é você?

– Você vai ver na carta, que é para Mahbub Ali, negociante de cavalos no caravançará Caxemira, em Lahore. É um amigo meu.

– Que coisa mais estranha! – murmurou o escrevente, mergulhando a caneta no tinteiro. – É pra escrever em hindi?

– Naturalmente. Para Ali Mahbub, então. Comece: "Eu vim com o velho, de trem, até Ambala. Em Ambala entreguei o pedigree da égua baia". – Depois de tudo o que havia ouvido quando se esconderá no jardim do coronel *sahib*, Kim não se atrevia a escrever qualquer coisa sobre garanhões brancos.

– Espere um minuto. O que tem a ver uma égua baia...? Trata-se de Mahbub Ali, o grande mercador de cavalos?

– Quem mais havia de ser? Eu trabalhava pra ele. Molhe de novo a caneta na tinta. Continue: "Eu cumpri a ordem ao pé da letra. Depois fomos a pé em direção a Varanasi, mas no terceiro dia topamos com um regimento". Escreveu?

– Sim, "regimento..." – murmurou o escrevente, todo ouvidos.

– "Eu fui até o acampamento deles e eles me prenderam. Pelo amuleto que eu usava em volta do pescoço e que você já conhece, eles descobriram que eu era filho de um homem que pertencia ao regimento, de acordo com a profecia do touro vermelho, da qual, como você sabe, todo mundo no mercado está ciente." – Kim esperou que essa flecha se cravasse bem no coração do escrevente, pigarreou e continuou: – "Um padre me vestiu e me deu um novo nome... O outro padre, no entanto, era um idiota. Essa roupa é muito pesada, mas eu agora sou um *sahib* e meu coração também está pesado. Eles me mandam para a escola e me batem. Eu não gosto do ar nem da água desses lugares. Venha me ajudar, Mahbub Ali, ou me mande algum dinheiro, porque eu não tenho nem o suficiente para pagar a quem escreve esta carta."

– "Quem escreve esta carta"... A culpa é minha por me deixar enganar! Você é tão espertinho quanto Husain Bux, que falsificou os selos do Tesouro do Estado em Naklao. Mas isso é que é uma história! E que história! Por acaso é verdade?

– Não adianta nada dizer mentiras a Mahbub Ali. É muito mais proveitoso ajudar os amigos dele emprestando um selo. Quando o dinheiro chegar eu pago a você.

O escrevente resmungou com ar de dúvida, mas pegou um selo de sua mesinha, lacrou a carta, entregou-a a Kim e saiu. O nome de Mahbub Ali era muito respeitado em toda Ambala.

– Essa é uma maneira de ganhar mérito junto aos deuses – gritou Kim quando o outro já ia indo.

– Quando o dinheiro vier você tem que me pagar o dobro – gritou o homem por cima do ombro.

– O que era que você estava armando com aquele negro? – perguntou o menino-tambor, quando Kim voltou para a varanda.

– Eu estava só falando com ele.

– Você fala igualzinho aos negros, certo?

– Nããão! Nããão! Eu só sei falar um pouquinho. O que vamos fazer agora?

– O corneteiro vai chamar para o almoço em menos de meio minuto. Oh, Deus! Como eu ficaria feliz se tivesse ido pra frente de batalha com o regimento! – continuou o menino inglês. – É horrível ficar aqui, onde a gente só tem de ir pra escola. Você não odeia isto?

– Ah, sim!

– Eu queria era fugir se soubesse pra onde ir, mas, como se costuma dizer, nessa droga de Índia a gente é só um prisioneiro sem algemas, afinal. Você não pode desertar sem ser apanhado e trazido de volta na mesma hora. Já estou completamente cheio disso.

– Já esteve na Grã-Br... na Inglaterra?

– Ué, cheguei aqui com a última leva de tropas, junto com minha mãe. Como você não vê que vim da Inglaterra? Você é um mendigo ignorante. Foi criado na sarjeta, não foi?

– Oh, sim. Conte alguma coisa sobre a Inglaterra. Meu pai veio de lá.

Embora não dissesse nada, Kim não acreditou em nenhuma palavra de tudo o que o menino-tambor disse sobre aquele subúrbio da cidade de Liverpool que, para ele, era o resto da Inglaterra. E assim o tempo foi passando, lento e pesado, até a hora do almoço – uma refeição nada apetitosa servida a oito garotos e a uns poucos inválidos, no canto de uma sala vazia. Se não fosse a carta que tinha escrito para Mahbub Ali, Kim teria ficado deprimido. Ele estava acostumado à indiferença das multidões nativas, mas aquela solidão absoluta no meio de homens brancos estava esgotando suas forças. Sentiu-se grato quando, no meio da tarde, um enorme soldado levou-o à presença do padre Victor, que morava em outra ala do quartel, do outro lado de um terreiro usado para fazer o treinamento militar. O sacerdote estava lendo uma carta escrita em inglês com tinta roxa. Quando Kim chegou, o padre olhou-o parecendo mais curioso do que nunca.

– Então, meu filho, o que esta achando desta vida, pelo menos do que experimentou até agora? Não gostou muito, certo? Deve ser difícil... muito difícil para um bicho do mato. Agora, ouça. Recebi uma carta surpreendente de seu amigo tibetano.

– Onde ele está? Está bem? Ah! Se ele já sabe como fazer para me escrever, tudo bem.

– Você gosta muito dele, certo?

– É claro que gosto muito dele. Ele também gosta de mim.

– É o que parece, pelo que está nesta carta. Ele não sabe escrever em inglês, não é?

– Não. Não, que eu saiba, mas certamente encontrou um escrevente que sabe inglês muito bem e escreveu a carta. Espero que o senhor entenda.

– Isso explica tudo. Você sabe alguma coisa sobre a situação financeira dele?

A cara de Kim mostrava claramente que não sabia nada disso.

– Como é que eu vou saber?

– Isso é o que eu me pergunto. Agora, veja se você pode botar pé e cabeça nisto aqui. Vamos pular a introdução... Foi escrito na estrada para Jagadhir... "Sentado à beira do caminho em profunda meditação e com a esperança de ser favorecido com a aprovação de Sua Senhoria para o presente passo que eu lhe recomendo que ponha em prática pelo amor de Deus Todo-Poderoso. A educação, se for boa, é a maior das bênçãos. Caso contrário não serve para nada". Por minha fé, desta vez o velho acertou no alvo! "Se Vossa Excelência concorda em dar ao menino a melhor educação em Xavier", eu acho que ele se refere ao colégio de São Xavier, "nas condições discutidas na conversa que tivemos em sua tenda na data do dia 15", eis aqui um toque de estilo comercial!, "então que Deus Todo-Poderoso abençoe Sua Senhoria e seus sucessores até a terceira e quarta geração"... Agora, ouça isto: "E pode confiar neste humilde servo de Sua Senhoria para o pagamento de uma anuidade de trezentas rúpias para uma educação cara em São Xavier, em Lucknow; e, por favor, me dê um tempo para enviar a ordem de pagamento para qualquer lugar da Índia que Sua Senhoria designar. Este servidor de Sua Senhoria, no momento, não tem onde reclinar o topo da cabeça, mas vai em direção a Varanasi de trem, para escapar da perseguição de uma mulher velha que fala demais e sem vontade de viver em Saharanpur na condição de um doméstico". Que diabo significa isto?

– Eu acho que ela queria que ele ficasse como seu capelão em Saharanpur. Mas ele não ia querer aceitar, por causa de seu rio. E essa mulher, ela fala muito!

– Você entendeu tudo, não foi? Pois eu não entendo nem uma palavra. "Então, eu estou indo para Varanasi, onde vou encontrar o endereço e remeter as rúpias para o menino, que é a pupila dos meus olhos. E, pelo amor de Deus Todo-Poderoso, dê andamento a essa educação, e este que lhe pede sempre assumirá o dever e a obrigação moral de rezar incessantemente por sua honra. Escrito por Sobrao Satai, barrado no vestibular da Universidade de Allahabad, para venerável sacerdote Teshu Lama de Tal-zen, que procura um rio, endereço aos cuidados do templo dos Tirthankers em Varanasi. P.S.: Por favor, note bem que o menino é a pupila dos meus olhos e por ele serão enviadas trezentas rúpias por ano em ordem de pagamento. Em nome de Deus Todo-Poderoso." Então, agora, você me diga se isso é um acesso de loucura delirante ou uma proposta séria de negócio? Eu estou lhe perguntando porque já não entendo coisa nenhuma.

– Ele diz que vai me dar trezentas rúpias a cada ano? Então ele vai mesmo enviá-las.

– Esta é a forma como você vê essa questão, hein?

– É claro. Se foi isso que ele disse!

O padre soltou um assobio e passou a tratar Kim de igual para igual.

– Eu não penso assim, mas vamos ver. Você ia ser mandado hoje para o Orfanato Militar de Sanauar, onde o regimento ia manter você até a idade do alistamento militar. Lá você seria criado na religião anglicana. Bennett tinha arranjado para que isso fosse feito assim. Por outro lado, se você for para São Xavier, vai receber uma educação melhor e... e pode encontrar a verdadeira religião. Você entende o meu dilema?

Kim pensava apenas no lama indo para o Sul, de trem, sem ter ninguém para pedir esmola por ele.

— Mas, como quase todo mundo faz, eu vou contemporizar. Se o seu amigo enviar o dinheiro de Varanasi... pelos poderes das trevas! Como é que um mendigo miserável vai arrecadar as trezentas rúpias?... você vai para Lucknow e eu vou pagar a viagem, porque, se eu quiser, como quero, fazer de você um católico, não posso mexer no dinheiro para a matrícula. Se o seu amigo não enviar o dinheiro, você vai para o Orfanato Militar à custa do regimento. Dou três dias pra ver se o dinheiro chega, embora não acredite em nada disso. Mas se ele não cumprir com o pagamento das parcelas futuras... aí não vou poder fazer nada. Neste mundo, a gente só pode dar um passo de cada vez. Louvado seja Deus! Bennett foi enviado pra frente de batalha e me deixaram pra trás. Mas Bennett também não pode querer vantagem em tudo.

— Oh, sim! — disse Kim, vagamente.

O padre inclinou-se para a frente.

— Eu daria até um mês do meu soldo pra saber o que é que está se passando aí dentro dessa sua cabecinha redonda.

— Não há nada aqui — disse Kim coçando a cabeça. O garoto só estava pensando se Mahbub Ali ia mandar pelo menos uma rúpia para ele... Se mandasse, ele ia poder pagar o escrevente e enviar cartas para o lama em Varanasi... Talvez Mahbub Ali viesse lhe fazer uma visita na próxima vez em que vier para o Sul com seus cavalos... Certamente, o comerciante já sabia que Kim tinha entregado a carta para o oficial em Ambala e causado a grande guerra que os homens e os meninos discutiam com grade alvoroço durante o almoço, no quartel. Mas se Mahbub Ali não sabia, não era prudente dizer nada, porque o mercador era severo para com os meninos que sabiam ou achavam que sabiam demais.

— Bem, até que tenhamos mais notícias — a voz do padre Victor interrompeu seus pensamentos — você pode sair e ir brincar com os outros meninos. Eles vão lhe ensinar algumas coisas... Mas acho que você não vai achar graça nenhuma nisso.

O dia arrastou-se pesadamente até seu tedioso fim. Na hora de dormir, ensinaram-lhe como dobrar suas roupas e limpar suas botas, enquanto os outros meninos zombavam dele. De madrugada, foi acordado pelo toque das cornetas; o professor agarrou-o logo após o café, enfiou debaixo do nariz dele uma página inteira de letras indecifráveis, com nomes sem sentido, e deu-lhe uns cascudos sem razão alguma.

Kim pôs-se a pensar sobre uma forma de envenená-lo com ópio emprestado por algum varredor do quartel, mas refletiu melhor e viu que esse golpe poderia ser muito perigoso, já que comiam todos juntos na mesma mesa – em público, aliás, uma das coisas que revoltava Kim, pois preferia dar as costas a todos enquanto comia, conforme o costume nativo em que se criara.

Em seguida, tentou fugir para aquela aldeia onde um sacerdote havia drogado o lama, a mesma aldeia em que morava o velho soldado da cavalaria. Mas em todas as tentativas, sentinelas com olhos muito afiados forçavam a figurinha encarnada a recuar. As calças e o paletó aleijavam-lhe o corpo e o espírito, então ele desistiu desse projeto e voltou ao modo oriental, esperando pelo tempo e pela sorte. Passou três dias de tormento naquelas salas brancas enormes em que qualquer barulhinho ressoava fortemente.

À tarde, fazia caminhadas escoltado pelo menino-tambor, mas toda a conversa deste não passava de umas poucas palavras inúteis que, aparentemente, compunham dois terços dos insultos usados pelos homens brancos. Kim já conhecia esses insultos e os desprezava havia muito tempo. O tambor, ofendido pelo silêncio e falta de interesse de Kim, vingava-se batendo nele, é claro. Também não gostava dos mercados que estavam dentro dos limites autorizados e costumava chamar de "negros" a todos os nativos; em compensação, todos os funcionários nativos e os varredores xingavam o menino inglês na cara dele, mas com uma atitude respeitosa, de maneira que o idiota nem percebia. Isso, em parte, consolava Kim das surras que levava.

Na manhã do quarto dia, um castigo inesperado pegou o menino-tambor de surpresa. Eles tinham ido juntos ao hipódromo de Ambala. O tamborzinho voltou sozinho, chorando e dizendo que o jovem O'Hara, a quem ele não tinha feito nada demais, gritou chamando um negro de barba ruiva, montado a cavalo, e que o tal negro tinha avançado contra ele a chicotadas, depois tinha içado o jovem O'Hara para sua sela e ido embora com ele, a galope. Essa notícia chegou ao padre Victor, que fechou a cara. Já estava espantado demais com a carta que tinha acabado de receber, vinda do Templo dos Tirthankers de Varanasi, contendo uma nota promissória de um banco local, no valor de trezentas rúpias e uma estranha oração a "Deus Todo-Poderoso".

O lama ficaria ainda mais chateado do que o padre se soubesse como o escrevente do mercado havia traduzido sua frase "para adquirir mérito".

— Poderes das trevas! – disse o padre Victor, sacudindo a carta. E agora o moleque escapou com outro de seus amigos hereges. Não sei se vou ficar mais aliviado se ele voltar ou se sumir de vez. Pra mim tudo isso é incompreensível. Como o demon... quer dizer, como um monge mendigo conseguiu dinheiro bastante pra pagar uma escola de meninos brancos?

A três quilômetros de distância, no hipódromo de Ambala, Mahbub Ali, cavalgando um garanhão cinzento de Cabul, com Kim empoleirado na frente da sela, estava dizendo:

— Mas, Amigo de Todos, deve levar em conta minha reputação e minha honra. Todos os oficiais *sahibs* de todos os regimentos e toda a cidade de Ambala sabem quem é Mahbub Ali. Eles viram como peguei você e como castiguei o outro menino. Agora estamos sendo vistos de longe, através desta planície. Como posso levá-lo comigo, ou que explicação darei pro seu sumiço, se eu deixar você desmontar e escapar pelo meio das plantações? Eles me poriam na cadeia. Seja paciente. Uma vez *sahib*, você será *sahib* para sempre. Quando você for um homem adulto... quem sabe?... vai ser grato a Mahbub Ali.

— Leve-me para além das sentinelas, onde eu possa tirar esse traje vermelho. Dê-me um dinheiro que eu vou pra Varanasi me encontrar de novo com o lama. Eu não quero ser *sahib*, e lembre que fui eu quem entreguei aquela mensagem.

De súbito, o cavalo escoiceou furiosamente. Mahbub Ali, por descuido, tinha batido no animal com a ponta de um estribo. Kim percebeu que o mercador estava se traindo.

— Aquilo foi uma coisinha de nada. Apenas porque você ia passar por lá a caminho de Varanasi. O *sahib* e eu já nos esquecemos dessa história. Eu envio tantas cartas e recados pra tantos compradores que me pedem dados sobre cavalos, que um se confunde com o outro. Não era sobre uma égua baia cujo pedigree o *sahib* Peters desejava?

Kim percebeu logo a armadilha. Se concordasse com a história de uma égua, Mahbub Ali desconfiaria logo que o menino sabia de mais alguma coisa, pela sua prontidão em aceitar a versão falsa. Consequentemente, Kim respondeu:

— Égua baia? Não. Eu não esqueço os meus recados tão facilmente. Era sobre um garanhão branco.

— Ah, é, foi isso. Um garanhão árabe branco. Mas você me escreveu que era uma égua baia.

– E quem é besta pra dizer a verdade com um escrevente de mercado? – Kim respondeu, sentindo a palma da mão de Mahbub sobre seu coração.

– Ei! Mahbub, seu vilão, pare aí! – gritou uma voz, e um inglês se aproximou, montando um pônei de jogar polo. – Andei procurando você por toda parte. Esse cavalo de Cabul que você monta é bom. Está à venda?

– Estou esperando chegar um potro criado pelos deuses especialmente para o difícil e delicado esporte do polo. Nenhum é tão bom como ele. É...

– ...capaz de jogar polo e também de servir à mesa. Sim. Eu já conheço essa conversa. Mas que diabo você está levando aí?

– Um menino – disse Mahbub Ali gravemente – que estava apanhando de outro moleque. O pai dele era um soldado branco no tempo da Grande Guerra. O menino cresceu na cidade de Lahore. Quando era uma criancinha, brincava com meus cavalos. Agora eu acho que querem fazer dele um soldado. O regimento em que seu pai servia, e que agora toma conta dele, partiu para a guerra na semana passada. Mas ele diz que não quer ser soldado. Eu estou lhe dando uma carona. Diga-me onde fica o quartel que eu vou levar você lá.

– Pode deixar. Eu sei encontrar o quartel sozinho.

– E se você fugir, então, quem vai dizer que não foi minha culpa?

– Ele vai voltar para o quartel para jantar. Onde mais poderia ir? – disse o inglês.

– Ele nasceu neste país. Tem amigos. Vai pra onde quiser, é um moleque esperto. Basta mudar de roupa pra se transformar, num piscar de olhos, num menino indiano de baixa casta.

– Não duvido nada! – disse o inglês, olhando o garoto com um olhar crítico, enquanto Mahbub se virava para a direção do quartel.

Kim rilhava os dentes de raiva. Mahbub estava zombando dele como só sabe fazer um renegado afegão, e continuava falando:

– Vão mandá-lo a uma escola, vão meter seus pés nessas botas pesadas e enrolar você nessas roupas. E você vai esquecer tudo o que sabe. Diga-me qual dessas alas é a sua. – Kim, que estava sem voz de tanta raiva, apontou o prédio branco onde ficava o padre Victor, que era o mais próximo de onde estavam.

– Talvez ele dê um bom soldado – continuou Mahbub, pensativo. – Pelo menos, será um bom ordenança. Uma vez eu o mandei levar uma mensagem de Lahore. A mensagem sobre o pedigree de um garanhão branco.

Isso era um insulto odioso e uma mágoa horrível... Ainda mais que o *sahib* – que era o mesmo a quem ele, ardilosamente, tinha entregado a carta que deu origem à guerra – tinha ouvido tudo. Kim já antevia Mahbub Ali queimando no fogo do inferno por essa traição, mas para si mesmo não conseguia antever mais do que uma longa linha cinzenta de quartéis, escolas e quartéis. Olhou suplicante para o rosto forte do inglês, que não dava o menor sinal de reconhecê-lo. Mas nem mesmo nesse momento de desespero passou-lhe pela cabeça pedir proteção ao homem branco ou trair o afegão. E Mahbub olhou deliberadamente para o inglês, e este, por sua vez, olhou deliberadamente para Kim, que tremia, emudecido.

– Meu cavalo é bem treinado – disse o comerciante. – Outro, no lugar dele, teria escoiceado, *sahib*.

– Ah! – disse finalmente o inglês, afagando, com o cabo do chicote, seu pônei suado. – Quem é a pessoa que quer transformar esse garoto em um soldado?

– Como eu disse, é o mesmo regimento que o encontrou, especialmente, o padre *sahib* capelão desse regimento.

– Olha lá o padre! – gritou Kim, com a voz embargada, enquanto o padre Victor, sem chapéu, descia da varanda em direção a eles.

– Poderes das trevas! O'Hara! Quantos amigos de outras raças você tem na Ásia? – exclamou o padre quando Kim escorregou do cavalo para o chão e ficou parado e impotente diante dele.

– Bom dia, padre – disse o inglês alegremente. – Conheço a sua reputação e já pensava em vir cumprimentá-lo. Sou Creighton.

– Do Serviço Etnológico? – disse o padre Victor, usando o nome de disfarce do serviço secreto inglês na Índia. O coronel assentiu. – Garanto que tenho grande prazer em conhecê-lo e, além disso, agradeço muito por ter trazido esse menino de volta.

– Não é a mim que deve agradecer, padre. Além disso, o menino não estava fugindo. O senhor não conhece o nosso velho Mahbub Ali? – O mercador permanecia impassível sob o sol. – O senhor o conheceria se já tivesse estado por mais de um mês na guarnição. É ele que nos vende todos os nossos cavalos. Mas esse menino é um caso curioso. Poderia me dizer alguma coisa sobre ele?

— Eu, dizer-lhe alguma coisa?! – respondeu logo o Padre Victor. – Pois o senhor é o homem certo para responder às minhas próprias dúvidas! Caramba, pois se eu é que ando louco para encontrar alguém que conheça bem esses indianos!

Um empregado apareceu numa esquina do prédio. O coronel Creighton ergueu a voz, falando em urdu:

— Bem, Mahbub Ali, para quê você está me contando todas essas histórias sobre o pônei? Eu não vou lhe dar nem um tostão a mais do que as trezentas e cinquenta rúpias que já ofereci.

— O *sahib* está um pouco acalorado e irado depois desse galope – disse o comerciante, com um olhar malicioso de perfeito ator. – Daqui a pouquinho o senhor vai apreciar melhor as condições da minha égua. Vou esperar até que acabe sua conversa com o padre. Espero debaixo daquela árvore.

— Vá pro diabo! – disse o coronel, rindo. – É isso que acontece quando a gente vai ver um dos cavalos de Mahbub. Ele é uma verdadeira sanguessuga, padre. Então espere, Mahbub, se você não se importa de perder tempo. Agora, padre, estou à sua disposição. Onde está o menino? Ah, foi conversar com Mahbub. Que menino mais estranho! O senhor poderia, por favor, mandar levarem minha égua pra descansar na sombra? – Creighton largou-se numa cadeira de onde podia ver claramente Kim e Mahbub Ali conversando sob a árvore. O padre entrou em casa para buscar charutos.

Creighton ouviu Kim dizer amargamente:

— Confie antes num brâmane do que numa cobra, e numa cobra antes do que numa prostituta, e numa prostituta mais do que num afegão, Mahbub Ali.

— Dá tudo na mesma. – A barba comprida e vermelha balançou-se solenemente. – Crianças não devem ver a tapeçaria no tear antes que apareça claramente o desenho. Acredite em mim, Amigo de Todos, eu estou lhe prestando um grande serviço. Já não vão mais querer que você seja soldado.

— Ah, que velho pecador mais esperto! – pensou Creighton. – Não, você não está errado. Esse menino não deve ser desperdiçado, se é verdade que tem todas essas qualidades.

— Perdoe-me fazê-lo esperar mais um minuto – gritou o padre de dentro do prédio –, estou procurando os documentos relacionados com o caso.

Enquanto isso, Mahbub continuava falando com Kim:

– Se você conseguir, por meu intermédio, a proteção desse valente e sábio coronel *sahib* e for elevado a uma situação de honra, você não vai dar graças a Mahbub Ali, quando for um homem adulto?

– Não, não! Eu lhe implorei pra que me deixasse cair na estrada novamente, onde eu estaria completamente a salvo, mas você me vendeu pro inglês. Quanto dinheiro eles vão lhe dar pelo meu sangue?

– Que diabinho engraçado! – disse o coronel para si mesmo, mordendo o charuto e virando-se gentilmente para o padre Victor.

– Que cartas serão aquelas que o padre gordo está mostrando ao coronel? Passe para o outro lado do meu cavalo e finja que está examinando as rédeas! – disse Mahbub Ali.

– Uma carta de meu lama, que escreveu da estrada de Jagadhir, dizendo que vai pagar trezentas rúpias cada ano pra minha escola.

– Oh! Então o lama da boina vermelha é desse tipo? E qual escola?

– Só Deus sabe! Eu acho que é em Naklao.

– Sim. Existe uma grande escola para os filhos dos *sahibs* e mestiços de *sahibs*. Eu vi, uma vez fui lá vender cavalos. Então o Lama quer bem a você também, Amigo de Todos?

– Sim, e ele não mente nem me mandaria de volta pro cativeiro.

– Parece que o padre não sabe como decifrar o emaranhado dessa carta. Veja com que pressa ele está falando com o coronel *sahib*! – disse Mahbub, rindo. – Por Alá! – Seu olhar aguçado varreu a varanda num instante. – Seu lama enviou algo que parece ser uma nota promissória. Em algumas ocasiões, já fiz pequenos negócios com notas promissórias desses banqueiros indianos. O coronel *sahib* está examinando.

– E pra que me serve tudo isso? – Kim disse, cansado. – Você vai embora e eles me levam de volta praquelas salas vazias, onde não há um bom lugar pra dormir e onde os outros caras me batem.

– Acho que não. Seja paciente, menino. Nem todos os afegãos são desleais... exceto quando estão lidando com cavalos.

Passaram-se cinco... dez... quinze minutos, enquanto o padre Victor continuava falando ansiosamente ou fazendo perguntas que o coronel respondia.

– Agora, eu lhe disse tudo o que sei sobre o garoto, do começo ao fim, e isso é um grande alívio pra mim. O senhor já ouviu algo parecido?

– De qualquer jeito, o velho mandou o dinheiro. As notas promissórias do banqueiro Gobind Sahai são conhecidas e aceitas daqui até a

China – disse o coronel. – Quanto mais se conhece os indianos, menos se pode prever o que eles vão ou não vão fazer!

– Isso é um consolo pra mim, dito pelo Chefe do Serviço de Etnologia. E essa mistura de touro vermelho, rios purificadores... pobres pagãos, que Deus os proteja!... notas promissórias e certificados maçônicos! Por acaso você é maçom?

– Ora, sim, por falar nisso, sou sim. Esta é mais uma razão – disse o coronel, distraído.

– Estou feliz de que o senhor me dê razão. Mas, como estava dizendo, essa mistura de coisas é demais pra mim. E a profecia que ele fez pro nosso coronel, sentado na minha cama, com a túnica meio rasgada mostrando um pouco da pele branca dele? E a profecia que se verificou ser verdadeira? Em São Xavier vão curá-lo de todas essas coisas sem sentido, não?

– Borrife água benta nele – disse o coronel, rindo.

– Acho mesmo que eu deveria fazer isso, às vezes. Mas confio em que ele vai se tornar um bom católico. Agora, o que me preocupa é o que acontecerá se o velho mendigo...

– Lama, é um lama, meu caro amigo, e alguns são fidalgos na terra deles.

– Bem, o lama, então... Se ele não pagar a anuidade do próximo ano. Ele é talentoso, tem uma boa cabeça pra negócios, é capaz de tomar uma decisão sob a inspiração do momento, mas pode morrer qualquer dia desses. Além disso, aceitar o dinheiro de um pagão pra dar à criança uma educação cristã...

– Mas ele disse explicitamente o que quer pro menino. Assim que soube que o garoto é branco, tomou suas providências levando isso em consideração. Eu daria alegremente um mês do meu salário só pra ouvir a explicação que ele deu dessa história lá no templo de Tirthankers, em Varanasi. Olha, padre, eu não tenho a pretensão de conhecer tanto assim os asiáticos, mas se ele diz que paga, pagará... vivo ou morto. Acho que seus herdeiros assumirão a dívida. Meu conselho é que você envie o menino para Lucknow. Se seu colega, o capelão anglicano, pensar que você o roubou dele...

– Azar do Bennett! Ele foi enviado pra frente de batalha, em vez de mim. Doughty me declarou inapto pro serviço por razões de saúde. Se Doughty voltar vivo, vou excomungá-lo! Bennett deveria satisfazer-se com...

— ...a glória, e deixar a religião com o senhor. É claro! Além disso, não creio que Bennett vá se importar tanto assim. Pode dizer-lhe que a culpa é minha. Eu... Eu recomendo fortemente que envie o menino para São Xavier. Ele pode ir de trem com um passe grátis, como órfão de um soldado, economizando-se assim o custo da viagem. Com os recursos do regimento, você pode lhe comprar uma farda. A Loja Maçônica vai economizar os custos da educação dele, e isso vai deixá-la de bom humor. É muito simples. Eu estou indo para Lucknow na próxima semana e tomo conta do menino durante a viagem... Mandarei os meus empregados cuidarem dele.

— O senhor é uma boa pessoa.

— De jeito nenhum. Não se engane. É que o lama nos enviou o dinheiro com um propósito claro e nem sequer podemos devolvê-lo: não temos escolha a não ser fazer o que ele diz. Isso é claro, não? Na terça-feira, digamos, o senhor manda levarem o menino até mim, pra pegarmos o trem noturno para o Sul. São só mais três dias. Em três dias ele não poderá aprontar muita confusão...

— O senhor me tira um grande peso da cabeça! Mas... o que fazemos com isto? — perguntou, agitando a nota promissória. Não conheço Gobind Sahui nem seu banco, o qual, na melhor das hipóteses, deve ser apenas um guichê numa parede.

— Vê-se que o senhor nunca foi um subalterno endividado! Eu desconto pro senhor, se preferir, e lhe envio os comprovantes em perfeita ordem.

— Mas o senhor... com todo o trabalho que já tem! É um aborrecimento...

— Não me incomoda em nada. O senhor entende que, como etnólogo, essas coisas são muito interessantes pra mim. Além disso, devo mesmo escrever umas notas sobre isso pra um trabalho que eu estou fazendo pro Governo. A transformação do emblema de um regimento, como seu touro vermelho, em uma espécie de amuleto que o menino segue é muito interessante.

— Eu não sei como lhe agradecer.

— Há uma coisa que o senhor pode fazer. Todos nós, que nos dedicamos à etnologia, temos ciúmes e inveja das descobertas uns dos outros. É claro que esses achados só são interessantes pra nós mesmos, mas o senhor sabe como são os colecionadores de livros e de conhecimentos.

Bem, então eu lhe peço que não diga nem uma palavra, direta ou indiretamente, sobre os aspectos asiáticos do caráter do menino... suas aventuras, sua profecia e todo o resto. Mais tarde, com habilidade, vou espremer o garoto para saber todos os detalhes, e... O senhor entende?

– Entendo. Assim o senhor escreverá uma história maravilhosa sobre isso. Não vou dizer nem uma palavra até vê-la impressa.

– Obrigado. Isso comove o coração de um etnólogo. Bem, tenho de ir, porque é hora do almoço. Céus! Você ainda está aí Mahbub Ali? – disse ele, levantando a voz, e o mercador aproximou-se, saindo da sombra das árvores. – E então?

– Com relação ao pônei – disse Mahbub Ali –, tenho de dizer que quando um potro nasceu para jogar polo e segue a bola sem que seja preciso ensinar-lhe... Quando um potrinho quase adivinha como é o jogo... Então, *sahib*, eu digo que é um grande erro estragar esse potro atrelando-o a uma pesada carroça.

– Eu também penso assim, Mahbub. O potro será usado apenas para jogar polo. Essa gente, padre, não pensa em mais nada, só em cavalos. Vamos ver amanhã, Mahbub, se você tem alguma coisa boa assim pra me vender.

O mercador despediu-se à maneira dos cavaleiros, com um amplo volteio da mão direita.

– Tenha um pouco de paciência, Amigo de Todos – murmurou para o desolado Kim. – Sua sorte está lançada. Logo você vai para Naklao. Aqui está o dinheiro pra pagar o escrevente. Espero que possamos nos ver muitas vezes. – E Mahbub saiu galopando em direção à estrada.

– Escute – disse o coronel chamando Kim lá da varanda e falando na língua do lugar. – Dentro de três dias você vem comigo pra Lucknow e vai ver e ouvir coisas novas. Por isso, trate de ficar quieto durante esses três dias e não invente de fugir. Você irá pra escola em Lucknow.

– Vou poder encontrar lá o meu santo homem? – choramingou Kim.

– Pelo menos, Lucknow está mais perto de Varanasi do que Ambala. Eu posso levar você sob minha proteção. Mahbub Ali sabe disso e vai ficar com raiva se você voltar a escapar para a estrada novamente. E lembre-se: já me disseram muitas coisas que eu não vou esquecer.

– Eu vou esperar – disse Kim –, mas os caras daqui vão me bater.

Então as cornetas tocaram a chamada para o almoço.

Kim e o escrevente de cartas

CAPÍTULO 7

À tarde, o corado mestre-escola disse a Kim que ele já estava "fora da lista de matrícula" – o que, para o garoto, não quis dizer nada até lhe ordenarem que fosse embora dali, que fosse brincar. Então ele correu para o mercado e foi encontrar o escrevente de cartas a quem estava devendo um selo.

– Agora eu posso pagar – disse Kim com ar orgulhoso – e preciso que você me escreva outra carta.

O escriba – que, por força de seu ofício, era uma verdadeira agência de distribuição de boatos – informou alegremente:

– Mahbub Ali está em Ambala.

– Isto não é pra Mahbub, e sim pra um sacerdote. Pegue logo sua caneta e escreva, depressa. "Para o Lama Teshu, o santo homem de Botial em busca de um Rio, que agora está no Templo dos Tirthankares, em Varanasi." Bote mais tinta nessa caneta! "Daqui a três dias eu tenho de ir para a escola em Naklao. O nome da escola é Xavier. Eu não sei onde essa escola fica, mas é em Naklao."

– Mas eu conheço Naklao! – interrompeu o escriba. – Eu conheço a escola.

– Diga a ele onde fica que eu lhe darei um tostão.

A caneta de junco arranhava ativamente o papel.

– Com esta explicação, ele não pode se enganar.

Então, levantando a cabeça, o escrevente perguntou:

– Quem é aquele que está nos espiando do outro lado da rua?

Kim virou-se rapidamente e viu o Coronel Creighton vestido como quem vai jogar tênis.

– Ah, esse aí é um *sahib* conhecido do padre gordo do acampamento. Ele está me chamando.

– O que você está fazendo? – perguntou o coronel, quando Kim, apressado, juntou-se a ele.

– Eu não estou fugindo. Só estou mandando uma carta para meu santo homem em Varanasi.

– Eu não tinha pensado nisso. Você disse a ele que vou levar você pra Lucknow?

– Não, eu não disse. Leia a carta se o senhor tiver alguma dúvida.

O coronel leu e disse, com um sorrisinho desconfiado:

– Então, por que meu nome não aparece na carta?

Kim tomou coragem e respondeu:

– Uma vez me disseram que não era conveniente escrever nomes de estranhos envolvidos em qualquer assunto, porque os nomes podem atrapalhar bons planos.

– Pois você foi muito bem ensinado – replicou o coronel, e Kim ficou vermelho. O coronel continuou: – Esqueci minha charuteira na varanda da tenda do padre. Traga-a para mim, de tardezinha, em minha casa.

– Onde fica a casa? – perguntou Kim, enquanto sua rápida intuição lhe dizia que aquilo era um tipo de teste, e ficou alerta.

– Pergunte a alguém no mercado central – e o coronel saiu andando.

– Ele esqueceu a charuteira – disse Kim, voltando para junto do escrevente. – É pra eu levar pra ele, de tarde. Isso é tudo que é preciso escrever na minha carta. Só falta repetir, três vezes: "Venha me buscar! venha me buscar! venha me buscar!". Agora eu vou comprar um selo e botar a carta no correio – e levantou-se para partir. Mas, pensando melhor, perguntou ao escrevente:

– Quem é aquele *sahib* de cara feia que perdeu a charuteira?

– É só o *sahib* Creighton... um *sahib* muito otário, um coronel sem regimento.

– E qual é o negócio dele?

– Só Deus sabe. Ele vive comprando cavalos que não pode cavalgar e dizendo charadas sobre obras de Deus... plantas, pedras e costumes do povo. Os comerciantes o chamam de "pai dos otários", porque ele é facílimo de enganar com cavalos ruins. Mahbub Ali diz que ele é mais maluco do que a maioria dos outros *sahibs*.

– Sei... – disse Kim, indo embora. Sua experiência da vida já lhe tinha dado algum conhecimento sobre o mundo e ele pensou, logicamente, que malucos não recebiam informações que motivassem a convocação de oito mil homens, sem contar os canhões. O Comandante em chefe de toda a Índia Britânica, com certeza, também não haveria de falar com um tolo qualquer, como ele o tinha visto falar com Creighton. E, se esse coronel fosse uma besta qualquer, Mahbub Ali não baixaria o tom da voz cada vez que mencionava o nome dele. Consequentemente, pensou Kim, sobressaltado, há algum mistério nisso aí, e Mahbub Ali provavelmente era um espião do coronel, do mesmo jeito que ele, Kim, já tinha feito espionagem a serviço de Mahbub. E, assim como o mercador de cavalos, o coronel parecia respeitar as pessoas que sabiam não parecer espertas demais.

Kim ficou contente de não ter demonstrado conhecer a casa do coronel; e quando, de volta ao acampamento, descobriu que não havia nenhuma charuteira esquecida na barraca do padre, não pôde evitar um grande sorriso satisfeito. Aquele era o tipo de gente de que Kim gostava: um personagem que agia de maneira sinuosa e indireta, como quem joga um jogo secreto. Então, se ele sabia fazer papel de bobo, Kim também sabia.

Não deixou transparecer nada do que estava pensando enquanto o padre Victor, durante três longas manhãs, lhe fez um sermão a respeito de um conjunto de deuses e filhos de deuses completamente novos para ele, especialmente uma deusa chamada Maria, que o menino entendeu ser a mesma que se chamava Bibi Miriam na teologia de Mahbub Ali. Não mostrou nenhum espanto quando, depois dessas lições, padre Victor arrastou-o de loja em loja, comprando-lhe roupas e apetrechos. Também não se queixou dos pontapés que tomou dos meninos-tambores do Regimento, invejosos por saber que ele ia para uma escola de alta qualidade. Esperava, com muito interesse, a evolução dos acontecimentos. Padre Victor, boa pessoa, acompanhou-o à estação de trens e colocou-o numa cabine vazia da segunda classe, vizinha da cabine de primeira do coronel Creighton, e deu-lhe adeus com sincero afeto.

– Lá, em São Xavier, vão fazer de você um homem, O'Hara, um homem branco e, assim espero, um homem bom. Eles já sabem tudo sobre sua chegada e o coronel vai cuidar para que você não se perca nem se extravie pelo caminho. Eu já lhe dei algumas noções em matéria de religião... pelo menos, espero que sim, e, quando lhe perguntarem qual é sua religião, você vai se lembrar de que é católico. Melhor dizer que é católico romano, embora eu não goste muito dessa palavra.

Kim acendeu um cigarro malcheiroso do estoque que tinha tido o cuidado de comprar no mercado e pôs-se a pensar. Essa viagem solitária era muito diferente da alegre viagem de terceira classe que havia feito com seu lama.

– As viagens *dos sahibs* não são muito divertidas – pensou. – Ai de mim! Vão me chutando de um lado pra outro como se eu fosse uma bola. É meu *kismet*, meu destino. Nenhum homem pode escapar de seu *kismet*. Mas devo rezar para Bibi Mariam e eu sou um *sahib*. – E olhou melancolicamente para suas botas: – Não, eu sou Kim. Este é o vasto mundo e eu sou apenas Kim. Mas... quem é Kim?

O garoto pôs-se a pensar na própria identidade, coisa que nunca tinha feito antes, até sentir a cabeça boiando. Ele era nada mais que uma pessoa insignificante, nessa Índia que rugia à sua volta feito um redemoinho, e estava indo para o Sul, sabe lá para qual sorte...

Logo o Coronel mandou chamá-lo e começou a falar com ele por um tempão. Pelo que Kim pôde entender, ele tinha de ser aplicado para passar a fazer parte do Serviço Secreto dos ingleses na Índia como um leva e traz, um informante. Se fosse muito bom e passasse em todos os exames, aos dezessete anos já estaria ganhando trinta rúpias por mês e o Coronel Creighton ia tratar de arranjar-lhe um emprego conveniente.

No início, Kim fingiu entender pelo menos uma de cada três palavras dessa conversa. Então o Coronel, percebendo seu erro, desatou a falar, fluentemente, num urdu bem floreado, e Kim gostou disso.

Nenhum homem idiota poderia aprender aquela língua tão bem, nem se mover tão leve e silenciosamente, nem ter olhos assim tão diferentes dos olhos empapuçados e embotados dos outros *sahibs*.

– Sim, e você precisa aprender como captar imagens de estradas e montanhas e rios, e como carregar essas imagens em seus olhos até que chegue o momento adequado para passá-las para o papel. Talvez mais tarde, quando você for um informante e nós estivermos trabalhando juntos, eu possa lhe dizer: "Atravesse aquelas montanhas e vá verificar o que existe além delas". Mas então, alguém dirá: "Naquelas montanhas há gente ruim que vai dar fim ao informante, se ele tiver a aparência de um *sahib*". E aí?

Kim pensou um pouco. Seria seguro responder à deixa que o Coronel estava lhe dando?

– Eu ia dizer a mesma coisa que esse outro homem dissesse.

– Mas e se eu respondesse: "Dou-lhe cem rúpias pela informação sobre o que há além daquelas montanhas... por um desenho de um rio e por alguma notícia do que anda dizendo o povo das aldeias de lá"?

– Como é que eu posso saber? Sou apenas um moleque. Espere até eu me tornar um homem.

Então, vendo o Coronel franzir as sobrancelhas, Kim continuou:

– Mas eu acho que ganharia as cem rúpias em poucos dias.

– Como?

Kim sacudiu decididamente a cabeça:

– Se eu disser agora como haverei de ganhá-las, outro homem poderá ouvir e passar à minha frente. Não se deve vender conhecimento por nada.

– Agora, diga-me – o Coronel mostrou-lhe uma rúpia. A mão de Kim estendeu-se para apanhá-la, mas desistiu do gesto.

– Nada disso, *sahib*, eu, hein? Eu sei o preço que quer pagar pela resposta, mas não sei por que fez a pergunta.

– Então fique com a moeda como um presente – disse Creighton, lançando-a ao menino. – Você tem um bom espírito. Não deixe que o estraguem lá em São Xavier. Há muitos meninos que desprezam um homem negro.

– As mães de vários deles são mulheres do mercado, eles são mestiços – disse Kim. Ele sabia muito bem que não existe ódio pior que o do mestiço para com seu cunhado de outra cor.

— É verdade, mas você é um *sahib*, filho de um *sahib*. Portanto, nunca se deixe influenciar por esse desprezo para com os negros. Conheci alguns rapazes que, depois de pouquíssimo tempo a serviço do Governo, já começavam a fingir que não entendiam a língua ou os costumes dos negros. E o salário deles acabou diminuindo por causa dessa ignorância. Não há pecado tão grande como a ignorância. Lembre-se sempre disso.

Durante as vinte e quatro horas que durou a viagem para o sul, o coronel chamou Kim para conversar diversas vezes, sempre voltando aos mesmos assuntos.

— Então, nós todos jogaremos no mesmo time – concluiu Kim, afinal – o coronel, Mahbub Ali e eu... quando eu for um agente informante. O coronel vai me empregar da mesma maneira que Mahbub Ali tem feito, acho. Isso será bom, se permitir que eu retorne outra vez pra Estrada. O desconforto dessas roupas não diminui em nada com o uso.

Quando chegaram à estação de Lucknow, abarrotada de gente, não havia nem sinal do lama. Kim disfarçou sua decepção, enquanto o coronel alugava um carro puxado por cavalos, no qual o acomodou, sozinho com sua elegante bagagem, e despachou-o para São Xavier.

— Eu não lhe digo adeus porque nós voltaremos a nos ver – disse. – Nós nos veremos frequentemente, se você conservar seu talento. Mas você ainda não foi posto à prova.

— Não? Nem naquela noite em que eu lhe trouxe... – Kim atreveu-se a falar como se fosse seu igual – ...o pedigree de um garanhão branco?

— Aprenda que esquecer é um ótimo negócio, menino – disse o coronel, com um olhar que Kim sentiu perfurar suas costas enquanto escapava para dentro da carruagem.

O menino levou uns cinco minutos para se acalmar. Então, farejou, contente, os novos ares.

— Uma cidade rica – disse. – Mais rica que Lahore. Que ótimos mercados deve ter! Cocheiro, leve-me um pouco através dos mercados daqui.

— Mandaram levar você pra escola. – O cocheiro tinha dito "você", o que era uma grosseria da sua parte, ao falar com um branco. Falando clara e correntemente na língua local, Kim o repreendeu pelo erro, subiu para o banco ao lado do cocheiro e, uma vez que a coisa ficou perfeitamente entendida entre os dois, dirigiu ele mesmo, por um par de horas, de um lado para outro, avaliando, comparado e divertindo-se.

Não há nenhuma cidade, a não ser Bombaim, a rainha de todas, mais bonita do que Lucknow, em seu estilo espalhafatoso, vista da ponte sobre o rio ou de cima do teto do edifício Imambara, de onde se descortinam os guarda-chuvas dourados do Pavilhão Real e as árvores entre as quais se abriga a cidade. Reis adornaram Lucknow com edifícios fantásticos, dotaram-na de instituições caritativas, atulharam-na de pensionistas do Estado e empaparam-na de sangue. Ela é o centro de todo o ócio, a intriga e o luxo, e disputa com Délhi a honra de ser a cidade onde se fala a mais pura língua urdu.

– Uma cidade agradável... uma bela cidade!

O cocheiro, nativo de Lucknow, ficou satisfeito com os elogios, e contou a Kim coisas espantosas sobre lugares nos quais um guia inglês só saberia falar da Revolta dos Cipaios.

– Agora vamos para a escola – disse finalmente o garoto. A antiga e enorme escola de São Xavier *in Partibus* consiste em vários edifícios baixos e brancos, num espaçoso terreno à margem do rio Gumti, um tanto fora da cidade.

– Que tipo de gente vive lá? – perguntou Kim.

– Jovens *sahibs*... Todos uns demônios, mas, pra dizer a verdade, embora eu tenha carregado muitos deles, indo e vindo entre a estação e a escola, nunca vi nenhum com jeito mais endiabrado do que você, jovem *sahib* que estou levando agora.

Naturalmente, uma vez que ninguém lhe havia ensinado a considerar aquilo como errado, Kim tinha deixado o cocheiro esperando e passado boa parte do dia conversando com uma ou duas mulheres "de vida alegre", das que ficavam debruçadas nas janelas altas de certa rua – e, em matéria de troca de galanteios, tinha se saído muito bem

Ele estava prestes a revidar a insolência do cocheiro quando, embora já estivesse escurecendo, seus olhos perceberam uma figura sentada junto a uma das colunas brancas que ladeavam uma porta na longa parede da escola.

– Pare! – gritou. – Pare aqui! Não vou entrar na escola por enquanto.

– E quem é que vai me pagar todas essas idas e vindas? – Disse o cocheiro, em tom mal-humorado. – Esse menino é maluco? Primeiro foi atrás de uma dançarina; agora, de um sacerdote...

Kim tinha se precipitado para a rua e estava afagando uns pés empoeirados debaixo de um manto amarelo sujo.

— Estou aqui esperando há um dia e meio – começou o lama com sua voz serena. – Não, não vim sozinho, um discípulo veio comigo até aqui. Meu amigo do templo dos Tirthankares me deu um guia para esta viagem. Eu vim de trem de Varanasi assim que recebi sua carta. Sim, eu estou bem alimentado e não preciso de nada.

— Mas por que você não ficou com a mulher de Kulu, ó, meu santo? Como você conseguiu chegar até Varanasi? Meu coração anda triste desde que nos separamos.

— Ela me deixou esgotado com seu falatório incessante e seus pedidos de feitiços para ter mais netos. Saí de perto dela, mas, de qualquer jeito, lhe dei a ocasião de adquirir méritos dando-me presentes. Pelo menos é uma mulher mão-aberta e prometi que voltaria à sua casa, se houvesse necessidade. Então, como estava sozinho neste mundo grande e terrível, me lembrei de tomar o trem para Varanasi, onde eu conhecia um peregrino que mora no templo de Tirthankares e anda na mesma Busca que eu.

— Ah! O seu Rio – disse Kim. – Eu tinha esquecido o Rio.

— Em tão pouco tempo, meu *chela*? Eu nunca esqueci, mas como já não contava com você, achei melhor ir ao templo e pedir conselhos, porque, veja só, a Índia é enorme, e talvez, antes de nós, alguns sábios, uns dois ou três, tenham deixado notícias sobre o lugar do nosso Rio. Existem controvérsias sobre isso no templo dos Tirthankares, alguns pensam de uma maneira e outros de outra. Eles são gente muito educada.

— Ainda bem! Mas agora o que é que o senhor está fazendo?

— Para adquirir mérito, vim para ajudá-lo no caminho da sabedoria, meu *chela*. O sacerdote daquele grupo de homens que servem ao Touro Vermelho me escreveu dizendo que iam fazer tudo como eu desejava pra você. Mandei dinheiro suficiente pra um ano e então vim, como você pode ver, pra testemunhar a sua entrada pelos Portões da Sabedoria. Dia e meio eu fiquei esperando, não por causa de nenhum carinho por você... porque isso não faz parte do Caminho... mas porque, como se diz no templo de Tirthankares, já que estou pagando pela sua educação, o certo é eu verificar se esta questão está mesmo resolvida. Eles tiraram todas as minhas dúvidas com muita clareza. Eu tinha medo de que talvez quisesse vir só pelo desejo de ver você, enganado pela Bruma Vermelha do afeto... mas não, não é por isso. Além disso, ando perturbado por um sonho.

— Mas com certeza, ó, meu Santo, não esqueceu nossa Estrada e tudo o que nos aconteceu nela. Você não veio também, pelo menos um pouquinho, pelo desejo de me ver?

— Os cavalos estão ficando com frio e já passou a hora deles comerem — lamentou o cocheiro.

— Vá pra Jehannum e fique lá com a malfalada, sua tia! — xingou Kim por cima do ombro. — Eu estou sozinho no mundo, não sei pra onde estou indo nem o que vai me acontecer. Pus todo o meu coração na carta que lhe escrevi. Sem contar Mahbub Ali, que é afegão, não tenho nenhum amigo senão o senhor, meu santo. Não vá embora pra sempre.

— Também pensei nisso — respondeu o lama, com voz trêmula. — E é muito claro que, antes de encontrar o meu Rio, de vez em quando eu posso adquirir mérito vindo me certificar de que seus pés seguem o caminho da sabedoria. Eu não sei o que é que eles vão lhe ensinar, mas o padre me escreveu que nenhum filho de *sahib*, em toda a Índia, será mais bem instruído do que você. Então, às vezes, eu voltarei aqui. E quem sabe você chegue a ser como aquele *sahib* que me deu estas lentes — o lama limpou os óculos com extremo cuidado — na Casa das Maravilhas da cidade de Lahore. Essa é a minha esperança, porque aquele homem era uma Fonte de Sabedoria, mais sábio do que muitos abades... Além disso, talvez você é que se esqueça de mim e de nossos encontros.

— Se eu comi do seu pão — gritou Kim, exaltado — como poderei algum dia ser capaz de me esquecer do senhor?

— Não... não — disse o lama, afastando o menino para um lado. — Devo voltar pra Varanasi. Agora que conheço os costumes dos escribas desta terra, de tempos em tempos vou mandar-lhe uma carta e, de vez em quando, virei vê-lo.

— Mas pra onde vou mandar minhas cartas? — perguntou Kim, quase chorando, agarrando-se ao manto do lama, completamente esquecido de que era um *sahib*.

— Ao templo dos Tirthankares, em Varanasi. Esse é o lugar que escolhi pra pousar até encontrar meu Rio. Não chore, porque, veja bem, todo desejo é Maya, é Ilusão, é apenas mais um nó pra nos amarrar à Roda das Coisas. Vamos, agora atravesse os Portões da Sabedoria. Quero ver você entrar. Você não me quer bem? Então, vá, senão meu coração vai explodir. Eu vou voltar, prometo. Com toda a certeza, eu volto aqui novamente.

O lama viu a carruagem arrastar-se para dentro do terreno da escola e saiu andando, fungando entre cada um de seus largos passos e o seguinte. Ouviu-se o clangor dos Portões da Sabedoria fechando-se.

Meninos nascidos e educados na Índia têm costumes especiais, são diferentes dos garotos de qualquer outro país do mundo; para educá-los, os professores usam métodos que os professores ingleses nunca compreenderiam.

Portanto, provavelmente o leitor não há de se interessar pelas experiências de Kim como aluno em São Xavier, no meio de duas ou três centenas de meninos precoces, a maioria dos quais nunca tinha visto o mar. Ele levou os castigos costumeiros cada vez que escapava dos limites da escola, quando havia uma epidemia de cólera na cidade. Isso foi antes de ele aprender a escrever num inglês passável e precisar recorrer a algum escrevedor de cartas do mercado. Ele foi repreendido também, é claro, por fumar e pelo hábito de insultar os outros com xingamentos tão grosseiros como nunca tinham ouvido em São Xavier. Aprendeu a lavar-se escrupulosamente, à maneira dos nativos, que, no fundo, consideravam os ingleses bem sujinhos. Ele também, como os colegas, pregava peças nos pacientes empregados que tinham de abanar grandes ventarolas de palmas trançadas para refrescar os dormitórios onde os meninos se agitavam nas noites quentes, contando casos até de madrugada. Pouco a pouco, Kim ia conhecendo sua própria força em confronto com seus autoconfiantes colegas.

Os pais de seus colegas de classe eram funcionários graduados das ferrovias, do telégrafo ou do serviço de águas; ou eram sargentos indianos do Exército inglês, alguns aposentados e, talvez, empregados como comandantes do exército particular de algum pequeno Rajá; outros, ainda, eram capitães da Marinha indiana. Havia também filhos de funcionários aposentados, de agricultores, de encarregados de suprimentos do Governo ou de missionários.

Alguns eram filhos caçulas de antigas famílias eurasianas de origem portuguesa, fortemente enraizadas na região de Calcutá, como os Pereiras, os Da Silva e os Souza. Seus pais poderiam muito bem tê-los enviado para estudar na Inglaterra, mas prefeririam a escola em que eles próprios haviam passado sua juventude – e, assim, geração após geração de garotos com diversos tons de pele confluíam para São Xavier. Suas moradias espalhavam-se desde Haora, a cidade industrial à margem do rio Hugli, oposta à cidade de Calcutá, onde vivia o pessoal da estrada de ferro, até os antigos quartéis abandonados de Monghyr e Chunar; às vezes se escondiam entre plantações de chá, na direção de Shillong; outras, em aldeias nas quais seus pais eram grandes proprietários de terras, em Oudh ou em Decan; ou, mais além, nos postos missionários situados a mais de uma semana de viagem para lá da estrada de ferro mais próxima; nos portos marítimos, a mil quilômetros mais ao sul, expostos às bravas ondas do mar da Índia; ou mesmo em plantações de quinquina para a produção do quinino, remédio contra a malária, ainda mais ao sul.

A simples narrativa de suas aventuras, que para eles pareciam a coisa mais natural do mundo, nas viagens de ida e volta à escola, já bastaria para arrepiar qualquer menino europeu. Estavam acostumados a atravessar sozinhos centenas de quilômetros de selva, onde sempre podia haver uma deliciosa oportunidade de se atrasar por causa dos tigres. Mas, por outro lado, não teriam coragem de nadar no Canal da Mancha num dia de verão inglês, como tampouco meninos ingleses, em nenhum lugar do mundo, seriam capazes de ficar quietos, imóveis, enquanto um leopardo farejava sua liteira.

Havia garotos de quinze anos que já tinham passado um dia e meio na ilhota no meio da enchente de um rio, assumindo a liderança, como lhes parecia de direito, de uma turma de peregrinos desesperados que vinham voltando de um santuário. Entre os alunos mais velhos, havia gente que já tinha requisitado, em nome de São Francisco Xavier, o elefante de um Rajá encontrado por acaso, quando chuvas torrenciais haviam apagado qualquer vestígio das estradas que levavam às propriedades de seus pais, e por pouco não perdiam o enorme bicho no meio dum pântano. Um dos meninos contava, sem que ninguém duvidasse, que, de rifle em punho, da varanda de sua casa, tinha ajudado o pai a repelir um ataque da tribo dos *akas*, quando esses caçadores de cabeças ousaram atacar as fazendas mais isoladas.

E todas essas histórias eram contadas nos serões, no tom de voz constante e manso característico de quem nasceu na Índia, misturadas com fantásticos comentários, aprendidos inconscientemente de suas babás indianas e ditos de um jeito que mostrava que estavam traduzindo, na hora, diretamente da língua nativa para o inglês. Kim olhava, ouvia e aprovava. Isso não era nada parecido com a conversa boba daqueles meninos-tambores do Regimento e tinha tudo a ver com a vida que ele conhecia e, em parte, compreendia.

Essa atmosfera agradava a Kim e assim ele foi avançando, passo a passo. Quando o calor aumentou, deram-lhe uma roupa de brim branco. Já começava a gostar do conforto físico, que era novidade para ele, assim como se alegrava por exercitar sua aguda inteligência nas tarefas que lhe davam.

Sua rapidez para aprender teria entusiasmado um professor inglês, mas os de São Xavier estavam acostumados ao primeiro impulso das mentes precocemente desenvolvidas pelo sol e pelo ambiente, assim como sabiam que depois, lá pelos vinte, vinte e três anos, essa vivacidade arrefecia.

De qualquer jeito, Kim tinha consciência de que era melhor não chamar muita atenção. Quando contava as histórias passadas, nas noites quentes de Lahore, nos alto dos telhados, preferia nunca atrair atenção contando suas próprias aventuras, porque em São Xavier não veem com bons olhos os meninos que se misturam inteiramente com os indianos. Nunca devem esquecer que são *sahibs* e que um dia, quando forem aprovados nos exames, terão autoridade sobre os nativos.

Kim prestava bem atenção a isso, porque já começava a entender para onde aqueles estudos o conduziam.

Então vieram as férias, com duração de agosto a outubro, as longas férias impostas pelo calor e pelas chuvas. Disseram a Kim que ele teria de ir para o Norte, para um posto militar nas montanhas por trás de Ambala, onde o padre Victor cuidaria dele.

– Um quartel-escola? – disse Kim, depois de fazer muitas perguntas e de pensar ainda mais.

– Sim, acho que sim – disse o professor. – Não vai lhe fazer nenhum mal manter-se fora de confusões. Você pode ir com o jovem De Castro até Délhi.

Kim pensou sobre o assunto sob todos os aspectos possíveis. Tinha dado duro nos estudos, como o coronel aconselhou. Mas as férias são uma coisa sagrada para um garoto, conforme tinha concluído das conversas de seus colegas sobre o assunto, e uma escola de quartel seria um tormento, após a estada em São Xavier. Ainda mais agora que sabia escrever e isso era algo mágico, mais valioso do que qualquer outra coisa. Em três meses, ele havia descoberto a forma de se comunicar com outra pessoa, sem intermediários, bastando para isso um tostãozinho para o selo e um pouco de conhecimento.

Não tinha mais ouvido falar do lama, mas diante dele estava a Estrada. Kim ansiava por sentir a suave carícia do barro mole deslizando entre os dedos e já estava com água na boca só de pensar num ensopado de cordeiro com manteiga e couve, no arroz polvilhado com cardamomo bem cheiroso e tingido de colorau, na cebola, no alho e nos proibidos e gordurosos doces dos mercados. No quartel-escola, iria alimentar-se de carne quase crua servida em pratos e teria de fumar escondido. Mas... ele era um *sahib* e estava em São Xavier, e aquele porco do Mahbub Ali... Não, era melhor não experimentar a hospitalidade do mercador de cavalos. Ainda assim... Pensando nisso tudo, sozinho no dormitório, Kim concluiu que tinha, de alguma forma, sido injusto com Mahbub.

A escola estava deserta, quase todos os professores já tinham partido, o coronel Creighton já lhe tinha dado o bilhete da passagem de trem e Kim estava feliz por não ter gasto à toa o dinheiro recebido do coronel ou de Mahbub Ali. Ainda possuía duas rúpias e sete tostões. Sua nova canastra de couro, marcada com as letras "K.O'H", e seu saco de dormir estavam no quarto vazio.

— Os *sahibs* vivem sempre atrelados à sua bagagem – disse Kim aos pacotes, balançando a cabeça. – Vocês vão ficar quietinhos aqui – e saiu para a chuva morna, sorrindo maliciosamente, à procura de uma certa casa em cuja fachada já tinha reparado havia muito tempo...

— Fora daqui! Você não sabe que tipo de mulheres vive nesta casa? Que vergonha!

— Você acha que eu nasci ontem? – disse Kim, sentando-se nas almofadas como um indiano, no andar superior da casa. Eu preciso de um pouco de corante pra escurecer minha pele e de uns três metros de tecido, só pra fazer uma brincadeira. Será que é pedir demais?

— Quem é ela? Sendo um *sahib*, você é jovem demais pra fazer esse tipo de diabruras.

— Ah, ela? É a filha do professor de um regimento dos quartéis. Seu pai me bateu duas vezes, porque eu pulei o muro da casa deles com estas roupas. Agora eu quero me vestir de ajudante de jardineiro. Os homens velhos são muito ciumentos.

— Isso é verdade. Não mexa a cara enquanto eu passo o suco.

— Não me ponha muito escuro. Eu não quero que ela pense que sou africano.

— Ah, o amor não liga pra essas coisas. Quantos anos você tem?

– Acho que tenho doze anos – disse Kim, com toda a naturalidade.
– Ponha um pouco também no peito. Pode ser que o pai dela rasgue minha roupa, e se eu estiver todo malhado... – acrescentou, rindo.

A mulher trabalhava diligentemente, mergulhando um pano em um pires que continha um corante marrom mais duradouro do que qualquer suco de noz.

– Agora mande alguém me arranjar um pano para o turbante. Droga, minha cabeça não está rapada! E, certamente, o pai vai começar por me arrancar o turbante.

– Eu não sou barbeiro, mas vou fazer o que posso. Você nasceu pra ser um galanteador! E tudo isso é disfarce apenas pra uma tarde? Olhe que esse corante não vai sair tão cedo, não adianta lavar... – a mulher dizia, sacudindo-se de riso, enquanto suas pulseiras e tornozeleiras tilintavam ruidosamente. – Tudo bem, mas quem é que vai pagar por tudo isso? A própria deusa da beleza não teria feito esse serviço melhor do que eu.

– Tenha fé nos deuses, minha irmã – disse Kim gravemente, fazendo todo tipo de macaquices enquanto o corante secava. – Além disso, você alguma vez ajudou a pintar um *sahib*, antes?

– Nunca. Mas uma piada não vale como dinheiro.

– Vale muito mais.

– Rapaz, você é certamente o filho do diabo mais sem vergonha que já vi em toda a minha vida, pra tomar assim o tempo de uma moça pobre e depois dizer "Uma pilhéria não é o suficiente?". Você vai longe neste mundo. – E, zombando, cumprimentou-o com uma mesura de dançarina.

– Bem, corte logo o meu cabelo, bem rente. – Kim balançava-se de um pé a outro, com os olhos brilhando de alegria, pensando nos deliciosos dias que tinha pela frente. Deu à mulher quatro tostões e desapareceu escada abaixo, parecendo, nos mínimos detalhes, um garoto hindu de baixa casta. A primeira coisa que fez foi entrar num botequim e fartar-se de comidas extravagantes e gordurosas.

Na plataforma da estação de Lucknow viu o jovem De Castro, completamente coberto de brotoejas por causa do calor, entrar num compartimento de segunda classe. Kim instalou-se em um vagão de terceira classe, que ele logo encheu de vida e espírito. Contou aos seus companheiros de viagem que era assistente de um mágico, mas tinha ficado para trás por ter adoecido de uma febre, e agora ia se encontrar com seu mestre em Ambala. À medida que mudavam os viajantes do vagão, Kim ia mudando a história ou a enfeitava com os recursos de sua fértil imaginação, agora ainda mais exuberante por ter passado tanto tempo sem poder falar a língua nativa. Naquela noite, não havia na Índia inteira um ser humano mais feliz do que Kim. Em Ambala, ele saltou do trem e tomou o rumo do nascente, patinando pelos campos encharcados, até a aldeia onde vivia o velho soldado.

Mais ou menos ao mesmo tempo, o coronel Creighton, que estava em Simla, recebeu um telegrama enviado de Lucknow avisando-o do sumiço do jovem O'Hara.

Mahbub Ali também estava na cidade, vendendo cavalos, e, numa manhã, enquanto cavalgavam juntos na pista de Annandale, o coronel contou-lhe o que havia acontecido.

– Isso não é nada – disse o comerciante. – Os homens são como cavalos. Às vezes, precisam de sal e, se não o encontrarem na manjedoura, saem lambendo o chão à sua procura. O menino soltou-se na Estrada de novo, por algum tempo. Ele cansou-se da escola. Eu sabia que isso ia acontecer. Em outra ocasião, eu mesmo vou levá-lo para a Estrada. Não se preocupe, Creighton *sahib*. É como um pônei de polo que, quando se solta, foge para aprender a jogar sozinho.

– Então você acha que ele não está morto?

– Só se morreu de febre. Se não foi isso, eu não me preocuparia por esse garoto. Macaco não cai de árvore.

Na manhã seguinte, no mesmo lugar, o garanhão de Mahbub emparelhou-se com o cavalo do coronel.

– Aconteceu mesmo o que eu pensava – disse o comerciante. – O menino veio pelo menos até Ambala, de onde me enviou uma carta, sabendo, por alguém lá do mercado, que eu estava aqui.

– Leia a carta para mim – disse o coronel com um suspiro de alívio. Era absurdo que um homem da sua posição tivesse tanto interesse por um garoto de rua, criado na Índia; mas o coronel lembrava-se da conversa no trem e muitas vezes, durante os últimos meses, pegou-se pensando naquele menino silencioso e estranho, cheio de autocontrole. É claro que sua fuga era o máximo do atrevimento, mas, por outro lado, indicava coragem e esperteza.

Os olhos de Mahbub brilhavam, enquanto conduzia seu cavalo para o pequeno centro da pista, de onde ninguém podia se aproximar sem ser visto. Então leu:

– "O Amigo das Estrelas, que é Amigo de Todos..."
– O que é isso?
– O apelido que lhe deram na cidade de Lahore. "O Amigo de Todos deu-se uma licença para ir aonde quiser. Ele voltará no dia marcado. Mande buscar a canastra e o saco de dormir, e, se tiver feito algo errado, que a mão da amizade desvie o chicote da calamidade." Há ainda outras coisinhas, mas...
– Não importa, leia.
– "Há coisas que aqueles que comem com garfo não entendem. É bom poder comer com as duas mãos, de vez em quando. Amanse com palavras doces aqueles que não entendem isso, de modo que a volta possa ser favorável." É claro que o estilo em que está escrito é obra do escrevedor de cartas, mas note como o menino soube dizer as coisas de modo tão prudente, sem dar pista nenhuma a quem já não souber do que se trata.
– Isso já é a mão da amizade desviando o chicote de calamidade? – disse o coronel, rindo.
– Veja que sábio é esse menino. Como eu disse antes, ele precisava voltar à Estrada novamente. Não sabendo ainda qual é o seu negócio...
– Não tenho tanta certeza disso – murmurou o coronel.
– Ele me pede pra interceder junto ao senhor. Isso não é prudente da parte dele? Diz que vai voltar. Saiu apenas para aperfeiçoar seus conhecimentos. Pense nisso, *sahib*! Ele esteve três meses preso na escola e não está acostumado a esse tipo de vida. Eu, por exemplo, fico contente que tenha saído por aí sozinho: o pônei está aprendendo o jogo.
– Sim, mas da próxima vez ele não deve ir sozinho.
– Por quê? Ele vivia sozinho enquanto não tinha a proteção do *sahib* coronel. E quando entrar no Grande Jogo... terá de ir sozinho, sozinho e arriscando a própria cabeça. Então, cuspir, ou espirrar, ou sentar-se de forma diferente das pessoas comuns que estiver espionando pode custar-lhe a vida. Por que impedi-lo agora? Lembre-se do que dizem os persas: o chacal que vive nos desertos do Mazanderan só pode ser caçado com cães de Mazanderan.
– É verdade. É verdade, Mahbub Ali. Se não lhe acontecer nada de mau, estou de pleno acordo. Mas isso não deixa de ser um comportamento muito insolente.
– Ele nem me diz pra onde está indo – disse Mahbub. – Não é nada bobo. Quando chegar a hora, vai me procurar. É hora do curador de

pérolas assumir a responsabilidade sobre ele. Esse menino amadurece muito rapidamente, como os *sahibs* estão vendo.

A profecia foi cumprida à risca um mês mais tarde. Mahbub tinha ido para Ambala recolher um lote de cavalos e Kim foi encontrá-lo ao anoitecer, quando ele cavalgava sozinho pela estrada de Kalka. Pediu-lhe uma esmola, recebeu de volta uma blasfêmia e respondeu em inglês. Não havia ninguém por perto que pudesse ouvir o suspiro de espanto de Mahbub.

– Onde é que você estava?

– Pra cima e pra baixo... pra baixo e pra cima.

– Vamos pra debaixo da árvore, fora do chuvisco, e me conte.

– Fiquei por um tempo com um velho soldado numa aldeia perto de Ambala. Em seguida, em casa de uma família conhecida, na cidade de Ambala. Com uma pessoa dessa família, fui pro Sul, até Délhi. Aquela é uma cidade fantástica. Então eu me empreguei como condutor de búfalos pra um vendedor de óleo que vinha pro Norte. Aí, ouvi falar de uma grande festa mais adiante, em Patiala, e me mandei pra lá na companhia de um fabricante de fogos de artifício. Foi uma festa de arromba! – comentou Kim esfregando a barriga, satisfeito. – Vi rajás e elefantes com enfeites de ouro e prata. E todos os rojões pegaram fogo de uma vez só, de modo que morreram onze homens, inclusive o meu amigo pirotécnico, e eu fui atirado por cima de uma barraca, mas não me aconteceu nada. Então voltei pela estrada de ferro junto com um cavaleiro sique, pra quem eu servi de ajudante em troca de comida; agora estou aqui.

– Ainda bem! – disse Mahbub.

– Mas o que disse o *sahib* coronel? Eu não quero levar uma surra.

– A mão da amizade desviou o chicote da calamidade. Mas da próxima vez, quando você pegar a Estrada vai ser em minha companhia. Mas ainda é cedo demais.

– Pra mim já é tarde o bastante. Eu aprendi a ler e escrever um pouco de inglês na escola. Em breve vou ser um completo *sahib*.

– Vejam só! – Mahbub disse, rindo e vendo aquela figurinha completamente encharcada, dançando na chuva. – Salamaleque, *sahib* – saudou ironicamente. – Bom, você já está cansado de andar pelas estradas ou quer vir comigo pra Ambala e trabalhar com cavalos?

– Vou com você, Mahbub Ali.

CAPÍTULO 8

Então, em nome de Deus, troque seu vermelho por azul – Mahbub Ali referia-se à cor vermelha do encardido turbante hindu que Kim usava e ao azul que usam os maometanos da Índia.

Kim respondeu com um velho ditado:

– "Mudo minha fé e minha roupa de cama, mas você tem de pagar por isso."

O mercador riu tanto que quase caiu do cavalo. A troca foi feita em uma loja nos arredores da cidade e Kim tornou-se, pelo menos por fora, um maometano.

Mahbub alugou um quarto junto da estação ferroviária e mandou trazer uma excelente refeição, com o doce de coalhada e amêndoas chamado *balushai* e fumo de Lucknow já bem picadinho.

– Isso é melhor do que as refeições que eu comi com o sique – disse Kim, sorrindo, sentado de cócoras –, e é claro que essas coisas não se comem na minha escola.

— Eu queria que você me contasse algo sobre essa escola – disse Mahbub, enchendo-se de grandes almôndegas de cordeiro muito temperadas, fritas na manteiga, com repolho e cebolas douradas. – Mas primeiro diga-me, em detalhe e com sinceridade, como você escapou, porque, ó, Amigo de Todos... – disse, afrouxando o cinto já prestes a rebentar – acho que não é frequente que um *sahib* filho de *sahib* consiga escapar de lá.

— Como é que poderiam escapar? Eles não conhecem esta terra. Pra mim não custou nada – disse Kim, e começou a contar sua história. Quando ele chegou à parte do disfarce e de suas conversas com a mulher daquela casa no mercado, Mahbub Ali não pode manter a seriedade e riu alto, dando tapas na coxa.

— Caramba! Caramba! Ah, você fez muito bem, meu pequeno! O que será que o curador de turquesa vai dizer quando souber disso? Agora, conte-me, com calma, tudo o que aconteceu depois... tim-tim por tim-tim, sem deixar nada de fora.

Tim-tim por tim-tim, Kim contou todas as suas aventuras, entremeadas com a tosse produzida pelas tragadas do tabaco aromático.

— Eu sempre disse... – Mahbub murmurou para si mesmo. – Eu sempre disse que o potro fugiu para jogar polo. A fruta está madura... só falta aprender a medir distâncias com seus passos e lidar com a vara de medição e a bússola... – E para Kim: – Ouça-me agora: eu mantenho seu lombo longe do chicote do coronel, o que não é um servicinho qualquer.

— É verdade – disse Kim, fumando calmamente. – Tudo isso é verdade.

— Mas isso não quer dizer que as suas andanças pra lá e pra cá estejam certas.

— Foram as minhas férias, *Hajji*. Durante semanas eu vivi como um escravo. Por que não haveria de sair por aí quando a escola fechou? Pense também que durante esse tempo que passei vivendo à custa de meus amigos ou trabalhando para ganhar minha comida, como fiz com o sique, evitei uma despesa enorme para o *sahib* coronel.

Mahbub torceu os beiços debaixo de seu bem aparado bigode maometano.

— O que são algumas poucas rúpias – o afegão estendeu a mão aberta descuidadamente – para o *sahib* coronel? Ele tem seus motivos pra gastar esse dinheiro, não está fazendo isso por amor a você.

— Isso – disse Kim lentamente – eu já sabia há muito tempo.

— Quem lhe disse?

– O próprio coronel *sahib*. Não com tantas palavras, mas claro o suficiente pra quem tem cabeça. Sim, ele me disse no trem, quando fomos pra Lucknow

– Que seja como você diz. Então vou lhe dizer outra coisa, Amigo de Todos, embora dizer isso ponha minha cabeça em suas mãos.

– Eu já a tinha em meu poder– disse Kim com profundo prazer – desde aquele dia, em Ambala, quando o senhor me recolheu em seu cavalo depois de eu apanhar do menino-tambor.

– Fale um pouco mais claro. Todo mundo pode contar mentiras, menos você e eu. Pois sua vida também está nas minhas mãos, do mesmo jeito, basta que eu mova um dedo.

– Também sei disso – disse Kim ajeitando a brasa no cachimbo. Entre nós dois, há um laço impossível de desamarrar. Claro que sua força é maior do que a minha, porque quem iria se preocupar com um menino espancado até a morte ou jogado em um poço ao lado da estrada? Mas muita gente aqui, em Simla e pelos vales além das montanhas haveria de perguntar: "O que aconteceu com Mahbub Ali?", se ele aparecesse morto entre seus cavalos. Certamente o *sahib* coronel montaria uma investigação pra descobrir. Mas lembre-se – a cara de Kim tomou uma expressão maliciosa – que sua busca não duraria tempo suficiente pra evitar que as pessoas perguntassem: "O que o *sahib* coronel tem a ver com o comerciante de cavalos?". Enquanto eu... se eu vivesse...

– Mas como você certamente haveria de morrer...

– Talvez; mas digo, se eu vivesse, eu, só eu saberia que, uma noite, um homem, talvez um ladrão comum, entrou no quarto de Mahbub Ali, no caravançará, e matou-o, não sem, antes ou depois, revistar cuidadosamente seus alforjes e procurar até mesmo entre as solas de seus sapatos. Será que se eu levasse essa notícia ao coronel, já que não esqueci que ele me mandou buscar uma cigarreira que ele não tinha deixado pra trás, ele não me responderia: "O que eu tenho a ver com Mahbub Ali?".

Uma grande baforada de fumo encheu o ar. Depois de uma longa pausa, Mahbub Ali exclamou admirado:

– E com a cabeça cheia de todas essas coisas, você conseguia deitar-se e levantar-se na escola, entre os filhos dos *sahibs*, e, humildemente, aprender as lições de seus professores?

– Eu estava cumprindo uma ordem – Kim murmurou, baixinho. – Quem sou eu pra discutir uma ordem?

– Você é um completo filho de Satanás – disse Ali Mahbub. – Mas que história é essa de ladrão e de revistar os alforjes?

– Uma coisa que eu vi, na noite em que meu lama e eu dormimos em um cômodo vizinho ao seu, no caravançará Caxemira. A porta estava aberta, o que acho que não é seu costume, Mahbub Ali. O assaltante entrou como quem tem certeza de que o outro não voltará por um bom tempo. Fiquei espiando por um buraco na parede de madeira. O ladrão estava procurando por alguma coisa – não cobertores, nem estribos e freios ou vasos de bronze, mas algo muito pequeno que devia estar cuidadosamente escondido. Senão, por que ele cutucou até entre as solas dos seus sapatos com uma faca?

– Ah! – exclamou Mahbub, sorrindo. – E vendo essas coisas, que explicação você deu a si mesmo, ó, Poço de Verdade?

– Nenhuma. Coloquei minha mão sobre o amuleto que ficava sempre colado à minha pele e aí, lembrando-me do pedigree de um cavalo branco que eu encontrei quando mordi um pedaço de pão muçulmano, fui pra Ambala, sentindo sobre mim também o peso de uma grande responsabilidade. Naquele tempo, se eu quisesse, sua cabeça estaria perdida. Bastava dizer ao homem: "Tenho aqui um papel que não sei ler e que se refere a um cavalo". Já pensou no que teria acontecido, nesse caso?

Kim olhou Mahbub por baixo das sobrancelhas.

– Nesse caso, depois disso... você haveria de engolir muita água de rio: duas vezes, talvez três. Acho que não mais de três – disse Mahbub, simplesmente.

– É verdade. Pensei um pouco sobre isso, mas pensei, principalmente, que gostava muito do senhor, Mahbub. Por isso fui pra Ambala, como o senhor já sabe. Chegando lá, e isto o senhor ainda não sabe, escondi-me no jardim, deitado na grama, pra ver o que o coronel Creighton *sahib* ia fazer depois de ler o pedigree do garanhão branco.

– E o que foi que ele fez? – perguntou o mercador, pois Kim tinha aguçado sua curiosidade.

– Você fornece informações só por afeição ou você vende? – perguntou Kim, por sua vez.

– Eu vendo... e compro. – Mahbub tirou quatro tostões do cinto e lhe mostrou.

– Oito! – Kim disse mecanicamente, seguindo o costume de regatear, tão comum no Oriente.

Mahbub riu e guardou a moeda.

– É fácil demais negociar neste mercado, Amigo de Todos. Diga-me por afeição, porque cada um de nós tem a vida do outro nas mãos.

– Tudo bem. Eu vi um *sahib* de Jang-i-Lat chegar pra um banquete. Vi-o entrar no escritório de Creighton *sahib*. Eu os vi lendo o pedigree do garanhão branco e os ouvi dando ordens pra começar a guerra.

– Ah! – Mahbub assentiu com os olhos em chamas. – O jogo foi bem jogado. A guerra já terminou e o mal foi cortado pela raiz, espero, graças a mim e a você. E depois, o que você fez?

– Usei essa informação como um gancho pra conseguir comida e prestígio entre os habitantes de uma aldeia cujo sacerdote dopou meu lama, pra roubá-lo. Mas eu tinha guardado comigo a bolsa de dinheiro do meu velho, de modo que o brâmane não achou nada. Então, no dia seguinte ele estava muito zangado. Ha ha! E também usei a informação sobre a guerra quando caí nas mãos do regimento de brancos com seu Touro!

– Isso foi uma grande besteira – disse Mahbub com uma careta de desagrado. – A informação não é pra ser espalhada de qualquer jeito, como esterco, mas sim pra ser usada com muita moderação... como o haxixe.

– Agora eu também penso assim, pois, além de tudo, isso não me ajudou em nada. Mas isso já faz tanto tempo – Kim acenou com a mão morena, como para deixar o passado para trás –, e desde então, especialmente quando eu estava na escola, à noite, deitado debaixo daquelas ventarolas, tenho pensado muito sobre essas coisas.

– Posso saber até onde chegaram esses seus pensamentos divinos? – perguntou Mahbub sarcasticamente, alisando a barba escarlate.

– Pode sim – disse Kim no mesmo tom. – Como se diz em Naklao, um *sahib* nunca deve confessar a um negro que cometeu alguma falta.

Mahbub bateu a mão sobre o peito, porque, para um afegão, ser chamado de "negro" é um insulto que só se lava com sangue. Então se lembrou e disse, rindo: – Fale, *sahib*: seu negro está ouvindo.

– Mas eu não sou um *sahib* e confesso que cometi um erro quando o amaldiçoei, naquele dia em Ambala, pensando que estava sendo traído por um afegão. Naquele tempo eu não sabia de quase nada, acabavam de capturar-me e eu queria era matar aquele menino-tambor de baixa casta. Agora eu entendo, *Hajji*, que aquilo estava certo e vejo claramente diante de mim o caminho pra fazer um bom trabalho. Vou ficar na escola até estar maduro pra isso.

– Você disse bem. Pra esse jogo, o que você precisa aprender é, principalmente, o manejo dos números e a medida das distâncias, além do uso da bússola. Lá nas montanhas há alguém esperando por você pra lhe ensinar.

– Vou aprender todas essas coisas, mas com uma condição: que, quando a escola estiver fechada, durante as férias, deixem-me andar livremente por aí, sem proibições de qualquer espécie. Peça isso por mim ao coronel.

– Por que você mesmo não pede isso a ele, na língua dos *sahibs*?

– O coronel é um servidor do Governo. Basta uma palavra pra ele ser transferido de um lugar pra outro; e ele tem de se preocupar também com a própria promoção. Veja quanta coisa eu aprendi lá em Naklao! Além disso, só conheço o coronel há três meses, enquanto certo Ali Mahbub eu já conheço há seis anos. Então! Vou pra escola. Na escola, vou aprender. Na escola, vou virar um *sahib*. Mas quando a escola estiver fechada, preciso que me deixem livre pra conviver com meu povo. Se não for assim, eu morro!

– E qual é o seu povo, Amigo de Todos?

– As pessoas desta terra vasta e linda – respondeu Kim, mostrando com a mão aberta todo o pequeno cômodo de paredes de barro, onde a luz de um candeeiro a óleo brilhava com dificuldade através da espessa fumaça de tabaco. – E, além do mais, quero encontrar o meu velho lama novamente. E, além do mais, preciso de dinheiro.

– Como todo mundo precisa – disse Mahbub melancolicamente. – Vou lhe dar oito tostões, porque os cavalos não dão tanto dinheiro assim, e essa quantia deve ser suficiente pra você viver por vários dias. Quanto ao resto, concordo com você e não é mais preciso falar no assunto. Apresse seu aprendizado e, dentro de três anos, talvez até em menos tempo, você vai ser uma grande ajuda... inclusive pra mim.

– Tenho sido um transtorno tão grande até agora? – perguntou Kim, com um sorriso de menino.

– Não seja respondão – rosnou Mahbub. – Você é meu novo cavalariço. Vá dormir lá entre meus homens. Eles estão perto da ponta norte da estação ferroviária, junto com os cavalos.

– Mas eles vão me chutar pra ponta sul da estação se eu chegar lá sem uma recomendação sua.

Mahbub enfiou a mão no cinto, molhou o polegar em tinta nanquim e deixou sua impressão digital em um pedaço de papel indiano branco e macio. De Balkh a Bombaim, todo mundo conhecia aquela impressão de um dedo de linhas grossas, cruzadas, em diagonal, pelo traço de uma antiga cicatriz.

– É só você mostrar isso ao meu capataz. Amanhã de manhã eu chego lá.

– Por qual caminho? – Kim perguntou.

– Pela estrada que vem da cidade. Só existe uma. Aí, então, voltamos pra encontrar o *sahib* Creighton. Eu já salvei você de uma surra.

– Por Deus! O que é uma surrazinha quando sua própria cabeça está por um fio?

Kim esgueirou-se, quieto, sumindo na escuridão da noite. Deu a volta até o outro lado da casa, colado às paredes, e saiu na direção oposta à da estação, por mais de um quilômetro. Depois, fazendo uma grande curva, retomou o rumo da estação, andando devagarzinho, pois precisava de tempo para inventar uma história qualquer, caso os empregados de Mahbub começassem a fazer perguntas demais.

Os homens de Mahbub estavam acampados em um terreno baldio perto da estrada de ferro, e, sendo eles nativos, nem é preciso dizer que ainda não tinham descarregado os carroções onde os animais de Mahbub estavam misturados com outros, mais rústicos, comprados pela companhia de bondes de Bombaim. O capataz, um maometano com cara de tuberculoso, veio logo querendo expulsar Kim, mas se acalmou quando viu a marca do dedo de Mahbub.

– O *Hajji* achou bom empregar-me a seu serviço – disse Kim com um ar petulante. – Se você duvidar, espere só ele chegar aqui de manhã. Enquanto isso, quero um lugar perto do fogo.

Logo se espalhou, então, o zum-zum da conversa fiada que os nativos de baixa casta desencadeiam em qualquer oportunidade. Por fim, o falatório foi acabando e Kim deitou-se por trás do pequeno grupo de empregados de Mahbub, quase debaixo das rodas de um dos carroções, cobrindo-se com uma manta emprestada. Tal cama, ajeitada entre tijolos soltos e um monte de entulho, numa noite chuvosa, cercada por cavalos e homens da tribo *balti*, que não costumavam tomar banho, não seria aceitável para a grande maioria dos meninos brancos, mas Kim sentia-se mais do que contente. Essa mudança de paisagem, de trabalho e de moradia seria o ar de que suas narinas precisavam, e só de pensar naquelas caminhas brancas, lá em São Xavier, impecavelmente arrumadas em fileiras debaixo das grandes ventarolas, dava-lhe uma alegria tão grande quanto a de saber recitar de cor a tabuada de multiplicação, em inglês.

– Já estou muito velho – pensou, sonolento. – Cada mês que passa eu fico um ano mais velho. Eu era muito criança e muito bobo quando levei pra Ambala aquela mensagem de Mahbub. E mesmo nos dias que passei com o regimento dos brancos, era muito criança, muito pequeno, e não sabia de nada. Mas, agora, cada dia que passa eu aprendo mais e em três anos o coronel vai me tirar da escola e eu vou voltar pra estrada com Mahbub, em busca de pedigrees de cavalos... Ou talvez eu tenha de ir sozinho; ou, quem sabe, consigo achar meu lama e vou com ele. Sim, isso seria a melhor coisa. Sair por aí, de novo, como *chela* do meu lama, quando ele voltar a Varanasi novamente. – Seus pensamentos foram ficando cada vez mais lentos e confusos.

Já estava prestes a cair em um maravilhoso mundo de sonho quando seus ouvidos perceberam um cochicho fino e cortante que se sobrepôs ao burburinho monótono que vinha do grupo em volta da fogueira. O sussurro vinha de trás da lataria do carroção onde estavam os cavalos.

– Então ele não está aqui?

– Onde ele haveria de estar a esta hora, a não ser se pavoneando na cidade? Quem procuraria um rato numa lagoa de sapos? Vamos embora. Este não é nosso homem.

– É preciso evitar a todo o custo que ele cruze os desfiladeiros outra vez.

– Contrate uma mulher pra drogá-lo e descobrir quem ele é. Custaria apenas algumas rúpias e não deixaria pistas.

– Sim, a não ser a mulher. A coisa tem de ser feita com a maior segurança e lembre-se do preço oferecido pela cabeça dele.

– Sim, mas a polícia tem o braço longo e nós estamos muito longe da fronteira. Se pelo menos isto aqui fosse Peshauar!

– Ah! Peshauar – suspirou a segunda voz. – Peshauar, que está cheio de parentes dele, cheio de cavernas e de mulheres prontas a escondê-lo atrás das suas saias? De fato, tanto Peshauar como Jehannum nos serviriam muito bem...

– Então, qual é o seu plano?

– Ô, seu besta, eu já disse mais de cem vezes. Esperar até que ele venha se deitar e, em seguida, dar um tiro certeiro. Os carroções estão bem no meio, entre eles e nós. Só temos de atravessar os trilhos e fugir. Não vão nem ver de onde veio o tiro. Espere aqui pelo menos até a madrugada. Que tipo de faquir é você, que já treme só de ter de fazer uma curta vigília?

– Uau! – pensou Kim por trás dos olhos bem fechados. – Trata-se de Mahbub, mais uma vez. Certamente, não é bom vender pedigree de um garanhão branco para os *sahibs*! Ou, talvez, Mahbub tenha andado vendendo também outras informações. E agora, o que você vai fazer, Kim? Não sei onde Mahbub está a esta hora e, se ele chegar aqui antes do amanhecer, vão lhe dar um tiro. Isso não vai ajudar você, de jeito nenhum, Kim. E isso não é assunto pra polícia, que não haveria de trazer nenhum benefício a Mahbub, e... – o garoto quase riu alto – e não me lembro de nenhuma lição das que aprendi em Naklao que tenha serventia pra mim agora. Por Deus! Aqui está Kim e acolá estão eles. Então, antes de mais nada, Kim tem de se levantar e ir embora pra não suspeitarem de nada. Um pesadelo faz um homem acordar... deste jeito...

E arrancou o cobertor do rosto e levantou-se, de repente, imitando os gorgolejantes, terríveis e incompreensíveis berros dos asiáticos quando despertam de um pesadelo.

– Urr-urr-urr-urr! Ya-la-la-la! *Narain*! O *Churel*! O *Churel*!

Churel é o fantasma maligno de uma mulher que morreu de parto. Assombra as estradas solitárias, anda com os pés virados para trás e leva os homens ao tormento.

O uivo tremido de Kim tornou-se cada vez mais intenso, até que, finalmente, ele ficou de pé, virou-se e saiu cambaleando, com um ar sonolento, enquanto o acampamento inteiro o amaldiçoava por ter sido acordado. Uns vinte metros mais além, à beira da estrada de ferro, deixou-se cair de volta ao chão, tratando de fazer com que os espiões ouvissem seus gemidos e grunhidos, enquanto fingia que se recuperava do susto. Depois de alguns minutos, foi rolando até a estrada e escapuliu, sumindo na escuridão.

Continuou andado rapidamente até chegar a uma valeta de escoamento de chuvas. Escondeu-se lá dentro, de modo que apenas o topo de sua cabeça ultrapassava a beirada. Dali podia observar todo o movimento da noite sem ser visto.

Dois ou três carros passaram e o som de seus guizos se perdeu na direção dos subúrbios; depois, ouviu passar a tosse de um policial e um ou dois pedestres que cantavam para afastar os maus espíritos. Depois, soaram os passos de um cavalo com os cascos ferrados.

– Ah! Este está parecendo Mahbub Ali – pensou Kim no momento em que o cavalo se assustou ao ver sua cabeça apontando acima da beira da valeta.

– Ei, Mahbub Ali! – sussurrou o garoto. – Cuidado!

O cavalo foi freado com um forte puxão das rédeas e guiado para junto do bueiro.

– Nunca mais saio à noite num cavalo com ferraduras – disse Mahbub. – Todos os cacos de ossos e unhas da cidade se encravam nelas.

Mahbub desmontou e inclinou-se, levantando uma das patas do animal e fingindo inspecionar o casco, de modo que sua cabeça chegou a menos de um metro de distância de Kim.

– Fique quieto... não levante a cabeça – cochichou. – A noite tem mil olhos.

– Dois homens, por trás dos vagões dos cavalos, estão esperando sua chegada. Vão lhe dar um tiro enquanto o senhor dorme, porque sua cabeça foi posta a prêmio. Ouvi isso quando dormia perto dos cavalos.

– Você os viu...? – Mahbub cochichou para o garoto, e acrescentou, num tom raivoso, falando alto com o cavalo: – Sossegue, Senhor dos Diabos!

– Não.

– Um deles estava vestido como um faquir?

– Um deles disse ao outro: "Que tipo de faquir és tu que treme só por causa de uma curta vigília?".

– Está bem. Volte pro acampamento e deite-se pra dormir. Eu não vou morrer esta noite.

Mahbub fez o cavalo virar e desapareceu.

Kim rastejou para trás, pela valeta, até chegar a um ponto em frente ao lugar onde tinha parado da primeira vez, gemendo. Aí atravessou a estrada, rastejando como um lagarto, e aconchegou-se de volta debaixo do cobertor.

– Pelo menos, agora Mahbub está sabendo – pensou, satisfeito. – Pelo jeito que ele falou, já esperava por isso. Acho que esses dois caras vão perder seu tempo com a vigília desta noite.

Passou-se uma hora e, embora estivesse decidido, com a melhor boa vontade do mundo, a ficar acordado a noite toda, Kim dormia profundamente. De vez em quando, passava um trem noturno, rugindo sobre os trilhos a apenas cerca de seis metros da cabeça dele, mas Kim reagia com a indiferença oriental ao mero barulho, que nem sequer provocava um sonho dentro de seu profundo sono.

Mahbub, no entanto, estava bem acordado. O que mais o incomodava era que gente de fora de sua própria tribo – e que, portanto, nada tinha a ver com seus eventuais casos amorosos – estivesse tentando acabar com sua vida. Portanto, o motivo devia ser político. Seu primeiro e natural impulso foi atravessar a estrada um pouco mais para baixo e depois voltar, vindo da direção contrária ao esperado, surpreender pelas costas os que estavam de tocaia e simplesmente matá-los.

Mas, pensou ele melancolicamente, algum outro ramo do Governo, completamente separado do coronel Creighton, poderia vir exigir explicações muito difíceis de dar; já sabia que, ao sul da fronteira, bastavam um ou dois cadáveres para causar uma ridícula tempestade em copo d'água. Como ninguém o incomodara desde que havia enviado Kim com aquela mensagem para Ambala, esperava que tivesse, finalmente, conseguido despistar todas as suspeitas.

Então uma brilhante ideia lhe ocorreu:

– O inglês sempre fala a verdade – pensou –, de modo que nós, que somos desta terra, estamos sempre nos fazendo de bobos. Por Deus! Vou contar a verdade a um inglês! Pra que serve a polícia do Governo, se deixa os cavalos de um pobre afegão serem roubados do seu próprio vagão? Aqui tudo é tão ruim quanto em Peshauar! Tenho de fazer uma reclamação na estação. Mas melhor ainda é eu ir falar com um jovem *sahib* da empresa ferroviária. Eles são muito zelosos de seu dever e, se pegarem os ladrões, isso vai figurar positivamente no seu currículo.

Mahbub amarrou o cavalo do lado de fora da estação e saiu andando em direção à plataforma.

– Olá, Mahbub Ali! – saudou um jovem superintendente distrital do tráfego que esperava o embarque para ir supervisionar a ferrovia, um rapaz alto, de cabelo cor de palha, cara de cavalo e vestido com um terno branco encardido. – O que o traz por aqui? Vendendo pangarés, hein?

– Não, agora não são meus cavalos que me preocupam. Eu vim procurar Lutuf Ullah. Estou com um vagão carregado de cavalos mais acima, nesta linha. Será que alguém poderia tirá-los de lá sem o conhecimento da companhia ferroviária?

– Eu diria que não, Mahbub. Em todo caso, se eles forem roubados, você pode reclamar de nós.

– É que eu vi dois homens agachados, quase a noite toda, entre as rodas de um dos meus vagões. Mas creio que faquires não roubam cavalos, por isso não me preocupei muito com eles. Vou ver se posso encontrar Lutuf Ullah, meu parceiro.

– Que diabos está dizendo? Que não deu qualquer importância a isso? Felizmente você me encontrou. Como disse que eram esses homens?

– Eram apenas faquires. Provavelmente iam apenas tentar catar alguns grãos em um dos vagões. Há muitos ao longo da linha. Mas o Estado nem vai notar a perda. Eu vim pra encontrar meu parceiro Lutuf Ullah...

– Esqueça seu parceiro. Onde estão os vagões com seus cavalos?

– Um pouco mais pra cá do que o lugar onde se fazem as lâmpadas para os trens.

– A cabine do sinaleiro. Entendi.

– E no trilho que está mais perto da estrada, à direita, olhando nessa direção. Mas, voltando a Lutuf Ullah, é um homem alto, com um nariz torto e um galgo persa... Ei!

Mas o rapaz tinha ido acordar um policial dos mais jovens e entusiasmados, porque, como ele disse, a companhia ferroviária já tinha sido vítima de muitos assaltos no pátio de cargas. Mahbub Ali disfarçou uma risadinha debaixo da barba tingida.

– Eles vão chegar pisando forte com suas botas pesadas, fazendo o maior barulho, e depois vão ficar surpresos por não encontrar nenhum faquir. São caras muito inteligentes, o *sahib* Barton e esse *sahib* mais jovem.

Ficou por ali, à toa, alguns minutos, esperando que eles saíssem correndo pela linha do trem, prontos para a ação. Uma locomotiva leve passou através da estação e ele pôde vislumbrar o jovem Barton na cabine.

– Eu tenho sido injusto com aquele rapaz. Ele não é nada bobo – pensou Ali Mahbub. – Perseguir os ladrões usando um carro de bombeiros é uma boa ideia.

Quando Mahbub Ali voltou, ao amanhecer, para seu acampamento, ninguém pensou que valia a pena lhe contar os acontecimentos da noite. Ninguém, exceto um garoto cavalariço, que tinha acabado de entrar para o serviço do grande comerciante, e Mahbub o chamou para ajudá-lo a arrumar algumas coisas em sua pequena tenda.

– Eu vi tudo – sussurrou Kim, inclinando-se sobre os alforjes. – Vieram dois *sahibs* num trem-de-chuva. Eu estava percorrendo a linha, no escuro, de um lado pro outro, deste lado dos carros, e vi o trem-de-chuva mover-se devagarzinho pra cima e pra baixo. De repente, eles caíram sobre os dois homens sentados debaixo do vagão... – Então Kim disse, em voz alta, pra disfarçar: – *Hajji*, onde eu coloco esse fardo de tabaco? Embrulho com papel e coloco debaixo do saco de sal? – e continuou cochichando: – Sim, derrubaram os dois. Mas um deles atingiu um *sahib* com seu chifre de antílope.

Kim estava se referindo aos chifres de antílopes negros, que são as únicas armas que os faquires usam. Então Kim continuou contando:

– Saiu sangue. Então, o outro *sahib*, depois de socar um deles até deixá-lo desacordado, correu, em seguida, pro outro, com uma arma que tinha caído das mãos do *sahib* ferido. E todos gritavam como loucos.

Mahbub sorriu com santa resignação.

– Não! Não se trata de loucura e nem só de tumulto. Isso vai dar mesmo num processo criminal. Uma arma de fogo, você disse? Pode dar uns bons dez anos de cadeia.

– Os dois ficaram caídos e acho que eles estavam meio mortos quando foram carregados pro trem-de-chuva. Suas cabeças foram balançando, assim. E há uma grande quantidade de sangue na estrada. Venha ver.

– Eu vi já sangue suficiente na vida. Eles vão pra cadeia, tenho certeza de que vão dar nomes falsos e ninguém vai saber deles por um longo tempo. Eram meus inimigos. O destino deles e o meu parecem estar presos pelo mesmo laço. Isto é que é uma história pra contar ao curador de pérolas! Agora, vamos logo com esses alforjes e essas panelas. Temos de descarregar os cavalos e partir pra Simla rapidamente.

Rapidamente – do jeito que os orientais compreendem a rapidez, com longas explicações, insultos e mexericos desnecessários, descuidadamente, e verificando cem vezes se não ficaram esquecidas coisinhas sem importância –, o acampamento mambembe foi finalmente desfeito e conduziram a meia dúzia de cavalos, encarangados e assustados, pela estrada de Kalka, para o ar fresco da madrugada, recém-lavado pela chuva.

Kim, considerado o favorito de Mahbub, ficou na folga, sem que ninguém o mandasse fazer nada, pois todos queriam ficar bem com o patrão afegão. E foram seguindo descansadamente, em etapas curtas, parando nos postos de repouso após poucas horas de marcha.

Encontraram muitos *sahibs* viajando pela estrada de Kalka, e, como disse Mahbub Ali, todo jovem *sahib* se considera – e tem necessidade de se exibir – como entendido em cavalos, e, mesmo endividado até o pescoço, sente-se obrigado a fingir que está querendo comprar. Por essa razão, todos os *sahibs* que viajavam em suas carruagens paravam, um após outro, e começavam com essa conversa. Alguns chegavam até mesmo a descer do veículo e apalpar as pernas dos cavalos, fazendo perguntas bestas, ou, por causa de sua ignorância da língua nativa, insultando grosseiramente o imperturbável comerciante.

Numa parada, enquanto Kim enchia o cachimbo de Mahbub, à sombra de uma árvore, este lhe contou:

– Quando comecei a lidar com os *sahibs*, no tempo em que o *sahib* coronel Soady era governador do Forte Abazai – e, só por despeito, fez inundar a terra onde ficava o acampamento do comissário –, eu não sabia o quanto eles eram idiotas e por isso me enfurecia com as besteiras que diziam. Como aconteceu uma vez... – e Mahbub contou a Kim uma anedota sobre alguém que usou erradamente uma palavra imprópria, na maior inocência, o que fez Kim dobrar-se de riso.

– Agora, no entanto, eu sei que – Mahbub acrescentou, exalando lentamente a fumaça – acontece com eles o que acontece com todo mundo: pra certas coisas são muito sabidos, mas pra outras são totalmente estúpidos. Porque é idiotice usar uma palavra errada falando com um estrangeiro, pois, embora você não tenha nenhuma intenção de ofender, como é que o desconhecido vai saber? Provavelmente, é com um punhal na mão que ele vai procurar saber.

– É verdade. Muito verdadeiro – disse Kim solenemente. – Por exemplo, os tolos que não entendem isso falam de um gato quando querem dizer que uma mulher vai dar à luz. Eu já ouvi.

– Sim. E, portanto, na situação em que você se encontra, deve se lembrar disso dos dois lados. Estando entre *sahibs*, nunca esqueça que você é um *sahib*; entre as multidões da Índia, lembre-se sempre de que você é... – e interrompeu a frase com um sorriso perplexo.

– O que sou eu? Muçulmano, hindu, jainista ou budista? Isso me dá um nó na cabeça.

– O que você é, sem dúvida, é um pagão, e, portanto, um condenado. É o que diz a minha lei ou, pelo menos, eu penso assim. Mas você também é meu querido Amigo de Todos. É o que diz meu coração. Essa coisa de religião é como os cavalos. Um homem conhecedor sabe que os cavalos são úteis e qual o benefício que pode obter de cada um. Quanto a mim, se eu não fosse um bom sunita que detesta os xiitas de Tirah, pensaria o mesmo de todas as religiões.

– Mas uma coisa está provada – continuou Mahbub –, uma ótima égua de Katiwar, se for retirada das areias árabes onde se criou e levada pro oeste de Bengala, logo perde sua força; assim como um garanhão Balkh, o melhor cavalo que há, a não ser pelos ombros um tanto pesados demais, seria inútil nos grandes desertos do Norte, comparados aos camelos pra neve que vi lá. Por isso digo que as religiões são como os cavalos: cada um tem grande valor apenas em sua própria terra.

– Meu lama diz algo completamente diferente.

– Oh! Seu velho lama é um sonhador do Tibete. E, no fundo do meu coração, estou um pouco chateado com você, Amigo de Todos. Não entendo como pode ter tanta consideração por um homem que mal conhece.

– Isso é verdade, *Hajji*, mas eu vejo que ele é digno e meu coração se inclina pra ele.

– E o coração dele também se inclina pro seu, ouvi dizer. Corações são como cavalos. Vão e vêm de um lado pro outro, apesar do freio e das esporas. Ei, grite pra Gul Sher Khan firmar melhor os piquetes onde amarraram aquele garanhão baio. Não quero ter uma briga de cavalos cada vez que paro pra descanso e logo vamos ter de prender o pardo e o preto... Agora, me escute. Pra acalmar o seu coração, você sente mesmo necessidade de encontrar o lama de novo?

– Isso é um lado do meu compromisso – disse Kim. – Se não puder vê-lo e se ele for mantido longe de mim, eu fujo daquela escola de Naklao. E se eu cair no mundo de novo, quem vai poder me achar?

– É verdade. Nunca houve um jumentinho amarrado com cordas mais fraquinhas do que você – Mahbub concordou.

– Não tenha medo – disse Kim, como se fosse capaz de desaparecer num instante, como por encanto. – Meu lama disse que vai vir me ver na escola.

– Um mendigo e sua tigela na presença daqueles jovens *sahibs*...

– Nem todos! – Kim interrompeu com um pigarro de desprezo. – Muitos deles têm os olhos azulados mas as unhas escuras próprias do sangue de castas inferiores. Eles são filhos de varredoras... cunhados dos lixeiros.

Não há necessidade de continuar com o resto da genealogia: Kim dizia tudo isso clara e tranquilamente, enquanto mascava um rolete de cana-de-açúcar.

– Amigo de Todos – disse Mahbub, passando o cachimbo pro garoto limpar – eu já encontrei, nesta minha vida, todo tipo de homens, mulheres e crianças, e não poucos *sahibs*, mas nunca vi um diabo tão danadinho como você.

– Por quê? Se eu sempre lhe digo a verdade...

– Talvez seja por isso, pois este mundo é perigoso para os homens francos. – Mahbub Ali levantou-se do chão, ajustando o cinto, e saiu caminhando para onde estavam os cavalos. Kim foi atrás e perguntou:
– Ou será que você gostaria de comprar a verdade?
Alguma coisa no tom de Kim fez Mahbub parar e virar-se.
– Que nova diabrura é essa?
– Dê-me oito tostões que eu lhe digo – Kim respondeu, sorrindo.
– Tem a ver com sua paz.
– Oh, diabo! – Exclamou Mahbub, dando-lhe o dinheiro.
– Você se lembra daquela casinha dos ladrões durante a noite... lá em Ambala?
– Como posso esquecer, se eles queriam tirar a minha vida? Por que essa pergunta?
– Lembra-se do caravançará de Caxemira?
– Eu vou puxar suas orelhas já, já, *sahib*.
– Não é necessário, afegão. Só queria dizer que o segundo faquir, aquele em quem os *sahibs* bateram até o cara desmaiar, era a mesma pessoa que revistou todas as suas coisas em Lahore. Eu vi bem a cara dele quando o puxaram pra cima do trenzinho. Exatamente o mesmo homem.
– Por que você não me disse isso antes?
– Pra quê? Agora ele está na cadeia e vai ficar lá trancado por uns bons anos. Não se deve dizer mais do que o necessário em cada momento. Além disso, antes eu não precisava de dinheiro pra comprar doces.
– Pela graça de Deus! – exclamou Mahbub Ali. – Você é capaz de um dia vender minha cabeça por um doce, se lhe der vontade?

Kim haveria de lembrar-se, por toda a vida, dessa longa e lenta jornada desde Ambala, através de Kalka e dos Jardins de Pinjore, ali perto, até Simla. Uma súbita enchente no rio Gugger arrastou um cavalo, com certeza o melhor de todos, e quase afogou Kim no meio de seixos rolados. Mais adiante, um elefante do Governo causou uma debandada de cavalos, e, como nos campos havia muito bom pasto, levaram mais de um dia e meio para achá-los e juntá-los de novo. Depois encontraram Sikandar Khan, retornando com alguns pangarés invendáveis, restos de seu estoque, e Mahbub, que tinha mais conhecimento sobre cavalos na pontinha de uma unha do que Sikandar Khan em todas as suas tendas, cismou de comprar dois dos piores, o que exigiu oito horas pechinchando trabalhosamente e ninguém sabe quanto tabaco queimado.

Mas tudo nessa viagem era uma delícia... A estrada sinuosa subindo e descendo, contornando os penhascos; os tons rosados do sol da manhã estendendo-se sobre as neves distantes; os inúmeros cactos cheios de braços, enfileirados nas encostas rochosas das montanhas; o sussurro das águas correndo em mil valetas; a zoada dos macacos; os solenes cedros, subindo, um após outro, com os galhos inclinados para o chão; a paisagem da planície que se estendia abaixo deles; a buzina incessante e fanhosa das charretes e o susto dos cavalos de Mahbub quando surgia uma charrete, de repente, numa curva do caminho; as paradas para a oração, já que Mahbub era muito religioso e não deixava de fazer suas devoções e orações quando estava sem pressa; as rodas de conversas noturnas nos pontos de parada, enquanto camelos e bois, em conjunto, ruminavam solenemente e seus impassíveis condutores trocavam notícias sobre a estrada... Todas essas coisas faziam o coração de Kim cantar dentro do peito.

— Mas quando a música e a dança acabarem — disse Mahbub Ali — será a vez dos *sahibs* do coronel virem e isso não vai ser tão gostoso.

— É uma linda terra bonita, é uma terra lindíssima, a da Índia, mas a região dos cinco rios é a mais bela de todas — Kim respondia, quase cantando. E eu me solto e sumo no meio dela, se o coronel ou Ali Mahbub levantarem um dedo contra mim. E se eu fugir, quem é que vai poder me encontrar? Olhe, *Hajji*! Aquilo lá adiante é a cidade de Simla? Meu Deus! Que cidade enorme!

— O irmão de meu pai, que já era velho quando o poço de Mackerson *sahib* ainda era uma novidade em Peshauar, se lembrava de quando Simla tinha apenas duas casas.

Mahbub levou seus cavalos pela estrada principal para o mercado que fica na parte mais baixa de Simla: um lugar cheio como um formigueiro, que sobe do vale até a sede do Governo Municipal, num ângulo de quarenta e cinco graus. O homem que conhece bem os caminhos desse bairro poderia desafiar toda a polícia da capital de verão da Índia, de tão complicado e esperto é o jeito de se passar de uma varanda a outra varanda, de beco a beco, de viela a viela. Ali viviam os que atendiam às necessidades daquela cidade vibrante: os puxadores, arrastando os riquixás de belas mulheres, à noite, e se envolvendo em jogos de azar até o amanhecer; os comerciantes de secos e molhados, de óleo, antiquários, vendedores de lenha, sacerdotes, batedores de carteira e funcionários do

Governo indiano. Ali, nos cabarés, discutiam-se assuntos que pareciam ser os mais profundos segredos do Conselho da Índia, e ali se reuniam todos os subsubsubagentes de metade dos Estados Indianos. Era ali que Mahbub também tinha um quarto alugado na casa de um granadeiro maometano, muito mais seguro do que o seu compartimento no mercado de Lahore.

Nesse quarto aconteceu uma transformação milagrosa, pois ao anoitecer entrou ali um jovem cavalariço maometano e, uma hora depois, saiu um jovem eurasiano (pois a tinta da mulher de Lucknow era muito resistente...), vestido em um terno comprado pronto que não correspondia bem às suas medidas.

– Falei com o *sahib* Creighton – disse Ali Mahbub – e, pela segunda vez, a mão da amizade desviou o chicote da calamidade. Ele diz que você desperdiçou sessenta dias pelas estradas e que, agora, já é tarde demais para enviá-lo à escola da montanha.

– Eu disse que as férias me pertencem. Não vou pra escola duas vezes. É minha condição nesse contrato.

– O coronel *sahib* não tomou conhecimento dessa condição. Você deve ficar na casa do *sahib* Lurgan, até chegar a hora de voltar para Naklao.

– Prefiro ficar com você, Mahbub.

– Você não tem ideia da sua própria honra. Foi o próprio *sahib* Lurgan que mandou chamar por você. Você tem de subir o morro, seguir o caminho que vai pelo topo e, lá, deve esquecer, por um tempo, que alguma vez em sua vida viu ou falou com Mahbub Ali, que vende cavalos para Creighton *sahib*, a quem você também não conhece. Lembre-se bem dessa ordem.

Kim assentiu.

– Está bem – disse ele –, e quem é esse *sahib* Lurgan? Não. – Kim captou o olhar agudo como uma espada lançado por Mahbub e acrescentou: – De fato, eu nunca, em toda a minha vida, ouvi esse nome. Por acaso – continuou falando baixinho – ele é um de nós?

– O que quer dizer "um de nós", *sahib*? – respondeu Mahbub Ali, no mesmo tom que costumava usar com os europeus. – Eu sou um afegão, você é um *sahib* e filho de um *sahib*. Lurgan *sahib* tem uma loja localizada no bairro europeu de Simla. Todo mundo sabe disso em Simla. Vá perguntando... e, Amigo de Todos, por favor, note que deve obedecer até à menor piscadela dessa pessoa. Dizem que ele faz mágicas, mas não se importe com isso. Vá até o morro e pergunte. Agora começa o Grande Jogo, seu trabalho como informante do Serviço Secreto.

CAPÍTULO 9

Kim lançou-se nesse novo giro da Roda da Vida com o coração alegre. Seria um *sahib* de novo, por algum tempo. Assim que se viu na rua larga, que passa sob a sede do Governo Municipal da cidade de Simla, procurou logo alguém a quem pudesse impressionar. Um guri hindu, de cerca de dez anos, estava de cócoras debaixo de um poste de luz.

– Onde é a casa do Sr. Lurgan? – Kim perguntou.

– Eu não entendo inglês – foi a resposta –, e Kim repetiu a pergunta em língua indiana.

– Vou lhe mostrar.

E saíram juntos, atravessando a misteriosa luz do crepúsculo, cheia dos ruídos da cidade estendida ao pé do morro, e respirando o cheiro da mata de cedros que se destacava contra o céu escuro, chegando perto das primeiras estrelas. As luzes das casas espalhadas pela encosta pareciam um segundo céu. Algumas luzes eram fixas, outras vinham das lanternas dos riquixás que levavam para jantar fora uma gente que falava inglês sem cuidado e em voz alta.

– É aqui – disse o guia, mostrando uma varanda situada no mesmo nível da estrada principal. Não tinha porta e sim uma cortina de junco, enfeitada com contas de vidro, que deixava entrever a luz da lâmpada acesa lá dentro.

– Aqui está ele – disse o garoto, numa voz pouco mais forte que um suspiro, e sumiu. Kim percebeu imediatamente que aquele menino tinha sido destacado para servir-lhe de guia. Assumindo um ar petulante, abriu a cortina e entrou. Um homem de barba preta, com uma pala verde sobre os olhos, estava sentado a uma mesa e, com umas mãozinhas muito brancas, enfiava, uma a uma, continhas luminosas numa linha de seda brilhante, enquanto cantarolava alguma coisa de boca fechada... Kim percebeu que, para além do círculo iluminado pela lâmpada, a sala estava cheia de coisas que exalavam o cheiro peculiar a todos os templos orientais. Um cheirinho de almíscar e um bafo enjoativo de essência de jasmim e sândalo chegaram às suas narinas.

– Cheguei – disse Kim, finalmente, falando na língua nativa porque aquele cheiro o fez esquecer que deveria apresentar-se como um *sahib*.

– Setenta e nove, oitenta, oitenta e um – contava o homem em voz baixa, enfiando uma conta depois da outra tão rapidamente que Kim mal percebia o movimento dos dedos dele.

Por fim, o homem levantou a viseira verde e olhou Kim, fixamente, por meio minuto. Podia controlar à vontade as pupilas dos olhos, dilatando-as e comprimindo-as até parecerem uma cabecinha de alfinete. Na porta Taksali, em Lahore, havia um faquir que tinha esse mesmo poder, que usava para ganhar dinheiro, principalmente amaldiçoando mulheres tolas. Kim sustentou o olhar do homem, com interesse. Seu amigo faquir de má reputação também era capaz de mexer as orelhas, quase como um bode, e Kim ficou decepcionado ao ver que isso este outro homem não podia imitar.

– Não tenha medo – disse de repente o *sahib* Lurgan.

– Por que eu haveria de ter medo?

– Você vai dormir aqui esta noite e ficar comigo até que chegue a hora de voltar para Naklao. Isto é uma ordem.

– É uma ordem – Kim repetiu. – Mas onde é que eu vou dormir?

– Aqui nesta sala – disse Lurgan *sahib*, apontando a escuridão que se estendia atrás dele.

— Está bem — disse Kim, calmamente. — Agora mesmo?

Lurgan assentiu e moveu a lâmpada que pendia sobre sua cabeça. Ao ampliar-se o círculo de luz, saltou das paredes uma coleção de máscaras, próprias para a dança dos demônios tibetanos, penduradas acima das túnicas bordadas usadas nessas medonhas cerimônias: máscaras com chifres, outras com caretas assustadoras ou representando expressões apavoradas. Em um canto, uma estátua de um samurai japonês, vestido em malha de aço e emplumado, ameaçava-o com uma alabarda e várias pontas de lanças, espadas e adagas nas quais moviam-se reflexos da luz. Mas, muito mais do que todas essas coisas que ele já tinha no Museu Lahore, o que mais interessou Kim foi vislumbrar o menino hindu de olhos suaves que o havia guiado até ali, agora sentado debaixo da mesa das continhas, com as pernas cruzadas e um sorriso nos lábios vermelhos.

— Acho que o *sahib* Lurgan quer me assustar. E tenho certeza de que aquele pirralho ali debaixo da mesa está louco pra me ver com medo — pensou Kim.

— Este lugar — disse, em voz alta — é como uma Casa das Maravilhas. — Onde está minha cama?

Lurgan *sahib* apontou para um leito indiano estendido no canto, ao lado das máscaras horrendas, pegou a lâmpada e saiu, deixando a sala em completa escuridão.

— Esse era o *sahib* Lurgan? — Kim perguntou, enquanto se aconchegava no chão. Ninguém respondeu.

Guiado pela respiração do menino hindu, porém, Kim atravessou a sala rastejando e começou a cutucar a escuridão, gritando:

— Responda, demônio! Isso é jeito? Mentir a um *sahib*?

Pareceu-lhe ouvir, na escuridão, o eco de uma risadinha. Não poderia vir do outro garoto porque dava para perceber que este estava chorando. Então Kim gritou:

— Lurgan *Sahib*! Eh, Lurgan *Sahib*! É por ordem sua que seu empregadinho não fala comigo?

— Isso é uma ordem. — A voz que disse isso veio de trás dele e Kim estremeceu.

— Tudo bem. Mas lembre-se — murmurou enquanto se virava para voltar ao seu leito — amanhã de manhã eu vou lhe dar uma surra. Não gosto de hindus.

A noite não foi nada agradável naquele quarto cheio de vozes e música. Kim acordou duas vezes, porque ouviu alguém chamando seu nome. Da segunda vez, resolveu sair pelo escuro em busca de alguma coisa, investigação que concluiu batendo fortemente com o nariz contra um caixote que certamente falava em linguagem humana, mas com um sotaque que nada tinha de humano. Aquilo parecia acabar numa espécie de corneta de lata e estar ligado por vários cabos a outra caixa menor que ficava no chão... pelo menos era o que Kim podia sentir só pelo tato. E a voz, muito dura e áspera, saía pela corneta. Kim esfregou o nariz e ficou furioso, pensando, como sempre fez naturalmente, em língua hindi.

– Este truque pode funcionar muito bem com um mendigo do mercado, mas eu sou *Sahib*, filho de um *Sahib*, o que é ainda mais importante, além de ser um estudante de Naklao. Sim – continuou, passando a falar inglês –, sou um estudante de São Xavier. – Que se danem os olhos do Sr. Lurgan! Isto é um tipo qualquer de dispositivo, como uma máquina de costura. Que grande cara de pau ele é... – Mas, nós, de Lucknow, não ficamos com medo por tão pouco não!

Então, Kim voltou a pensar em hindi:

– O que é que ele ganharia com isso? Ele é apenas um homem de negócios e eu estou na sua loja. Mas o Creighton *Sahib* é um coronel e deve ter lhe dado ordens pra fazer isso. Que surra eu vou dar naquele moleque hindu, amanhã de manhã! Ei, o que é isso?

A caixa com a corneta estava vomitando uma série de insultos dos mais elaborados que Kim já tinha ouvido, com uma voz tão aguda e monótona que, por um momento, arrepiou os cabelos do menino. Mas o chiado do dispositivo diabólico, semelhante ao som da máquina de costura, sossegou Kim.

– Cale a boca! – gritou, e ouviu novamente a risadinha que o fez exclamar: – Cale a boca senão eu lhe quebro a cara!

A caixa não lhe deu a mínima. Kim torceu com força a corneta de lata e percebeu que alguma coisa levantou-se, com um estalo. Obviamente, tinha levantado uma tampa. Se aquela coisa tinha algum demônio dentro, agora ele ia ver só... Kim farejou ar, que cheirava como as máquinas de costura do mercado. – Vou dar fim a esse diabo!

Kim despiu o casaco e enfiou-o pela abertura da caixa.

Uma coisa grande e redonda cedeu, ouviu-se um zumbido e a voz parou... como deve acontecer quando se empurra um casaco dobrado três vezes contra o cilindro de cera e os mecanismos de um caro fonógrafo. Kim retomou seu sono com a consciência tranquila.

Na manhã seguinte, percebeu que *sahib* Lurgan estava olhando atentamente para ele.

– Ah! – disse Kim, firmemente decidido a manter sua pose de *sahib*. – Havia uma caixa me insultando, ontem à noite. Então eu a fiz parar. Era sua, essa caixa?

O homem estendeu-lhe a mão:

– Aperte aqui, O'Hara – ele disse. – Sim, a caixa era minha. Eu tenho essas coisas porque meus amigos, os Rajás, gostam muito disso. Este agora está quebrado, mas custou barato. Sim, meus amigos, os reis locais, gostam muito de brinquedos... e eu também, às vezes.

Kim olhou-o de cima a baixo, com o rabo do olho. Ele era um *sahib* porque estava usando roupas de *sahib*, mas seu sotaque urdu e a entonação de seu inglês mostravam que aquele homem era tudo menos um *sahib*. Lurgan parecia entender o que estava passando pela mente de Kim antes que ele abrisse a boca e nem se preocupou em dar-lhe explicações, ao contrário do que tinham feito o padre Victor e os professores de Lucknow. E o melhor de tudo era que ele tratava Kim como um igual, de sangue asiático.

– Sinto muito que você não possa bater no meu moleque, esta manhã. Ele diz que vai matá-lo com uma faca ou com veneno. Está com ciúmes, então eu o pus de castigo num canto e não vou falar com ele o dia todo. Agora há pouco, tentou me matar. Então você tem de me ajudar a preparar o desjejum. Neste momento, o menino está ciumento demais pra confiarmos nele.

Um genuíno *sahib*, importado da Inglaterra, teria tratado essa história como um grande problema. Mas Lurgan *sahib* falava disso com a mesma simplicidade com que Mahbub Ali costumava falar a seus pequenos negócios no Norte.

A varanda de trás da loja era construída na beira íngreme do morro e dali se viam de cima os tetos e chaminés vizinhos, comuns a todas as casas de Simla. Mas a loja fascinava Kim ainda mais do que a comida autenticamente persa que *sahib* Lurgan preparou com suas próprias mãos. O Museu de Lahore era muito maior, mas aqui havia mais maravilhas: punhais fantasmagóricos e rodas de oração do Tibete, colares de âmbar e turquesa, pulseiras de jade verde, bastões de incenso embalados em curiosos frascos incrustados com pedras vermelhas, as máscaras de demônios de ontem à noite e uma parede coberta com tapeçarias de um azul profundo, com figuras douradas de Buda e pequenos altares portáteis de laca; samovares russos com turquesas engastadas na tampa; conjuntos de porcelana chinesa finíssima, acondicionados em lindas caixas oitavadas feitas de junco; crucifixos de marfim amarelo, vindos do Japão, segundo disse *sahib* Lurgan; tapetes enrolados em fardos empoeirados, malcheirosos, empilhados atrás de biombos com desenhos geométricos, tortos e meio quebrados; jarros persas para lavar as mãos após as refeições; incensórios de cobre fosco, que não pareciam nem chineses nem persas, decorados com frisos de monstros fantásticos correndo um atrás do outro; cintos de prata trançada como se fosse couro; grampos para o cabelo feitos de jade, marfim e quartzo verde; armas de todas as espécies e tamanhos, tudo isso misturado com várias outras coisas extravagantes, enfardadas ou empilhadas, ou simplesmente deitadas no chão, deixando livre apenas um pequeno espaço em torno da mesa capenga de madeira onde Lurgan *sahib* normalmente trabalhava.

– Essas coisas são inúteis – disse o anfitrião, seguindo o olhar de Kim. Mas eu compro porque são bonitas e às vezes as vendo... se eu gostar do jeito do comprador. Mas meu verdadeiro trabalho está em cima da mesa... Ou parte dele.

O tampo da mesa faiscava, à luz da manhã, em lampejos vermelhos, azuis e verdes, entre os quais se destacava, de vez e quando, o intenso brilho branco-azulado de um diamante. Kim abriu os olhos, admirado.

– Essas pedras têm muito boa saúde. Não lhes fará nenhum mal tomar sol. Além disso, valem pouco. Mas quando se trata de pedras doentes, aí é outra coisa – disse Lurgan, enchendo de novo o prato de Kim.

– Ninguém mais é capaz de curar bem uma pérola ou uma turquesa doentes senão eu. Qualquer idiota sabe curar uma opala, mas não há ninguém além de mim que saiba curar pérolas doentes. Imagine se eu morresse! Então, não haveria nenhum neste mundo! De jeito nenhum! Você nada sabe sobre joias. Já será bastante se algum dia vier a entender alguma coisa sobre as turquesas.

Levantou-se e foi para o outro lado da varanda, para encher a pesada jarra de barro poroso com água do filtro.

– Está com sede? – Kim assentiu. A mais de quatro metros de distância, Lurgan *sahib* pegou o jarro. Quase no mesmo instante, ele apareceu junto ao cotovelo de Kim, cheio até um centímetro a partir da borda, e apenas uma ruguinha na toalha branca mostrava onde o jarro tinha pousado.

– Ah! – disse Kim, com o maior assombro. – Isto é magia! – O sorriso de *sahib* Lurgan mostrou que o elogio tinha caído bem.

– Jogue o jarro de volta pra mim.

– Ele vai quebrar.

– Eu lhe disse, jogue de volta.

Kim jogou o jarro do jeito que pôde, mas não conseguiu e ele se espatifou no chão, quebrado em cinquenta pedaços, enquanto a água escoria através das tábuas grossas do alpendre.

– Eu disse que ia quebrar.

– Dá na mesma. Olhe bem pra ele. Olhe este pedaço maior.

O caco côncavo ainda continha alguma água que refletia a luz e brilhou como uma estrela. Kim olhava atentamente. Lurgan *Sahib* passou a mão duas ou três vezes na nuca do menino e sussurrou:

– Olhe! Ele está se reconstruindo de novo, peça por peça. Primeiro, a grande peça vai se juntar com as que estão à direita e à esquerda... à direita e à esquerda. Olhe bem!

Nem mesmo se fosse ameaçado de morte Kim poderia mover a cabeça. O raio de luz o prendia como uma armadilha e sentia um agradável formigamento por todo o corpo. Onde antes havia três pedaços, agora só havia um grande pedaço e acima dele desenhava-se, como uma sombra, a silhueta completa do jarro.

Através dessa imagem ele podia ver a varanda, mas a imagem ia se tornando mais densa e escura a cada batimento de seu pulso. No entanto, o jarro – como seu pensamento agora estava vagaroso! –, o jarro tinha se despedaçado diante de seus olhos. Outra onda de ardor desceu-lhe pelo pescoço quando *sahib* Lurgan fez um gesto com a mão.

– Olhe! Está ficando inteiro novamente – disse *Sahib* Lurgan.

Até então, Kim estava pensando em hindi; mas, com um forte estremecimento e um esforço desesperado, como o nadador que, diante de um tubarão, consegue impulsionar a maior parte do corpo para fora da água, sua mente saltou da obscuridade em que estava quase se afogando e agarrou-se... à tabuada de multiplicação em inglês!

– Olhe! Está se formando novamente – sussurrou *Sahib* Lurgan.

O jarro tinha sido quebrado, sim, quebrado, pensou Kim – sem se dar conta, agora em inglês e não com a palavra indiana –, quebrado em cinquenta pedaços... E duas vezes três é seis, e três vezes três são nove, e quatro vezes três são doze. O menino se agarrou desesperadamente à repetição dos números. A silhueta em sombra do jarro dissipou-se como uma névoa assim que Kim esfregou os olhos. Lá estavam os pedaços quebrados, a água derramada secando ao sol e, por entre as fendas das tábuas do alpendre, as faixas molhadas na parede branca da casa, logo abaixo... E três vezes doze dá trinta e seis!

– Olhe! Está se formando novamente? – perguntou *Sahib* Lurgan.

– Mas está quebrado... quebrado... – Kim gaguejou. *Sahib* Lurgan tinha estado resmungando baixinho por trinta segundos. Kim inclinou a cabeça para o lado.

– Olhe! Veja! Ele está lá, do mesmo jeito que estava antes.

– Está lá, do mesmo jeito que estava antes – disse Lurgan, observando Kim bem de perto, enquanto o menino esfregava a nuca. – Entre as muitas pessoas com quem fiz isso, você foi o primeiro que viu assim – afirmou, enxugando o suor da testa.

– Isso também foi magia? – perguntou Kim, desconfiado. – O formigamento do corpo já tinha desaparecido e ele se sentia mais alerta do que nunca.

– Não, não era mágica. Era só para ver se havia algum defeito numa joia. Às vezes, pedras aparentemente muito boas quebram-se em pedaços nas mãos de um homem que sabe das coisas. Então, é por isso que, antes da montá-las, deve-se ser muito cuidadoso. Diga-me, você viu a forma em sombra do jarro?

– Sim, por um instante. Parecia que ia brotando do chão como uma flor.

– E então, o que você fez? Quer dizer, o que pensou?

– Eu sabia que ele estava quebrado, então eu pensei isso, foi o que eu pensei... E ele *estava* quebrado.

– Hum! Alguém já tinha tentado fazer esse teste magia diante de você?

– Se tivesse acontecido – disse Kim –, você acha que eu teria deixado fazerem de novo? Eu teria saído correndo.

– Agora você não está com medo, não é?

– Agora não.

Sahib Lurgan olhou-o ainda mais de perto.

– Vou perguntar a Mahbub Ali... não agora, mas daqui a uns dias – murmurou. – Estou feliz com você... sim, eu estou feliz com você, não estou? Você é o primeiro a salvar-se a si mesmo. Eu queria saber o que foi que... Mas você está certo. Essas coisas não se deve contar a ninguém... nem mesmo a mim.

Lurgan *Sahib* entrou para a penumbra de sua loja e sentou-se à mesa, esfregando suavemente as mãos. Um soluço fraquinho e rouco saiu de trás da pilha de tapetes. Era o menino hindu, que, obediente, estava sentado de frente para a parede; seus ombros magros eram sacudidos pela mágoa.

– Ah! Ele é ciumento, muito ciumento. Eu me pergunto se ele não vai tentar envenenar-me de novo na primeira refeição de amanhã e me obrigar a prepará-la eu mesmo, outra vez.

– Nunca... nunca, não – foi a resposta engasgada.

– Ou vai tentar matar esse outro cara.

– Nunca... nunca, não.

– O que você acha? – perguntou o *Sahib*, voltando-se rapidamente para Kim.

– Ah, não sei. Deixe-o ir, pode ser melhor. Por que ele havia de querer envenenar o senhor?

– Porque ele gosta demais de mim. Suponha que você goste muito de alguém e você vê chegar outra pessoa, vê que a pessoa de quem você gosta tanto vai dar mais atenção ao outro do que a você, o que faria?

Kim pensou por um momento. Lurgan repetiu lentamente a pergunta na língua nativa.

– Eu não envenenaria meu amigo – disse Kim, pensativo –, mas ia bater no menino... se ele também gostasse do meu amigo. Mas antes de tudo eu perguntaria ao menino se isso era verdade.

– Ah! Certamente, ele acha que todos devem gostar muito de mim.

– Então ele deve ser muito bobo.

– Você está ouvindo? – perguntou *Sahib* Lurgan, dirigindo-se aos ombrinhos sacudidos pelos soluços. – O filho de um *sahib* acha que você é meio bobo. Venha cá, e da próxima vez que estiver com o coração perturbado, trate de não usar arsênico branco tão abertamente. Com certeza o diabo Dassim andou hoje pela nossa toalha de mesa! Eu podia ter ficado muito doente e então precisaria deste estrangeiro aqui pra cuidar das minhas pedras preciosas. Venha aqui!

O menino hindu, com os olhos inchados de tanto chorar, arrastou-se de trás do fardo de tapetes e atirou-se, desesperado, aos pés de *Sahib* Lurgan, com tão grande arrependimento que mesmo Kim ficou impressionado.

– Eu vou cuidar das tigelas de tinta... vou vigiar fielmente suas joias! Oh, o senhor, que é meu pai e minha mãe, mande-o embora! – gritou o garotinho, apontando Kim com um movimento do calcanhar nu.

– Ainda não, ainda não. Daqui a poucos dias ele vai embora. Mas agora precisa aprender... em uma nova escola... E você será o professor dele. Vai jogar com ele o jogo das pedras. Eu vou contar os pontos.

A criança imediatamente secou as lágrimas, correu para o quarto dos fundos e voltou com uma bandeja de cobre.

– Então dê as pedras! – disse ao *Sahib* Lurgan. – Quero que elas sejam distribuídas pela sua mão pra que ele não diga que eu já conhecia as pedras antes.

– Calma... calma – respondeu o homem, e tirou de uma gaveta da mesa um punhado de bugigangas, que caíram tilintando na bandeja.

– Agora – disse o garotinho, acenando com um jornal velho –, olhe bem pra elas todo o tempo que quiser, estrangeiro. Conte e, se quiser, pode até pegá-las na mão. Pra mim, basta dar uma só olhada – e virou orgulhosamente as costas para Kim.

– Mas qual é o jogo?

– Quando você tiver contado e examinado bem as peças e tiver certeza de lembrar-se de todas elas, vou cobri-las com este jornal e você tem de dizer todas que lembrar ao *Sahib* Lurgan. Eu, do meu lado, vou escrever minha lista.

– Ah! – o instinto competitivo tinha despertado em Kim.

Ele se inclinou sobre a bandeja. Não havia mais que quinze peças.

– Isso é fácil – disse, depois de um minuto. O outro menino colocou o papel sobre as pedras brilhantes e começou a escrever em um livro-caixa nativo.

– Há cinco pedras azuis debaixo daquele papel: uma grande, uma menor e três pequeninas – Kim disse, depressa. – Há quatro pedras verdes e uma que tem um buraco, uma amarela através da qual você pode ver e uma que parece uma biqueira de cachimbo. Existem duas pedras vermelhas, e... e... Eu contei quinze, mas me esqueci de duas. Não! Espere um pouquinho. Uma era pequena, de marfim escuro, e... e... espere mais um pouquinho...

– Um, dois... – *Sahib* Lurgan foi contando lentamente até dez. Kim balançou a cabeça, sinalizando que não se lembrava de mais nada.

– Agora ouça a minha lista! – interrompeu o outro menino, rindo, na maior alegria. – Primeiro, há duas safiras com defeitos, uma de dois quilates e outra de quatro, pelo que posso avaliar. A safira de quatro quilates está quebrada num canto. Há uma turquesa do Turquestão, plana, com listras pretas e duas inscrições: uma, dourada, com o nome de Deus; a outra, que eu não consigo ler porque se trata de parte de um velho anel quebrado. Nós já temos, assim, cinco pedras azuis. Existem quatro esmeraldas danificadas, mas uma delas foi perfurada em dois pontos e a outra foi um pouco esculpida...

– Qual o peso delas? – perguntou *Sahib* Lurgan, impassível.

– Três quilates, cinco, quatro e cinco quilates, mais ou menos. Há um velho pedaço de âmbar esverdeado, saído da biqueira quebrada de um cachimbo, e um topázio da Europa, lapidado. Há, ainda, um rubi birmanês pesando dois quilates, sem nenhuma imperfeição, e um cristal de espinélio rosado, com defeito, pesando dois quilates. Há um pedaço de marfim esculpido, da China, que representa um rato chupando um ovo, e, finalmente, ha, ha! Uma bolinha de cristal, do tamanho de uma ervilha, engastada em folha de ouro.

No final, bateu palmas, feliz.

– Ele vai ser o seu mestre – disse *Sahib* Lurgan a Kim, sorrindo.

– Bah! Mas ele sabe o nome das pedras – Kim disse, corando. – Vamos tentar de novo! Mas com coisas comuns, que nós dois conhecemos.

Eles repetiram o jogo outras vezes, com diversos objetos catados pela loja e até mesmo pela cozinha, e o garotinho hindu venceu sempre, para grande espanto de Kim.

– Pode tapar meus olhos... Deixe-me tocar as coisas com os dedos, pelo menos uma vez. Eu lhe dou uma lambuja: você pode ficar de olhos abertos e ver tudo... mas mesmo assim eu vou ganhar! – desafiou o garotinho, atrevido.

Kim sapateou de raiva quando o menino provou que seu desafio não era apenas gabolice.

– Se fossem homens... ou cavalos – disse Kim – tenho certeza de que eu faria melhor do que você. Este jogo com pinças, tesouras e facas é mixaria demais pra mim.

– Primeiro aprenda... e só então ensine – sentenciou *Sahib* Lurgan.

– Ele pode ser o seu mestre?

– Claro. Mas como?

– Repetindo várias vezes até que você chegue a fazê-lo perfeitamente... Porque essa habilidade é algo de muito valor.

O garotinho hindu, que estava fora de si de alegria, deu um tapinha nas costas de Kim, dizendo: – Não se desespere. Eu mesmo vou lhe ensinar.

– E eu vou cuidar para que você aprenda bem – disse *Sahib* Lurgan, sempre falando na língua nativa –, porque, exceto este meu garoto (que fez a bobagem de comprar arsênico demais, se tivesse me pedido, eu mesmo tinha para lhe dar...) – repetindo, com exceção deste meu garotinho aqui, não conheci ninguém com mais capacidade de aprender do que você. Nós ainda temos dez dias pra isso, antes de você ter de voltar para Naklao, onde não te ensinam nada... e que custa muito dinheiro. Agora, acho que todos nós três aqui seremos bons amigos.

Foram dez dias loucos, mas Kim estava gostando tanto de tudo aquilo que nem teve tempo para pensar a respeito. De manhã, eles repetiam o jogo das pedras: às vezes com pedras preciosas reais, outras, com pilhas de espadas e adagas, outras, ainda, com fotografias de indianos. Na parte da tarde, ele e o menino hindu montavam guarda, sentados na loja, sem dizer uma palavra, atrás de um fardo de carpete ou de uma tapeçaria: de lá vigiavam a variada clientela que vinha à loja do Sr. Lurgan. Alguns eram pequenos Rajás, cujos guarda-costas ficavam tossindo na varanda, que vinham comprar badulaques como fonógrafos e brinquedos de corda. Havia damas procurando por colares e senhores que Kim, cuja imaginação estava condicionada por suas experiências anteriores, achava que vinham mesmo era atrás dessas damas; nativos de pequenos reinos autônomos, despejando cascatas de brilho sobre a mesa, cujo objetivo aparente era encomendar o conserto de colares quebrados, mas cujo verdadeiro objetivo era arrecadar dinheiro para jovens Rajás ou para suas esposas raivosas. Também vinham *babus*, indianos muito instruídos em sua religião e nas escrituras, com quem *Sahib* Lurgan conversava com muita seriedade, acabando sempre por passar-lhes algumas moedas de prata ou notas de dinheiro oficial. Às vezes apareciam grupos de indianos, teatralmente vestidos com longas túnicas, que discutiam filosofia e metafísica em inglês e bengali, para instruir *Sahib* Lurgan que estava sempre interessado em assuntos religiosos.

No final do dia, tanto Kim quanto o menino hindu, cujo nome variava segundo a vontade de Lurgan, deviam fazer um relatório completo de tudo o que tinham visto e ouvido e dar suas opiniões sobre o caráter de cada uma das pessoas, deduzindo a partir de sua aparência, conversas e comportamento, bem como dar opinião sobre a razão real pela qual cada um tinha vindo ali.

Depois do jantar, a atenção de *Sahib* Lurgan passava para o que pode ser chamado de "arte do disfarce", brincadeira à qual ele atribuía a maior importância instrutiva. Sabia maquiar rostos lindamente, com um toque de pincel aqui e uma linha ali, tornando-os irreconhecíveis. A loja estava cheia de todos os tipos de trajes e turbantes e Kim devia vestir-se às vezes como um jovem muçulmano de boa família, outras vezes como um vendedor de óleo e uma vez como o filho de um grande proprietário de terras de Oudh, o que deixou o garoto superfeliz por passar uma noite vestido naquele traje tão pomposo e complicado. *Sahib* Lurgan tinha um olho afiado para notar a menor falha na composição do personagem e, sentado em um sofá de madeira de teca já gasta, passava pelo menos meia hora explicando como o indivíduo de cada casta deveria falar, andar, tossir, espirrar ou cuspir e, uma vez que o "como" pouco importa neste mundo, explicava principalmente o "porquê" de cada coisa.

Neste último jogo, o menino hindu mostrava-se muito desajeitado. Sua inteligência, afiada como uma agulha quando se tratava de reconhecer pedras preciosas, não tinha flexibilidade para penetrar na alma da pessoa que tentava imitar. Mas em Kim isso parecia haver despertado um diabinho que cantava de alegria cada vez que mudava de roupa e, em consequência, mudava também os gestos e a fala.

Impulsionado pelo entusiasmo, uma noite ele se ofereceu para mostrar ao *Sahib* Lurgan como os discípulos de uma determinada raça de faquires, que conheceu em Lahore, mendigavam à beira da estrada, e qual a linguagem que usaria para dirigir-se a um inglês, ou a um agricultor Panjabi que ia para uma feira, ou a uma mulher sem véu. *Sahib* Lurgan riu alto e ordenou-lhe que permanecesse por meia hora do jeitinho que estava, com as pernas cruzadas, todo untado com cinzas e com um olhar perdido. Ao fim desse tempo, entrou na sala um obeso *babu* grande como um bezerro, cujas pernas vestidas em meias, de tão gordas, tremiam como gelatina. Kim lançou-lhe logo uma chuva de pilhérias, mas ficou chateado porque *Sahib* Lurgan deu a maior atenção ao *babu* e nem ligou para as palhaçadas dele.

– Acho – disse o *babu* calmamente, enquanto acendia um cigarro – que esta foi uma representação das mais extraordinárias e eficientes.

Se eu não tivesse sido avisado, teria acreditado que você estava mesmo zoando comigo – falou, dirigindo-se a Kim. E para Sahib Lurgan: – Quanto tempo levará até que ele se torne um informante eficiente? Porque, então, vou solicitar seus serviços.

– Isso é o que ele precisa aprender em Lucknow.

– Então, dê-lhe ordem de aprender em tempo recorde. Boa noite, Lurgan.

E o *babu* foi embora com seu andar de vaca atolada num pântano.

Quando foram fazer o relatório dos visitantes daquele dia, Lurgan perguntou a Kim quem ele achava que era aquele homem gordo.

– Só Deus sabe! – disse Kim, alegremente. Seu tom quase poderia enganar Mahbub Ali, mas não conseguia enganar os curadores de pérolas doentes.

– Isso é verdade. Deus sabe. Mas eu quero saber é o que *você* acha.

Kim olhou de soslaio para seu companheiro: ele tinha algo no olhar que exigia a verdade.

– Eu... eu acho que ele vai precisar de mim quando eu sair da escola, mas... – acrescentou, confidencialmente, vendo que Lurgan *Sahib* balançava a cabeça concordando – não entendo como esse homem pode se vestir de modos tão diferentes e falar tantas línguas.

– Mais tarde, você vai entender muitas coisas. Ele se dedica a escrever histórias para um coronel. É muito respeitado, mas só aqui em Simla... e note que ele não tem nenhum nome, apenas um número e uma letra, como é costume entre nós.

– E a cabeça dele também está a prêmio, como a de Mah... como a de todos os outros?

– Ainda não. Mas se um rapaz que está sentado aqui agora se levantar e for – olhe, a porta está aberta! – para certa casa com uma varanda pintada de vermelho, localizada atrás do antigo teatro no mercado de baixo, e sussurrar, através das persianas: "Hurri Chunder Mukerji foi quem trouxe a má notícia no mês passado", esse rapaz receberia em troca um saco cheio de rúpias.

– Quantas? –perguntou Kim rapidamente.

– Quinhentas... mil... o que pedir.

– Tudo bem. E quanto tempo o garoto sobreviveria depois de entregar essa informação? – E Kim riu descaradamente nas barbas de Lurgan *Sahib*.

– Ah! Isso é algo para se pensar muito bem. Se ele fosse muito esperto, talvez pudesse viver até o fim do dia... mas não passaria da noite. Não, da noite não passaria, de jeito nenhum.

– Então, qual é o salário desse *babu*, para darem tanto dinheiro pela sua cabeça?

– Oitenta... talvez cem ou cento e cinquenta rúpias, mas nessas coisas o salário não é importante. De tempos em tempos, Deus faz com que nasçam homens, e você é um deles, que sentem uma profunda paixão por sair pelo mundo arriscando a própria vida pra descobrir segredos... Hoje pode ser desvendar coisas num lugar muito distante, amanhã em uma montanha escondida, e, no dia seguinte, pode ser investigar alguns homens bem próximos de nós que tenham cometido alguma loucura contra o Estado. Há muito poucas pessoas que podem fazer isso, e, desses poucos, não mais do que dez são realmente os melhores. Estranhamente, um desses dez é o *babu*. Como deve ser grande e bonita essa missão, para ser capaz de inflamar o coração de um bengali como o *babu*!

– É verdade. Mas por enquanto os dias passam devagar demais pra mim. Eu ainda sou uma criança e há apenas dois meses que aprendi a escrever em inglês. Mesmo agora, eu ainda não consigo ler correntemente. E pensar que ainda será preciso anos e anos pra que eu possa chega a ser um agente informante!

– Tenha paciência, Amigo de Todos – Kim ficou surpreso de ouvir chamá-lo por seu apelido. – Eu gostaria de poder ter alguns desses anos que tanto irritam você. Durante o pouco tempo em que você esteve comigo, eu o pus à prova com vários pequenos testes. Não se preocupe, não vou me esquecer disso quando escrever meu relatório para o coronel *Sahib*. – De repente, passando a falar inglês, acrescentou, com uma risada: – Caramba! O'Hara, acho que você vale muito, mas não deve se envaidecer por isso nem dar com a língua nos dentes. Agora você tem de voltar para Lucknow, ser um bom menino, dar conta do seu livro, como dizem os ingleses, e talvez na próxima temporada de férias, se quiser, possa voltar pra cá. – Kim fez uma cara desanimada. – Ah, eu disse "se você quiser". Mas acho que sei pra onde você prefere ir...

Quatro dias mais tarde, havia um lugar reservado para Kim e sua pequena canastra na parte de trás de uma diligência de Kalka. Seu companheiro de viagem era o *babu* que parecia uma baleia, o qual, com um xale de franjas enrolado em volta da cabeça e sentado em cima de sua gorda perna esquerda, vestida com uma meia rendada, estremecia e resmungava ao ar fresco da manhã.

– Como é possível que este homem seja um de nós? – pensou Kim, enquanto observava as costas do *babu* tremelicando que nem gelatina com o balanço da carruagem, e esse pensamento transportou-o para os mais agradáveis sonhos. Lurgan *Sahib* lhe tinha dado cinco rúpias, uma quantia fantástica, e a garantia de sua proteção se se comportasse bem na escola. Ao contrário de Mahbub Ali, Lurgan *Sahib* tinha falado explicitamente da recompensa que receberia se fosse obediente e Kim estava contente. Ah, se um dia, como o *babu*, puder gozar da dignidade de "uma letra e um número" e ter sua cabeça a prêmio! Mas dia virá em que será tudo isso e ainda mais. Um dia em que será quase tão grande quanto Mahbub Ali! Só que, em vez de uns poucos telhados, o campo de suas buscas cobrirá metade da Índia: haverá de espionar reis e ministros, da mesma forma que no passado havia espionado rábulas e empregados de advogados da cidade de Lahore, a serviço de Mahbub Ali. Por enquanto, estava diante do fato, nada desagradável, de ter de voltar a São Xavier. Haveria muitos novos alunos de quem zombar e histórias para ouvir sobre aventuras vividas durante as férias. O jovem Martin, filho de um plantador de chá de Manipur, tinha se gabado de que iria, armado com um rifle, atacar os caçadores de cabeças. Isso podia até ser verdade, mas certamente o jovem Martin não tinha voado através de um pátio de Patiala, como resultado da explosão de fogos de artifício, nem teve... Kim começou a relembrar as aventuras dos últimos três meses. Certamente, todos os alunos de São Xavier, até mesmo os mais velhos, que já se barbeavam, iam ficar bestas se lhe fosse permitido contar todas as suas façanhas. Mas, é claro, não podia dizer uma única palavra sobre tudo o que lhe acontecera. No momento certo, sua cabeça estaria valendo muito, como tinha dito Lurgan *Sahib*; mas, se ele falasse demais agora, não só esse valor nunca seria fixado, como também o coronel Creighton haveria de rejeitá-lo e ficaria entregue à fúria de Lurgan *Sahib* e Mahbub Ali durante o pouco tempo de vida que lhe restasse.

– E assim, eu perderia Délhi em troca de um simples peixe – pensou ele, na sua filosofia de ditados populares. Era necessário esquecer suas férias, contentando-se com o recurso divertido de inventar algumas aventuras mirabolantes e, como disse Lurgan *Sahib*, estudar muito.

De todos os meninos que retornaram a São Xavier, desde os que vinham das areias de Sukkur até os que vinham dos palmeirais de Galle, certamente nenhum voltou tão compenetrado quanto Kimball O'Hara, a caminho de Ambala, sacolejando na carruagem atrás do Hurri Chunder Mookerji, cujo nome nos livros de determinada seção do Serviço de Informações Etnológicas era R17.

E se fosse preciso mais algum estímulo para essa compenetração, o *babu* estava pronto a fornecê-lo. Depois de uma abundante refeição em Kalka, R17 desatou a falar sem parar. Kim estava indo para a escola? Então, ele, que era Mestre pela Universidade de Calcutá, tinha o dever de explicar-lhe as vantagens de uma boa educação. Podia conseguir muitos pontos dedicando bastante atenção ao latim e ao poema filosófico "A excursão", do poeta inglês Wordsworth. Para Kim, isso era incompreensível como grego. Mas o *babu* continuava a falar sem parar: o estudo do francês também era essencial e o melhor lugar para isso era em Chandernagore, a poucos quilômetros de Calcutá. Um homem também podia ir longe, como aconteceu com ele próprio, só por ter estudado minuciosamente as peças de teatro intituladas *O Rei Lear* e *Júlio César*, escritas por Shakespeare, coisa sempre muito valorizada pelos examinadores. *O Rei Lear* não contém tantas alusões históricas como *Júlio César*: esse livro custa quatro tostões, mas pode ser comprado de segunda mão por apenas dois tostões num sebo do mercado. Ainda mais importante do que o poema "A excursão" ou a leitura de eminentes autores, como o político Burke ou o viajante Hare, era a ciência da agrimensura, para medir terras. Um rapaz que se saísse bem nos exames dessas matérias, para as quais não havia apostilas resumidas, atravessando um território apenas com uma bússola, um medidor de nível e um olho afiado, seria capaz de fazer um mapa desse território, o qual depois poderia ser vendido por um monte de moedas de prata. Mas como, às vezes, não era conveniente carregar consigo o equipamento de agrimensor, era necessário que o rapaz soubesse o comprimento exato do seu passo, de modo que, mesmo quando não pudesse utilizar o que Chunder Hurri chamava de "ajudas acidentais", poderia medir exatamente as distâncias. Para registrar e se lembrar de milhares de passos, a experiência ensinou ao Hurri Chunder que não havia nada melhor que um rosário de oitenta e um ou de cento e oito contas, porque esses números "são divisíveis e subdivisíveis em muitos múltiplos e submúltiplos".

Com as idas e voltas do *babu* entre o inglês e a língua nativa, Kim foi capaz de seguir o fio da ideia principal, que lhe interessou muito. Essa era uma nova habilidade que um homem podia enfiar na cabeça, e, pelo que via do vasto mundo desdobrando-se diante dele, o garoto percebia que quanto mais coisas um homem soubesse, melhor para ele.

Depois de falar por uma hora e meia, o *babu* acrescentou:

– Espero um dia ter o prazer de conhecer você oficialmente. Nesse ínterim, e se você me permite usar este termo, vou lhe dar esta caixa de betel, que é coisa de muito valor e me custou duas rúpias há apenas quatro anos.

Era uma caixa barata, de latão, em forma de coração, com três compartimentos, normalmente usados para carregar sementes de betel, cal e folhas para mascar. Mas, de fato, as três divisões estavam cheias de frascos de comprimidos.

– Esta é uma recompensa pela ótima imitação de faquir que vi você fazer. Sendo tão jovem, você pode pensar que vai viver pra sempre e não cuidar bem do seu corpo. Mas é uma coisa muito chata ficar doente bem no meio de uma missão. Gosto muito de remédios, e eles servem também pra curar os pobres. Estes são bons remédios de origem oficial: quinino e outros semelhantes. Deixo-lhe este presente como lembrança. E agora, adeus. Tenho de resolver um assunto particular e urgente por aqui, perto desta estrada.

Desceu do carro silenciosamente como um gato, na estrada de Ambala, fez sinal para uma carroça que vinha passando e foi embora, sacolejando, enquanto Kim, mudo de espanto, girava a caixa de betel em suas mãos.

O histórico escolar de um menino não interessa a ninguém senão aos pais dele e sabe-se que Kim era órfão. Encontra-se registrado nos livros de São Xavier – que, no final de cada trimestre, apresentava um relatório sobre o progresso de Kim ao coronel Creighton e ao Padre Victor, de cujas mãos recebia pontualmente o dinheiro para pagar sua anuidade. Além disso, como consta também nos mesmos livros, o garoto mostrava grande aptidão para estudos matemáticos e para a cartografia, e ganhou, como prêmio pelo seu desempenho nessas matérias, um livro sobre a vida de Lorde Lawrence, antigo governador inglês da Índia, em dois volumes encadernados em couro, no valor de nove rúpias e oito tostões. Durante esse mesmo período, aos catorze anos e dez meses, Kim jogou no time de críquete de São Xavier contra o colégio maometano de Allyghur. Os livros também revelam que ele foi revacinado nessa época, pois deve ter havido mais uma epidemia de varíola em Lucknow. Algumas notas a lápis nas margens de velhos papéis revelam que ele foi punido várias vezes por "estar falando com pessoas erradas" e parece que uma vez foi submetido a severas punições por ter estado "ausente do colégio por um dia inteiro, na companhia de um mendigo". Isso foi da vez em que ele pulou a cerca e passou o dia todo, às margens do rio Gumti, implorando ao seu lama que o deixasse andar com ele pelas estradas nas próximas férias, pelo menos durante um mês, ou uma semana, e o lama não aceitou de jeito nenhum, dizendo que ainda não havia chegado a hora. Enquanto comiam juntos alguns bolinhos, o velho homem disse que Kim tinha de obter a maior sabedoria possível dos *sahibs* e depois ele veria. A mão da amizade deve ter desviado, de algum modo, o chicote da calamidade, porque seis semanas depois, com a idade de quinze anos e oito meses, Kim passou nos exames de topografia com "excelentes resultados". A partir dessa data já não se encontram mais quaisquer dados sobre o rapaz. Seu nome não aparece na lista de inscrição dos estudantes que entraram para o Serviço de Supervisão da Índia. Mas ao lado de seu nome está a frase "transferido por nomeação"...

Várias vezes, ao longo desses três anos, o lama aparecera no Templo dos Tirthankers, em Varanasi, um pouco mais magro e amarelo, se é que isso era possível, mas bondoso e puro como sempre.

Às vezes vinha do Sul, do sul de Tuticorin, de onde partem os maravilhosos navios equipados para combater incêndios em direção ao Ceilão, onde há sacerdotes que sabem o idioma sânscrito. Outras vezes vinha do úmido e verde Oeste e dos milhares de chaminés das fábricas de algodão ao redor de Bombaim e uma vez veio do Norte, tendo viajado uns mil quilômetros com o único propósito de conversar por um dia com o curador das imagens da Casa das Maravilhas. Assim que chegava, ia para sua cela fresca, construída em mármore, pois os sacerdotes desse templo tinham grande respeito para com o velho lama. Lavava-se da poeira das estradas, rezava por algum tempo e logo partia para Lucknow em um vagão de terceira classe, agora que já estava acostumado aos trens. Ao voltar, como observou seu amigo que também buscava o mesmo Rio, o lama parava, por algum tempo, de lamentar a perda de seu Rio ou de desenhar suas excelentes imagens da Roda da Vida e preferia falar da beleza e da sabedoria de um certo *chela* misterioso que nenhum sacerdote do templo jamais tinha visto.

Sim, ele havia seguido os passos dos Sagrados Pés, os pés de Buda, por toda a Índia, como relata a maravilhosa história de suas viagens e meditações, que deixou nas mãos do diretor do Museu de Lahore. Já não lhe interessava mais nada nesta vida senão encontrar o Rio da Flecha. No entanto, seus sonhos lhe tinham revelado que não podia empreender essa busca com esperança de sucesso se não estivesse acompanhado pelo *chela* designado para conduzir sua busca a uma conclusão satisfatória, um *chela* dotado de grande sabedoria – pelo menos, de tanta sabedoria quanto a dos curadores de Imagens, já de cabelos brancos. Puxava sua caixinha de rapé e os bondosos sacerdotes jainistas punham-se logo em silêncio para ouvi-lo explicar, por exemplo:

– Há muito, muito tempo, quando Devadatta era Rei de Varanasi, como conta a legenda, os caçadores do rei capturaram um elefante e, antes que ele conseguisse se soltar, colocaram-lhe um doloroso grilhão de ferro numa perna. Ele lutava para arrancá-lo, com dor e raiva no coração, e corria desesperadamente de um lado a outro da selva, em busca dos seus irmãos elefantes, para que o quebrassem. Um a um, eles tentaram arrebentar o ferro com suas fortes trombas, mas falharam. Finalmente, chegaram todos à conclusão de que nenhuma força animal seria capaz de quebrar aquele grilhão. Em um bosque, havia um filhote recém-nascido, ainda molhado do parto, cuja mãe havia acabado de morrer. Esquecendo a própria agonia, o elefante preso disse:

– Se eu não socorrer este bebezinho, ele vai morrer pisado pelas nossas patas.

Então, protegeu o elefantinho entre suas quatro patas e ficou ali parado, como uma fortaleza, resistindo à pressão da sua manada em movimento. Pediu leite de uma vaca bondosa para o pequeno; o filhote cresceu e o elefante agrilhoado tornou-se seu guia e defensor. Mas um elefante, ouçam bem o que diz o livro sagrado das quinhentas histórias de Buda, um elefante leva trinta e cinco anos para atingir a plenitude de sua força e durante trinta e cinco estações das chuvas o elefante agrilhoado protegeu o jovem, enquanto o anel de ferro ia afundando cada vez mais em sua carne. Então, um dia, o jovem elefante reparou no ferro meio enterrado na carne e perguntou ao mais velho: "O que é isto?". "Isto é a minha desgraça", respondeu aquele que o havia protegido. Então o jovem elefante estendeu sua tromba e num abrir e fechar de olhos arrancou o anel de ferro, gritando: "Chegou a hora determinada!". E assim o elefante virtuoso, que esperou pacientemente, praticando atos de bondade, foi libertado, no tempo predeterminado, pelo jovem elefante de quem ele tinha cuidado esquecendo-se de si mesmo. Porque, ouçam bem a lenda, o elefante ferido era Ananda e o jovem elefante que rompeu os ferros não era outro senão nosso Senhor Buda...

Então, balançando suavemente a cabeça e inclinando-se sobre seu tilintante rosário, o lama explicou como aquele jovem elefante estava isento do pecado do orgulho. Ele era tão humilde como um *chela* que, ao ver seu mestre sentado na poeira, nos degraus de fora do Portal da Sabedoria, pulou as grades que estavam fechadas e abraçou seu mestre na frente de toda aquela orgulhosa cidade. Grande será a recompensa para tal *chela* e tal mestre quando chegar a hora de se reunirem para ir juntos em busca da liberdade!

Assim falava o lama, constantemente, indo e vindo por toda a Índia, tão silenciosamente quanto um morcego. Uma velha mulher de língua afiada, que vivia em uma casa escondida num pomar atrás de Saharanpur, recebia-o com honra da mesma forma que outra mulher tinha honrado o Profeta Elias, mas o quarto que lhe reservava não era de forma alguma encostado na parede externa. O lama ficava num quarto com vista para o jardim da frente, onde se ouvia o arrulhar de pombos, enquanto a velha dama afastava seu inútil véu e tagarelava sobre espíritos e demônios de Kulu, sobre seus netos que ainda estavam para nascer e sobre o moleque desbocado que tinha se atrevido a conversar com ela num ponto de repouso da estrada. Uma vez, o lama extraviou-se da estrada principal, abaixo de Ambala, e caminhou sem querer justamente na direção da aldeia onde vivia o sacerdote hindu que tinha tentado drogá-lo para roubá-lo; mas a bondade dos céus que protegem os lamas, ao anoitecer, conduziu o distraído e inocente velho, através dos campos cultivados, diretamente até a porta do velho soldado que o havia hospedado antes. Quase houve um grave mal-entendido quando o velho soldado perguntou por que o Amigo das Estrelas tinha passado por lá apenas seis dias atrás.

— Isso não pode ser — disse o lama. — O menino foi pra junto de sua própria gente.

— Pois ele sentou-se aí, nesse mesmo canto, por cinco noites, contando-nos mil histórias divertidas — insistiu o anfitrião. — É verdade que desapareceu de repente, de madrugada, depois de muita conversa fiada com a minha neta. Ele cresce muito depressa, mas é o mesmo Amigo das Estrelas que me trouxe a notícia verdadeira a respeito daquela guerra. Vocês tiveram de se separar?

— Sim... e não — respondeu o lama. — Nós... nós não estamos completamente separados, mas ainda não chegou a hora de voltarmos juntos para o Caminho. Agora ele está adquirindo novos conhecimentos em outro lugar. Temos de esperar a hora.

— Assim será, como o senhor diz... Mas, então, se esse não era o mesmo menino, por que falava do senhor o tempo todo?

— O que foi que ele disse? — perguntou o lama ansiosamente.

— Doces palavras... mais de cem mil... que o senhor é seu pai e sua mãe e assim por diante. Pena que ainda não está pronto para servir à rainha. Aquele ali não tem medo de nada.

Essa notícia espantou o lama, porque naquela época ele ainda não sabia que Kim estava cumprido religiosamente o trato feito com Mahbub Ali e forçosamente ratificado pelo coronel Creighton...

— Não há jeito de manter o jovem potro fora do jogo — dissera o mercador de cavalos, quando o coronel lhe disse que a vagabundagem de Kim pela Índia durante as férias tinha sido uma besteira. — Se lhe for negada a permissão de ir e vir pra onde quiser, ele não vai dar nenhuma bola para a proibição. E então, quem será capaz de trazê-lo de volta? Coronel *Sahib*, apenas uma vez a cada mil anos nasce um cavalo com tanto talento para o jogo como esse potro que temos agora. E nós precisamos de novos homens.

CAPÍTULO 10

Lurgan *Sahib* não falou de forma tão explícita, mas suas opiniões coincidiam com as de Mahbub, e o resultado foi favorável a Kim. Agora, ele estava pronto a fazer coisa melhor do que simplesmente fugir de Lucknow vestido como um nativo. E, se soubesse onde estava o mercador de cavalos e pudesse enviar-lhe uma carta, Kim ia para o mesmo acampamento e lá, diante de Mahbub, sob o olhar atento do afegão, transformava-se de novo em um indiano. Se a caixinha de tintas e pincéis que carregava para fazer mapas topográficos fosse capaz de soltar a língua na escola e contasse suas aventuras das férias, ele poderia ter sido até expulso.

Uma vez, Mahbub e ele foram juntos para a bela cidade de Bombaim levando três vagões cheios de cavalos, e Mahbub quase se desmanchou de contentamento quando Kim lhe propôs embarcarem em um veleiro de três mastros e atravessar o Oceano Índico para ir ao Golfo Pérsico comprar cavalos árabes que, como descobriu conversando com um empregadinho do grande comerciante Abdul Rahman, eram vendidos por melhores preços do que os simples cavalos afegãos.

Kim até foi convidado, junto com Mahbub e alguns outros correligionários importantes, para o banquete oferecido por esse tal grande mercador para comemorar uma peregrinação a Meca. O retorno dessa viagem foi por mar, via Karachi, no Paquistão, navegando ao longo da costa, e Kim teve suas primeiras experiências de mareação, com enjoo e tonturas, sentado junto à escotilha do navio a vapor e plenamente convencido de que tinha sido envenenado. A famosa caixinha de medicamentos do *babu* não adiantou nada nesse caso, apesar de Kim ter tomado o cuidado de reabastecê-la em Bombaim. Mahbub parou para fazer negócios em Quetta, onde Kim, como o próprio Mahbub reconheceu, pagou-lhe com folga todos os gastos que tinha tido com ele, fingindo-se, por quatro dias, de ajudante de cozinha na casa de um gordo sargento, encarregado do almoxarifado, de cuja escrivaninha o garoto surripiou um pequeno livro de anotações em pergaminho que parecia conter apenas o registro de compras e vendas de cavalos e camelos. Kim o copiou todinho, à luz da lua, escondido uma noite inteira por trás da latrina que ficava fora da casa. Em seguida, devolveu o caderno para seu lugar e, por ordem de Mahbub, abandonou o emprego sem receber o pagamento e foi se encontrar com ele a sete quilômetros da cidade, levando junto ao peito a cópia do caderno.

– Aquele soldado é só um peixinho miúdo – explicou Mahbub Ali – mas vai chegar a hora de apanharmos o peixe grande. O que ele faz é apenas vender bois a dois preços, um de verdade, pra ele, e outro que declara pro Governo, o que não me parece um pecado tão grave assim.

– Mas por que você não me manda ir logo entregar este caderninho e acabar com isso de uma vez?

– Porque aí ele ficaria com medo, contaria ao seu chefe e assim perderíamos a chance de interceptar um grande carregamento de rifles que estão esperando o momento de atravessar a fronteira de Quetta pro Norte. O Jogo é tão grande que a gente só pode descobrir uma pequena parte de cada vez.

– Ah! – disse Kim, e calou-se.

Isso acontecera depois de ele ganhar o prêmio em matemática, durante as chamadas férias das monções, chuvas torrenciais que inundam o verão na Índia. Nas férias de Natal, com exceção dos dez dias que passou só se divertindo, Kim ficou com Lurgan *Sahib*, sentado quase sempre ao lado da lareira acesa, já que nesse ano a estrada de Jakko estava coberta por mais de um metro de neve, ajudando a fazer colares de pérolas, pois o garoto hindu tinha deixado a loja para se casar. Lurgan o fez memorizar capítulos inteiros do Alcorão, até que Kim aprendeu a recitá-lo na mesma cadência e no tom de um mulá, um verdadeiro mestre muçulmano.

Também lhe ensinou o nome e as propriedades de muitos remédios feitos de plantas daquela terra, assim como as rezas que deveria pronunciar ao empregá-los. À noite, escrevia em pergaminho vários encantos e feitiços, em complicados pentagramas, na forma de estrelas de cinco pontas; em cada uma delas, anotava, com letras fantásticas, os nomes de vários demônios, como Murra e Awan, o acompanhante dos Reis.

Lurgan estava mais interessado em ensiná-lo a cuidar do próprio corpo, para saber curar-se dos acessos de febre e usar corretamente remédios simples que se acham pelas estradas. Uma semana antes do fim das férias, o coronel Creighton cometeu a injustiça de enviar uma prova para Kim responder, tratando apenas de varas e trenas de medição, cálculos de círculos e de ângulos.

As férias seguintes Kim passou com Mahbub e quase morreu de sede durante a viagem no lombo de um camelo rumo à misteriosa cidade de Bikaner, antiga fortaleza na rota das caravanas, através das areias do deserto cujos poços chegam a cento e vinte metros de profundidade e são rodeados por esqueletos de camelos.

Do ponto de vista de Kim, essa viagem não foi divertida, porque, ignorando o trato feito, o coronel ordenou-lhe que desenhasse um mapa da estranha cidade murada de Jaisalmer e, como não era normal verem-se garotos cavalariços e meros enchedores de cachimbos maometanos esticando fitas métricas pelas ruas da capital de um estado indiano independente, Kim foi obrigado a fazer todas as medições usando apenas os próprios passos e as contas de um rosário. Usava também a bússola para verificar direções, mas só quando tinha uma boa oportunidade – geralmente, à noite, depois de alimentar os camelos. Com a ajuda de sua caixinha de aquarela com seis cores e três pincéis, desenhou algo que até lembrava bastante a cidade de Jaisalmer. Mahbub riu muito daquilo e aconselhou-o a fazer também um relatório por escrito. Usando como mesa o grosso livro de contabilidade que ficava guardado debaixo da sela preferida de Mahbub, Kim meteu a cara no trabalho.

– Você deve escrever aí tudo o que viu, tocou ou pensou. Escreva como se o próprio *sahib* Jang-i-Lat, o comandante em chefe, tivesse a intenção de vir pra cá, disfarçadamente, com um grande exército equipado para a guerra.

– Um exército de que tamanho?

– Aproximadamente cinquenta mil homens.

– Está louco? Lembre-se de como são poucos e pequenos os poços do deserto. Nem mil homens sedentos conseguiriam chegar até aqui.

– Pois escreva tudo isso e fale sobre as rachaduras nas paredes, o lugar onde cortam lenha e qual é o temperamento e a disposição do rei. Ficaremos aqui até eu vender todos os meus cavalos. Vou alugar um quarto junto à entrada da cidade e você vai passar por meu contador. A porta tem uma boa fechadura.

Esse relatório, escrito na inconfundível caligrafia típica de São Xavier, e o mapa em amarelo e marrom com alguns pontos em carmim podiam ser apreciado até havia poucos anos; mas um funcionário descuidado os encheu de anotações, rabiscadas por ocasião da segunda expedição de levantamento daquela região, de modo que agora as letras escritas a lápis devem estar praticamente ilegíveis. No segundo dia da viagem de volta, Kim, suando sob o calor de um candeeiro a petróleo, fez uma tradução dele para Mahbub.

O afegão, então, levantou-se e se debruçou para remexer em seus coloridos alforjes.

– Eu sabia que seu trabalho seria digno de um traje de gala, por isso já tinha um preparado para você – disse, sorrindo. – Se eu fosse o Emir do Afeganistão, e talvez um dia a gente possa vê-lo, haveria de encher a sua boca de ouro.

Cerimoniosamente, estendeu as roupas aos pés de Kim: um topo de turbante de Peshauar, em forma de cone, bordado em ouro, com a longa faixa de pano para o turbante terminando numa larga franja também de ouro; um colete bordado de Délhi, para vestir sobre uma camisa de seda branca como leite, ampla e bufante, amarrada num nó do lado direito; calças verdes largas, com um cinto de seda trançada, e, para que não faltasse nada, um par de pantufas de couro russo, com um cheiro delicioso, cujas pontas curvavam-se arrogantemente para cima.

– Vestir roupas novas numa manhã de quarta-feira é um bom augúrio – disse Mahbub solenemente. – Mas não devemos esquecer que há gente ruim neste mundo. Por isso...

E completou o esplêndido presente, que já tinha deixado Kim atordoado e sem fôlego, com um revólver niquelado e semiautomático, calibre quarenta e cinco, com cabo de madrepérola.

– Primeiro eu pensei em comprar revólver menor, mas então lembrei que os cartuchos usados nas armas do Governo são deste calibre e assim você sempre poderá conseguir munição... especialmente pra lá da fronteira. Levante-se e deixe-me olhar pra você – acrescentou, dando-lhe um tapinha nas costas. – Esperemos que você nunca se canse disso, afegão! Ah, quantos corações você não haverá de partir, olhando com o rabo do olho por entre essas pestanas!

Kim deu uma volta sobre si mesmo, levantou a ponta dos pés, esticou-se e, instintivamente, passou a mão no bigode que mal despontava. Mas, de repente, lançou-se aos pés de Mahbub em sinal de profunda gratidão, acariciando as mãos ásperas, seu coração transbordando de tal forma que não conseguia dizer uma palavra. Mas Mahbub antecipou seus movimentos e recebeu-o em seus braços.

– Meu filho, entre nós não é preciso dizer uma palavra! Mas não é verdade que esse pequeno revólver é uma joia? Os seis cartuchos são baixados com um único movimento. Você deve usá-lo junto ao corpo, em contato com a pele, o que o manterá bem oleado e sempre em ordem. Não o deixe em qualquer outro lugar e, queira Deus, um dia você terá de matar um homem com ele.

– Ai, ai! – disse Kim, com tristeza. – Se um *Sahib* matar um homem, vai pra cadeia e será enforcado.

– Isso é verdade, mas a um passo para além da fronteira, os homens são mais prudentes. Guarde-o, mas antes é bom carregá-lo. Pra que serve uma arma descarregada?

– Quando eu voltar pro colégio, eu vou ter que entregá-lo ao senhor. Lá não permitem revólveres. Vai guardá-lo pra mim?

– Meu filho, estou cansado desse colégio, onde se desperdiçam os melhores anos da vida de um homem pra ensinar-lhe o que só pode ser aprendido pelas estradas. A maluquice dos *sahibs* não tem pé nem cabeça. O que havemos de fazer?! Talvez esse relatório escrito por você diminua um pouco seu tempo de cativeiro; e só Deus sabe o quanto precisamos de mais homens no Jogo!

Eles continuaram a marcha através do deserto de sal, com a boca coberta para enfrentar a areia soprada pelo vento, até atingir Jodhpur, onde Mahbub e seu elegante sobrinho, Habib Ullah, fizeram muitos negócios. De lá, Kim, infelizmente, de novo enfiado no traje europeu que estava cada vez mais apertado e curto para ele, embarcou em um compartimento de segunda classe de volta a São Xavier. Três semanas mais tarde, o coronel Creighton, que apareceu na loja de Lurgan querendo saber o preço dos punhais tibetanos, teve de enfrentar Mahbub Ali, que parecia francamente revoltado. Lurgan *Sahib* ficou como reserva para entrar em ação se fosse necessário.

– O pônei já está pronto... domado e treinado, *sahib*! A partir de agora, se ficar preso na escola, a cada dia que passa vai perdendo o moral. Solte-lhe as rédeas e deixe-o correr – disse o vendedor de cavalos. – Nós precisamos dele.

– Mas ele é tão jovem, Mahbub! Nada mais do que dezesseis anos... Eh?

– Aos quinze anos eu já tinha matado um homem e era pai de outro, *sahib*.

– Ah, velho pagão impenitente!

Creighton virou-se para Lurgan, cuja barba preta balançava, concordando com a barba tingida de vermelho do afegão.

– Eu já o teria posto em serviço há muito tempo – disse Lurgan. – Quanto mais jovem, melhor. Por essa razão é que sempre deixo minhas joias mais valiosas sob a vigilância de uma criança. Você me mandou pô-lo à prova. Eu fiz isso de todo jeito e foi o único menino que não consegui fazer ver coisas que não existem.

– Nem no cristal, nem na bacia de tinta? – perguntou Mahbub.

– Não. Ponho a mão no fogo por ele, como já disse. Pode acreditar em mim. Isso nunca tinha me ocorrido e significa que ele é forte o suficiente pra conseguir que qualquer um faça o que quiser, mesmo que o senhor ache tudo absurdo, coronel Creighton. E olhe que aconteceu há três anos! Desde aquele tempo, ele aprendeu muitas coisas, coronel. Minha opinião é que o senhor está desperdiçando o rapaz.

– Hum! Talvez você esteja certo. Mas você sabe que no momento não há trabalho adequado pra ele no Serviço.

– Solte-o, deixe-o livre por aí – interrompeu Mahbub. – Quem espera que um potro comece por arrastar um grande peso? Deixe-o correr com as caravanas, como os filhotes de nosso camelo branco, pra trazer sorte. Eu gostaria de levá-lo comigo, mas...

– Há um pequeno caso no qual ele seria mais útil... no Sul – disse Lurgan com sua peculiar gentileza, baixando as pesadas pálpebras azuladas.

– Isso está na mão de E23 – disse Creighton rapidamente. – O garoto não deve ir pra lá. Além disso, ele nem sabe falar turco.

– Basta dizer-lhe como é a forma e o cheiro das cartas que queremos pro garoto trazê-las pra nós – Lurgan insistiu.

– Não. Isso é missão pra um homem – insistiu o coronel.

Era um negócio complicado de uma correspondência clandestina e incendiária entre uma pessoa que se dizia a autoridade suprema no mundo todo sobre questões relativas à religião maometana e um jovem membro de uma casa real que havia sido processado por sequestrar mulheres em território britânico. O patriarca muçulmano mostrava-se arrogante e enfático; o jovem príncipe estava apenas ressentido pela restrição a seus privilégios, mas não havia razão para que ele continuasse com uma correspondência que algum dia poderia lhe causar problemas. Na verdade, uma carta tinha sido interceptada, mas aquele que a achou, pouco tempo depois, foi encontrado morto numa estrada, vestido com os trajes de um comerciante árabe, como foi devidamente relatado por E23, que havia encomendado o trabalho.

Esses fatos, e outros que não podem ser publicados, fizeram com que ambos, Mahbub e Creighton, sacudissem negativamente a cabeça.

– Deixe-o ir com o seu lama vermelho – disse o comerciante com visível esforço. – Ele gosta muito do velho. E, pelo menos, pode aprender bem a medir distâncias com o rosário.

– Tive algumas conversas com o velho, por carta – disse o coronel, sorrindo para si mesmo. – Por onde é que ele anda?

– Zanzando de um lado pra outro desta terra, como tem feito durante esses três anos, à procura de um tal Rio da Cura. Que Deus amaldiçoe a todos...! – Mahbub se conteve. – Quando retorna de suas viagens, para por um tempo no templo de Tirthankers ou em Gaya Buddh. E daí vai visitar o menino na escola, como sabemos, e por causa disso o garoto já foi punido duas ou três vezes. É completamente louco, mas é um homem pacífico. Eu o conheço. E o *babu* também já o encontrou. Nós o estivemos vigiando por três anos. Lamas tibetanos são muito raros na Índia, por isso é fácil seguir a pista dele.

– Os *babus* são muito curiosos – disse Lurgan, pensativo. – Você sabe o que Hurri, o *babu*, realmente quer? Tornar-se membro da Sociedade

Real de Ciências através de suas anotações etnográficas. Saiba que contei a ele tudo o que Mahbub e o menino me contaram sobre esse lama. Hurri *babu* muitas vezes vai para Varanasi... pagando ele mesmo a viagem, creio.

– Eu acho que não... – disse Creighton, secamente, pois ele mesmo havia pago as despesas de viagem do Hurri, motivado pela sua grande curiosidade de saber mais sobre que tipo de pessoa era esse lama.

– E várias vezes, ao longo dos anos, tem vindo visitar o lama, pra informar-se sobre a doutrina do budismo tibetano, sobre as danças pra afastar os diabos, sobre magias e feitiços. Santa Virgem! Eu mesmo já podia ter-lhe contado todas essas coisas, há muitos anos. Minha opinião é que o *babu* Hurri está ficando velho pra trabalhar percorrendo estradas. O que ele prefere é coletar dados sobre comportamentos e costumes dos povos. Sim, o que ele quer é ser um membro da Sociedade Real de Ciências.

– Hurri tem boa opinião sobre o garoto, certo?

– Ah, com certeza... Passamos várias noites muito agradáveis na minha modesta casa... Mas acho que seria desperdício enviar o menino com Hurri em seus levantamentos etnológicos.

– Não como uma primeira experiência. E você, Mahbub, o que acha? Vamos deixar o rapaz correr a Índia com o lama, durante seis meses. Depois, veremos. Enquanto isso, ele vai ganhando experiência.

– Isso ele já tem, *sahib*... Solto pelas ruas e estradas, ele é como um peixe dentro d'água; mas, por mil boas razões, será ótimo libertá-lo da escola.

– Bem, então... – disse Creighton – ele pode ir com o lama, e se o *babu* Hurri ficar de olho nos dois, melhor. Esse, pelo menos, não vai expor o menino a qualquer perigo, como faria Mahbub. É engraçado esse desejo de ser membro da Sociedade Real. E muito humano também. Ele é o melhor no ramo etnológico... Hurri.

Nenhum dinheiro nem promoções teriam feito o coronel Creighton abandonar seu trabalho no Serviço Secreto da Índia, mas, no fundo de sua alma, também guardava a ambição de poder escrever "MRS" depois do nome, significando "Membro da Sociedade Real". Sabia que certos tipos de títulos honorários podem ser obtidos com um pouco de criatividade e com a ajuda de amigos, mas, em sua opinião, nada, senão textos escritos, que representam uma vida inteira de trabalho, deveriam permitir a entrada de um homem na Sociedade, que vinha bombardeando havia anos com monografias sobre estranhos cultos asiáticos e costumes desconhecidos. Nove entre cada dez frequentadores dos saraus da Sociedade Real teriam preferido deixar a sala por não mais aguentar aquela chatice, mas Creighton era o décimo e às vezes sua alma ansiava pelos salões lotados da cômoda Londres, onde cavalheiros de cabelos brancos ou carecas, ignorando completamente as fadigas do exército, passavam o tempo às voltas com experimentos de espectroscopia, ou examinando plantinhas das estepes geladas, máquinas para medir impulsos elétricos ou aparelhos para cortar o olho esquerdo de um mosquito fêmea em fatias de frações de milímetro. De acordo com a lógica e a razão, era à Sociedade Real Geográfica que o coronel deveria desejar pertencer, mas os homens são tão caprichosos quanto as crianças na escolha de seus brinquedos. Então, Creighton sorriu e sua opinião sobre o Hurri *babu* melhorou, sabendo-o impulsionado pelo mesmo desejo que ele.

O coronel deixou para lá seus devaneios e olhou para Mahbub Ali.

– Quando é que podemos tirar o potro da estrebaria? – perguntou o mercador, interpretando aquele olhar.

– Humm... Se eu ordenar que ele saia agora, o que acha que ele vai fazer? Nunca estive envolvido na formação de um cara como ele.

– Ele virá me procurar – disse Mahbub, prontamente. – Lurgan *Sahib* e eu vamos prepará-lo pra pegar a estrada.

– Bem, bem, que seja assim. Por seis meses, ele vai andar por onde quiser. Mas quem será responsável por ele?

Lurgan inclinou ligeiramente a cabeça.

– Ele não dirá nada a ninguém, se é isso o que o senhor teme, coronel Creighton.

– Afinal de contas, ainda é uma criança.

– Sim, mas, primeiro, não teria nada pra contar, e, segundo, sabe muito bem o que lhe aconteceria. Também gosta muito de Mahbub Ali e um pouco de mim.

– Será que ele deve receber algum pagamento? – perguntou o negociante, sempre prático.

– Ele ganhará apenas para água e comida. Vinte rúpias por mês.

Uma vantagem é que o Serviço Secreto não tem de se preocupar com controle de despesas. Seu orçamento é ridículo, mas os fundos são geridos por pessoas que não pedem montes de recibos nem contabilidade detalhada.

Os olhos de Mahbub iluminaram-se quase com o mesmo amor ao dinheiro que sentiria um sique. Até a cara impassível de Lurgan mudou, pensando nos próximos anos, quando Kim entrasse para valer e se tornasse um especialista do Grande Jogo que nunca parava, dia e noite, por toda a Índia, e previu quanta honra e crédito ele próprio alcançaria, aos olhos de um seleto grupo, por tê-lo tido como discípulo.

Lurgan *Sahib* havia transformado um garoto confuso, impertinente, mentiroso, de uma pequena província do Noroeste, no homem que hoje era o agente E23.

Mas a alegria de seus mestres parecia descorada e fraca ao lado da alegria que Kim experimentou quando o diretor de São Xavier lhe comunicou que o coronel Creighton tinha mandado chamá-lo.

– Eu acho, O'Hara, que ele deve ter conseguido um emprego pra você, como assistente de agrimensor no Departamento de Canais: este é o fruto de seus estudos de matemática. É muita sorte sua, porque você tem só dezessete anos. Mas, é claro, você entende que não vai ser contratado como efetivo até ter passado nos exames, no próximo outono. Também deve estar ciente de que não vai para o mundo para divertir-se, e nem pense que seu futuro já está garantido. Você ainda tem de trabalhar duro, mas, quando for efetivado no cargo, pode ganhar até quatrocentas e cinquenta rúpias por mês.

Em seguida, o diretor deu-lhe mais uma série de bons conselhos sobre como deveria ser seu futuro comportamento, seus costumes e sua moral. E outros colegas mais velhos, que não tinham merecido tal privilégio, insinuaram, como só meninos anglo-indianos sabem fazer, que naquela história havia favoritismo e corrupção.

De fato, o jovem Cazalet, cujo pai era um aposentado que morava em Chunar, sugeriu abertamente que o interesse do coronel Creighton por Kim era completamente paternal; e Kim, em vez de retaliar, ficou de bico calado. Só pensava no grande divertimento que se anunciava no futuro próximo, na carta que tinha recebido de Mahbub no dia anterior, muito bem escrita em inglês, marcando encontro com ele para aquela tarde em uma casa cujo simples nome teria arrepiado de horror os cabelos do diretor...

Naquela noite, na estação ferroviária de Lucknow, junto às balanças de pesar bagagens, Kim disse para Mahbub:

– Nessa última temporada, tive medo de que o telhado da escola caísse e me esmagasse. Oh, meu pai, é verdade que tudo aquilo acabou?

Mahbub estalou os dedos para mostrar o quanto estava certo de que tinha terminado e seus olhos brilhavam como brasas.

— Então, onde está minha arma, agora que posso usá-la?

— Devagar! Você tem meio ano à sua frente pra correr sem rédeas. Eu pedi isso insistentemente ao coronel Creighton *Sahib*. Receberá vinte rúpias mensais. O velho de chapéu vermelho, quer dizer, aquele seu monge tibetano, já sabe que você está chegando.

— Vou pagar ao senhor uma comissão sobre meu salário, por três meses — disse Kim gravemente. — Sim, duas rúpias por mês. Mas, primeiro, o que eu tenho de fazer é me livrar destas roupas.

Kim tirou as calças de linho fino e desabotoou o colarinho da camisa.

— Trouxe tudo o que preciso para cair na estrada. Minha bagagem foi enviada para Lurgan *Sahib*.

— O qual lhe mandou muitas lembranças... *sahib*.

— O *Sahib* Lurgan é um homem muito inteligente. Mas você, o que vai fazer?

— Eu vou novamente para o Norte, para o Grande Jogo. O que mais eu deveria fazer? E você? Ainda pensa em ir atrás do velho lama do chapéu vermelho?

— Não se esqueça de que foi ele que me fez o que sou hoje... embora ele nem sequer suspeite disso. Ano após ano, ele enviou o dinheiro necessário pra eu aprender.

— Eu teria feito isso também... se a ideia tivesse passado pela minha cabeça dura — rosnou Mahbub. — Agora vamos. Os candeeiros já estão acesos e ninguém vai reparar em você, no mercado. Vamos para a casa de Hunifa.

Pelo caminho, Mahbub foi lhe dando muitos dos mesmos conselhos sobre a castidade e a temperança que a mãe de Lemuel dera a ele, conforme está no Livro dos Provérbios da Bíblia. E, muito curiosamente, Mahbub disse, precisamente, como Hunifa e outras mulheres do seu tipo destruíram muitos reis. E ainda citou, com ar bem malandro:

— E, eu me lembro, alguém acrescentou: "É melhor confiar numa cobra do que numa prostituta, e numa prostituta, do que num afegão, Mahbub Ali". Exceto o que se diz dos afegãos, pois eu sou um deles, todo o resto é verdade. E isso é ainda mais verdadeiro no Grande Jogo, pois quando as mulheres se metem no meio todos os planos desmoronam e a gente aparece de madrugada com o pescoço cortado. Isso aconteceu uma vez a um... – e prosseguiu, contando todos os mais sangrentos detalhes dessa história.

– Então, por quê...? – Kim interrompeu-se diante de uma escadaria suja que levava à quente escuridão de um quarto no andar de cima do pavilhão atrás da loja de rapé de Azim Ullah. Quem o conhece o chama de Gaiola de Passarinhos, de tão cheio que é de sussurros, assobios e trinados.

A sala, com suas almofadas sujas e narguilés já meio fumados, cheirava enjoativamente a rapé velho. Em um canto, estava deitada uma mulher enorme, disforme, vestida de gaze verde e com a testa, nariz, orelhas, pescoço, pulsos, braços, cintura e tornozelos cobertos com pesadas joias indianas. Ao mexer-se, soava como chocalhar de um monte de panelas de cobre. Um gato magro miava de fome na sacada, para fora da janela. Kim parou meio escondido atrás da cortina da porta, um pouco desconcertado.

– É este o novato, Mahbub? – Hunifa perguntou, preguiçosamente, sem se preocupar sequer em tirar a piteira da boca. Oh, Buktanus! – Como todas as pessoas de sua espécie, ela invocava espíritos travessos. – Oh, Buktanus! Ele é muito agradável de se olhar...

– Isso é parte da venda do cavalo – explicou Mahbub a Kim, que começou a rir.

– Eu ouço essas coisas desde minha primeira semana de vida – disse Kim, agachando-se ao lado da lâmpada. Mas pra que serve tudo isto?

– Sua proteção. Hoje à noite você vai mudar de cor. Todo esse tempo dormindo debaixo de um teto deixou você branco como uma amêndoa. Mas Hunifa sabe o segredo para lhe dar uma cor indelével. Nada de um simples corante para apenas um ou dois dias. Além disso, nós também fortaleceremos você contra os perigos da estrada. Esse é o presente que eu lhe faço, meu filho. Tire todas as coisas de metal que você estiver usando e deixe-as aqui. Prepare tudo, Hunifa.

Kim deixou de lado sua bússola, sua caixinha de pinturas topográficas e a caixa de remédios recém-abastecida. Esses objetos o tinham acompanhado em todas as suas viagens e, como qualquer garoto, ele lhes dava grande valor.

Ela levantou-se lentamente e moveu-se com as mãos um pouco esticadas para a frente. Kim logo percebeu que era cega.

– Não, não – a mulher murmurou –, o afegão diz a verdade: minha tinta não se desbota em uma semana nem em um mês e aqueles a quem eu protejo podem ficar tranquilos.

– Se você estiver longe e sozinho, será péssimo sofrer uma erupção desagradável ou pegar lepra de repente – Mahbub disse. – Enquanto estava comigo, eu pude cuidar disso. Além do mais, um afegão tem a pele clara. Dispa-se até a cintura e veja como está branco, agora. – Hunifa voltava, tateando, de dentro de outro quarto. – Não se envergonhe, ela não vê nada – disse Mahbub, pegando uma taça de estanho das mãos cheia de anéis de Hunifa.

A tintura parecia azulada e grudenta.

Kim logo experimentou aplicá-la com um pedaço de algodão na parte externa do punho, mas Hunifa ouviu.

– Não – gritou ela –, não é desse jeito que se faz, tem de ser com as cerimônias apropriadas. O corante não é o mais importante. Eu tenho que lhe dar proteção integral para a estrada.

– Isso é mágica? – perguntou Kim com um pouco de medo, impressionado com aqueles olhos brancos, sem visão. Mas Mahbub pousou a mão em sua nuca e o fez inclinar-se para o chão, até seu nariz chegar a quase um centímetro do assoalho.

– Fique tranquilo! Não vai acontecer nada de ruim com você, meu filho. Ponho minha mão no fogo!

Kim não via nada do que a mulher estava fazendo, mas ouviu o tinido de suas joias por vários minutos. Um fósforo acendeu-se no escuro e ouviu o costumeiro crepitar de grãos de incenso no queimador. Em seguida, a sala encheu-se de fumaça densa, aromática e estonteante.

Cada vez mais sonolento, ouviu nomes de demônios: Zulbazan, filho de Eblis, que vive nos mercados e pousadas de estrada e costuma fazer safadezas nesses lugares; Dulhan, que vive vagando invisível em torno das mesquitas muçulmanas, esconde-se nos chinelos dos fiéis e atrapalha suas orações; e Musbut, o senhor das mentiras e do pânico. Hunifa, às vezes sussurrando no ouvido de Kim, outras vezes falando como se estivesse a uma grande distância, tocava-o com seus horríveis dedos balofos, mas a mão de ferro de Mahbub nunca abandonou sua nuca até que, relaxando, com um suspiro, o menino perdeu a consciência.

– Ó, Deus! Como ele resistiu! Se não fosse pelas drogas que lhe demos, não teria se entregado de jeito nenhum. Deve ser por causa de seu sangue branco – disse, Mahbub, impacientemente. – Agora continue com as invocações. Dê-lhe proteção integral.

– Oh, vocês que me ouvem! Vocês que têm ouvidos para ouvir, venham. Escutem, ó, ó, vocês, que me ouvem! – Hunifa gemeu com os olhos mortos voltados para o Oeste. O quarto escuro encheu-se de gemidos e grunhidos.

Vindo da varanda, apareceu uma figura enormemente gorda, que levantou a cabeça redonda como uma bola e tossiu nervosamente.

– Não interrompa essas necromancias ventríloquas, essa magia que faz falarem os mortos, meu amigo – disse ele, em inglês, a Kim, que ainda não chegara a se entregar completamente ao transe. – Creio que tudo isso deve ser muito perturbador para você, mas nenhum observador esclarecido tem muito que se preocupar com essas coisas.

– ...vou fazer planos para arruiná-los! Ó, Profeta, seja paciente com os incrédulos! Deixe-os para lá, por algum tempo! – dizia a estranha voz que saía da boca de Hunifa. Sua cara virou-se então para o Norte, fez horríveis caretas e parecia que vozes saídas do teto lhe respondiam.

Hurri, o *babu*, voltou para seu caderninho de anotações, equilibrou-se no parapeito da janela, mas sua mão estava tremendo. Hunifa, em uma espécie de êxtase produzido pela droga, sacudia-se para a frente e para trás, sentada de pernas cruzadas bem junto à cabeça inerte de Kim, invocando, um após outro, todos os demônios da antiga ordem do ritual, obrigando-os a ficar bem longe de todas as ações do rapaz.

– Ele possui as chaves das coisas secretas! Ninguém as conhece, senão ele! Ele sabe o que há na terra e no mar! – E, de novo, ouviram-se as respostas num chiado de outro mundo.

– Eu... eu suponho que não há nada de maligno nessas ações? – disse *babu*, observando o tremor e a vibração dos músculos da garganta de Hunifa, enquanto ela falava em estranhas línguas. – Não... não parece que ela matou o menino? Se assim for, eu me recuso a ser testemunha no processo... Qual era o último hipotético diabo que ela mencionou?

– *Babuzinho* – respondeu Mahbub na língua nativa –, eu não estou nem aí com esses demônios indianos, mas os espíritos filhos de Eblis são outra questão e, sejam eles benignos ou malignos, não gostam dos infiéis que não seguem o profeta Maomé.

– Então você acha que é melhor eu ir embora daqui? – disse o *babu* Hurri, já se levantando. – É claro que todas essas coisas são apenas fenômenos imateriais. Spencer disse...

A crise de Hunifa terminou, como sempre acontece nesses casos, num clímax de uivos e espuma saindo pela boca. Ela caiu exausta e imóvel ao lado de Kim, e todas as vozes malucas se calaram.

– Tudo bem. O trabalho está feito. Queira Deus que sirva ao menino, Hunifa é realmente uma mestra do *dawut*, e agora o corpo dele está fechado. Ajude-me a puxá-la de lado, *babu*. Não tenha medo.

– Como devo temer o que é absolutamente inexistente? – Hurri disse, falando em inglês para se acalmar. É, no entanto, uma coisa terrível alguém ainda ter medo da magia que se propõe pesquisar e coletar dados para a Sociedade Real apesar de acreditar vivamente em todos os Poderes da Escuridão.

Mahbub riu baixinho. Já andava com o *babu* na mesma estrada havia muito tempo.

– Vamos terminar com o tingimento – disse. – O menino agora está bem protegido, se... se os Senhores do Ar tiverem ouvidos pra ouvir. Eu sou um sufi, um livre-pensador que duvida de tudo, mas quando a gente pode se proteger contra uma mulher, um garanhão ou um demônio, por que arriscar-se a levar um coice? Conduza o menino para o caminho dele, *babu*, mas cuidado pra que o velho lama do chapéu vermelho não o leve pra fora do nosso alcance. Eu preciso voltar pros meus cavalos.

– Tudo bem – disse o *babu* Hurri. – Mas, no momento, o garoto é um espetáculo curioso...

Só no terceiro canto do galo foi que Kim acordou, depois de um sono de milhares de anos.

Hunifa roncava pesadamente em seu canto, mas Mahbub já tinha ido embora.

– Espero que você não tenha tido medo – disse uma voz melosa ao seu lado. – Supervisionei toda a operação, que foi muito interessante do ponto de vista etnológico. Foi um ritual de primeira classe.

– Oops! – Kim exclamou, reconhecendo Hurri, o *babu*, que sorria querendo agradá-lo. – E tive a honra de trazer da casa de Lurgan as roupas que está vestindo. Não costumo levar essas coisas pros meus subordinados, mas – ele acrescentou, com uma risada – o seu caso está registrado nos livros como excepcional. Espero que o senhor Lurgan note a minha boa ação.

Kim bocejou e espreguiçou. Era um prazer poder mexer-se novamente, com aquelas roupas folgadas.

– O que é isto? – perguntou, olhando com curiosidade para um pano felpudo que exalava fortes odores do extremo norte.

– Oh! Isto é um discreto traje de *chela*, a serviço de um lama lamaísta. É um traje autêntico nos mínimos detalhes – Hurri disse, balançando-se até a varanda para lavar os dentes com a água de um jarro de barro. E continuou:

– Sou de opinião de que essa não é a verdadeira religião que o velho professa, mas sim que ele segue uma variante de sublamaísmo. Já enviei vários artigos sobre esse assunto pra *Revista Asiática Trimestral*, mas foram rejeitados. Agora, é estranho que o seu velho monge seja completamente desprovido de religiosidade. Ele não é nem um pouco cumpridor das devoções.

– Então você o conhece?

Hurri levantou a mão para indicar que esperasse, pois estava ocupado na execução das cerimônias exigidas para escovar os dentes e coisas desse tipo, como é costume entre os bengalis decentemente educados. Lavou os dentes, recitou em inglês uma oração a Deus e depois encheu a boca com betel. Só então respondeu:

– Oh, sim! Eu o encontrei várias vezes em Varanasi e em Buddh Gaya, onde fui consultá-lo sobre certos assuntos religiosos e para que me explicasse o culto aos demônios. É um puro agnóstico, que duvida da maioria dessas coisas... como eu.

Hunifa agitou-se no sono e o *babu* Hurri saltou nervosamente para junto do queimador de incenso de cobre, que parecia preto e descorado na luz da madrugada, lambuzou um dedo com a fuligem ali acumulada e passou-a na cara, em diagonal.

– Morreu alguém em sua casa? – perguntou Kim, em língua nativa.

– Ninguém. Mas talvez essa bruxa lance mau-olhado – disse o *babu*.

– O que você vai fazer agora?

– Vou encaminhar você pra Varanasi, se é que pretende ir pra lá. Antes, vou lhe explicar algumas coisas que todos nós devemos saber.

– Estou pronto. A que horas sai o trem? – Kim levantou-se e olhou ao redor daquele quarto desolado e a cara de Hunifa, amarela como cera, enquanto os raios oblíquos do sol nascente tocavam o chão. – Não é preciso pagar uma taxa pra bruxa?

– Não. Ela fez um encanto pra proteger você contra todos os demônios e todos os perigos... em nome dos demônios dela. Esse era o desejo de Mahbub – e Hurri acrescentou, em inglês: – Pra mim, ele está completamente ultrapassado, pra acreditar ainda nessas superstições. Porque tudo o que ela fez não passa de ventriloquismo – quer dizer, falar com a barriga...

Instintivamente, Kim estalou os dedos para afastar qualquer mal que pudesse haver se infiltrado nele através dos atos de Hunifa, pois sabia que Mahbub não tinha pensado nisso. E Hurri novamente soltou sua risadinha zombeteira. Mas, quando atravessou a sala, o *babu* tomou o maior cuidado para não pisar na longa sombra lançada pela figura de Hunifa encolhida sobre o chão de tábuas. Bruxas, em certas ocasiões, podem apossar-se da alma do homem que pisou em sua sombra.

– Agora me escute com muita atenção – disse o *babu* quando já estavam ao ar livre. – Algumas dessas cerimônias que temos assistido incluem o fornecimento de um amuleto altamente eficaz para o nosso Departamento. Se você examinar seu pescoço, vai encontrar um pequeno amuleto de prata, muito barato. Ele é nosso. Você entende?

– Ah, sim, um levanta-coração – disse Kim apalpando o pescoço.

– Hunifa os fabrica por duas rúpias e doze tostões com... Ah, com exorcismos contra todos os tipos de demônios. Eles parecem muito comuns, mas diferem pelo fato de que são em parte esmaltados em preto e trazem escondido dentro um papel cheio de nomes de santos locais e tal. Essa é a proteção garantida por Hunifa, entende? Hunifa faz isso só pra nós, e, se ela mesma não o fizer antes de nos entregar, o Sr. Lurgan coloca dentro uma pequena turquesa. Não há mais ninguém que os produza, fui eu quem inventou tudo isso. É claro que é uma coisa não oficial, mas é muito conveniente pros subordinados. O coronel Creighton não sabe de nada disso. É um europeu. A turquesa está embrulhada no papel... Sim, este é o caminho para a estação de trem...

O *babu* continuou:

– Agora, suponha que você vai indo com o lama ou comigo, como espero que um dia aconteça, ou com Mahbub. Imagine que nos encontramos numa situação muito perigosa. Eu sou um homem... medroso, muito medroso... mas lhe garanto que já estive em mais situações de grande perigo do que os fios de cabelo que tenho na cabeça. Então, numa situação assim, você diz: "Eu sou o Filho do Encantamento". É muito bom.

– Não entendo muito, mas acho que não é bom que alguém aqui nos ouça falar inglês – disse Kim.

– Isso não importa. Sou apenas um *babu* tentando impressionar você com meu inglês. Todos nós, *babus*, falamos inglês para nos exibir – continuou Hurri, ajeitando vistosamente o xale que usava pendurado no ombro. – Como eu estava dizendo, "Filho do Encantamento", que é uma expressão em hindi e da escritura mística tantra, funciona como uma senha que indica que você pode ser um membro do Sat Bhai, isto é, dos Sete Irmãos. Geralmente se pensa que essa seita está extinta, mas escrevi muitos artigos pra demonstrar que ela ainda existe. Tudo invenção minha, entendeu? É muito bom. A Set Bhai tem muitos membros e talvez, antes de cortar de vez sua garganta, podem dar-lhe uma chance de sobreviver. O que é muito útil. E, além disso, esses bobos nativos, a não ser quando estão exaltados demais, sempre param pra pensar antes de matar um homem que afirma pertencer a uma organização qualquer. Percebe como é a coisa? Então, quando tiver de encarar uma situação angustiante, você diz: "Eu sou Filho do Encantamento" e... talvez... consiga uma segunda chance. Isso só deve ser usado como último recurso ou quando você tem de negociar com um estranho. Está entendendo? Muito bem. Mas suponhamos agora que eu, ou qualquer outro do Departamento, apareça vestido de uma forma completamente diferente. Aposto que você não me reconheceria de jeito nenhum, a menos que eu quisesse. Algum dia vou lhe provar isso. Eu apareço como um comerciante de Ladakh, ou qualquer outra coisa, e pergunto: "Quer comprar pedras preciosas?". E você responde: "Eu tenho cara de quem quer comprar pedras preciosas?". Então eu digo: "Mesmo as pessoas mais pobres podem comprar uma turquesa ou um punhado de *tarkian*".

– Mas isso não é uma pedra, é um tipo de caril, um tempero vegetal – disse Kim.

– É isso mesmo. Então você diz: "Deixe ver o *tarkian*". E eu respondo: "Ele foi preparado por uma mulher e isso pode ser um inconveniente pra gente da sua casta". Então você diz: "Não existe casta nem raça quando os homens vão... procurar *tarkian*". É preciso fazer uma pequena pausa entre as duas palavras, "vão... procurar". Esse é todo o segredo. A pequena pausa entre as palavras.

Kim repetiu a frase de teste.

– Perfeito. Eu lhe mostrarei minha turquesa, se houver tempo pra isso, e você saberá quem eu sou; então trocaremos informações, opiniões, documentos e todas essas coisas. O mesmo vai acontecer com qualquer um de nós. Às vezes falamos de turquesa, outras, de *tarkian*, mas sempre com aquela pequena pausa entre as palavras. É fácil. Primeiro, diga

"Filho do Encantamento", se você se vir em um dilema. Talvez isso ajude, talvez não. Então, lembre-se do que eu lhe disse sobre *tarkian*, se quiser tratar de algum negócio oficial com um desconhecido. É claro que por enquanto você não tem nada de oficial. Você... hã... é como um estagiário em período de experiência. O único nessa categoria. Se tivesse nascido aqui na Ásia, você já teria sido empregado de uma vez, mas esse estágio de meio ano é para você se "desinglesar", entendeu? O lama está esperando você, porque eu, semioficialmente, informei-o de que você passou em todos os exames e que logo teria um emprego no Governo. Ho, ho! Você está em situação provisória, mas está sendo pago, de modo que, se for chamado para ajudar os Filhos do Encantamento, pode muito bem tentar ajudar. Agora eu tenho que dizer adeus, meu querido amigo, e espero que você saia dessa por cima, sem problemas.

Hurri recuou um passo ou dois e... sumiu por entre a multidão apinhada na entrada da estação de Lucknow. Kim respirou fundo e apalpou seu corpo todo. Podia sentir o revólver niquelado junto ao peito, debaixo daquela roupa de cor tristonha, o amuleto no pescoço, a cuia de pedir esmolas, o rosário e o punhal à mão. O Sr. Lurgan não tinha esquecido nada! Conferiu também a latinha dos medicamentos, a caixa de pintura e a bússola, e um velho cinto no qual estava presa uma bolsinha com um bordado imitando a pele de um porco-espinho, parecendo já bem velha e usada, dentro da qual estava escondido o seu salário para um mês. Nem um rei poderia sentir-se mais rico do que Kim. Foi logo comprar, de um vendedor hindu, um bocado de doces num cartucho feito de folhas verdes e pôs-se a comer na maior alegria, até que um policial mandou que caísse fora dali.

Hurri Chunder Mookerjee

CAPÍTULO 11

De repente, o menino percebeu qual era a sua situação:
— Agora estou sozinho... completamente por minha conta e risco – pensou. – Em toda a Índia não existe ninguém tão sozinho assim, como eu! Se eu morresse hoje, quem daria essa notícia? E para quem mandaria avisar? Se continuar vivo, e Deus é bom, minha cabeça será posta a prêmio, porque eu sou um Filho do Encantamento... Eu, Kim.

Pouquíssimos brancos, mas inúmeros asiáticos são capazes de entrar numa espécie de transe pela repetição mental de seu próprio nome, deixando a imaginação vagar livremente em busca do que se pode chamar de sua identidade pessoal. Quando chega a velhice, esse poder geralmente desaparece, mas enquanto durar ele pode tomar conta da pessoa a qualquer momento.

— Quem é Kim... Kim... Kim?

Ficou sentado sobre as pernas cruzadas no chão, num canto da barulhenta sala de espera, alheio a qualquer outro pensamento, com as mãos cruzadas sobre o colo e as pupilas contraídas até se reduzirem ao tamanho de uma cabeça de alfinete. Sentia que no minuto seguinte, ou em meio segundo, encontraria a solução desse tremendo enigma. Mas de repente, como sempre acontece nesses casos, sua mente despencou daquelas alturas como um pássaro ferido e Kim sacudiu a cabeça, esfregando os olhos.

Um santo homem hindu, de longos cabelos, que tinha acabado de comprar um bilhete de *te-rem*, parou na sua frente e ficou olhando insistentemente para ele.

– Eu também perdi isso – disse, com tristeza. – Esse é um dos Portões para o Caminho, mas está fechado pra mim há muitos anos.

– Que conversa é essa? – murmurou Kim, encabulado.

– Você estava tentando descobrir, no fundo de sua mente, qual é a essência da sua alma. Caiu nesse estado de repente. Eu sei. Quem, senão eu, podia saber? Para onde você vai?

– Para Varanasi.

– Lá não há deus nenhum. Eu tirei a prova. Vou para Allahabad, pela quinta vez, procurando o Caminho da Iluminação. De que religião é você?

– Eu também sou um peregrino em busca – disse Kim, usando uma das frases preferidas do seu lama. – Se bem que só Allah sabe o que é que eu estou procurando – acrescentou, falando como um muçulmano, esquecendo, por um momento, que estava vestido como um monge do Norte.

O velho sentou-se sobre um retalho avermelhado de pele de leopardo, apoiou-se numa muleta curtinha, enquanto Kim se levantava, ouvindo o apito do trem para Varanasi.

– Vá com esperança, irmão – disse o velho. – É uma longa jornada para chegar aos pés do Uno, a totalidade divina na qual poderemos nos fundir e nos libertar de nossas sucessivas vidas individuais, mas é pra lá que todos estamos caminhando.

Kim sentiu-se menos sozinho depois disso e durante a viagem de vinte e poucos quilômetros sentou no compartimento lotado, entretendo os viajantes ao seu redor com as mais fantásticas invenções sobre as habilidades mágicas de seu mestre e dele próprio.

A cidade de Varanasi chocou-o como um lugar especialmente sujo, mas ele ficou contente de perceber como suas vestes atraíam o respeito de todos. Um terço da população, pelo menos, está constantemente orando a um ou outro tipo de milhões de divindades e por isso respeita a todos os tipos de beatos e monges. Kim foi guiado ao templo de Tirthankers, localizado a cerca de um quilômetro da cidade, perto de Sarnath, por um agricultor de Panjab, que encontrou por acaso e que tinha vindo de Jullundur para pedir aos deuses de Varanasi a cura de seu filhinho, já suplicada, em vão, a todos os deuses de sua terra natal.

– Você é do Norte? – perguntou ele, esforçando-se para abrir caminho pelas ruelas apinhadas que fediam como seu próprio boi de estimação, lá na sua aldeia.

– Sim, eu conheço o Panjab. Minha mãe era das montanhas, mas meu pai veio de Amritsar, perto de Jandiala – disse Kim, treinando sua língua para falar conforme a necessidade que encontrasse pelas estradas.

– Jandiala... quer dizer, Jullundur? Então, de certa forma, somos vizinhos – disse o homem, afagando carinhosamente a criancinha que choramingava em seu colo. – A quem você presta serviço?

– A um homem muito santo, no templo dos Tirthankers.

– Eles são todos muito santos... e muito gananciosos – disse o agricultor amargamente. – Eu andei pra lá e para cá pelos mosteiros e templos até ficar com os pés esfolados, mas meu filho não melhorou nada. E a mãe dele também está doente... calma, meu pequenino... Quando começou essa febre, nós mudamos o nome dele e o vestimos com roupas de menina. Não houve o que a gente não fizesse, a não ser, como eu disse pra mãe dele enquanto ela ajeitava minha bagagem pra vir a Varanasi... ela devia ter vindo comigo. Eu disse a ela que seria mais proveitoso ir logo procurar o Sultan Sakhi Sarwar. Pelo menos já conhecemos sua generosidade, enquanto esses deuses das planícies são todos estranhos pra nós.

O menino contorcia-se sobre o berço formado pelos longos braços dobrados do pai e olhava para Kim através das pálpebras inchadas.

– E foi tudo... totalmente inútil? – Kim perguntou com sincero interesse.

– Tudo inútil... todos inúteis – respondeu o próprio menininho, com os lábios rachados pela febre.

– Pelo menos os deuses lhe deram uma boa cabeça – disse o pai, orgulhoso. – Quem havia de imaginar que ele estava ouvindo tudo tão atentamente! Logo ali está o seu templo. Agora, eu sou um homem pobre... já lidei com muitos sacerdotes... Mas meu filho é meu filho, e se seu mestre pudesse curá-lo... Eu já não sei mais o que fazer...

Kim pensou por um momento, vibrando de contente consigo mesmo. Três anos atrás ele logo teria tratado de aproveitar-se da situação e continuado seu caminho sem pensar duas vezes; mas agora, o próprio respeito que o agricultor lhe demonstrava provava que ele já era um homem. Além disso, ele já experimentara febre duas ou três vezes e sabia reconhecer a desnutrição quando a via.

– Diga a ele que venha e eu lhe darei uma garantia de posse de minha melhor junta de bois, se ele curar a criança.

Kim parou em frente à porta principal do templo, de madeira entalhada. Um banqueiro de Ajmir, todo vestido de branco, que acabava de purificar seus pecados de agiotagem, perguntou o que ele queria.

– Eu sou o *chela* do lama Teshu, um homem santo do Tibete que está aqui. Ele mandou me chamar. E eu estou aqui esperando. Diga-lhe.

– Não esqueça a criança – gritou o agricultor por cima do ombro, impaciente, e continuou implorando na língua do Panjab: "Oh, santo homem! Oh, discípulo do santo homem! Oh, vós, deuses de todos os mundos! Olhem para a aflição sentada à sua porta!" – esse clamor é tão comum em Varanasi, que os passantes nem sequer viram a cabeça para ver quem grita.

O banqueiro, em paz com a humanidade, levou a mensagem para dentro da escuridão que se estendia por trás da porta e decorreram os incontáveis, longos e tediosos minutos próprios do Oriente, pois o lama estava dormindo em sua cela e nenhum sacerdote se dispunha a despertá-lo. Quando o tilintar de seu rosário quebrou de novo a quietude do pátio interno, povoado pelas estátuas dos santos jainistas, foi que um noviço lhe sussurrou: – O seu *chela* está aqui – e o velho saiu a passos largos, esquecendo-se de terminar a oração.

Mal sua alta figura apareceu à porta, o camponês correu para ele e, levantando a criança nos braços, gritou:

– Olhe para isto, santo homem, e se os deuses quiserem, ele viverá... Viverá! – Então se pôs a remexer no seu cinturão, de onde puxou uma pequena moeda de prata.

– O que é isso? – perguntou o lama, virando-se para Kim. O rapaz notou que ele agora se expressava em urdu bem mais claramente do que quando o encontrara pela primeira vez, em Zam-Zammah. Mas o pai da criança não estava disposto a permitir que se falassem em particular.

– É só um pouco de febre – disse Kim. – E a criança não está bem alimentada.

– Tudo lhe causa náuseas e a mãe dele não está aqui.

– Se o senhor me permitir, meu santo homem, talvez eu mesmo possa curá-lo – disse Kim.

– Como? Será que eles fizeram de você um curandeiro? Eu espero aqui – disse o lama, sentando-se no degrau mais baixo do templo, junto do agricultor, enquanto Kim, olhando para os lados, abriu a caixa de betel que Hurri lhe dera para guardar remédios. Na escola, tinha sonhado muitas vezes que estava voltando para junto do lama como um *sahib* e pregando-lhe uma peça antes de revelar quem de fato era, como sonha todo menino. Mas era bem mais dramático estar ali, concentrado, a testa franzida, procurando entre os frascos de comprimidos, parando de vez em quando para pensar e murmurar invocações. Ele tinha comprimidos de quinino e tabletes marrons de carne salgada e desidratada, provavelmente carne de vaca, que os indianos não comem porque a vaca é um animal sagrado, mas isso não era problema dele. A criança não queria comer nada, mas começou a chupar ansiosamente os tabletes de carne que Kim lhe pôs na boca e disse que seu sabor salgado era gostoso.

– Então leve seis destes – disse Kim, dando-os ao homem. – Louve os deuses e ferva três tabletes desses no leite e os outros três em água. Depois que ele beber o leite, dê-lhe isto – era meia pílula de quinino – e mantenha o menino bem agasalhado. Quando ele acordar, dê-lhe a água com os outros três tabletes e a outra metade desse comprimido branco. Enquanto isso, aqui está mais um tablete marrom pra ele ir chupando a caminho de casa.

– Oh, deuses, quanta sabedoria! – exclamou o camponês, recolhendo tudo.

Aquilo era tudo o que Kim lembrava do tratamento que lhe deram quando tinha tido um ataque de malária, no Outono – com exceção das rezas que murmurou para impressionar o lama.

– Agora vá. E volte mais uma vez, amanhã de manhã.

– Mas o preço... qual é o preço? – perguntou o agricultor, deixando cair desanimadamente seus fortes ombros. Meu filho é meu filho. E agora que ele vai ficar bom, como eu posso voltar para onde está a mãe dele e dizer-lhe consegui a cura à beira de uma estrada sem gastar uma cuia de coalhada?

— Todos os agricultores do Panjab são iguais — disse Kim, afavelmente. — Era uma vez um camponês do Panjab que estava de pé em cima de seu monte de esterco vendo passarem os elefantes do rei. "Ó condutor", gritou ele, "por quanto você me vende esses jumentinhos?".

O agricultor caiu na risada, mas logo se conteve, pedindo desculpas ao lama, e disse:

— Esses são mesmo ditos da minha terra, exatamente nossa maneira de falar. Todos os agricultores de lá são assim. Amanhã eu voltarei com a criança, e que a bênção dos deuses da minha família, que são bons deuses, fique com vocês... Agora, meu filho, vamos ficar fortes de novo, hein? Não deve cuspir o remédio, meu principezinho! Rei do meu coração, não cuspa, e logo, amanhã de manhã, seremos novamente homens fortes, lutadores que sabem manejar um porrete como ninguém.

E foi-se, cantarolando e resmungando. O lama virou-se para Kim e toda a sua velha alma afetuosa brilhou através dos olhos puxados.

— Curar os enfermos é coisa meritória, mas primeiro é necessário adquirir o conhecimento. Você fez as coisas com sabedoria, ó, Amigo de Todos.

— Foi o senhor que me fez sábio, meu santo — disse Kim e, esquecendo a pequena comédia que havia representado havia pouco, esquecendo-se de São Xavier, esquecendo seu sangue branco, esquecendo até mesmo o Grande Jogo, inclinou-se para tocar os pés do lama cobertos de poeira do templo Jain, à maneira dos muçulmanos. —Tudo o que sei devo ao senhor. Por três anos eu comi do seu pão. Mas meu tempo terminou. Já estou livre da escola. Agora eu vim para acompanhá-lo.

— Aqui está minha recompensa. Entre! Entre! Está tudo bem?

Entraram então no pátio interno do templo, iluminado pelos oblíquos raios dourados do sol da tarde.

— Fique parado, pra eu poder olhar bem você. Então! — e olhou criticamente para Kim. — Já não é mais uma criança, mas um homem amadurecido pela sabedoria e com um jeito de médico. Eu estava certo, eu estava certo quando entreguei você àqueles homens armados naquela noite negra. Você se lembra do nosso primeiro encontro, sob Zam-Zammah?

— Sim — disse Kim. — O senhor se lembra de quando eu pulei do carro no primeiro dia, quando ia para...

— ...os Portões da Sabedoria? É verdade! E o dia em que nós fomos comer bolinhos do outro lado do rio, perto de Naklao? Ah! Muitas vezes você mendigou pra mim, mas naquele dia fui eu que mendiguei pra você.

— Naturalmente — acrescentou Kim —, naquele tempo, eu era um estudante dos Portões da Sabedoria e andava vestido como um *sahib*. Não se esqueça, meu santo — continuou Kim, brincando — eu ainda sou um *sahib*... graças ao senhor.

— É verdade. Venha para a minha cela, *chela*. Já é um *sahib* da mais alta conta.

— Como é que o senhor sabe disso?

O lama sorriu e disse:

— No começo eu sabia pelas cartas do bondoso padre que conhecemos no acampamento de homens armados, mas ele voltou pro seu país natal e então eu passei a mandar o dinheiro pro irmão dele. — "O Coronel Creighton, que tinha se encarregado da supervisão de Kim quando o Padre Victor foi pra Inglaterra com os Mavericks, dificilmente seria irmão do capelão", pensou Kim.

— Mas eu não entendo muito bem as cartas dos *sahibs*. Para lê-las eu precisava de tradutores. Então escolhi um caminho mais seguro — continuou o lama. — Muitas vezes, quando eu retornava de minha Busca para este templo, que tem sido meu refúgio, um homem veio me ver também em busca da Iluminação, um homem de Leh, que me disse que tinha sido hindu, mas estava cansado de tantos deuses — e o lama apontou as estátuas de deuses do pátio.

— Um homem gordo? — perguntou Kim, com um brilho nos olhos.

— Muito gordo. Mas eu percebi imediatamente que sua imaginação estava cheia de coisas completamente inúteis como demônios e feitiçarias, a forma e as cerimônias para preparar nossos chás no mosteiro e os meios que se utilizam para iniciar os noviços. Um homem curioso demais, mas que era seu amigo, *chela*. Ele me disse que você estava avançando para ter muito sucesso como funcionário. Mas agora vejo que você se tornou um médico.

— Sim, eu sou como um funcionário quando vivo como um *sahib*, mas deixo tudo isso de lado quando volto a ser seu *chela*. Terminei os anos de estudo determinados para a formação de um *sahib*.

— Como se fosse um noviciado? — perguntou o lama, balançando a cabeça. — E você já está completamente livre da escola? Eu não gostaria que viesse comigo sem estar completamente amadurecido.

— Agora estou livre de tudo. No devido tempo, serei empregado como funcionário do Governo...

— Não como um guerreiro. Isso é bom.
— Mas primeiro tenho licença pra acompanhar o senhor por onde for. Por isso estou aqui. Quem é que tem mendigado pelo senhor, nesses últimos tempos? – continuou, falando rápido, pois o assunto começava a tomar um rumo perigoso.
— Muitas vezes eu mesmo tive de mendigar, mas, como você sabe, raramente fico aqui, exceto quando venho ver de novo o meu discípulo. Ando viajando de um lado para outro da Índia, a pé e de trem. Que terra enorme e maravilhosa! Mas quando me refugio aqui é como se estivesse de volta ao meu Tibete.

O lama olhou em torno, com prazer, a pequena cela limpíssima. Sobre uma almofadinha baixa, sentou-se com as pernas cruzadas, na atitude do beato que acaba de sair de uma meditação, em frente a uma mesinha de madeira de teca preta, com cerca de vinte centímetros de altura, posta com canecas de cobre para o chá. Em um canto havia um pequeno altar, também de teca e profusamente entalhado, com uma lâmpada, um queimador de incenso e um par de vasos de cobre diante de uma estatueta, revestida de cobre dourado, representando Buda em meditação.

— O guardião das imagens da Casa das Maravilhas há um ano adquiriu méritos me dando essas coisas – disse o lama, acompanhando o olhar de Kim. – Quando a gente está longe da própria terra, elas trazem lembranças e nós reverenciamos o Senhor Buda porque Ele nos mostrou o caminho. Veja! – e mostrou um curioso montinho de arroz colorido, coroado por um fantástico enfeite de metal. – Quando eu era abade do mosteiro, no meu país, antes de saber tudo o que sei agora, eu fazia esta oferta diariamente. Este é o Sacrifício do Universo oferecido ao Senhor. Assim, nós, do Tibete, oferecemos diariamente o mundo todo à Lei Excelente. Eu também ainda faço isso, embora saiba, agora, que Ele está acima de qualquer pressão ou bajulação – terminou e deu uma fungada em sua cabacinha de rapé.

— Muito bem, meu santo – Kim murmurou, caindo em silêncio sobre as almofadas, feliz e um tanto cansado.

— E, além disso – disse o velho, rindo – faço desenhos da Roda da Vida. Cada desenho me ocupa três dias. Estava ocupado nisso, mas parece que meus olhos tinham-se fechado por um momento, quando vieram me avisar da sua chegada. É tão bom ter você aqui! Vou mostrar-lhe a minha arte, não por vaidade, mas porque você deve aprender. Os *sahibs* não possuem toda a sabedoria deste mundo.

Puxou de baixo da mesa um pedaço de papel chinês amarelo, com um cheiro estranho, vários pincéis e uma plaquinha de tinta da Índia. Com pinceladas firmes e nítidas, ele tinha traçado a Grande Roda com seus seis raios, cujo centro é a união do Porco, a Serpente e o Pombo, representando a ignorância, a raiva e a luxúria, e cujas seis partes incluem todos os céus e infernos e as vicissitudes da vida humana. Dizem que foi o próprio Buda quem primeiro a desenhou no chão, com grãos de arroz, para ensinar a seus discípulos a causa das coisas. Ao longo das gerações, o desenho cristalizou-se como uma maravilhosa convenção, cheia de centenas de figuras, nas quais cada traço tem seu significado. Poucas pessoas são capazes de interpretar todas essas parábolas ali desenhadas e não chegam a vinte, no mundo todo, os que podem desenhá-la com precisão sem um modelo diante de si; e há apenas três pessoas que sabem tanto desenhá-la quanto explicá-la.

– Eu aprendi um pouco de desenho – disse Kim. – Mas isto é a maravilha das maravilhas.

– Eu a desenho há muitos anos – disse o lama. – Houve tempo em que era capaz de pintá-la completa entre o momento em que se acendia a luz de uma lâmpada de azeite e o momento em que se apagava porque o azeite acabara. Quero ensinar-lhe essa arte, após a necessária preparação; e vou lhe explicar o significado da Roda.

– Então, vamos voltar pra estrada?

– Pra estrada e pra nossa Busca. Só estava esperando você chegar. Eu tive centenas de revelações nos meus sonhos, principalmente no que tive na noite em que os Portões da Sabedoria foram fechados pela primeira vez: ele me mostrou que sem você eu nunca chegaria a encontrar meu Rio. Várias vezes, como sabe, afastei essas ideias, temendo que fossem apenas ilusão. Foi por isso que eu não quis levar você comigo no dia em que fomos comer bolinhos em Lucknow. Eu não levaria você comigo até que chegasse o tempo certo e favorável. Desde as montanhas até o mar e de volta do mar até as montanhas, estive percorrendo tudo, mas em vão. Então me lembrei de uma parábola do livro sagrado dos seguidores de Buda.

E contou a Kim a história do elefante agrilhoado que já havia contado tantas vezes aos sacerdotes jainistas do templo de Bengalore.

– Não preciso de mais provas – acrescentou, em voz baixa. – Você foi enviado pra mim como um guia. Sem sua ajuda, minhas buscas se mostraram infrutíferas. Então, agora que vamos sair juntos outra vez, a Busca terá sucesso, com certeza...

– E pra onde vamos?

– O que importa, Amigo de Todos? Garanto a você que agora a Busca vai dar certo. Se for preciso, o Rio vai brotar do chão à nossa frente. Eu adquiri mérito enviando você pra estudar nos Portões da Sabedoria e dei-lhe a joia chamada sabedoria. Você está de volta e agora vejo que está se tornando discípulo de Buda Médico, cujos altares estão por toda parte no Tibete. Isso basta. Estamos juntos e tudo voltou a ser como antes, Amigo de Todos, Amigo das Estrelas, o meu *chela*!

Continuaram a conversar, falando de assuntos mundanos, mas o lama nunca pediu detalhes sobre a vida em São Xavier nem demonstrou a menor curiosidade sobre os costumes e hábitos dos *sahibs*. Seu pensamento estava sempre voltado para o passado e relembrou, rindo e esfregando animadamente as mãos, todos os incidentes da primeira viagem maravilhosa que tinham feito juntos, até que resolveu enrolar-se nas cobertas e adormeceu, com o sono fácil das pessoas idosas.

Kim olhou para o último raio de sol atravessando a poeira suspensa no ar do pátio e demorou-se um momento brincado com seu punhal e seu rosário. O burburinho da cidade de Varanasi, a mais antiga de todas as cidades da terra, que se mantinha acordada dia e noite diante dos deuses, vinha bater nas paredes do templo como o rugido das ondas num quebra-mar.

De vez em quando, um sacerdote jainista atravessava o pátio carregando uma pequena oferenda para as imagens, varrendo o caminho antes de pisar para não esmagar, sem querer, qualquer ser vivo. Acendia-se uma lâmpada e se ouvia o som de uma oração.

Kim contemplou uma estrela após outra aparecendo na espessa escuridão da noite, até que caiu no sono ao pé do altar. Naquela noite, sonhou em hindustâni, sem uma única palavra em inglês...

– Meu santo, lembre-se do menino a quem demos os medicamentos – disse Kim mais ou menos às três horas da madrugada, quando o lama, despertando do sono, já queria sair imediatamente em peregrinação. – O agricultor pai dele vem aqui assim que amanhecer.

– Resposta correta... Na minha pressa, já teria cometido um erro.

Sentou-se nas almofadas e voltou para o rosário. De fato, os velhos são como crianças – disse ele, melancolicamente. – Quando desejam uma coisa, veja só, querem que seja feita imediatamente e, se assim não for, ficam logo impacientes e choramingas! Muitas vezes, quando estava na estrada, eu quase sapateava de irritação frente ao obstáculo de um carro de boi ou de uma simples nuvem de poeira. Quando era um homem novo, há muito tempo, eu não era assim. Mas, de qualquer jeito, teria sido injusto hoje...

– Mas você é velho, sem dúvida, ó, meu santo.

– Sim, mas o que está feito está feito. Uma causa foi lançada ao mundo e, jovem ou velho, doente ou saudável, sábio ou ignorante, quem pode controlar o efeito dessa causa? Você acha que a Roda fica parada se uma criança a fizer girar... ou um bêbado? *Chela*, este é um mundo grande e terrível!

– Pois eu acho bom – disse Kim bocejando. – Temos alguma coisa pra comer? Desde ontem à noite que não como.

– Esqueci-me de suas necessidades. Há bom chá tibetano e arroz frio.

– Nós não podemos ir muito longe, pela estrada, só com isso.

Kim sentia, como todos os europeus, falta de comer carne, impossível de se conseguir em um templo jainista. Mas, em vez de sair imediatamente para mendigar, acalmou o estômago com punhados de arroz frio até que chegasse o amanhecer e, com ele, o agricultor da véspera, agitado, gaguejando de tanta gratidão:

– À noite, a febre baixou e ele começou a suar – gritou o pai. – Ponha a mão aqui... a pele dele está fresca e macia! Ele adorou os tabletes de sal, e tomou leite feito um esganado.

Retirou o pano que cobria o rosto da criança e esta sorriu para Kim com os olhos ainda meio fechados.

Um pequeno grupo de sacerdotes jainistas, silenciosos, mas cheios de curiosidade, reuniu-se à porta do templo. Sabiam, e Kim sabia disso, que o lama tinha encontrado seu *chela*, mas foram discretos, não quiseram incomodá-lo durante a noite com sua presença, palavras ou gestos. Agora, ao nascer do sol, Kim retribuía a gentileza deles.

– Agradeça aos deuses dos jainistas, meu irmão – disse, não sabendo como se chamavam esses deuses. – De fato, a febre baixou.

– Olhe! Veja! Disse o lama, radiante, dirigindo-se aos monges que havia três anos lhe davam hospedagem. Alguma vez já viram um *chela* como este? É discípulo de nosso Senhor Buda Médico.

Os jainistas, ao contrário dos budistas como o lama, cultuam os deuses da crença hindu, usam o cordão distintivo dos sacerdotes brâmanes e obedecem a todas as obrigações e restrições do sistema hindu que divide as pessoas em castas. Mas receberam as palavras do monge budista com um murmúrio de aprovação, porque conheciam e gostavam do lama, porque ele era muito idoso, porque procurava o Caminho, porque era hóspede deles e porque ele passara noites inteiras em longas e sérias conversas com o sacerdote chefe do templo, um pensador metafísico tão inteligente que era capaz de cortar um fio de cabelo em setenta partes.

– Lembre-se – Kim inclinou-se para o menino – que essa doença pode voltar outras vezes.

– Não, se você fizer o feitiço certo – disse o pai.

– Mas nós vamos embora daqui a pouquinho.

– É verdade – disse o lama, voltando-se para os jainistas. – Vamos juntos retomar a Busca de que tenho falado tantas vezes. Eu estava esperando que meu *chela* estivesse maduro. Olhem pra ele! Estamos indo pro Norte. Não devo voltar nunca mais a este lugar que me ofereceu pousada; adeus, ó gente de boa vontade!

– Mas eu não sou um mendigo – disse o agricultor e levantou-se, apertando o filho nos braços.

– Fique quieto. Não perturbe o santo homem – gritou um dos sacerdotes jainistas.

– Vá – cochichou Kim no ouvido do agricultor. – Vá e encontre-nos de novo debaixo da grande ponte ferroviária, e, pelo amor de todos os deuses do nosso Panjab, traga comida pra nós: caril, vegetais, bolinhos fritos e uns docinhos. Principalmente os doces. Vá correndo! – A palidez da fome ficava muito bem em Kim, ali, de pé, alto e magro, envolto em seus amplos mantos cor de terra, com o rosário numa das mãos e a outra erguida para dar a bênção, exatamente como fazia o seu lama. Um observador inglês teria dito que parecia um jovem santo do vitral de alguma igreja, mas, na verdade, nada mais era do que um garoto em idade de crescimento, morto de fome.

As despedidas do templo exigiram um longo ritual, repetido três vezes. O sábio monge que também buscava a luz e tinha convidado o lama para aquele lugar tão distante do Tibete, um místico careca de cara prateada, não tomou parte nessas cerimônias, mas, como de costume, ficou meditando sozinho entre as imagens do pátio. Os outros eram muito afetuosos e insistiam em dar ao velho alguns presentes úteis, como uma caixa de betel, um novo estojo de ferro para apetrechos de escrita, um saco para alimentos e outras coisas desse tipo, advertindo-o contra os perigos do mundo lá de fora e profetizando um final feliz para a sua Busca. Enquanto isso, Kim, mais solitário do que nunca, esperava de cócoras nos degraus e reclamava consigo mesmo na língua de São Xavier.

— Isso é tudo culpa minha — concluiu. — Com Mahbub Ali ou com Lurgan *Sahib*, eu comia o pão deles. Em São Xavier eu tinha três refeições por dia. Mas aqui eu é que tenho de me virar pra arranjar comida e o pior é que perdi o treino. Ai, como eu queria comer um pratão de carne! Já acabou, meu santo?

O lama, com as mãos levantadas, entoou uma bênção final num chinês muito empolado. Quando, finalmente, as portas do templo se fecharam atrás deles, disse a Kim:

— Deixe eu me apoiar no seu ombro. Acho que estou ficado encarangado.

Não é nada fácil aguentar o peso de um homem de mais de um metro e oitenta de altura, por vários quilômetros de ruas apinhadas, e Kim, que também carregava as trouxas e o farnel para o caminho, suspirou feliz quando chegaram à sombra da ponte sobre a ferrovia.

— Aqui vamos comer — disse com um ar determinado, e logo apareceu o agricultor do Panjab todo sorridente, vestido com seu traje azul, com uma cesta numa mão e puxando a criança com a outra.

— Hora de comer, ó santos homens! — gritou o camponês, a cinquenta metros de distância dos dois monges que tinham sentado sobre um banco de areia, debaixo da primeira parte da ponte, para esconder-se dos olhares de outros sacerdotes famintos. — Arroz e bom caril, bolos temperados com assa-fétida, ainda quentinhos, coalhada e açúcar. Rei da minha vida — disse ele ao filhinho —, vamos mostrar a esses santos homens que nós, os agricultores de Jullundur, sabemos pagar bem a quem nos presta serviços... Ouvi dizer que os jainistas não comem nada que não tenha sido cozido por eles mesmos, mas, na verdade — acrescentou educadamente, olhando o largo rio —, quando ninguém está olhando, não há castas.

— E nós — disse Kim, virando de costas e enchendo um prato feito de folhas verdes para dar ao lama — estamos acima de todas as castas.

Silenciosamente, os dois se banquetearam com a boa comida. Até acabar de lamber a última gota de pasta doce em seu dedo mindinho, Kim não percebeu que o agricultor também estava pronto para viajar.

– Se o nosso caminho for o mesmo – disse ele – vou junto com vocês. Nem sempre a gente encontra fazedores de milagres e minha criança ainda está fraca. Mas eu não sou um frouxo – e, passando a mão no seu bastão de metro e meio de bambu reforçado com aros de ferro polido, volteou-o no ar. – Dizem que nós, os camponeses de minha região, somos encrenqueiros, mas isso não é verdade. Se ninguém nos provocar, somos mansos como os nossos búfalos.

– Tudo bem – disse Kim. – Um bom porrete é uma boa razão.

O lama olhou placidamente a paisagem rio acima, de onde, ao longe, subiam incessantemente colunas de fumaça das piras funerárias, fogueiras onde se cremam os defuntos, ao longo das margens do rio Ganges. De vez em quando, apesar de todos os regulamentos municipais, algum pedaço de corpo meio queimado emergia e afundava de novo, arrastado pela correnteza.

– Se não fosse por você – disse o agricultor, embalando o filho contra o peito peludo – hoje talvez eu estivesse lá, junto às fogueiras, com o corpo deste pequeno. Todos os sacerdotes dizem que Varanasi é um lugar santo, do que ninguém duvida, e que a gente deve querer morrer lá. Mas não conheço os deuses deles e todos pedem dinheiro: depois que você faz uma oferenda, vem sempre um dos cabeças-rapadas e diz que aquilo não adianta nada se você não fizer mais alguma outra coisa. Lave-se aqui! Lave-se lá! Faça mais abluções, beba isto, tome este banho, jogue flores... e cada vez é preciso pagar ao sacerdote. Não, prefiro o Panjab e a terra de Jullundur, entre o Ganges e o rio Jumna, que é a melhor de todas.

– Acho que eu já disse muitas vezes, lá no templo, que se for preciso o Rio brotará aos nossos pés. Portanto, vamos pro Norte – disse o lama, levantando-se. – Lembro-me de um lugar muito agradável, cercado por árvores frutíferas, onde a gente pode meditar enquanto caminha e onde o ar é bem mais fresco, pois vem das montanhas e da neve das montanhas.

– Como se chama esse lugar? – Kim perguntou.

– Como é que eu posso me lembrar? Você...? Ah, não, isso foi depois que soldados surgiram da terra e levaram você embora. Eu ficava lá, meditando, numa sala ao lado de um pombal, a não ser quando aquela mulher começava a falar sem parar.

– Ah! Deve ser a mulher Kulu. Fica para o lado de Saharanpur – disse Kim, rindo.

– Como o espírito dirige seu mestre? – perguntou o agricultor, com cautela. – Será que ele anda a pé como penitência pelos pecados do passado? É um longo caminho daqui até Délhi.

– Não, eu vou pedir esmolas pra comprar uma passagem de trem – disse Kim, pois na Índia nunca se deve confessar que tem dinheiro.

– Então, em nome dos deuses, vamos tomar o carro de fogo. Meu filho vai ficar melhor nos braços da mãe dele. O Governo nos cobra muitos impostos, mas nos deu uma boa coisa: o trem, que reúne amigos e junta os que estão ansiosos pra se encontrar. O trem é uma coisa maravilhosa.

Poucas horas depois, estavam todos amontoados num vagão, tirando uma boa soneca nas horas mais quentes do dia. O camponês encheu Kim com mil perguntas a respeito das viagens do lama e suas ocupações e recebeu algumas respostas bem estranhas. Kim estava feliz de estar onde estava, contemplando a paisagem plana do Noroeste e conversando com seus inúmeros companheiros de viagem, que mudavam a cada estação.

Ainda hoje, os bilhetes de trem e a hora de apresentá-los ao fiscal são encarados pelos agricultores indianos como uma forma de opressão. Eles não entendem por que, quando você pagou para ter a posse de um pedaço de papel mágico, pessoas estranhas querem fazer grandes furos naquele amuleto. Assim, há sempre longas e esquentadas discussões entre os viajantes e os fiscais dos trens. Kim envolveu-se em duas ou três dessas discussões dando sábios conselhos com o único propósito de confundir o público e exibir sua sabedoria diante do lama e do seu admirado camponês.

Mas ao chegar à estrada de Somna, o destino pôs-lhe à frente um assunto que dava muito o que pensar.

Quando o trem já começava a andar, entrou no vagão, tropeçando, um pobre homem pequeno e magro que, pela forma de seu turbante, Kim concluiu se tratar de um membro da etnia guerreira dos *mahratta*, da Índia central. Tinha um arranhão grande na cara, o manto de muçulmano estava rasgado e uma perna tinha sido enfaixada. Disse que estava indo para Délhi, onde seu filho morava, mas que a carroça havia capotado e por pouco não o matou. Kim observou-o atentamente. Se, como afirmava, rolou várias vezes no chão, deveria ter muito mais arranhões na pele, causados pelos pedregulhos. Mas todos os seus ferimentos eram cortes bem nítidos e a simples queda de uma carroça não poderia deixar um homem tão aterrorizado. Enquanto seus dedos trêmulos tentavam amarrar a parte rasgada da roupa, deu para ver que trazia pendurado no pescoço uns amuletos do tipo "protetor do coração". Ora, amuletos são coisa muito comum, mas, em geral, não vêm pendurados em uma trança de cobre e menos ainda com enfeites de esmalte negro sobre prata.

Naquele compartimento não havia mais ninguém, exceto o agricultor de Jullundur e o lama, e, por sorte, era um compartimento do tipo antigo, fechado, sem portas nas extremidades. Kim fingiu que estava coçando o peito e deixou à mostra seu próprio amuleto. Vendo-o, o rosto do *mahratta* mudou de expressão, e, imediatamente, ele colocou seu próprio amuleto bem à vista sobre o peito.

– Sim – continuou ele, dirigindo-se ao agricultor –, eu estava com pressa e a carroça, dirigida por um canalha, meteu a roda em uma valeta. Além de me machucar todo, perdi um prato inteiro de *tarkian*. Naquele dia eu não tive sorte, não fui um Filho do Encantamento.

– Isso é que foi uma grande perda – disse o camponês, desinteressando-se. Sua experiência em Varanasi lhe tinha ensinado a desconfiar de tudo.

– Quem tinha cozinhado esse *tarkian*? – perguntou Kim.

– Uma mulher – respondeu o *mahratta*, levantando os olhos.

– Mas qualquer mulher sabe preparar *tarkian* – disse que o agricultor. – Bem sei que é um caril muito bom.

– Oh, sim, é um bom caril – disse o *mahratta*.

– E barato – acrescentou Kim. – Mas e a questão da casta?

– Oh, não existe casta quando os homens vão... procurar *tarkian* – respondeu o *mahratta*, no ritmo combinado. – Você está a serviço de quem?

– Deste santo homem – disse Kim, apontando o lama, sonolento e feliz, que acordou com susto ao ouvir essa expressão, de que gostava.

– Sim, os céus me enviaram este *chela* pra me ajudar. Chama-se Amigo de Todos. Também se chama Amigo das Estrelas. Viaja como médico, porque sua hora já chegou. Grande é sua sabedoria.

– E um Filho do Encantamento – disse Kim para si mesmo, enquanto o camponês apressava-se a acender o cachimbo, antes que o *mahratta* pedisse.

– Quem é este? – perguntou o *mahratta*, olhando de lado, nervoso.

— Um homem cujo filho eu... curei e que, portanto, tem uma dívida de gratidão para conosco. Sente-se do lado da janela, homem de Jullundurque, este homem aqui está doente.

— Hum! Não gosto de me misturar com gastadores estranhos. E tenho orelhas compridas. Não sou uma mulher pra querer ouvir segredos que não me interessam – disse o camponês de mau humor, indo sentar-se no canto mais afastado.

— Você é de fato um curandeiro? Estou atolado em problemas de saúde – o *mahratta* falou alto, aproveitando a deixa.

— Este homem está cheio de cortes e arranhões. Eu vou curá-lo – disse Kim. – Ninguém se meteu entre mim e seu filho, quando ele estava doente.

— Eu aceito a repreensão – disse o camponês humildemente – e devo a você a vida do meu filho. Você é um fazedor de milagres... Eu sei.

— Mostre-me os cortes – Kim se inclinou sobre o pescoço do *mahratta* com o coração na boca, porque já tinha entendido que aquilo tinha sido uma vingança por causa do Grande Jogo. – Agora, conte-me a sua história rapidamente, irmão, enquanto eu recito um encantamento.

— Eu vim do Sul, onde estava trabalhando. Um dos nossos foi morto na beira da estrada. Você está sabendo? – Kim balançou a cabeça, negando. Claro ele não sabia nem uma palavra sobre o antecessor do *mahratta*, nem que tinha sido morto no sul, disfarçado de comerciante árabe. O ferido continuou: – Eu tinha encontrado a carta que tinham me mandado buscar e vim embora. Fugi da cidade e corri para Mhwo. Tinha tanta certeza de que ninguém sabia que nem mesmo mudei minha aparência. Em Mhwo, uma mulher me denunciou como culpado de um roubo numa loja de joias na cidade de onde eu tinha acabado de sair. Então percebi que estavam todos me procurando. Escapei de Mhwo durante a noite, subornando a polícia, do mesmo jeito que a tinham subornado para que me entregasse aos meus inimigos do Sul sem fazer perguntas. Escondi-me na velha cidade de Chitor por uma semana, disfarçado de penitente em um templo, mas não conseguia me livrar da carta comprometedora que estava a meus cuidados. Então a deixei enterrada debaixo da Pedra da Rainha, em Chitor, no lugar que todos nós conhecemos.

Kim não conhecia esse lugar, mas por nada no mundo teria interrompido o fio da história.

— Em Chitor, você sabe, eu estava sozinho em terra de reinos autônomos, pois Kotah, localizada a leste, está fora dos domínios da Rainha da Inglaterra, e mais a leste também estão Jaipur e Gwalior. Ali não há justiça e ninguém gosta de espiões. Fui caçado como um chacal molhado, mas consegui escapar do cerco em Bandakui, onde fiquei sabendo que havia contra mim a acusação de ter matado uma criança na cidade que eu tinha acabado de deixar. Já tinham arranjado até um corpo e testemunhas.

— Mas o Governo não oferece proteção?

— Nós, que pertencemos ao Jogo, estamos fora do alcance de qualquer proteção. Se morrermos, morremos. Apagam nossos nomes nos livros, e é isso. Em Bandakui, onde mora um de nós, achei que conseguiria apagar minha pista mudando de cara e me disfarcei de *mahratta*. Então fui para Agra e tinha tanta certeza de ter conseguido enganá-los que pensei em voltar a Chitor para recuperar a carta. É por isso que não mandei a ninguém um telegrama dizendo onde estava a carta. Eu queria todo o crédito dessa façanha só para mim.

Kim concordou, entendendo bem o sentimento do outro.

— Mas, andando pelas ruas de Agra, um homem me acusou de dívidas e me cercou com várias testemunhas; e me arrastaram imediatamente para um tribunal... Oh, como são espertos os do Sul! Ele me reconheceu como sendo seu agente pra vender o algodão. Tomara que ele vá queimar no inferno por causa disso!

— Mas você era mesmo agente dele?

— Não seja bobo! Eu era o homem que eles estavam procurando por causa da carta! Fugi pelo bairro dos Açougueiros e fui dar perto da casa de um judeu, que ficou com medo de uma revolta e me ajudou a fugir da cidade. Fui a pé até a estrada de ferro que vai para Somna. Só tinha dinheiro pra passagem até Délhi e lá, enquanto estava deitado numa valeta, com um ataque de febre, um homem saiu do mato de repente e bateu em mim e me cortou, me revistando da cabeça aos pés. Tudo isso bem pertinho do trem!

— Por que ele não matou você na hora?

— Não são tão bestas. Se eu for apanhado em Délhi, a pedido dos advogados, com uma acusação e provas de assassinato, enviam-me para o Estado onde dizem que cometi o crime. Eles me levam sob guarda policial e eu vou morrer devagarzinho, pra servir como um aviso pra todos nós. O Sul não é o meu país. Estou correndo em círculos... como uma cabra de um olho só. Estou há dois dias sem comer. E, além disso, estou marcado – acrescentou, tocando o imundo curativo da perna, de modo que me reconheçam quando eu chegar a Délhi.

– Mas, pelo menos, enquanto estiver no trem você está a salvo.

– Quero ver você me dizer isso de novo depois de ter passado um ano no Grande Jogo! Os fios do telégrafo já estão transmitindo a Délhi todas as acusações contra mim e descrevendo cada rasgão dos trapos que estou vestindo. Vinte pessoas... ou até cem, se necessário, afirmarão ter me visto matar a criança. E você não tem como me ajudar!

Kim conhecia bastante os métodos nativos de ataque para não duvidar de que o caso tinha sido montado nos mínimos detalhes, inclusive o cadáver. O *mahratta* contraía as mãos de vez em quando, cheio de dor. O camponês, lá do seu canto, olhava ressentido; o lama se ocupava rezando o rosário e Kim, como fazem os médicos, apalpava o pescoço do ferido, enquanto tentava bolar um plano entre uma reza e outra.

– Você não tem algum feitiço para mudar a minha aparência? Caso contrário, eu já estou morto. Cinco... dez minutos sozinho, se não estivesse tão pressionado, eu poderia...

– Ele já está curado, milagreiro? – perguntou o camponês, enciumado. – Você já cantou rezas de sobra.

– Não. Não há cura pras feridas dele, pelo que eu vejo, a não ser que ele fique sentado por três dias vestido como um *bairagi*, um monge seguidor do deus Vishnu.

Esta é uma penitência muito comum, muitas vezes imposta a qualquer gordo comerciante por seu mestre espiritual.

– Um sacerdote está sempre tratando de fazer novos sacerdotes – foi a resposta. Como todas as pessoas que vivem atrás de milagres dos sacerdotes, o camponês não poderia deixar de falar mal do clero.

– O seu filho, então, também será um sacerdote? Está na hora de dar-lhe mais do meu quinino.

– Nós, os camponeses da minha terra, somos todos uns búfalos – disse o agricultor, novamente amansado.

Kim esfregou com a ponta do dedo um pouquinho de uma substância amarga nos incautos lábios da criança.

– Eu não lhe cobrei nada – disse com firmeza, virando-se para o pai, senão algum alimento. – Você vai jogar isso também na minha cara? Eu vou curar outro homem. Me dá licença... príncipe?

As enormes mãos do homem levantaram-se, suplicantes:

– Não... não... Não zombe de mim desse jeito.

– Eu desejo curar este homem doente. Se me ajudar, você poderá ganhar méritos. De que cor é a cinza que ficou no bojo do seu cachimbo? Branca. Isso é um bom presságio. Tem um bocado de cúrcuma no seu farnel?

– Eu... eu...

– Abra o seu pacote!

O que havia ali eram as bugigangas do costume: pedaços de pano, remédios de charlatões, bijuterias baratas, um saco cheio da farinha da terra, grossa e acinzentada, rolos de tabaco, tubos com biqueiras espalhafatosas para narguilés e um pacote de caril, tudo amarrado numa manta. Kim despejou essas coisas com uma cara de sábio feiticeiro, resmungando uma oração maometana.

– São coisas que aprendi com os *sahibs* – cochichou Kim para o lama. E, de fato, lembrando o treinamento que recebera de Lurgan, estava dizendo a verdade. – Há um grande mal no destino deste homem, como mostram as Estrelas, que o perturba muito. Devo livrá-lo disso?

O lama respondeu:

– Amigo das Estrelas, você tem feito tudo muito bem. Faça como quiser. Trata-se de mais uma cura?

– Rápido, rápido! – gaguejou o *mahratta*, apavorado. – O trem pode parar.

– Uma cura contra a sombra da morte – disse Kim, misturando a farinha do agricultor com pó de carvão e cinzas de tabaco no próprio bojo de cerâmica do cachimbo. E, sem dizer nada, desatou seu turbante e deixou soltos os longos cabelos negros. – Aquilo era a minha comida, sacerdote – rosnou o agricultor.

– Um búfalo no templo! Como você se atreve a ser tão insolente? – Kim disse. – E eu tenho de realizar coisas misteriosas diante de um tolo como você... mas tenha cuidado com seus olhos. Já estão começando a ficar turvos? Eu salvei seu filhinho e você, como recompensa... oh! homem sem-vergonha!

O homem se encolheu sob o olhar direto de Kim, pois viu que ele estava falando sério.

– Será que eu vou ter de amaldiçoar você... ou vou... – e, pegando a manta que embrulhava o fardo, jogou-a sobre a cabeça careca do camponês. – Nem sequer pense em olhar, que... que aí nem eu posso salvar você. Sente-se! Cale-se!

– Eu estou cego e mudo. Mas não me amaldiçoe! Vem... vem, meu filho, vamos brincar de esconde-esconde. Mas, pelo amor de Deus, de jeito nenhum olhe pra fora da coberta!

– Agora estou com um pouco de esperança – disse E23. – Qual é o seu plano?

– Você já vai ver – disse Kim, puxando-lhe a camisa.

E23 hesitou, com a relutância dos homens do Noroeste para se despir na frente de outras pessoas.

– Que importam as exigências da sua casta diante do perigo de lhe cortarem a garganta? – Kim disse, despindo-o até a cintura. – Temos de transformar você, imediatamente, num beato hindu, da cabeça aos pés. Dispa-se, dispa-se rapidamente e deixe cair o cabelo emaranhado na frente dos olhos, enquanto eu esfrego a cinza em você. Agora vamos pôr uma marca de casta na sua testa.

Kim tirou de dentro da própria túnica, na altura do peito, a pequena caixa de tintas de cartógrafo e uma plaquinha de laca carmesim.

– Você é mesmo apenas um novato? – perguntou E23 – ocupado, literalmente, em salvar sua preciosa vida –, livrando-se de seus trapos e ficando somente de tanga, enquanto Kim pintava uma marca de casta nobre em sua testa suja de cinza.

– Eu entrei no Grande Jogo há dois dias, irmão – disse Kim –, espalhe mais cinzas no peito.

– Você se encontrou... com um curador de pérolas doentes? – perguntou E23, pegando o longo pano de seu turbante e, com mãos hábeis, enrolando-o acima e abaixo dos quadris, de acordo com o complicado arranjo da cintura de um beato hindu. – Houve uma época em que eu era o orgulho do nosso professor, mas você é quase melhor do que eu. Os deuses são misericordiosos para conosco! Me dê isso.

Era uma latinha de pílulas de ópio, que estava entre as muitas coisas tiradas da trouxa do camponês. E23 engoliu um punhado delas.

– Isto é bom pra combater o medo, a fome e o frio. Além disso, também deixa os olhos vermelhos. Agora recuperei coragem pra continuar no Jogo. Só me falta aquele tipo de pinças que esses beatos batem pra fazer barulho e avisar que estão chegando. O que vamos fazer com meus trapos velhos?

Kim enrolou-os bem apertados e escondeu entre as dobras soltas de seu manto. Com uma barrinha de tinta de ocre amarelado, pintou nas pernas e no peito de E23 grandes listas sobre fundo de farinha, cinza e açafrão.

– O sangue nesses trapos seria suficiente pra levá-lo à forca, irmão – disse E23.

– Talvez, mas não há necessidade de jogá-los pela janela... Já acabamos – disse Kim, com a voz vibrando da alegria de um garoto que se sente participando do Jogo. – Ei, camponês, já pode se virar e olhar!

– Que os deuses nos protejam! – disse o agricultor, emergindo da coberta como um búfalo saindo de um canavial. Mas... pra onde foi o *mahratta*? O que você fez?

Kim tinha sido treinado por Lurgan *Sahib* e E23, por causa de seu trabalho, não era mau ator. Em vez de um comerciante apavorado e trêmulo, agora quem estava encostado num canto era um beato hindu com a cabeleira empoeirada, com o corpo quase nu coberto com listras cinza e ocre, com os olhos inchados, pois o ópio age depressa num estômago vazio, ardentes e cheios de cobiça. Estava sentado sobre as pernas cruzadas, com o rosário marrom de Kim em torno do pescoço e um trapinho de chita estampada e gasta jogado sobre os ombros. O menino escondeu o rosto nos braços do pai assustado.

– Não se esconda, meu principezinho! Viajamos com bruxos, mas eles não vão machucar ninguém. Oh, não chore! Por que é que você cura o menino num dia pra matá-lo de susto no dia seguinte?

– Esta criança vai ter boa sorte pela vida inteira. Assistiu a uma grande cura milagrosa. Quando eu era criança, modelava homens e cavalos em argila.

– Eu também faço. O bom gênio Sir Banas vem de noite e lhes dá vida lá atrás da lixeira ao lado da cozinha – gritou o menininho.

– Então você não tem medo de nada, hein, príncipe?

– Eu só tive medo porque o meu pai estava apavorado. Senti os braços dele tremerem – disse o garoto.

– Oh, que homem medroso! – disse Kim, e até o camponês riu, envergonhado. – Eu curei este pobre comerciante. Agora ele precisa esquecer os seus lucros, os livros de contabilidade e ficar por três noites sentado à beira da estrada pra vencer a maldade dos seus inimigos. As Estrelas estão contra ele.

– Por isso é que eu digo: quanto menos credores, melhor. Mas, beato ou não, ele tem de me pagar essa chita que está usando sobre os ombros.

– Ah, é mesmo? Mas quem está nos seus ombros é o seu filho, que estaria queimando na pira funerária há menos de dois dias. E ainda tenho de lhe dizer uma coisa. Eu fiz este encantamento em sua presença porque a necessidade era grande. Mudei a forma e a alma dele. Mas, ó, homem de Jullundur, se por acaso você fofocar sobre o que viu, quando se sentar entre os velhos debaixo da árvore da sua aldeia, ou em sua própria casa, ou com o sacerdote que for benzer seu gado, vai ver que seus búfalos serão atacados pela peste, o teto de palha de sua casa vai pegar fogo, os ratos vão atacar seu celeiro e a maldição de nossos deuses vai cair sobre seus campos, que se tornarão estéreis na frente dos seus pés e atrás do seu arado.

Essa lista de ameaças era parte de uma antiga maldição que Kim tinha aprendido de um faquir da Porta Taksali, nos tempos em que ainda não sabia de quase nada. Mas não perdia nada por repeti-la.

– Pare, santo homem! Pare, por piedade! – gritou o camponês. – Não amaldiçoe minha casa. Eu não vi nada! Eu não ouvi nada! Eu sou sua vaca! Lançou-se ao chão para abraçar os pés de Kim, que sapateavam ritmadamente no chão do vagão.

– Mas você foi autorizado a me ajudar nesta questão, dando-me uma pitada de farinha e um pouco de ópio e mais outras coisinhas, que eu valorizei usando na minha arte. Por isso os deuses lhe enviaram uma bênção – disse Kim, enquanto recitava uma longa bênção, para grande alívio do homem. Era uma das bênçãos que tinha aprendido do *sahib* Lurgan.

O lama ficou olhando através dos óculos, coisa que não tinha feito durante o processo de transformação do *mahratta*.

– Amigo das Estrelas – disse, finalmente –, você adquiriu grande sabedoria. Cuidado para não se tornar orgulhoso. Nenhum homem que tenha a Lei sempre diante dos olhos fala irrefletidamente sobre qualquer assunto que tenha visto ou encontrado.

– Não... não... sem dúvida! – gritou o agricultor, com medo do que o mestre pretendesse fazer para melhorar o desempenho de seu discípulo. E23, com a boca entreaberta, deixava-se relaxar sob o efeito do ópio. [...]

E assim, no silêncio e no espanto causados por um grande mal-entendido, entraram em Délhi, no momento em que se acediam as luzes da cidade.

O agricultor de Jullundur e seu filho doente

CAPÍTULO 12

Pronto! Meu coração já se recuperou – disse E23, encoberto pela agitação que reinava nas plataformas. – Fome e medo enfraquecem a inteligência da gente: caso contrário, eu já teria pensado antes neste modo de escapar. Viu como eu estava certo? Aqueles ali vêm pra me pegar. Você salvou minha vida.

Um grupo de policiais do Panjab, com suas calças amarelas, chefiados por um jovem inglês encalorado e suado, abria caminho empurrando a multidão amontoada nas imediações do trem. Atrás deles caminhava cautelosamente, como um gato, um sujeito gordo e baixo, com jeito de rábula.

– Olhe o jovem *sahib* lendo um papel. Minha descrição completa está em suas mãos – disse E23. – De vagão em vagão, jogam sua rede pra me pescar.

Quando a procissão chegou ao seu compartimento, E23 dedilhava as contas do rosário com um movimento ritmado do pulso, enquanto Kim zombava dele acusando-o de estar tão chapado que tinha perdido as pinças, características desse tipo de beato. O lama, absorto em profunda meditação, olhava fixamente para a frente e o camponês olhou de soslaio, ajuntando seus badulaques.

– Aqui não há senão um grupo de fanáticos rezadores – disse o inglês em voz alta e continuou, levantando uma onda de preocupação, pois a polícia sempre significa extorsão para os nativos da Índia.

– O problema, agora – cochichou E23 –, é enviar um telegrama dizendo onde está escondida a carta que eu fui buscar. E eu não posso ir ao escritório do telégrafo com este aspecto.

– Já não basta eu ter salvado sua vida?

– Não, se você deixar o trabalho inacabado. O curador de pérolas nunca lhe disse isso? Aí vem outro *sahib*! Ah!

Era um superintendente distrital da polícia, alto, pálido, de cinturão, capacete e esporas bem polidos e tudo o mais, avançando arrogante e torcendo os bigodes pretos.

– Como são tolos esses *sahibs* da polícia! – disse Kim afavelmente.

E23 olhava na direção do policial com os olhos semicerrados.

– Tem razão – murmurou, com uma voz diferente. – Vou beber água. Guarde meu lugar.

Saltou para fora do vagão tão desajeitado que quase caiu nos braços do inglês, recebendo uma rajada de insultos em mau urdu.

– O que é isso? Está bêbado? Você não pode empurrar as pessoas assim, como se fosse dono de toda a estação de Délhi, meu amigo – disse o *sahib*.

E23, sem mover um músculo do rosto, respondeu com uma enxurrada de insultos ainda mais grosseiros, o que, é claro, encheu Kim de satisfação, pois se lembrou dos meninos-tambores do quartel Ambala, naqueles dias terríveis de sua primeira experiência escolar.

– Meu bom louco – disse lentamente o inglês –, dê o fora! Volte para o seu vagão.

Passo a passo, recuando com respeito e baixando a voz, o beato hindu coberto de cinzas subiu no vagão amaldiçoando o chefe de polícia até a última geração de seus descendentes, lançando-lhe a praga da Pedra da Rainha e do que está escrito debaixo da Pedra da Rainha, em nome de uma variedade de deuses, cujos nomes eram totalmente novos para Kim, que quase deu um pulo ao ouvir tudo aquilo.

– Eu não sei o que você está dizendo – interrompeu o inglês, furioso –, mas só pode ser um desacato intolerável. Desça já daí!

E23, fingindo não entender, estendeu-lhe, com toda a seriedade, o bilhete da passagem, que o inglês lhe arrancou das mãos, furioso.

– Oh, inferno! Que tirania! – resmungou o camponês, lá do seu canto. – E tudo isso por causa de uma simples brincadeira! – E riu ironicamente das barbaridades que tinham saído da boca do beato. – Parece que os seus feitiços não estão funcionando bem hoje, santo homem.

O beato seguiu o policial, enchendo-o de bajulações e súplicas. A multidão de passageiros, ocupado com crianças e bagagens, não havia percebido o incidente. Kim desceu, sorrateiramente, atrás de E23, porque, de repente, passou-lhe pela cabeça a ideia de que já tinha ouvido esse mesmo estúpido e enfurecido *sahib* falando alto sobre certas personalidades importantes para uma senhora idosa, perto de Ambala, três anos atrás.

– Está tudo bem – sussurrou-lhe E23, espremido no meio da multidão desorientada, que chamava e gritava, com um galgo persa metendo-se entre suas pernas e sentindo contra os rins a pressão da gaiola de um falcoeiro de Rajput, cheia de falcões que gritavam sem parar. – Agora ele vai passar adiante a informação sobre a carta que eu escondi. Me disseram que ele estava em Peshauar. Mas eu desconfio que ele seja como o crocodilo: sempre está onde menos se espera. Ele me salvou desse enguiço, mas é a você que eu devo minha vida.

– Então ele é um dos nossos? – perguntou Kim, passando por debaixo do sovaco engordurado de um tratador de camelos e saindo no meio de um bando tagarela de matronas siques.

– Nada menos do que o maior de todos! – explicou E23. – Tivemos a maior sorte! Eu vou lhe mandar um relatório do que você fez. Sob a proteção dele eu estou seguro.

Então foi abrindo caminho através da multidão que se amontoava às portas dos vagões e se encolheu no chão, junto a um banco que ficava bem ao lado da porta do escritório do telégrafo.

– Volte, senão eles vão pegar o seu lugar! Não tema mais, irmão, nem pelo Jogo... nem pela minha vida. Você me tirou do pior sufoco e o *Sahib* Strickland me puxou pra terra firme. Nós ainda haveremos de trabalhar juntos de novo nesse Jogo. Adeus!

Kim correu de volta para seu vagão, orgulhoso, espantado e um pouco irritado, pois não possuía a chave para os segredos que o cercavam. Pensava:

– Eu sou apenas um novato no jogo, claro. Não teria podido me lançar com segurança como fez o beato. Ele sabia que o lugar mais escuro era debaixo da lâmpada, quer dizer, que a melhor maneira de contar um segredo com segurança era gritá-lo feito doido. Eu nunca pensaria em transmitir uma informação disfarçada no meio de palavrões... E como o *sahib* foi esperto! Não importa, eu salvei a vida de um... – Pra onde foi o camponês, meu santo? – sussurrou Kim para o lama, ao sentar-se no seu lugar no compartimento já completamente lotado.

– Assustou-se – o lama respondeu, com um pouco de malícia. – Ele viu você transformar, em um piscar de olhos, um *mahratta* em beato hindu, para protegê-lo do Mal. Isso o impressionou. Mas aí ele viu o beato cair nas mãos da polícia... tudo como resultado da sua arte. Então, pegou o filho e saiu correndo, porque, vendo como você transformava um pacífico comerciante num sem-vergonha que insulta os *sahibs*, ficou com medo que você fizesse alguma coisa com ele. Onde está o beato?

– Com a polícia... – disse Kim. – Mas, de qualquer jeito, eu salvei o filho do agricultor.

O lama fungou suavemente.

– Oh, *chela*, veja como você se engana! Você curou a criança com o único propósito de aquisição de méritos. Mas quando enfeitiçou o *mahratta*, fez isso motivado pelo orgulho. Bem que eu fiquei observando: você olhava de lado pra ver se conseguia surpreender um velho muito velho e um camponês ignorante, e isso produziu calamidades e suspeitas.

Kim controlou-se com um esforço extraordinário para sua pouca idade. Como qualquer outro rapaz, não gostava de sofrer humilhação nem de ser tratado com injustiça, mas percebia que sua situação era muito complicada. O trem saiu da estação de Délhi, mergulhando na escuridão da noite.

– É verdade – murmurou. – Eu estava errado, na medida em que ofendi o senhor.

– Pior do que isso, *chela*. Você lançou uma ação sobre o mundo e, como uma pedra lançada em um lago, provocou consequências cujo alcance não pode prever.

Essa ignorância era conveniente tanto para a vaidade de Kim quanto para a paz de espírito do lama, especialmente considerando-se que, naquele momento, estava sendo transmitido um telegrama codificado para Simla, comunicando a chegada de E23 a Délhi e, o que era mais importante, o paradeiro de uma carta que o haviam mandado "subtrair". Coincidentemente, um excesso de zelo da polícia havia detido, sob suspeita de assassinato cometido em um distante Estado do Sul, um comerciante de algodão de Ajmir que, terrivelmente indignado, prestava esclarecimentos a um certo Sr. Strickland, na plataforma da estação de Délhi, enquanto E23 sumia pelas ruelas do impenetrável centro da cidade de Délhi. Duas horas depois, vários telegramas chegavam às mãos do irado ministro de um Estado do Sul, notificando que um *mahratta*, muito machucado, tinha sumido sem deixar vestígios. Na hora em que o preguiçoso trem entrou em Saharanpur, a última onda da pedra que Kim havia ajudado a lançar chegou aos degraus de uma mesquita na distante cidade de Rum, também chamada Istambul, interrompendo as orações de um homem muito piedoso.

O lama recitou as dele longamente, junto a uma sebe de buganvílias orvalhadas, perto da plataforma, animado pelos raios do sol e pela presença de seu discípulo.

— Em breve vamos deixar essas coisas pra trás — disse, apontando a reluzente locomotiva e o brilho dos trilhos. — Embora o trem seja uma coisa maravilhosa, esse sacolejo liquidificou meus ossos. Daqui em diante vamos respirar ar fresco e puro.

— Vamos pra casa da mulher de Kulu — disse Kim, avançando alegremente sob o peso das bagagens.

Nas primeiras horas da manhã, o caminho para Saharanpur é limpo e cheira bem. Kim pensou nas manhãs em São Xavier e isso aumentou ainda mais seu contentamento.

— De onde vem toda essa pressa? Os sábios não correm pra todo lado como galinhas ao sol. Nós já fizemos juntos centenas e centenas de quilômetros e, até agora, quase não pude falar sozinho com você um minuto. Como pode receber algum ensinamento, sempre no meio de um monte de gente? Como poderia meditar sobre o Caminho, quase se afogando numa enxurrada de palavras?

— Quer dizer que a língua dela não diminuiu ao longo dos anos? — perguntou o discípulo, sorrindo.

— Nem o desejo por feitiços. Lembro uma vez que lhe falava sobre a Roda da Vida — o lama remexeu sua roupa para encontrar a última pintura da Roda que tinha feito –, mas a única coisa que ela tinha interesse em saber era essa história de demônios que atormentam crianças. Ela vai adquirir mérito, hospedando-nos na casa dela... logo. Mais adiante... sem pressa, sem pressa. Por enquanto vamos andar à toa, confiando na Corrente das Coisas. A Busca não pode falhar.

E saíram caminhando calmamente por entre os amplos pomares e floridos jardins ao longo da estrada, passando por Aminabad, Sahigunge, Akrola e a pequena Phulesa, com a linha da Cordilheira Siwaliks sempre ao norte e, para além dela, de novo a neve.

Depois de um sono longo e tranquilo sob as estrelas impassíveis, vinha a senhorial e prazerosa travessia de uma aldeia que começava a despertar, com a tigela de esmolas estendida em silêncio, mas os olhos atentos, desafiando a Lei e percorrendo o céu de um extremo a outro. Então Kim, com passos silenciados pela poeira solta dos caminhos, corria de volta para encontrar seu mestre deitado ao pé de uma mangueira ou à sombra de uma acácia branca, onde comiam e bebiam em silêncio.

Ao meio-dia, depois de conversar e dar uma pequena caminhada, faziam uma boa sesta, só voltando para o mundo quando ele se refrescava com o ar da tardinha. A noite os surpreendia aventurando-se em novo território: uma aldeia escolhida e observada três horas antes, através das terras férteis, e sobre a qual eles já tinham ouvido falar pelo caminho.

Em cada aldeia eles contavam sua história – cada noite, um relato diferente, no que dependesse de Kim – e eram hospedados pelo sacerdote ou pelo chefe da aldeia, conforme o caso, segundo o costume do hospitaleiro Oriente.

Quando as sombras se encurtavam e o lama começava a apoiar-se mais pesadamente em Kim, era a hora da lição sobre a imagem da Roda da Vida, aberta e mantida no chão por seixos lavados, com a ajuda de uma longa vareta para explicar o sentido de cada um dos seus círculos.

No topo estavam os deuses e eles eram sonhos de sonhos. Depois estava nosso céu e o lugar onde vivem os semideuses – homens a cavalo, lutando nas montanhas. Em seguida, os tormentos infligidos aos animais, as almas subindo ou descendo a escada, no que não se pode interferir. Abaixo, os infernos, o quente e o frio, e a morada das almas atormentadas. O *chela* deve estudar as consequências da gula: um estômago inchado e uma queimação nas tripas. E então, obedientemente, com a cabeça abaixada e com um dedo moreno pronto para seguir a vareta do mestre, o *chela* estudava. Mas, quando chegavam ao mundo humano, ocupado e sem proveito, localizado logo acima dos infernos, seu pensamento se distraía, pois, na estrada ao lado, a própria Roda girava – comendo, bebendo, negociando, casando-se, brigando... Tudo calorosamente vivo. Muitas vezes, o lama fazia da própria realidade o assunto para sua lição, levando Kim, sempre disposto, a observar como a carne toma milhares de formas diferentes, agradáveis ou desagradáveis, de acordo com o julgamento dos homens, mas na verdade não são nem uma coisa nem outra e, como um espírito tolo – escravizado pelo Porco, a Pomba e a Serpente, isto é, pela ignorância, a ganância, e o ódio, fontes de todo o mal, cobiçando uma noz de betel, uma nova junta de bois, muitas mulheres ou o favor dos reis – está fadado a seguir seu corpo através de todos os céus e todos os infernos, recomeçando sempre a dar a volta completa.

Às vezes, acontecia que uma mulher ou um pobre homem, contemplando aquele ritual que começava cada vez que o grande mapa amarelo era desdobrado, deixava cair sobre a borda do papel algumas flores ou um punhado de búzios. E essas pessoas humildes ficavam felizes por ter encontrado um homem santo que talvez se lembrasse deles em suas orações.

– Cure os que estiverem doentes – dizia o lama, quando Kim era instintivamente atraído para a ação. – Cure-os se tiverem uma febre, mas não faça feitiçarias de jeito nenhum. Lembre o que aconteceu com o *mahratta*.

– Então, toda ação é ruim? – Kim perguntou, deitado sob um grande galho de árvore na encruzilhada da estrada para Dun e observando as formigas que perambulavam sobre suas próprias mãos.

– Abster-se da ação é bom, exceto quando se trata de adquirir mérito.

– Na Porta da Sabedoria nos ensinam que abster-se de ação não é digno de um *sahib*. E eu sou *sahib*.

– Amigo de Todos – disse o lama olhando para Kim – eu sou um homem velho que se deleita com espetáculos do mesmo jeito que as crianças. Para aqueles que seguem o Caminho, não há preto nem branco, nem a Índia nem o Tibete. Somos todos almas que buscam a libertação. Não importa o que você aprendeu com os *sahibs*, quando chegarmos ao meu Rio você ficará livre de toda ilusão... junto comigo. Ai, meus ossos anseiam por aquele Rio, do mesmo jeito que doíam no trem, mas meu espírito está sobre meus ossos, cheio de esperanças. A Busca não pode falhar!

– O senhor já me respondeu. Posso lhe fazer uma pergunta?

O lama inclinou sua majestosa cabeça.

– Por três anos eu comi do seu pão... como o senhor bem sabe. Meu santo, de onde ele vinha?

– Há muitas riquezas, ou o que os homens consideram riqueza, no Tibete – respondeu o lama com dignidade. – No meu país, eu tenho a ilusão de ser reverenciado. Peço aquilo de que preciso. Não me meto com as contas. Isso é problema do meu mosteiro. Oh! Os altos bancos pretos do mosteiro e os noviços em perfeita ordem!

E começou, desenhando na terra com um dedo, a contar histórias sobre o grande e suntuoso ritual dos mosteiros protegidos contra avalanches; das procissões e da dança dos demônios; de monges e monjas transformados em porcos; de cidades santas que flutuam no ar a cinco mil metros de altitude; das intrigas entre um mosteiro e outro; de vozes que ressoam entre as montanhas e da miragem misteriosa que dança sobre a neve endurecida. Ele até falou de Lhasa, a cidade mais importante do budismo tibetano, e do Dalai-Lama, chefe máximo da religião budista, reencarnação do próprio Buda, a quem ele já tinha visto e adorado.

Cada um desses longos e perfeitos dias levantava uma barreira cada vez mais alta a separar Kim de sua nacionalidade e de sua língua materna. Ele voltou a pensar e sonhar em língua indiana e seguia mecanicamente todo o cerimonial do lama para vestir-se, comer, beber e coisas semelhantes. O pensamento do velhinho regressava cada vez mais insistentemente ao seu antigo mosteiro, assim como seus olhos se voltavam sem mais para as neves eternas no horizonte. Já não se importava mais com seu Rio. De vez em quando, na verdade, ficava olhando um tempão para uma plantinha qualquer ou até para uma folha de grama, esperando, como ele mesmo disse, que a Terra se abrisse e fizesse jorrar a sua bênção. Mas, no fundo, estava contente na companhia de seu discípulo, apreciando a suave brisa que descia do Dun. Ali não era o Ceilão, nem Buddh Gaya, nem Bombaim, nem ruínas cobertas de mato, lugares em que, parece, ele tinha ido parar dois anos atrás. Falava desses lugares como um estudioso, desprovido de vaidade, como um peregrino caminhando humildemente, como um velho sábio e modesto que iluminava seus conhecimentos com intuições brilhantes.

Pouco a pouco, emergiam retalhos de suas memórias, inspirados por um incidente de rua, e ia contando todas as suas andanças de um lado para outro da Índia, até que Kim, que já gostava tanto dele sem saber por que, agora tinha cinquenta razões diferentes para gostar do seu lama.

Assim, continuavam os dois muito felizes juntos, evitando, tal como exige a Regra de vida dos monges, as más palavras e os desejos impuros, ou comer muito, ou dormir em colchões macios, ou vestir roupas finas. Seu estômago dava as horas e as pessoas traziam-lhes comida, como diz o ditado. Eles eram senhores das aldeias de Aminabad, Sahaigunge, Akrola e a pequena Phulesa, onde Kim deu sua bênção a uma mulher sem alma.

Mas as notícias se espalham rapidamente na Índia e então, antes que chegassem a desejá-lo, um servidor de bigodes brancos, magro e seco, da tribo dos Orias, apareceu através das plantações, trazendo uma cesta de frutas com uma caixa de uvas Cabul e laranjas douradas, com o pedido de que concedessem a honra de sua visita a uma senhora muito angustiada porque o lama a tinha abandonado por tanto tempo.

– Agora me lembro – o lama falou como se fosse algo completamente novo para ele. – Ela é virtuosa, mas fala demais.

Kim estava sentado na borda de uma manjedoura para vacas, contando histórias para os filhos do ferreiro da aldeia.

– Ela vai apenas pedir mais um filho para sua filha. Eu não me esqueci dela – disse o lama. – Deixe-a adquirir mérito. Diga a ela que nós já vamos.

Levaram dois dias para percorrer dezessete quilômetros através dos campos e foram recebidos com enormes favores ao chegar, pois a velha senhora conservava uma esplêndida tradição de hospitalidade, que impunha a seu genro, dominado pelas mulheres da família, de modo que comprava a paz doméstica com dinheiro emprestado dos agiotas. A idade não tinha enfraquecido a memória nem a língua da velha senhora e, de uma janela do andar de cima, discretamente protegida por uma grade e ao alcance dos ouvidos de pelo menos uma dúzia de servidores, elogiou Kim de um modo que teria escandalizado um público europeu.

– Mas você é aquele pirralho mendigo sem vergonha do acampamento da estrada! – gritou. – Não me esqueci de você. Vá se lavar e comer. O pai do filho da minha filha está ausente por algum tempo. E nós, as pobres mulheres, ficamos aqui caladas e sem serventia.

Como prova disso, ela arengava sem piedade com todos os servos até que trouxessem bastante comida e bebida; e quando a tarde chegou trazendo um odor de fumaça e cobrindo os campos com cores de cobre e turquesa, a viúva mandou instalar seu palanquim no pátio meio sujo, iluminado por tochas fumegantes, e pôs-se a mexericar de trás da cortina entreaberta.

– Se o santo homem tivesse chegado sozinho, teria sido diferente; mas trazendo esse patife com ele, há que se ter muito cuidado.

– *Maharani* – disse Kim, escolhendo, como sempre, o mais exagerado título, o de esposa de um Marajá, para dirigir-se à viúva – é culpa minha que ninguém menos que um *sahib*, um *sahib* da polícia, chamou a *maharani* cujo rosto...

– Shss! Isso foi durante a peregrinação. Quando a gente viaja... você conhece o ditado.

– ...chamou a *maharani* de Perturbadora de Corações e Distribuidora de Delícias?

– Lembrar uma coisa dessas! É verdade. Foi isso que ele disse. Foi-se o tempo em que florescia minha beleza. – Ela riu, cacarejando como um papagaio satisfeito com um pedaço de rapadura.

– Agora conte-me sobre suas idas e vindas... isto é, a parte que não for indecente. Quantas donzelas e esposas de alguém ficaram pendentes de suas pestanas? Você está vindo de Varanasi? Eu teria ido lá novamente, este ano, mas a minha filha... tem apenas dois filhos. Isso é efeito destas planícies baixas. Mas lá em Kulu os homens são como elefantes... Gostaria de pedir ao seu santo... chegue pra lá, malandrinho... que lance um encantamento contra as lamentáveis cólicas intestinais e os gases que, na época das mangas, atacam o filho mais velho de minha filha. Dois anos atrás, ele me deu um feitiço poderoso.

– O que é que estou ouvindo, mestre? – disse Kim, rindo da cara lamentável do lama.

– É verdade. Eu lhe dei um encantamento contra gases intestinais.

– Para os dentes... dentes... – interrompeu a velha.

– "Cure-os quando estiverem doentes" – citou Kim, divertindo-se – "mas de jeito nenhum faça feitiços. Lembre o que aconteceu com o *mahratta*."

– Isso foi durante a estação chuvosa, há dois anos, ela me esgotou com suas exigências constantes – resmungou o lama, como deve ter resmungado antes dele o juiz injusto da parábola do Evangelho. – E assim é, preste atenção, meu *chela*, que até mesmo os que seguem o

Caminho podem ser desviados por mulheres ociosas. Ela não parava de falar durante os três dias em que a criança esteve doente.

– Arre! Ora, com quem mais eu haveria de falar? A mãe do menino não sabia nada e o pai, no frio da noite, só dizia: "Reze aos deuses"; e, pode crer, virava-se pro outro lado e se punha a roncar!

– Eu lhe dei um feitiço. O que mais poderia fazer um velho homem?

– "Abster-se da ação é bom, exceto quando se trata de adquirir mérito."

– Ah, *chela*, se você me deixar eu vou ficar completamente sozinho.

– De qualquer forma, o fato é que ele fez muito bem pros dentes do bebê – disse a velha. – Mas todos os sacerdotes são iguais.

Kim tossiu severamente. Apesar de jovem, não aprovava a impertinência dela.

– Importunar o sábio fora de hora é atrair calamidade.

– Há um pardal falante – o revide veio acompanhado da inesquecível batida do dedo indicador carregado de joias –, pra lá dos estábulos, que fala imitando a entonação do sacerdote da família. Talvez eu tenha esquecido de honrar meus hóspedes, mas se tivessem visto meu neto apertando os punhos na barriga, inchada como uma abóbora, e gritando: "Está doendo aqui!", haveriam de perdoar-me. Estou quase resolvida a dar-lhe os remédios do *hakim*, o curandeiro muçulmano. Ele vende barato e certamente são esses remédios que o fazem tão gordo quanto o touro de Shiva. O *hakim* não se recusa a fornecer remédios, mas eu hesito em dá-los à criança por causa da cor suspeita das garrafas.

O lama, aproveitando o monólogo, tinha sumido na escuridão em direção ao quarto que haviam preparado para ele.

– A senhora deixou-o zangado – disse Kim.

– Ele? Não acredito. Está cansado e esqueci disso, pensando em meus netos. Só as avós deveriam cuidar das crianças. As mães só servem para pari-las. Amanhã, quando ele ver como o filho de minha filha cresceu, vai escrever as palavras mágicas. E depois também vai me dar sua opinião sobre os medicamentos do novo *hakim*.

– Quem é o *hakim, maharani*?

– Um malandro como você, mas é um bengalês de Dacca, muito sério, um mestre em medicina. Ele me aliviou de um mal-estar que eu sentia após as refeições com uma pílula que parecia ter soltado um diabo nas minhas entranhas. Agora está viajando por aí, vendendo drogas de grande valor. Ele tem até uns papéis impressos em inglês onde fala das coisas que tem feito por homens debilitados e mulheres estéreis. Estava aqui há quatro dias, mas acho que, quando ouviu dizer que vocês iam chegar, resolveu dar o fora, pois *hakims* e sacerdotes são como cão e gato em qualquer lugar do mundo.

Enquanto ela recuperava o fôlego após essa enxurrada de palavras, o velho serviçal, que tinha ficado sentado entre as tochas sem ser repreendido, murmurou:

– Esta casa é uma manjedoura para qualquer tipo de charlatães e... sacerdotes. Só é preciso vigiar para que a criança não coma mangas... mas quem pode convencer uma avó?

E levantando a voz respeitosamente, acrescentou:

– *Sahiba*, o *hakim* está dormindo depois de ter comido muito bem. Está nos aposentos localizados por trás do pombal.

Kim eriçou-se como um cãozinho de caça na expectativa de alguma coisa. Desafiar e fazer pouco de um bengalês de Dacca educado em Calcutá, vendedor ambulante de drogas, seria um jogo muito divertido. Não seria decente deixar que o lama e ele mesmo fossem passados para trás pelo tal médico.

Kim conhecia aqueles curiosos anúncios escritos em mau inglês, agradecendo curas milagrosas, que apareciam nas últimas páginas dos jornais indianos. Às vezes os meninos de São Xavier os roubavam e traziam para ler e comentar entre risadinhas, porque a linguagem dos pacientes agradecidos, quando explicam sintomas da doença de que foram curados, é das mais diretas e reveladoras.

O empregado *orissa*, querendo assistir ao enfrentamento entre os dois parasitas que se diziam médicos desapareceu em direção ao pombal.

– Sim – disse Kim, com bem dosado desdém. – Todo o estoque deles não passa de um pouco de água colorida e uma grande sem-vergonhice. Suas vítimas são reis falidos e bengaleses comilões. E tiram proveito de crianças... que ainda nem nasceram.

A velha senhora riu:

– Não seja invejoso. Os feitiços são melhores, não é? Nunca neguei isso. Veja se o seu santo me escreve um bom encantamento para amanhã de manhã.

– Só um tolo ousaria... – disse uma voz grossa no meio da escuridão, enquanto uma sombra se aproximava e se acomodava de cócoras no chão. – Ninguém, senão um tolo, nega o valor dos amuletos e magias. Mas só os ignorantes negam o valor dos medicamentos.

– "Um rato encontrou um pouquinho de açafrão e logo disse: – Vou abrir uma mercearia" – foi a resposta de Kim.

A batalha já estava iniciada e ouviu-se a velha senhora ajeitar-se, atenta.

– O filho do sacerdote mal sabe o nome de sua ama-seca e de três deuses, mas já diz: "Ouça-me, senão vou amaldiçoar você em nome de três milhões de deuses". – Certamente essa figura invisível tinha uma ou duas flechas em sua aljava e acrescentou: – Eu sou apenas um professor de primeiras letras. Eu aprendi toda a sabedoria dos *sahibs*.

– Os *sahibs* nunca ficam velhos. Eles dançam e brincam como crianças mesmo quando já são avós. É uma raça forte – interrompeu uma voz vinda de dentro do palanquim.

– Nós também temos o remédio que livra dos maus humores o cérebro de homens esquentados e raivosos: *sina* bem preparado quando a Lua se encontra na casa apropriada do Zodíaco. Tenho terra amarela, argila da China, que faz os homens recuperarem a juventude e causar espanto em sua casa; açafrão da Caxemira e o melhor *salep* de Cabul. Muitas pessoas morreram antes...

– Nisso eu acredito, com certeza – disse Kim.

– ...eles bem sabiam o valor de minhas drogas. Eu não dou aos meus pacientes apenas a tinta escrita no papel de um amuleto, mas drogas enérgicas e eficazes que penetram neles e lutam contra o mal.

– E elas fazem isso poderosamente – disse a velha senhora.

A voz lançou-se em uma longa história de infortúnios e falências, entremeados por inúmeras petições ao Governo, concluindo:

– Se não fosse pelo destino, que reina sobre tudo, eu agora seria um funcionário do Governo. E sou graduado pela grande universidade de Calcutá – para onde, talvez, a criança desta família também vá.

– É claro que ele vai. Se até o pirralho do nosso vizinho pode, em poucos anos, tornar-se um bacharel, crianças tão inteligentes como as que eu conheço haverão de ganhar muitos mais prêmios na rica Calcutá.

– Eu nunca tinha visto uma criança como essa! – disse a voz. – Nascido em uma hora auspiciosa e destinado a viver muitos anos. É digno de inveja. A menos que a cólica, desgraçadamente, venha a tornar-se bile negra e o leve para o túmulo como um pombinho...

– Ai, ai! – disse a senhora. – Elogiar crianças é sinistro, dá azar! Se não fosse por isso, eu poderia continuar a ouvir sua conversa. Mas os fundos da casa não têm guardas, e, mesmo neste clima ameno, os homens acham que são homens... e nós, mulheres, sabemos... O pai do menino está viajando e eu, na minha idade, é que tenho de me encarregar da vigilância. Vamos! Vamos! Levantem meu palanquim. Deixem o *hakim* e o jovem sacerdote discutirem o que é melhor, se as drogas ou os encantamentos. Ei, vamos, seus preguiçosos, tragam fumo pros hóspedes, enquanto eu vou dar minha volta pela nossa propriedade!

Lá se foi o palanquim, balançando-se, seguido por algumas tochas e uma horda de cães. Vinte aldeias ao redor conheciam a *sahiba*, seus defeitos, sua língua afiada e sua grande caridade. Vinte aldeias trapaceavam contra ela, de acordo com o costume imemorial, mas ninguém se atreveria, por nada deste mundo, a roubar alguma coisa nos seus domínios. Mesmo assim, ela fazia, com grande estardalhaço, suas inspeções, cuja zoada podia ser ouvida até lá na metade do caminho para Mussuri.

Kim relaxou, como deve fazer um vidente sempre que se encontra com outro. O *hakim*, ainda de cócoras, amigavelmente, empurrou com pé o cachimbo de vapor para Kim e o garoto deu uma tragada de bom fumo. Os espectadores que estavam por ali esperavam assistir a um debate sério e profissional e, talvez, conseguir uma consulta médica gratuita.

— Discutir medicina diante do ignorante é o mesmo que querer ensinar um pavão a cantar — disse o *hakim*.

— A verdadeira cortesia — acrescentou Kim — muitas vezes consiste em não ouvir.

Essas, entenda-se, eram frases de boas maneiras destinadas a causar boa impressão aos ouvintes.

— Ai! Eu tenho uma ferida na perna! — gritou um ajudante de cozinha. — Olhem aqui!

— Saia daqui! Vá embora! — gritou o *hakim*. — É costume desta casa incomodar hóspedes de honra? Vocês ficam amontoados em volta da gente como búfalos.

— Se a *sahiba* soubesse... — completou Kim.

— Ei, gente, vamos embora. Eles estão aqui só por nossa patroa. Quando curarem a cólica do diabinho dela, talvez deem vez aos pobres como nós...

— A patroa alimentou a sua esposa enquanto você estava na cadeia por ter quebrado a cabeça do agiota. Quem pode falar contra ela? — disse o velho servidor *orissa*, torcendo furiosamente os bigodes sob a luz da lua que vinha surgindo. – Eu sou responsável pela honra desta casa. Deem o fora daqui! – E se foi, tangendo todos os seus subordinados adiante de si.

Então o *hakim* murmurou por entre os dentes, em inglês, mal mexendo os lábios:

– Como vai, Sr. O'Hara? Muito prazer em vê-lo novamente.

A mão de Kim se contraiu em torno do tubo do narguilé. Em outro lugar qualquer da estrada, não poderia ter sido surpreendido, mas aqui, neste remanso de vida tranquila, não estava preparado para reconhecer o *babu* Hurri. Além disso, estava chateado por ter-se deixado enganar.

– Ha, ha! Bem que eu lhe disse, lá em Lucknow: "Eu vou reaparecer, ou, como se diria em latim, *resurgam*, e você não me reconhecerá". Quanto você apostou, hein? – Hurri mascava calmamente algumas sementes de cardamomo, mas respirava com esforço.

– Mas por que você veio aqui, *babuzinho*?

– Ah! Eis a questão, como diria Shakespeare. Eu vim pra lhe dar os parabéns pelo seu eficiente trabalho em Délhi. Ah! Posso garantir que estamos orgulhosos de você. Foi um serviço muito limpo e bem feito. Nosso amigo comum é um velho amigo meu – continuou Hurri, referindo-se a E23. – Ele estava no maior aperto. E logo, com certeza, vai se meter em outro. Ele me contou tudo e eu contei ao Sr. Lurgan, que ficou na maior satisfação ao saber que você passou tão bem nessa prova. O Departamento inteiro está satisfeitíssimo.

Pela primeira vez em sua vida, Kim tremeu de puro orgulho, provocado pelos louvores do Departamento, o que também podia ser uma cilada, a laçada do elogio vindo de um colega altamente prestigiado pelos demais colegas. Não há nada no mundo que se compare a isso. Mas o modo oriental de pensar alertou Kim. "Os *babu*s não viajam tão longe só pra parabenizar uma pessoa", pensou o garoto.

– Conte melhor essa história, *babu* – disse Kim com firmeza.

– Ora, não é nada de mais. Eu estava em Simla quando chegou um telegrama sobre aquilo que nosso amigo comum disse que tinha escondido. Então o velho Creighton... – ele fez uma pausa, olhando pra ver como Kim ia encarar essa ousadia.

– O *sahib* coronel – corrigiu o aluno de São Xavier.

– Claro. Como eu não tinha nada de especial pra fazer, ele me mandou pra Chitor, buscar a maldita carta. Eu não gosto do Sul: é viagem de trem demais, mas consegui arrancar dele uma boa ajuda de custo pra viagem.

Ha, ha! Encontrei o nosso amigo comum na volta, em Délhi. Por enquanto, ele está quieto lá e disse que o disfarce de beato que você lhe arranjou serve perfeitamente. Bem: lá, fiquei sabendo de tudo o que você fez tão bem, improvisando na hora. Eu disse ao nosso amigo comum que você pega mesmo o touro pelos chifres, por Deus! Foi extraordinário. Vim pra lhe dizer isto.
– Humm!
Os sapos coaxavam nas valetas e a lua ia deslizando para o poente. Alguns servos tinham saído para celebrar a noite com toques de tambor. A pergunta seguinte de Kim veio em idioma indiano:
– Como você conseguiu encontrar nossa pista?
– Ah, isso foi fácil! Eu soube pelo nosso amigo comum que vocês vinham em direção de Saharanpur. Então eu vim. Os lamas tibetanos não passam despercebidos. Eu me viro com minha caixa de remédios e sou realmente um bom médico. Passei em Akrola e lá, batendo papo com todos e com cada um, consegui notícias de vocês. Todas as pessoas do povo sabem o que vocês fazem e por onde andam. Fiquei sabendo que a velha senhora lhes mandou uma liteira. Eles guardam muitas lembranças das visitas que receberam do velho lama. Sei também que velhas senhoras não resistem à oferta de remédios. E, como eu sou médico... está me ouvindo? Eu acho que não há nada de errado. Acredite-me, Sr. O'Hara, todo mundo, num raio de oitenta quilômetros daqui, sabe onde estão você e o lama. Então eu vim. Você se importa?
– *Babuzinho* – disse Kim, olhando aquela cara larga e sorridente.
– Eu sou um *sahib*.
– Meu caro Sr. O'Hara...
– E espero ser escalado pro Grande Jogo.
– Atualmente, você é meu subordinado no Departamento do Serviço Secreto.
– Então, por que você continua com essas macaquices? Ninguém vem de Simla nem se dá ao trabalho de, além disso, mudar de figurino com o único propósito de dizer algumas palavrinhas gentis. Eu não sou mais criança. Fale comigo em hindi e vamos ao xis da questão. Até agora... você não disse nem uma palavra verdadeira. Por que está aqui? Dê-me uma resposta direta.
– Isso é tremendamente desconcertante da parte dos europeus, Sr. O'Hara. Na sua idade, já deveria saber muito bem que aqui você nunca pode pedir respostas claras.

— Mas eu quero saber — disse Kim, rindo. — Se se trata de assuntos do Jogo, posso ser uma ajuda pra você. Como posso fazer alguma coisa se você só fica papagueando sem ir direto ao ponto?

O *babu* Hurri puxou o cachimbo a vapor e tragou até a água borbulhar.

— Vamos falar em língua local. Sente-se direito, Sr. O'Hara... Minha vinda está relacionada com o pedigree de um cavalo branco.

— Ainda? Isso já acabou há muito tempo.

— O Grande Jogo só vai acabar quando todos estiverem mortos. Não antes. Ouça-me até o fim: havia cinco reis que estavam preparando uma guerra de surpresa, três anos atrás, quando Mahbub Ali mandou você entregar o pedigree do garanhão branco. Com essa notícia, e antes que os tais reis tivessem tempo pra se preparar bem, nosso exército caiu sobre eles.

— Sim, oito mil homens em armas. Eu me lembro daquela noite.

— Mas a guerra não estourou. Esse é o costume do Governo. As tropas inglesas foram desmobilizadas, porque o Governo acreditava que os cinco reis ficaram com medo e é muito caro alimentar as tropas lá, entre os desfiladeiros das montanhas. Os rajás de Bunar e Hilás, que possuem armas, ofereceram-se, por um bom peço, pra defender os desfiladeiros contra qualquer um que viesse do Norte. Eles alegaram tanto amizade aos ingleses quanto medo.

E, com uma risada, o *babu* voltou a falar em inglês:

— É claro que lhe conto estas coisas extraoficialmente, só pra esclarecer a situação política, Sr. O'Hara. Oficialmente, eu me abstenho de criticar as ações de meus superiores. Continuando: essa solução agradou ao Governo, sempre preocupado em evitar despesas, e assim, por determinada quantidade de rúpias por mês, fez um contrato com os reinos de Bunar e Hilás, que se comprometeram a defender os desfiladeiros assim que as tropas do Governo se retirassem. Na época, eu, que estive vendendo chá em Leh, tornei-me funcionário da Contabilidade do Exército. Isso foi depois que encontrei você pela primeira vez. Quando as tropas se retiraram, fiquei pra trás pra cuidar do pagamento dos operários que estavam construindo novas estradas nas Montanhas. Essa construção de estradas era parte do contrato entre Bunar, Hilás e o Governo britânico da Índia.

— Sim, mas e daí?

– Vou lhe contar: fazia um frio danado lá em cima quando acabou o verão – disse Hurri, com ar confidencial. – Toda noite eu morria de medo de que os homens de Bunar viessem cortar minha cabeça pra roubar a arca que continha o dinheiro dos salários. Os cipaios, soldados indianos do exército inglês que faziam minha guarda, riam de mim. Por Deus, eu estava apavorado. Mas isso não importa. Agora, continuo em língua nativa: avisei várias vezes que aqueles dois rajás tinham se vendido também para os reinos do Norte e Mahbub Ali, que estava ainda mais ao norte, em grande parte confirmou minha informação. Nada foi feito. Mas eu fiquei com os pés congelados e perdi um dedo. Mandei avisar que aquelas estradas, por cuja construção eu estava pagando os trabalhadores, estavam destinadas aos pés de estranhos e inimigos.

– Quem?

– Os russos. Isso era, abertamente, um assunto constante de gozação entre os operários. Então eles mandaram me chamar pra contar de viva voz o que sabia. Mahbub também veio pro Sul. E veja no que deu isso! Este ano, depois que a neve derreteu – o *babu* estremeceu de novo –, dois estranhos vieram pelos desfiladeiros com o pretexto de caçar cabras selvagens. Eles traziam armas, mas também trenas, bússolas e instrumentos pra medir níveis.

– Ah! Agora a coisa está ficando clara.

– Eles são bem recebidos por Hilás e Bunar. Fazem grandes promessas, como porta-vozes de um *czar*, um imperador russo, e trazem presentes. Rodam pelos vales pra cima e pra baixo, dizendo: "Este é um bom lugar pra construir um baluarte, aqui se poderia construir um forte, acolá se poderia defender a estrada contra um exército"... as mesmas estradas pelas quais paguei mensalmente em rúpias. O Governo sabia disso, mas não fez nada. Os outros três rajás, dos reinos que não receberam nenhum dinheiro pra guardar os desfiladeiros, mandaram mensageiros com um aviso sobre a má-fé de Bunar e Hilás. Quando todo o dano já estava feito, veja só, quando esses dois estranhos, com suas bússolas e seus níveis, já estão quase convencendo os cinco reis de que os desfiladeiros vão ser varridos por um grande exército durante uma noite, pois essa gente das montanhas acredita em qualquer besteira, aí então eu, o *babu* Hurri, recebo a seguinte ordem: "Vá pro Norte ver o que esses estrangeiros estão fazendo". Digo ao *sahib* Creighton: "Este não é um simples caso de processo legal, em que só é preciso ir lá pra recolher provas".

Voltando a falar inglês, Hurri continuou, com um muxoxo:

– "Por Deus", eu disse, "por que diabos o senhor não dá ordens semioficiais a um corajoso homem semioficial pra envená-los, por exemplo? Se o senhor me permite a ousadia, digo-lhe que isso é uma grande negligência de sua parte". E o coronel Creighton riu de mim! É nisso que dá esse tolo orgulho inglês. Vocês acham que ninguém ousará conspirar contra vocês! Isso é pura asneira.

Kim fumava devagarzinho, a mente rápida analisando o assunto – ou, pelo menos, o que tinha conseguido entender dessa história.

– Então você vai pra lá seguir os estrangeiros?

– Não. Vou encontrá-los. Eles vêm pra Simla, enviar os chifres e cabeças que caçaram pra serem tratados em Calcutá. São, simplesmente, cavalheiros que caçam por esporte e recebem importante apoio governamental. Naturalmente, sempre fazemos isso. É o nosso orgulho britânico.

– Então, por que ter medo deles?

– Pelo amor de Deus, eles não têm a pele morena. Com gente de pele escura eu posso fazer qualquer negócio, naturalmente. Mas esses são russos e são pessoas sem nenhum escrúpulo. Eu... eu não quero fazer contato com eles sem uma testemunha.

– Você tem medo de ser morto por eles?

– Ah, isso não tem importância! Sou um bom seguidor do filósofo britânico Herbert Spencer pra não me assustar com uma coisinha de nada como a morte, que, como você sabe, já está escrita no meu destino. Mas... mas poderiam me torturar.

– Por quê?

O *babu* Hurri estalou os dedos, irritado.

– Naturalmente, vou me agregar ao acampamento deles, talvez como tradutor, ou como um pobre faminto, como deficiente mental ou outra coisa assim. E daí vou descobrir tudo o que puder. Pra mim é tão fácil fazer isso quanto representar o papel de médico pra velha senhora. Apenas... apenas... você vê, Sr. O'Hara, eu, infelizmente, sou asiático, o que é um sério problema em certos aspectos. E além disso, eu sou... um bengalês, um homem medroso.

– "Foi Deus quem fez a lebre e o bengalês. Não é vergonha alguma" – disse Kim, citando um provérbio local.

– Eu acho que quem nos fez foi o processo de Evolução, resultante da Necessidade Original, mas de qualquer maneira a origem de todos os seres é a mesma. A verdade é que estou com muito medo! Lembro-me de uma vez em que queriam cortar minha cabeça, na estrada pra Lhasa. Não, eu nunca cheguei até Lhasa: me joguei no chão e comecei a chorar, Sr. O'Hara, prevendo, na minha imaginação, todas as torturas chinesas. Eu nem acho que esses dois senhores vão mesmo me torturar, mas prefiro me precaver com uma ajuda europeia pra possíveis contratempos, em caso de emergência – Hurri tossiu e cuspiu os cardamomos. – Este é um pedido totalmente não oficial, ao o qual você pode responder: "Não, *babu*." Mas se seu velho lama não tem nenhum compromisso urgente, talvez você pudesse fazê-lo desviar um pouco sua rota, ou talvez eu possa seduzir a imaginação dele... De qualquer forma, eu gostaria que você permanecesse em contato oficial comigo até eu encontrar esses tais esportistas. Tenho você em alta conta desde que encontrei meu amigo em Délhi. Além disso, vou mencionar seu nome no meu relatório oficial quando a questão estiver finalmente resolvida. O que seria uma bela pluma pro seu chapéu. Realmente, foi por isso que vim.

– Hum! O final da história pode ser verdade, mas... e a primeira parte?

– Você diz os Cinco Reis? Ah! há muita verdade nisso! Muito mais verdade do que você imagina – disse Hurri com sinceridade. – Oh! Você virá, não é? Daqui vou diretamente pra Dun. Há campos verdejantes e pitorescos. De lá vou pra Mussuri, o bom e velho Mussuri Pahar, como dizem as damas e os cavalheiros. Em seguida, passando por Rampur, vou pra Chini. Esse é o único caminho por onde os dois estrangeiros podem vir. Não gosto nada da ideia de ficar esperando naquele frio, mas não temos escolha a não ser esperar, porque quero caminhar junto com eles pra Simla. Você sabe, um dos dois é francês e eu sei bastante francês. Tenho amigos em Chandernagore, que foi colônia francesa.

– Na verdade, meu santo homem ficaria contente de ver suas Montanhas de novo – disse Kim, pensativo. – Toda a sua conversa dos últimos dez dias tem girado em torno delas. Se fôssemos juntos...

– Oh! Podemos agir, pelo caminho, como se fôssemos completamente desconhecidos, se seu lama preferir. Posso caminhar quatro ou cinco quilômetros à frente. Hurri não tem pressa. E vocês vão mais atrás. Têm bastante tempo, pois os homens certamente irão demorar medindo, observando e mapeando o terreno. Vou sair amanhã e vocês no dia seguinte, se quiserem. Hein? Você pode pensar até amanhã. Meu Deus, já é quase dia!

Hurri bocejou e, sem sequer dizer "durma bem", saiu capengando pro quarto dele. Mas Kim quase não dormiu e seu pensamento corria em idioma hindustâni:

— Está certo chamar esse jogo de Grande Jogo! Por quatro dias fui ajudante de cozinha em Quetta, servindo a esposa do homem cujo livro eu roubei. E aquilo era parte do Grande Jogo! Do Sul, e só Deus sabe de que distância, veio o *mahratta*, com a vida em risco por jogar o Grande Jogo. Agora lá vou eu cada vez mais pro Norte, participando do Grande Jogo. De fato, isso corre como a lançadeira de um tear, pra cá e pra lá, em toda a Índia. E a chance de participar e de me divertir – acrescentou, sorrindo na escuridão – eu devo ao meu lama. E também a Mahbub Ali... e também ao *sahib* Creighton, mas principalmente ao meu santo homem. Ele tem razão: este é um mundo maravilhoso... e eu sou Kim... Kim... Kim... só... uma pessoa no meio de tudo isso. Mas vou ver esses estrangeiros com suas bússolas e suas trenas...

— Qual foi o resultado de suas conversas da noite passada? – perguntou o lama, depois de dizer suas orações.

— Apareceu um vendedor ambulante de drogas, um malandro que explora a *Sahiba*. Mas eu acabei com ele através de meus argumentos e orações, provando que nossos encantamentos valem mais do que suas águas coloridas.

— Oh, meus encantamentos! Você acha que a mulher virtuosa ainda vai insistir em um novo neto?

— Com toda a certeza.

— Então, temos de escrever um encantamento, senão eu vou ficar surdo com as queixas dela – disse o lama, remexendo em seu estojo de materiais de escrita.

— Nestas planícies sempre há gente demais – comentou Kim. – Acredito que nas Montanhas há muito menos.

— Ah, as Montanhas e a neve sobre os cumes! – o lama cortou um pedaço de papel quadrado, do tamanho que cabe bem em um amuleto. – Mas o que sabe você sobre as Montanhas?

— Elas estão tão perto... – Kim abriu a porta e contemplou a serena e longa silhueta do Himalaia, colorida pela luz dourada da manhã. – Nunca estive lá, a não ser quando andava vestido como um *sahib*.

O lama cheirou o vento, com saudades.

— E se a gente fosse pro Norte? – Kim fez a pergunta no momento exato do nascer do sol. – Não poderíamos nos poupar do calor do meio-dia, caminhando por entre as colinas mais baixas? – E, mudando de tom: – O senhor já acabou de fazer o encantamento pra viúva?

– Eu escrevi o nome de sete demônios idiotas, que não valem nem um cisco no olho. Assim é que as mulheres malucas nos desviam do Caminho!

O *babu* Hurri apareceu de trás do pombal, a escovar os dentes em um complicado ritual. Com sua carne abundante, costas largas, pescoço de touro e voz grossa, não dava, de jeito nenhum, a impressão de ser "uma pessoa medrosa". Kim fez-lhe um sinalzinho, quase imperceptível, de que tudo estava bem. Quando terminou sua toalete da manhã, o *babu* Hurri, com uma linguagem rebuscada, veio expressar seu respeito ao lama.

Eles comeram cada um por seu lado, é claro, e depois a velha senhora, mais ou menos escondida atrás de uma janela, voltou à questão vital das cólicas das crianças por causa das mangas verdes.

O conhecimento de medicina do lama era apenas empírico e baseava-se muito mais no simbolismo do que na ciência. Ele acreditava que o esterco de um cavalo preto, misturado com enxofre e armazenado numa pele de cobra, fosse um excelente remédio contra o cólera, chamado de "bile negra".

O *babu* Hurri aceitou as opiniões do velho com uma adorável cortesia, de forma que o lama considerou-o um médico muito bem-educado. Hurri alegou que ainda era apenas um amador, novato no conhecimento dos mistérios, mas pelo menos sabia reconhecer quando estava diante de um mestre e agradecia aos deuses por isso. Ele tinha aprendido com os *sahibs*, que esbanjam dinheiro nos salões senhoriais de Calcutá, mas era o primeiro a reconhecer a existência de outra sabedoria, superior à ciência mundana: a alta sabedoria da meditação solitária.

Kim assistia à conversa com inveja. O *babu* Hurri, que ele conhecia como uma pessoa melosa, efusiva e medrosa, tinha desaparecido, como também havia desaparecido o descarado charlatão da noite passada. O que se via agora era apenas um erudito e prudente filho da experiência e das adversidades, refinado, educado e atencioso, recolhendo a sabedoria dos lábios do lama.

A velha senhora confessou a Kim que essas conversas eram elevadas demais para ela. Ela gostava de encantamentos escritos com um monte de tinta que depois se podia dissolver na água, engolir e resolver tudo. Para que mais serviam os deuses?

Ela gostava de homens e mulheres e passou a falar deles: dos reis de pequenos reinos que tinha conhecido no passado, de sua própria juventude e beleza, dos ataques dos leopardos e das excentricidades do amor asiático; de impostos e taxas, arrendamentos, cerimônias fúnebres; falou especialmente de seu genro, com subentendidos fáceis de entender, do cuidado com as crianças e da falta de decência da época presente.

Kim, com sua juventude, estava tão interessado quanto a mulher nas coisas deste mundo, que ele não queria abandonar. Acocorou-se com os pés escondidos debaixo do manto, absorvendo tudo, enquanto o lama demolia, uma por uma, todas as teorias sobre a cura do corpo expostas pelo *babu* Hurri.

Ao meio-dia o *babu* prendeu às costas sua caixa de remédios, reforçada por fitas de latão, com os sapatos de couro de luxo pendurados numa mão e o guarda-chuva azul e branco na outra, e foi-se para o norte em direção a Dun, para onde ele disse que ia a chamado dos pequenos reis daqueles lados.

— Vamos partir esta noite, quando refrescar, *chela* – disse o lama. – Esse doutor, bom conhecedor dos males físicos e da cortesia, diz que as pessoas que vivem entre essas montanhas mais baixas é devota e generosa e tem extrema necessidade de um mestre. Em pouco tempo, me disse o *hakim*, chegaremos onde o ar é fresco e cheira a pinho.

— Vocês estão indo pras Montanhas? Pela estrada de Kulu? Oh, três vezes abençoados! – exclamou a velha senhora. – Se eu não tivesse tanto que fazer pra cuidar desta casa, pegaria meu palanquim e iria também... mas isso seria uma vergonha e minha reputação ficaria arruinada. A-há, eu conheço esse caminho, conheço cada passo. Vocês encontrarão caridade em todos os lugares... que nada é negado àqueles que parecem ser gente do bem. Vou dar ordens pra prepararem mantimentos pra vocês. Devo enviar um servo pra ajudá-los durante a viagem? Não? Então deixem-me pelo menos preparar-lhes boa comida.

— Que mulher é esta *Sahiba*! – disse o servo *orissa* de barbas brancas, quando ouviu a zoada vindo da cozinha. – Em toda a sua vida ela nunca se esqueceu de um amigo e nem de um inimigo. E sua arte culinária... humm! – e esfregou o estômago magro.

Havia bolos, doces, frango frio refogado e desfiado com arroz e ameixas, o suficiente pra deixar Kim carregado como uma mula.

— Eu sou uma velha inútil – disse ela. – Ninguém me ama... ninguém me respeita... mas há pouca gente que se pode comparar a mim quando, depois de rezar para os deuses, eu me ponho a mexer com as panelas. Voltem logo, ó, homens de boa vontade! Santo homem e seu discípulo, voltem em breve. Aqui os quartos estão sempre prontos e sempre prontas as boas-vindas... Cuidado pra que as mulheres não persigam seu *chela* muito descaradamente. Eu conheço bem as mulheres de Kulu. E você, *chela*, tome cuidado pra que seu velho mestre não escape de você, correndo, quando sentir de novo o cheiro do ar das Montanhas... Ei, você! Não vire pra baixo o saco de arroz... Abençoe esta casa, santo homem, e perdoe esta sua serva por suas tolices.

Ela enxugou os velhos olhos vermelhos com uma ponta do véu e soltou uma espécie de cacarejo.

– As mulheres falam – disse, enfim o lama –, mas essa é uma doença feminina. Eu lhe dei um encantamento. Ela vive na Roda das Coisas e inteiramente entregue às aparências deste mundo, mas nem por isso, *chela*, deixa de ser virtuosa, hospitaleira e bondosa. Seu coração é grande e cheio de entusiasmo. Quem será capaz de dizer que ela não tem méritos?

– Não eu, meu santo – disse Kim, reacomodando sobre os ombros o peso do grande saco de mantimentos. – Em minha mente... dentro da minha cabeça, tentei imaginar uma mulher como ela completamente livre da Roda, sem desejar mais nada... nada... sem causar mais nenhuma agitação, nada, como se fosse uma monja.

– E daí, ô, malandrinho? – quis saber o lama, quase rindo alto.

– Não consigo imaginar uma coisa dessas.

– Nem eu. Mas ela ainda tem milhões, muitos milhões de vidas pela frente. Talvez, em cada encarnação, ela adquira um pouquinho de sabedoria.

– E será que durante esse caminho ela vai esquecer como é que se faz um bom refogado com açafrão?

– Você está sempre pensando em besteiras. Mas ela é mesmo muito hábil na cozinha. Eu já estou me sentindo renovado e bem-disposto. Quando chegarmos aos contrafortes das Montanhas, estarei ainda mais forte. O *hakim* estava certo quando disse, esta manhã, que respirar o ar das neves deixa a gente vinte anos mais jovem. Nós vamos subir as Montanhas... as altas Montanhas... Por um tempinho, vamos ouvir o som da água que corre das neves e o farfalhar das árvores. O *hakim* disse-me que a qualquer momento podemos voltar pras planícies, porque vamos só contornar os lugares agradáveis. O *hakim* é muito experiente e não é orgulhoso. Enquanto você conversava com a *Sahiba*, falei com ele sobre umas tonturas que sinto na nuca durante a noite e ele me disse que era devido ao calor excessivo e que certamente o ar fresco vai me curar. Pensando bem, é incrível que eu não tenha me lembrado de um remédio tão simples.

— O senhor lhe falou da sua Busca? — perguntou Kim, meio enciumado, porque gostava que o lama se guiasse pelos seus conselhos e não pelas manobras do *babu* Hurri.

— Naturalmente. Contei a ele sobre meu sonho e como eu adquiri méritos, providenciando meios pra que você estudasse.

— O senhor não lhe disse que eu era um *sahib*?

— Pra quê? Eu já disse muitas vezes que nós somos apenas duas almas que buscam libertação. Ele me disse, e com toda razão, que o Rio da Flecha brotará do chão como eu sonhei... diante dos meus pés, se necessário. Veja você: tendo encontrado o Caminho que vai me libertar da Roda das Coisas, pra que preciso me preocupar em buscar caminhos através dos campos da terra... que são apenas ilusão? Isso não faria sentido. Tenho meus sonhos, que se repetem noite após noite, tenho o livro do Jataka, com todas as histórias de Buda pra me orientar, e tenho você, Amigo de Todos. Em seu horóscopo estava escrito que o Touro Vermelho em um campo verde, veja como não esqueci, lhe traria todas as honras. Quem, mais do que eu, viu como essa profecia se cumpriu? Sem dúvida, eu fui seu instrumento. Você vai encontrar o meu Rio pra mim, sendo, por sua vez, o meu instrumento. A Busca não falhará!

Seu rosto sereno e amarelo, em tons de marfim, virou-se para as Montanhas, que pareciam chamá-lo; sua sombra se alongava diante dele na poeira da estrada.

CAPÍTULO 13

uem retorna para as montanhas volta ao colo da mãe.

Eles já tinham cruzado a baixa cordilheira das Siwaliks e a região quase tropical de Dun, tinham ultrapassado o Mussuri e se dirigido para o Norte ao longo das estreitas trilhas de montanha. Dia após dia, penetravam na compacta serra e, dia após dia, Kim percebia como o lama recuperava forças de um homem mais novo. Nos terraços de Dun, ele tinha andado apoiando-se nos ombros do menino, e sempre pronto para aproveitar os pontos de descanso ao longo do caminho. Ao chegar ao pé da encosta íngreme que levava a Mussuri, porém, ele pareceu, de repente, recuperado como um velho caçador diante de uma encosta de que se lembra tanto. E naquele lugar, onde, normalmente, ele poderia ter desistido, cingiu sua longa túnica, inspirou profundamente, duas vezes, o ar claro como um diamante e começou a subir como só um alpinista é capaz de fazer.

Kim, criado e alimentado nas planícies, suava e ofegava, espantado.

– Esta é a minha terra – disse o lama. – Mas, comparado com Tal-zen, este terreno é mais plano do que um campo de arroz.

Impulsionado por um poderoso e ritmado movimento dos quadris, o lama foi subindo com passos regulares. Mas foi ao longo da rápida descida por uma encosta muito íngreme, por cerca de dez quilômetros em três horas, que o lama derrotou completamente o jovem Kim, cujas costas doíam intensamente pelo esforço para não escorregar e que sentia o dedão de um dos pés quase decepado pela tira da sandália.

Enquanto isso, o lama, incansável, descia balançando-se pelo chão salpicado de sombra e sol das grandes florestas de cedro, por entre carvalhos cobertos de samambaias, pelo meio das bétulas, rododendros e pinheiros, ou por encostas nuas e escorregadias, cobertas apenas de capim ressecado pelo sol, e de novo penetrando em frescas florestas, até que os carvalhos cederam lugar aos bambus e palmeiras do vale.

Ao entardecer, virando-se para olhar os altíssimos picos que estavam atrás dele e a linha incerta e estreita da trilha por onde tinham vindo, o lama já planejava, com a generosa amplitude de visão de um montanhês, novas marchas para o dia seguinte. Às vezes, parando em algum ponto estreito entre as altas margens de um desfiladeiro que conduzia a Spiti e Kulu, o velho estendia as mãos desejosas para as altas neves do horizonte, que brilhavam com tons avermelhados pela luz da madrugada, acima do puro azul, enquanto os picos de Kedernath e Badrinath, reis daquelas solidões, recebiam os primeiros raios do dia.

Durante o dia as neves pareciam prata fundida ao sol e à tarde adornavam-se novamente com suas joias coloridas. No início, soprava suavemente sobre os viajantes uma brisa agradável para quem se aventurava por íngremes e gigantescas encostas; mas, em poucos dias, já a uma altitude de uns três mil metros, o vento parecia chicoteá-los e Kim gentilmente concedeu a uma aldeia de montanha a ocasião de adquirir mérito dando-lhe um áspero manto para agasalhar-se. O lama estava surpreso de que alguém se queixasse daquelas brisas cortantes, que tinham varrido para longe de seus ombros o peso de vários anos.

– Estas são apenas as montanhas mais baixas, *chela*. Não se sente o frio de verdade até chegar às verdadeiras montanhas.

– O ar e a água são bons e as pessoas são muito piedosas, mas a comida é horrível – resmungou Kim –, e nós estamos andando feito loucos... ou feito ingleses. Além disso, à noite a gente quase congela.

– Um pouco, talvez, mas apenas o suficiente para fazer os velhos ossos se alegrarem com a volta do sol. Não devemos viver sempre deliciando-nos com camas macias e comida suculenta.

– Mas podíamos, pelo menos, andar pela estrada.

Kim tinha a predileção dos habitantes das planícies pelos caminhos já muito batidos, de quase dois metros de largura, que serpenteavam suavemente por entre os morros, mas o lama, como bom tibetano, não se contentava com isso e preferia pegar atalhos por cima de penhascos ou à beira de encostas cobertas de cascalho. Como explicava ao seu discípulo, que já estava manco, um homem criado nas montanhas pode adivinhar o curso de uma trilha e, apesar do nevoeiro ser um obstáculo para qualquer estrangeiro que se meta por um desses atalhos, não é problema para um homem acostumado a isso. Assim, depois de longas horas daquilo que, num país ocidental, seria considerado excelente montanhismo esportivo, eles já tinham ofegado por cima de um alto morro, ultrapassado com esforço umas tantas pequenas avalanches e descido através das florestas em um ângulo de quarenta e cinco graus para, só então, voltar à estrada comum. Ao longo da caminhada, foram encontrando aldeias montanhesas de cabanas de barro e, às vezes, de madeira rusticamente talhada a machado, amontoadas em minúsculos terraços planos, penduradas como ninhos de andorinhas no meio de íngremes e escorregadias encostas de mil metros de altura ou encolhidas em frestas afuniladas entre penhascos, que atraíam qualquer rajada de vento que passasse por perto. Ou, para estar perto das pastagens no verão, acocoradas em pequenos vales onde passavam todo o inverno cobertas por três metros de neve. E aquele povo amarelado, engordurado, vestido em áspero pano de lã grosseira, com suas pernas curtas nuas e cara de esquimós, corria para juntar-se em torno do lama e venerá-lo.

As planícies, bondosas e suaves, tinham tratado o lama como um homem santo entre muitos santos. Mas as montanhas o veneravam como alguém que tem autoridade sobre todos os seus demônios. A religião dessa gente era um budismo muito modificado, misturado com um culto da natureza tão fantástico quanto suas próprias paisagens e tão complicado como os terraços em que plantavam suas minúsculas roças; mas atribuíam grande autoridade ao enorme chapéu vermelho, ao tilintar do rosário e às raras frases em chinês. E mostravam o maior respeito pelo homem debaixo daquele chapéu.

– Nós vimos os senhores descendo pelos negros seios de Euá – disse um dos montanheses que, uma noite, lhes deu queijo, coalhada e um pão duro como pedra. – Nós não costumamos usar esse caminho senão quando as vacas prenhes se extraviam por lá, no verão. Entre aqueles rochedos, mesmo nos dias mais calmos, sopram ventos repentinos que derrubam um homem. Mas, pra gente como vocês, o que importa o demônio Euá?

Foi então que Kim, com o corpo todo dolorido, tontinho de tanto olhar para baixo, com os pés cheios de bolhas e cãibras nos desesperados artelhos espremidos em calçados inadequados, começou a sentir o prazer da longa marcha, um prazer semelhante ao de um menino de São Xavier que, depois de ganhar uma corrida de quatrocentos metros rasos, é aplaudido pelos amigos. As montanhas tinham derretido o sebo do açúcar e da manteiga para fora de seus ossos; o ar seco, aspirado sofregamente ao fim de cruéis desfiladeiros, tinha-lhe ampliado e fortalecido o peito e as pistas duras e difíceis tinham criado e desenvolvido novos músculos em suas coxas e panturrilhas.

Muitas vezes, meditavam juntos sobre a Roda da Vida, ainda mais agora, como disse o lama, que estavam livres das suas tentações visíveis. Exceto pelas águias cinzentas ou a visão ocasional e distante de um urso tentando arrancar grama e raízes nas encostas, a visão de um furioso leopardo pintado devorando uma cabra, ao nascer do sol, no fundo de um vale tranquilo, ou, de vez em quando, a plumagem colorida de um ou outro pássaro, estavam sozinhos com as brisas e o farfalhar do capim ao vento.

As mulheres daquelas cabanas enfumaçadas, por cujos telhados os dois desciam como continuação da encosta, eram feiosas e nada asseadas, esposas de muitos maridos e doentes de bócio. Os homens, quando não podiam trabalhar nas roças, eram lenhadores, pessoas humildes e de uma incrível simplicidade.

Mas para que não lhes faltasse conversas adequadas, o destino enviou ao encontro deles o cortês médico de Dacca, que já os havia ultrapassado ou sido ultrapassado por eles nos caminhos. O médico pagou sua comida com pomadas para curar o bócio e com conselhos para restabelecer a paz entre homens e mulheres. Ele parecia conhecer as montanhas tão bem quanto sabia falar seus dialetos e explicou ao lama o mapa daquelas terras até lugares como Ladakh e o Tibete. Ele lhes disse que, quando quisessem, poderiam voltar para as planícies, mas, por enquanto, para quem ama as montanhas, aqueles caminhos poderiam ser mais divertidos. Tudo isso não foi dito de uma só vez: cada noite, eles se encontravam para conversar nas eiras calçadas de pedra, quando, livre de seus pacientes, o médico punha-se a fumar e o lama cheirava seu rapé, enquanto Kim espiava as vacas pastando em cima dos telhados ou deixava a alma correr atrás do seu olhar, através dos profundos abismos azuis entre uma serra e outra... E também houve conversas secretas nos bosques sombrios, onde o médico ia colher ervas medicinais – e Kim devia acompanhá-lo, como jovem médico em formação.

– Na verdade, Sr. O'Hara, eu não sei que diabo vou fazer quando encontrar os nossos amigos esportistas, mas me sentirei muito mais tranquilo se você fizer a bondade de me acompanhar a uma distância da qual possa ver meu guarda-chuva, que é um ótimo ponto de referência pra fazer levantamentos topográficos.

Kim ficou olhando por um momento para a floresta de picos à sua volta.

– Esta não é minha terra, *hakim*. Acho que é mais fácil encontrar um piolho na pelagem de um urso.

– Ah, esse é exatamente o meu ponto forte! Hurri não tem pressa. Não há muito tempo eles estiveram em Leh. Diziam que vinham da serra de Karakorum, pra lá dos Himalaias, e traziam cabeças, chifres e todos os costumeiros troféus de caça. Eu só tenho medo de que tenham enviado todas as suas cartas e coisas comprometedoras diretamente de Leh para os territórios russos. É natural que caminhem o mais possível para o leste, só pra fingir que nunca estiveram nos Estados do oeste. Você não conhece as montanhas? – perguntou o *hakim*, começando a riscar com uma vareta no chão. – Olhe só! Eles deveriam ter vindo pelas cidades de Srinagar ou Abbottabad. Esse seria o caminho mais curto, acompanhando a descida do rio Jelum por Bunji e Astore. Mas, como andaram fazendo trapaças no Oeste... então... – e Hurri traçou uma longa linha da esquerda para a direita – ...marcharam e marcharam para o leste até chegar a Leh, ai, que frio faz lá!, e desceram acompanhando o rio Indus até Hanle, por um caminho que eu conheço bem, e em seguida para o estado independente do Bushahr e para o vale Chini. Tudo isso eu deduzi por um processo de eliminação e também fazendo perguntas às pessoas que curo tão bem.

Nossos amigos há muito tempo andam zanzando por essas regiões e tomando nota de suas impressões, por isso são bem conhecidos em toda a área. Você vai ver como vou apanhá-los em algum ponto do vale Chini. Mas por favor, não perca de vista o meu guarda-chuva.

O tal guarda-chuva balançava-se como uma campânula lilás ao vento, descendo pelos vales ou contornando o sopé das montanhas, até que, no devido tempo, o lama e Kim, orientando-se com a bússola, ao anoitecer, localizaram-no vendendo seus pós e pomadas.

— Passamos por tal e tal lugar! — disse o lama apontando, meio ao acaso, as cadeias de montanhas que se erguiam atrás dele. E o guarda-chuva se esmerou em cumprimentá-lo.

Sob a fria luz da lua, eles cruzaram uma passagem nevada e o lama, brincando indulgentemente com Kim, seguia sobre seus incansáveis joelhos, como um camelo de duas corcovas, desses de pelos ásperos, criados na neve e vistos muitas vezes no caravançará Caxemira. Meteram-se através de camadas de neve recém-caída e de xisto polvilhado de neve, onde foram refugiar-se de uma tempestade num acampamento de tibetanos que vinham descendo, apressados, com seus pequenos carneiros carregados de sacos de minério de bórax. Seguiram depois para colinas verdejantes, ainda pontilhadas de neve e, atravessando uma floresta, de novo para áreas de pastagem. Durante todo esse caminho, os picos de Kedernat e Badrinath pareciam imóveis. Só depois de vários dias de viagem Kim pode perceber, do topo de um insignificante morro de apenas três mil metros de altura, que alguma ponta daqueles grandes senhores tinha mudado ligeiramente de lugar.

Por fim, entraram em um mundo à parte, um vale de muitas léguas de comprimento, cujas altas margens eram feitas de escombros e detritos caídos das montanhas mais acima. Ali, um dia inteiro de marcha parecia não tê-los feito avançar nada, como se estivessem num pesadelo, andando sem sair do lugar. Durante horas, e com muita dificuldade, contornaram um barranco, para, afinal, descobrir que aquilo não era mais do que um calombo num enorme contraforte saliente da montanha principal! O prado curvo a que chegaram revelou-se como o início de um vasto planalto que continuava até muito longe por dentro do vale. Depois de três dias de marcha, aquilo lhes parecia apenas uma vaga dobra na terra ao sul.

— É aqui, sem dúvida, que vivem os deuses — disse Kim, impressionado com o silêncio e a espantosa extensão e movimento das nuvens sóbrias depois da chuva. — Este não é lugar para gente!

— Há muito, muito tempo — disse o lama como se falasse para si mesmo —, perguntaram ao Senhor Buda se o mundo iria durar para sempre. O Excelente não respondeu nada... Quando eu estava no Ceilão, um sábio peregrino confirmou isso, a partir do livro sagrado escrito na antiquíssima língua *pali*, que eles conservam. É claro que, conhecendo o caminho para a libertação, essa pergunta torna-se irrelevante, mas olhe e compreenda a ilusão, *chela*! Estas são... as verdadeira montanhas! Elas são como minhas montanhas de Tal-zen. Nunca houve outras assim!

Acima deles, a ainda enormemente acima, a terra subia para a linha das neves, que se estendia por centenas de quilômetros de leste a oeste, reta como uma régua e onde até as mais intrépidas bétulas não chegavam. Acima dela, empilhadas em blocos nas escarpas, as rochas lutavam para manter as cabeças acima do manto branco que as afogava. Sobre elas, por sua vez, presentes desde o começo do mundo, mas mudando de aspecto segundo os caprichos do sol e das nuvens, estendiam-se as neves eternas. Em sua face branca podiam-se ver manchas e borrões onde dançavam tempestades e furacões errantes. Abaixo dos viajantes, a floresta estendia-se quilômetro após quilômetro numa camada de cor azul-petróleo e, no final da floresta, via-se uma aldeia rodeada por plantações feitas em terraços espalhados e pastagens nas encostas íngremes; abaixo da aldeia, embora nesse momento uma furiosa tempestade o escondesse, o terreno continuava a descer por mais quatrocentos ou quinhentos metros até o fundo do vale úmido onde se juntam os cursos d'água que formam a nascente do rio Sutluj.

Como de costume, o lama levou Kim por um caminho de cabras, longe da estrada principal, ao longo da qual o *babu* Hurri, aquele homem "medroso", três dias antes, tinha forcejado através de uma tempestade tão terrível que nove entre cada dez ingleses nunca se aventurariam a enfrentá-la. Hurri não era um amante da caça: o mero som de um disparo o fazia mudar de cor, mas, como ele mesmo dizia, era "um andarilho razoavelmente eficiente" e tinha perscrutado o imenso vale com um par de binóculos baratos, com propósito certo. Além disso, velhas tendas brancas sobre fundo verde distinguem-se de longe. Quando finalmente sentou-se na eira de Ziglaur, o *babu* Hurri já tinha visto tudo o que queria:

a uns trinta quilômetros num voo de águia, ou a sessenta quilômetros para quem viajasse pela estrada, duas pequenas manchas brancas, que um dia estavam logo abaixo da linha da neve e, no dia seguinte, pareciam ter escorregado uns doze centímetros encosta abaixo. Uma vez limpas, descansadas e postas em movimento, as grossas pernas nuas do *hakim* eram capazes de fazer viagens incríveis. Por isso, enquanto Kim e o lama estavam em Ziglaur, debaixo de um barraco desmantelado, esperando passar a tempestade, um bengali ensebado, suado, mas sempre sorrindo e falando as mais indecentes frases no mais puro inglês, tentava engraçar-se com dois estrangeiros encharcados e meio reumáticos. O *babu*, depois de revolver planos mirabolantes na cabeça, havia chegado na esteira de uma tempestade que tinha derrubado um pinheiro em cima do acampamento e deixou uma ou duas dúzias de carregadores convencidos de que o dia não era propício para continuar marchando, de modo que todos largaram suas cargas e se recusaram a seguir em frente. Eram súditos de um rajá das montanhas que alugava o trabalho deles a terceiros em seu próprio benefício, como de costume; e, para aumentar ainda mais o infortúnio dos coitados, os *sahib*s estrangeiros os ameaçavam com seus rifles. A maioria deles conhecia rifles e *sahib*s havia muito tempo: eram rastreadores e caçadores treinados dos vales do Norte, muito hábeis para seguir um urso ou uma cabra montanhesa, e nunca tinham sido tão maltratados em sua vida. Assim, a floresta os acolheu em seu seio e, apesar de toda a gritaria e dos palavrões dos estrangeiros, recusou-se a devolvê-los.

    Não havia necessidade de fingir-se de louco, nem... O *babu* tinha pensado em diversos outros meios para garantir uma boa acolhida. Ele apenas teve de torcer a roupa encharcada, enfiar os pés nos sapatos de couro, abrir seu guarda-chuva de listras azuis e brancas e, com passinhos elegantes e o coração batendo na garganta, apresentar-se como "Um agente de Sua Alteza Real, o Rajá de Rampur, senhores. Digam-me, por favor, o que eu posso fazer pelos senhores?".

    Os cavalheiros estrangeiros ficaram encantados. Um deles era, evidentemente, francês; o outro, russo, e ambos falavam um inglês não muito pior do que o do *babu*. Imploraram seus bons ofícios de médico. Seus servos nativos tinham adoecido em Leh. Eles continuaram o caminho porque estavam com pressa para levar seus troféus de caça para Simla, para evitar que as traças roessem as peles. Tinham uma carta geral de apresentação para todos os funcionários do Governo, diante da qual o *babu* inclinou-se, fazendo mil salamaleques no estilo oriental.

Não, não tinham encontrado qualquer outro grupo de caçadores pelo caminho. Viravam-se por conta própria e ainda tinham grande reserva de alimentos. Tudo o que queriam era seguir adiante o mais rápido possível. Ouvindo isso, o *babu* surpreendeu um dos rastreadores agachado entre as árvores e, com três minutos de conversa e um pouquinho de dinheiro, os onze carregadores e mais três não contratados que andavam com eles, reapareceram. Pelo menos, o *babu* seria testemunha da opressão que sofriam. Não se pode ser pão-duro quando se está a serviço do Estado, mas o coração de Hurri sangrou pelo desperdício daquele dinheiro...

– Sua Alteza Real ficará muito aborrecido, mas eles são apenas gente comum, rude e ignorante. Se Suas Senhorias se dignarem a ignorar esse incidente infeliz, eu ficarei muito agradecido. Logo essa chuva vai parar e podemos continuar. Os senhores já caçaram muito, hein? Com excelentes resultados!

Enquanto dizia isso, o *babu*, sob o pretexto de ajeitá-los melhor, ia remexendo habilmente, um por um, nos onze enormes cestos cônicos que os carregadores levavam nas costas com a ajuda de uma faixa apoiada na testa.

Os ingleses, em geral, não são condescendentes para com os asiáticos, mas nunca dariam uma pancada no pulso de um *babu* tão gentil simplesmente por ele ter feito tombar, acidentalmente, um cesto coberto por uma oleado vermelho. Por outro lado, nenhum deles haveria de insistir em oferecer bebidas a um *babu*, por mais amigável que fosse, nem o teria convidado a comer com eles. Aqueles caçadores estrangeiros, porém, fizeram todas essas coisas e mais montes de perguntas, principalmente sobre mulheres, às quais Hurri respondeu alegre e espontaneamente. Deram-lhe um copo de líquido incolor parecido com gim e lhe encheram de novo o copo várias vezes, de modo que, a certa altura, o *hakim* já tinha perdido qualquer seriedade. Revelou-se maledicente e começou a falar livremente, com termos indecentes, contra o Governo que o tinha obrigado a cursar as mesmas escolas que cursa um homem branco, mas se esqueceu de lhe dar um salário de homem branco. Ele contou, gaguejando, várias histórias de opressão e injustiça, até que as lágrimas lhe escorreram pela cara diante da miséria de sua terra natal. Cambaleou para longe, cantando canções de amor do Sul de Bengala, e arriou sobre um tronco de árvore molhado. Nunca se viu uma tão infeliz vítima do domínio britânico na Índia jogar-se tão tristemente nos braços de estranhos.

— Eles são todos cortados pelo mesmo molde — disse um dos esportistas, falando em francês com o outro. — Quando entrarmos na Índia propriamente dita, você vai ver. Eu gostaria de visitar esse tal rajá. Talvez pudéssemos ter uma boa conversa com ele. Ele pode ter ouvido falar de nós e talvez queira expressar sua boa vontade para conosco.

— Não há tempo. Devemos chegar a Simla logo que pudermos — disse seu companheiro. — De minha parte, eu preferia ter enviado todos os nossos relatórios pelo correio de Hilás, ou mesmo de Leh.

— O correio dos ingleses é melhor e mais seguro. Lembre-se de que recebemos todos os recursos para cumprirmos a nossa missão, e, por Deus, eles, os ingleses, também estão facilitando tudo pra nós! Isso não é de uma estupidez incrível?

— Isso é orgulho, orgulho que merece e vai receber sua punição.

— Sim! Lutar contra outros europeus, neste nosso jogo, vale a pena. Há sempre algum risco, mas com essa gente... ah, fica muito fácil!

— Orgulho... é tudo orgulho, meu amigo.

— De que, diabos, me adianta a sorte de a cidade de Chandernagore, fundada pelos franceses, ser tão perto de Calcutá e tudo o mais... — pensou Hurri, fingindo roncar alto, com a boca aberta, largado sobre o musgo úmido — se não consigo entender o francês deles? Eles falam depressa demais! Acho que o melhor teria sido cortar logo o maldito pescoço dos dois.

Quando se apresentou novamente aos estrangeiros, o *babu* fez de conta que estava morrendo de dor de cabeça e com remorso e medo de ter dito ou feito alguma besteira durante a bebedeira. Disse que gostava demais do Governo britânico, que era a fonte de toda a prosperidade e honra, e que seu senhor, o rajá de Rampur, era da mesma opinião. Diante disso, os caçadores começaram a zombar dele e repetir as frases que ele tinha dito na noite anterior, até que, pouco a pouco, com sorrisos amarelos, caretas melosas e olhares maliciosos, o pobre *babu* foi despojado de suas defesas e forçado a dizer... a verdade.

Mais tarde, quando Hurri contou essa história a Lurgan, este lamentou profundamente não ter estado no lugar daqueles teimosos e desatentos carregadores, protegidos apenas por pequenas esteiras de palha na cabeça, esperando ao relento, enquanto as gotas de chuva se empoçavam aos seus pés. Todos os *sahibs* que, até então, aqueles trabalhadores tinham conhecido eram homens vestidos com roupas rústicas, que regressavam a cada ano para caçar em suas ravinas preferidas, mas traziam seus próprios serviçais, cozinheiros e ordenanças, quase sempre montanheses. Em vez disso, os dois *sahibs* estrangeiros viajavam sem nenhuma comitiva. Portanto, além de pobres, deviam ser ignorantes, porque nenhum *sahib*, em seu juízo perfeito, teria seguido conselhos de um bengalês. Mas o bengalês, vindo ninguém sabia de onde, tinha dado dinheiro aos carregadores e era capaz de se comunicar com eles em seu próprio dialeto. Acostumados a ser maltratados, mesmo por gente de sua própria raça, os carregadores suspeitaram que ali devia haver alguma armadilha e estavam prontos para sair correndo se fosse o caso.

Então, através do ar recém-lavado, aspirando com prazer o cheiro de terra molhada, o *babu* foi mostrando o caminho morro abaixo, marchando orgulhosamente à frente dos carregadores e caminhando humildemente atrás dos cavalheiros estrangeiros. Ia cheio dos mais variados pensamentos. O menor deles teria interessado muito aos seus companheiros de viagem...

Mas o bengalês era um bom guia, sempre pronto a apontar as belezas dos domínios de seu nobre senhor. As montanhas eram povoadas de todos os animais que os estrangeiros desejavam caçar: carneiros selvagens, cabritos monteses de várias espécies e ursos aos pares. O *babu* discursava sobre botânica e etnologia com impecável imprecisão e seu repertório de lendas locais era inesgotável, já que, lembre-se, havia quinze anos que ele era agente de confiança do Estado.

– Definitivamente, esse cara é muito original – disse o mais alto dos dois estrangeiros. – Parece a caricatura de um emissário de Viena.

– Representa, em tamanho pequeno, a Índia em transformação, essa mistura monstruosa de Oriente e Ocidente – disse o russo. – Só nós é que sabemos lidar direito com os orientais.

– Ele perdeu sua própria nação e não conseguiu adquirir outra. Mas sente o mais completo ódio para com os conquistadores. Escute. Ontem à noite ele me disse...

Debaixo de seu guarda-chuva listado, Hurri mantinha alertas os ouvidos e a mente para acompanhar as frases ditas num francês rápido, sem nunca tirar os olhos de um cesto, maior do que os outros e protegido por um duplo oleado vermelho, cheio de mapas e documentos. O *babu* não queria roubar coisa nenhuma. Só queria saber o que valia a pena roubar e, além disso, como escapar depois de roubá-lo. Ele também agradecia aos deuses do Hindustão e ao cientista Herbert Spencer, de quem era grande admirador, que ainda restassem coisas dignas de serem roubadas.

No segundo dia, a estrada subiu uma ladeira íngreme que conduzia a um cume gramado, situado acima da floresta. E foi ali, quase ao pôr do sol, que os viajantes encontraram um velho lama, que os estrangeiros chamavam de *bonzo*, sentado de pernas cruzadas diante de um misterioso mapa, firmado no chão por pedras colocadas nos quatro cantos, cujo conteúdo ele explicava a um jovem, obviamente um neófito, seu discípulo, rapaz singularmente bonito, embora nada limpo.

O guarda-chuva listado tinha sido avistado no meio da subida e Kim então propôs ao lama uma pausa na lição, até que Hurri chegasse onde estavam.

– Ah! – disse o *babu* Hurri, manhoso como o Gato de Botas. – Este é um eminente santo local. Provavelmente súdito de meu nobre senhor.

– O que é que ele está fazendo? É muito curioso.

– Está explicando imagens sagradas... tudo pintado à mão.

Os dois homens pararam, as cabeças descobertas banhadas pelos raios oblíquos do sol poente que declinava para além do capim dourado. Os mal-humorados carregadores, felizes pela possibilidade de um descanso, pararam e arriaram suas cargas.

– Olhe! – disse o francês. – É como a imagem do nascimento de uma religião... o primeiro mestre e o primeiro discípulo. São budistas?

– De alguma seita degradada do budismo – respondeu o outro. – Nessas montanhas não existem verdadeiros budistas. Mas olhe para as dobras de seu manto. Olhe os olhos dele... quanta insolência! Por que o fato de vê-lo nos faz sentir que ainda somos uma nação tão jovem? – E, dizendo isso, o estrangeiro golpeou raivosamente uma alta haste de capim. – Nós ainda não deixamos nossa marca em nada. Em nenhum! Isso é o que me preocupa – e olhou irritado para o rosto plácido e a monumental tranquilidade do lama.

– Tenha paciência. Vamos juntos, nós e seu jovem povo, produzir essa marca que você espera. Enquanto isso, desenhe essa cena.

O *babu* avançou com uma pose arrogante, numa atitude sem nenhuma relação com o seu discurso respeitoso ou com a piscadela que dirigiu a Kim.

– Santo homem, estes são *sahib*s. Meus medicamentos curaram o resfriado de um deles e vou acompanhá-los a Simla pra supervisionar sua convalescença. Eles querem ver a sua pintura...

– Curar um doente é sempre uma coisa boa. Esta é a Roda da Vida – disse o lama –, a mesma que eu lhe mostrei na cabana de Ziglaur enquanto chovia.

– ...e querem ouvir sua explicação.

Os olhos do lama se iluminaram com a perspectiva de novos ouvintes.

– Expor o Caminho da Máxima Excelência é sempre bom. Eles entendem alguma coisa do idioma hindi, como o guardião de imagens de Lahore?

– Talvez entendam um pouco.

Satisfeito como a uma criança com um brinquedo novo, o lama levantou a cabeça e começou a cantar em voz gutural a invocação ao Doutor em Divindade que sempre antecede a exposição completa da doutrina. Os estrangeiros, apoiando-se em seus bastões de alpinistas, escutavam.

Kim, humildemente de cócoras, observava a luz avermelhada do sol em seus rostos, suas sombras longas, que se fundiam e se separavam de novo. Usavam perneiras diferentes das inglesas e uns cintos muito estranhos, que lembravam vagamente os desenhos de um livro que havia na biblioteca de São Xavier, intitulado *As Aventuras de um jovem naturalista no México*, escrito por certo M. Sumichrast. Sim, assemelhavam-se muito ao maravilhoso M. Sumichrast daquela história e muito pouco à gente "completamente sem escrúpulos" que o *babu* Hurri havia descrito. Os carregadores, mudos, da cor da terra, tinham se acocorado respeitosamente a uns vinte ou trinta metros de distância e o *babu*, cujo vestuário frouxo estalava como uma bandeira quando agitado pela brisa fria, posava com um ar de presunçoso proprietário.

– Estes são os homens – sussurrou Hurri, enquanto o ritual continuava seu curso e os dois brancos acompanhavam a haste de capim que o lama manejava em idas e voltas entre o céu e o inferno. – Todos os livros deles estão no cesto maior, coberto de oleado vermelho... há livros, relatórios e mapas e eu vi uma carta de um rei que deve ser o de Hilás ou de Bunar. Estão armazenados com muito cuidado. Eles não enviaram nada para seu país, nem de Hilás nem de Leh. Tenho certeza.

– Quem mais está com eles?

– Ninguém, só esses carregadores em trabalho forçado. Eles não têm criados. São tão desconfiados que preferem fazer sua própria comida.

– O que você quer que eu faça?

– Espere e fique alerta. Mas se alguma coisa acontecer comigo, você sabe onde deve procurar os papéis.

– Este assunto estaria melhor nas mãos de Mahbub Ali do que nas de um bengalês – disse Kim com desdém.

– Há mais maneiras de chegar perto de uma namorada do que derrubar uma parede com a cabeça.

– Eis aqui o inferno destinado à ganância e à gula. Acompanhado de um lado pelo Desejo e do outro, pelo Desânimo – o lama se animava cada vez mais com sua obra, enquanto um dos estranhos desenhava seu retrato à luz que ia diminuindo rapidamente.

– Basta – disse o homem, rispidamente. – Não entendo nem uma palavra, mas eu queria essa imagem. Ele é um artista muito melhor do que eu. Pergunte se quer me vender sua pintura da Roda.

– Ele disse: "Não, senhor" – respondeu o *babu*.

Entregar o desenho sagrado ao primeiro estrangeiro que aparecesse seria um sacrilégio para o lama, assim como seria, para um arcebispo, hipotecar os vasos sagrados de uma catedral. Todo o Tibete está cheio de reproduções da Roda, de má qualidade, mas o lama era um artista, além de ser um rico abade no seu próprio mosteiro.

– Daqui a três dias, ou quatro, ou dez, se eu vir que o *sahib* é um verdadeiro e bom peregrino, e bastante inteligente pra entender, é possível que eu lhe desenhe uma. Mas esta foi feita para a formação de um noviço. Diga-lhe isso, *hakim*.

– Ele quer agora mesmo... por dinheiro.

O lama abanou lentamente a cabeça e começou a dobrar o desenho da roda. O russo, por sua vez, só percebia um velho decadente querendo barganhar sobre um pedaço de papel sujo. Ele jogou um punhado de rúpias e, meio de brincadeira, puxou o desenho que se rasgou ao meio porque o lama não o largou. Um murmúrio de horror surgiu de onde estavam os carregadores, alguns dos quais eram de Spiti e, dentro das suas possibilidades, bons budistas. O lama levantou diante do insulto, sua mão agarrando o estojo de ferro em que guardava suas canetas e pincéis, que é a arma dos sacerdotes, enquanto o *babu* pulava de aflição.

– Agora você entende... entende por que eu queria testemunhas. Eles são gente muito inescrupulosa, sem moral. Oh, senhores, senhores, nunca se deve atingir um homem santo!

– *Chela*! Ele contaminou a sagrada palavra escrita!

Era tarde demais. Antes que Kim pudesse evitar, o russo deu um soco no meio do rosto do lama. No momento seguinte já estava rolando ladeira abaixo, com as mãos de Kim agarradas à sua garganta. O golpe tinha despertado cada um dos desconhecidos diabos irlandeses no sangue do garoto e a imediata queda de seu inimigo fez o resto. O lama caiu de joelhos, meio atordoado; os carregadores, debaixo de suas cargas, corriam colina acima tão rápido como um homem das planícies consegue correr num terreno plano. Tinham visto um sacrilégio indizível, que os fez fugir antes que os deuses e demônios das montanhas viessem se vingar. O francês correu em direção ao lama, procurando pelo revólver, com uma vaga ideia de torná-lo refém para resgatar seu parceiro. Mas os montanheses têm ótima pontaria e uma chuva de pedras afiadas afastou-o do velho, que foi agarrado por um carregador de Ao-chung e escondido no meio do grupo de montanheses em fuga.

Tudo foi tão rápido quanto o pôr do sol nas montanhas.

– Eles levaram a bagagem e espingardas – gritou o francês, disparando às cegas na obscuridade do crepúsculo.

– Acalme-se, senhor! Está tudo bem! Não atire. Eu vou resgatar... – disse Hurri, correndo encosta abaixo, caindo com todo o peso do seu corpo sobre um Kim atordoado e feliz, que estava batendo a cabeça do seu ofegante inimigo contra uma pedra.

– Volte para junto dos carregadores – sussurrou o *babu* em seu ouvido. – Eles levaram toda a bagagem. Os papéis estão no cesto coberto de vermelho, mas examine bem todos eles. Pegue os papéis, especialmente a carta de apresentação do rei. Vá! Aí vem o outro homem!

Kim correu montanha acima. Uma bala de revólver bateu numa pedra ao seu lado e ele se encolheu no chão como uma perdiz.

– Se o senhor atirar – gritou Hurri –, eles vão descer pra cima da gente e acabar conosco. Eu já resgatei o outro cavalheiro, senhor. Corremos um grande perigo.

– Meu Deus! – Kim se esforçava para pensar, em inglês –, estou com um baita problema, mas acho que isso é legítima defesa.

Kim enfiou a mão no peito, procurando o presente que Mahbub lhe tinha dado e, muito inseguro, pois, a não ser por alguns tiros que tinha dado no deserto de Bikaner para treinar, nunca usara a arma, puxou o gatilho.

— O que foi que eu disse, senhor! — O *babu* parecia estar chorando. — Venha aqui e me ajude a reanimar seu companheiro. Eu lhe asseguro que estamos todos na mesma enrascada.

O tiroteio cessou. Ouvia-se o som de passos desencontrados e Kim correu para a escuridão, xingando como um nativo.

— Você está ferido, *chela*? — gritou o lama, mais acima.

— Não. E o senhor? — perguntou Kim, mergulhando no meio de um grupo de pinheiros anões.

— Eu não tenho nada. Venha. Nós vamos com essas pessoas até Shamlegh-sob-a-neve.

— Mas não antes de ter feito justiça — gritou uma voz. — Eu peguei todas as armas dos *sahibs*... os quatro fuzis. Vamos para baixo.

— Ele bateu no santo homem... nós vimos! Nosso gado ficará estéril, nossas mulheres vão parar de dar à luz! Uma avalanche vai cair sobre nós no caminho de casa... Além de toda a opressão que já sofremos...

O pequeno grupo de abetos encheu-se de carregadores que gritavam, apavorados e capazes de cometer qualquer loucura em seu terror. O homem de Ao-chung agarrou impaciente a coronha de seu rifle e preparou-se para começar a descida.

— Espere um minuto, santo homem; eles não podem ir muito longe, espere até eu voltar — disse ele.

— Esta é a pessoa que sofreu um golpe — disse o lama, com a mão sobre a própria testa.

— Por isso mesmo — foi a resposta.

— Se esta pessoa perdoa o golpe, suas mãos estão limpas. Além disso, você adquire mérito pela obediência.

— Espere por mim e vamos juntos para Sharalegh — insistiu o homem.

Por um momento, apenas o tempo suficiente para colocar uma bala na agulha, o lama hesitou. Então ele se levantou e colocou o dedo no ombro do montanhês.

— Você não ouviu? Não quero que mate ninguém, eu, que era abade de Tal-zen. Você quer reencarnar-se na forma de um rato ou de uma cobra debaixo de um beiral? Ou de um verme dentro da barriga da mais miserável besta? Quer?

O homem de Ao-chung caiu de joelhos diante do santo homem, porque a voz do lama soava como um gongo tibetano.

— Oh! Oh! — gritaram os homens de Spiti. — Não nos maldiga... não o amaldiçoe! Ele só queria fazer isso pelo senhor, ó, homem santo! Solta essa arma, seu doido!

— Ódio sobre ódio! Mal sobre mal! Não matarão ninguém. Deixem aqueles que golpeiam os sacerdotes serem escravos de suas próprias ações. A Roda é justa e não erra nem por um fio de cabelo! Eles vão renascer muitas vezes... atormentados. — Então o lama inclinou a cabeça e se apoiou pesadamente no ombro de Kim.

— Eu estive muito perto de cometer um grande mal, *chela* — sussurrou, na profunda quietude que reinava sob os pinheiros. Fiquei tentado a deixar a bala partir — e, de fato, no Tibete eles teriam tido uma morte longa e sangrenta... Ele bateu-me na cara... na cara...

O lama arriou pesadamente no chão e Kim pode ouvir o velho coração cansado bater mais forte e parar.

— Eles o feriram gravemente? — perguntou o homem de Ao-chung, enquanto os outros ficavam em silêncio.

Kim, possuído de um terror mortal, ajoelhou-se ao lado do lama.

— Não — gritou, apaixonadamente. — É apenas um desmaio. — Então se lembrou de que era um homem branco, com todos os equipamentos de *camping* de outros homens brancos à sua disposição.

— Abram os cestos! Os *sahibs* carregam um medicamento.

— Oh! Eu sei o que é! — disse o homem de Ao-chung, rindo. — Eu, que fui durante cinco anos o rastreador de caça do *sahib* Yankling, não havia de ignorar esses medicamentos. Eu também já provei dele. Veja!

E tirou do peito uma garrafa de uísque barato, do que se vende em Leh, e, habilmente, despejou um pouco entre os dentes cerrados do lama.

— Fiz isso quando o *sahib* Yankling torceu o pé lá, além de Astor. A-ha! Já procurei nos cestos deles e em Shamlegh vamos distribuir igualmente entre nós. Dê-lhe um pouco mais. É um bom remédio. Ouça! O coração dele já está batendo melhor. Abaixe a cabeça dele e esfregue ligeiramente o peito. Se ele tivesse ficado quieto enquanto eu dava um jeito nos *sahibs*, isso não teria acontecido. Mas talvez os *sahibs* tentem nos perseguir até aqui. Nesse caso, não será errado matá-los com suas próprias armas, não é?

— Um deles acho que já apanhou o que merecia — disse Kim com os dentes cerrados. — Eu lhe dei vários pontapés na virilha enquanto rolava pela encosta. Isso teria matado ele!

– Como é fácil bravatear quando não se vive em Rampur! – disse aquele cuja cabana ficava a poucos quilômetros do palácio em ruínas do rajá. Se perdermos nossa boa reputação entre os *sahibs*, ninguém mais vai nos querer como guias.

– Ah, mas estes não são *sahibs* ingleses, não são pessoas divertidas como *sahib* Fostum ou *sahib* Yankling. Estes são estrangeiros... e não falam inglês como *sahibs*.

Naquele instante, o lama tossiu e sentou-se, tateando em busca de seu rosário.

– Não matem ninguém – ele murmurou. – Assim é a Roda!... males sobre males...

– Não, santo homem. Aqui estamos – o homem de Ao-chung afagou timidamente seus pés.

– A menos que o senhor nos mande, não vamos matar ninguém. Descanse um pouco. Vamos acampar aqui por um tempo até que a lua nasça e depois vamos para Shamlegh-sob-a-neve.

– Depois de tomar um soco – disse sentenciosamente um homem de Spiti –, o melhor é dormir.

– Sinto tontura e uma pontada na nuca. Deixe-me apoiar a cabeça em seu colo, *chela*. Eu sou velho, mas não estou livre de emoções... Nós temos de pensar na causa das coisas.

– Dê-lhe um cobertor. Nós não podemos acender uma fogueira pra não sermos vistos pelos *sahibs*.

– É melhor ir para Shamlegh. Ninguém vai nos seguir até Shamlegh.

Isso foi dito pelo homem de Rampur, que estava muito nervoso.

– Eu já fui rastreador do *sahib* Fostum e agora sou rastreador do *sahib* Yankling. Neste momento eu estaria com o *sahib* Yankling, se não fosse por causa desse maldito trabalho forçado. Deixemos dois homens de guarda com os rifles, pra que não aconteça mais alguma maluquice com esses *sahibs*. Eu não sairei de perto deste santo homem.

Sentaram-se um pouco afastados do lama e, depois de ouvir por um tempo, começaram a passar entre si um cachimbo de vapor, improvisado com uma velha garrafa de betume. O brilho vermelho do carvão, ao passar de mão em mão, iluminava seus olhos apertados, as maçãs do rosto salientes como as dos chineses e os pescoços de touro que afundavam nas dobras escuras dos mantos grosseiros. Eles pareciam os gnomos encantados saídos de alguma mina, uma reunião de duendes das montanhas. Enquanto conversavam, as vozes das águas do degelo das neves que corriam em volta foram silenciando, uma após a outra, à medida que a geada da noite bloqueava sua descida pelos reguinhos.

– Viram como ele se levantou diante de nós? – disse, admirado, um homem de Spiti. – Lembrei-me de quando o *sahib* Dupont errou o tiro, sete temporadas de caça atrás, além da estrada de Ladakh, e um velho cabrito montês ergueu-se diante de nós da mesma forma. O *sahib* Dupont era um bom caçador.

– Não tão bom quanto o *sahib* Yankling – o homem de Ao-chung tomou um gole de uísque e passou a garrafa para o companheiro seguinte. – Agora escutem... a menos que algum de vocês tenha um plano melhor do que o meu.

Ninguém respondeu ao desafio.

– Nós vamos para Shamlegh assim que a lua nascer. Lá dividiremos entre nós toda essa bagagem, de modo justo. Eu já fico contente com este novo fuzil e todos os seus cartuchos.

– Você acha que só na sua terra é que os ursos oferecem perigo, pra precisar de um rifle? – disse um deles, dando uma tragada no cachimbo.

– Não, mas mochilas de couro agora valem seis rúpias cada uma e suas mulheres podem aproveitar a lona das tendas e alguns dos trens de cozinha. Nós vamos acertar tudo isso em Shamlegh, antes do amanhecer. E então cada um segue seu caminho, por conta própria, lembrando-se bem de que nunca vimos esses *sahibs* e jamais estivemos ao seu serviço. Eles, é claro, vão dizer que nós roubamos sua bagagem.

– Está tudo muito bem pra você, mas o que o nosso Rajah vai dizer?

– E por quem é que ele vai ficar sabendo? Por meio desses *sahibs* que não sabem falar a nossa língua, ou pelo *babu*, que nos deu dinheiro para seus próprios propósitos? Será que ele vai comandar um exército contra nós? E, além disso, que provas terá? O que não se aproveitar a gente joga no lixão de Shamlegh, onde nunca um homem pôs o pé.

– Quem estará em Shamlegh neste verão? Shamlegh é só um lugar de pastagens, onde há apenas três ou quatro cabanas.

– A Mulher de Shamlegh. Nós já sabemos que odeia os *sahibs*. Quanto aos outros, podemos satisfazê-los com alguns presentes e aqui há o suficiente para todos – disse ele, batendo no lado da cesta mais próxima, que estava bem cheia.

– Mas... mas...

– Eu já disse que eles não são verdadeiros *sahibs*. Todas as peles e cabeças de animais que carregamos foram compradas no bazar de Leh. Eu conheço a marca. Mostrei a vocês na última parada.

– É verdade. Todas as peles e as cabeças foram compradas e não caçadas por eles. Algumas até já tinham sido roídas pelas traças.

Esse argumento foi muito inteligente, o homem de Ao-chung conhecia seus companheiros.

– E se acontecer o pior, eu conto nossa história ao Yankling *sahib*, que é um homem de bom humor e vai morrer de rir. Nós nunca fizemos nenhum mal para os verdadeiros *sahibs*, nossos conhecidos. Esses outros, ao contrário, insultam e batem nos sacerdotes. Nós tivemos medo. E saímos correndo! Quem sabe lá onde deixamos cair a bagagem? Você acha que o *sahib* Yankling vai deixar a polícia da planície percorrer todas essas montanhas, espantando sua caça? Há uma grande distância de Simla para Chini e muito mais de Shamlegh até o lixão.

– Bem, que seja, mas eu vou carregar o cesto grande, aquele com o oleado vermelho que os *sahibs* embalam pessoalmente cada manhã.

– Isso já é a prova de que eles não são *sahibs* de categoria – disse o homem de Shamlegh com firmeza. Quem já ouviu falar do *sahib* Fostum ou do *sahib* Yankling, ou até mesmo do pequeno *sahib* Peel, que passa noites sem dormir pra caçar antílopes... digam-me, mais uma vez, quem já ouviu dizer que verdadeiros *sahibs* vêm para as montanhas sem trazer nem cozinheiro, nem carregadores nem... nem todo tipo de gente bem paga, bruta e despótica em sua comitiva? Por que se preocupar com esses falsos *sahibs*? O que você estava dizendo daquele cesto?

– Nada, que está cheio de... palavra escrita, livros e papéis em que eles escreveram e estranhos instrumentos de bronze, como se fossem para algum culto religioso.

– O lixão de Shamlegh vai recolher isso tudo.

– É verdade! Mas o que acontece se, fazendo isso, ofendermos os deuses dos *sahibs*? Eu não gosto de tratar a palavra escrita desse jeito. E ídolos de bronze deles são incompreensíveis pra mim. Esse espólio não serve pra gente simples das montanhas.

– O velho ainda está dormindo. Ei! Vamos perguntar ao seu *chela*. – O homem de Ao-chung bebeu mais um gole, inchado de orgulho por ser o chefe.

– Nós temos aqui – murmurou para Kim – um cesto cheio de coisas cuja natureza é desconhecida pra nós.

– Mas não pra mim – disse Kim com alguma cautela.

O lama respirava sem dificuldade, num sono tranquilo, e Kim estava pensando sobre a última frase que Hurri lhe dissera. Como participante no Grande Jogo, já era tempo de aprender a respeitar o *babu*.

– A cesta envolta em oleado vermelho está cheia de coisas maravilhosas, que não devem ser tratadas por ignorantes.

– Bem que eu disse isso, eu não disse? – gritou o homem que levava essa cesta. – Você acha que ela pode causar nossa ruína?

– Se a derem a mim, não. Eu posso desfazer a sua magia. Caso contrário, pode, sim, provocar muitos males.

– Um sacerdote sempre pega sua parte – o uísque já estava desmoralizando o homem de Ao-chung.

– Eu não. Não me importo com essas coisas – disse Kim com a astúcia própria de sua terra. – Repartam entre vocês tudo o que está nesta cesta e verão o que acontecerá!

– Eu não quero isso. Foi apenas uma brincadeira. Dê as ordens que nós as seguiremos. Há mais do que o suficiente pra todos nós, nas outras cestas. Dividiremos tudo e nos dispersaremos de madrugada, em Shamlegh.

Durante mais uma hora eles continuaram fazendo e refazendo seus ingênuos pequenos planos, enquanto Kim tremia de frio e de orgulho. O lado cômico da situação cativava igualmente sua alma tanto irlandesa quanto oriental. Ali estavam os emissários do temível Poder do Norte, a Rússia, que, lá no seu próprio país, provavelmente seriam tão poderosos quanto Mahbub ou o coronel Creighton. Aqui, de repente, estavam reduzidos à total impotência. Um deles, como Kim sabia melhor do que ninguém, ia ficar manco por um bom tempo. Os dois emissários tinham feito promessas aos Reis. Mas naquela noite estavam em algum lugar mais para baixo, sem mapas, sem comida, sem tendas, sem armas... e sem guias, a não ser o *babu* Hurri. Kim se perguntava a quem eles teriam de prestar contas. E essa falha no Grande Jogo dos inimigos, esse estouro do bando de carregadores no meio da noite, causado pelo pânico, não se devia à astúcia de Hurri ou a qualquer plano de Kim, mas havia acontecido simples, maravilhosa e inevitavelmente, como a captura dos faquires amigos de Mahbub pelos zelosos jovens policiais de Ambala.

— Os estrangeiros ficaram lá... sem nada, e, meu Deus, que frio está fazendo! E eu estou aqui, com todas as coisas deles. Vão ficar com a maior raiva! Dá até pena do *babu* Hurri.

Kim poderia ter economizado sua compaixão, porque naquele exato momento, apesar de sofrer uma aguda dor física, o bengalês tinha a alma cheia de orgulho e vaidade. Um quilômetro e meio abaixo, na encosta da montanha, à beira de uma floresta de pinheiros, dois homens meio congelados, um deles sofrendo ataques intermitentes de náusea, alternavam recriminações mútuas com os insultos mais ultrajantes contra o *babu*, que parecia enlouquecido de terror. Exigiam que ele apresentasse um plano para tirá-los daquela situação. O *babu* explicou que já tinham sorte demais por estar vivos, que seus carregadores, se não estavam de tocaia ali por perto, já estariam fora do seu alcance; que o senhor deles, o Rajá, vivia a mais de cem quilômetros de distância, e, em vez de enviar-lhes dinheiro e escolta para a viagem a Simla, certamente ia mandá-los para a cadeia se descobrisse que tinham espancado um santo homem. Hurri continuou exagerando o tamanho do pecado que os estrangeiros tinham cometido e as consequências que poderia isso trazer, até que os dois não aguentaram mais e o mandaram mudar de assunto. A única esperança para eles, dizia o *babu*, era fugir, escondendo-se, de aldeia em aldeia, até chegar à civilização. E, pela centésima vez, o bengalês derramou-se em lágrimas, perguntando às estrelas distantes "por que os *sahibs* tinham batido num homem santo".

Bastariam dez passos para Hurri mergulhar na escuridão ao redor, pondo-se fora do alcance dos estrangeiros e buscando abrigo e comida na aldeia mais próxima, onde sempre havia falta de médicos charlatães. Mas ele preferiu suportar o frio, a dor de barriga, os palavrões e até mesmo alguns tabefes na companhia de seus ilustres mestres. Aninhado contra o tronco de uma árvore, o *babu* fungava desconsoladamente.

— E você já pensou — disse indignado o homem que não estava ferido — que espetáculo vamos dar, andando como vagabundos por essas montanhas, entre os nativos?

Havia algumas horas que Hurri não pensava em outra coisa, mas a exclamação não era dirigida a ele.

— Nós não podemos sair andando sem destino! Eu mal posso caminhar — gemia a vítima de Kim.

– Talvez o bom coração do santo homem tenha misericórdia de nós, senhor, caso contrário...

– Eu me prometo o especial prazer de descarregar minha arma no corpo daquele jovem bonzo, quando eu topar com ele de novo – foi a resposta nada cristã do ferido.

– Revólveres! Vingança! Bonzos!

Hurri encolheu-se ainda mais. A guerra estava recomeçando.

– Você não tem nada em mente pra recuperar nossas perdas? A bagagem! A bagagem!

O *babu* ouvia o sujeito que falava literalmente dançando impaciente sobre a relva.

– Tudo o que trouxemos! Tudo o que tínhamos adquirido! Nossas conquistas! Oito meses de trabalho! Você sabe o que isso significa?

O *babu* lembrava o que eles haviam dito – "Realmente, só nós é que sabemos lidar com os orientais!" – e pensava com seus botões: "Parabéns, vocês fizeram isso muito bem!".

Os dois homens continuaram falando sobre o mesmo tema em várias línguas e Hurri sorriu. Kim estava com as cestas e nessas cestas estava o resultado de oito meses de muita espionagem disfarçada com boa diplomacia. Não havia meios de se comunicar com o rapaz, mas podia confiar nele. Além disso, desse modo Hurri estava livre para conduzir a expedição de volta através das montanhas e faria isso de um jeito que em Bunar, Hilás e mais de quinhentos quilômetros de estradas de montanha a história seria contada por mais uma geração.

Homens que não conseguem dominar os próprios carregadores são pouco respeitados nas montanhas e o montanhês tem um fino senso de humor.

"Se eu tivesse planejado tudo isso" – pensava Hurri – "não teria sido melhor; mas, pensando bem, claro que eu mesmo preparei isso. Como fui rápido na ação! Assim que desci a colina, eu já estava pensando nisso! O ataque deles ao lama foi puramente acidental, mas só eu poderia ter aproveitado isso tão bem... ah... porque realmente valeu a pena. Pense no efeito moral sobre esses tipos ignorantes! Não existem mais tratados... nem papéis... nenhum documento escrito e só contam comigo como intérprete. Como o coronel vai rir quando eu lhe contar tudo isso! Eu também gostaria de ter os papéis deles, mas não se pode estar em dois lugares ao mesmo tempo. Isto é evidente."

CAPÍTULO 14

Ao nascer da lua, os cautelosos carregadores puseram-se a caminho. O lama, refeito pelo sono e pelo álcool, não precisou de mais nada além do apoio do ombro de Kim para seguir adiante, um homem silencioso caminhando a passos largos. Marcharam por uma hora sobre a relva, pontilhada aqui e ali por lajes de ardósia, contornaram um imortal rochedo e subiram até uma nova paisagem que, para quem estivesse no vale Chini, era completamente invisível. Um amplo pasto alargava-se em forma de leque, subindo em direção à neve. Na sua base havia um patamar plano, de menos de cinco mil metros quadrados, com algumas cabanas de taipa. De acordo com o costume da montanha, tinham sido construídas à beira do abismo: por trás delas, abria-se um precipício de seiscentos metros de profundidade, no fundo do qual ficava a estrumeira de Shamlegh, onde nenhum homem jamais havia descido.

Os carregadores não fizeram nenhum gesto para dividir o espólio até verem o lama acomodado no melhor quarto do lugar, com Kim massageando-lhe os pés, conforme o costume maometano.

– Vamos trazer-lhes mantimentos e a cesta coberta de lona vermelha – disse o homem de Ao-chung. – Ao amanhecer, já não haverá nada que nos possa trair, de jeito nenhum. Se houver alguma coisa naquele cesto que você não queira levar... veja só.

Apontando para a janela que se abria para o espaço tomado pelo luar refletido pela neve, o homem jogou através dela uma garrafa de uísque vazia.

– Nem adianta esperar o barulho da queda. Aqui é o fim do mundo – e, dizendo isso, foi embora.

O lama também veio espiar, apoiando as mãos no parapeito da janela, os olhos brilhando como opalas amarelas. Do vasto abismo diante dele, como se ansiassem pela luz da lua, erguiam-se picos brancos. O fundo do poço sumia numa escuridão tão profunda como o espaço interestelar.

– Estas – disse ele lentamente – são minhas verdadeiras montanhas. Assim é que o homem deveria viver sempre, empoleirado bem acima do mundo, longe de suas delícias, meditando sobre profundos temas.

– Sim, se ele tiver um *chela* pra lhe preparar o chá, dobrar um cobertor pra apoiar sua cabeça e pra espantar as vacas prenhes.

Um candeeiro fumarento queimava em seu nicho, mas o brilho da lua cheia dominava completamente e, nessa mescla de luzes, inclinando-se sobre os copos e pacotes de provisões, Kim se movia como um esguio fantasma.

– Ai! Agora que meu sangue esfriou, tenho a cabeça tonta e dolorida e sinto como se uma corda me apertasse em volta do pescoço.

– Não é de admirar. A pancada que lhe deram foi muito forte. Oxalá aquele que lhe bateu...

– Nada de ruim teria acontecido se não fossem as minhas próprias paixões.

– O que aconteceu de ruim? O senhor salvou os *sahibs* uma centena de vezes de uma morte que bem mereciam.

– Você não entendeu a lição, *chela* – o lama descansou a cabeça sobre um cobertor dobrado, enquanto Kim continuava com as tarefas rotineiras de cada noite. – A pancada que levei não foi mais que uma sombra sobre outra sombra. O mal em si... ai, minhas pernas cansaram-se mais a cada passo, nos últimos dias!... o mal em si encontrou-se com outros males que estavam em mim: raiva, fúria e um forte desejo de retribuir o mal. E isso esquentou meu sangue, despertou um tumulto no meu estômago e ensurdeceu meus ouvidos.

Então, tomando a taça das mãos de Kim, o lama bebeu um gole do chá fumegante, com cerimônia ritual. E continuou explicando:

— Se eu estivesse livre das paixões, a pancada teria causado apenas uma contusão ou uma cicatriz no meu corpo, que nada mais é do que ilusão. Mas meu espírito não estava suficientemente purificado e despertou em mim um desejo ardente de deixar que os homens de Spiti matassem. A luta contra esse desejo rasgou minha alma e me causou mais danos do que mil bordoadas. Enquanto não recitei várias vezes as bem-aventuranças do Senhor Buda, não pude reconquistar a calma. Mas o mal que entrou em mim naquele momento de descuido faz seu efeito até o fim. Assim é a Roda, que não se desvia de seu curso nem por um fio de cabelo! Aprenda a lição, *chela*.

— Isso é elevado demais para mim — murmurou Kim. — Eu ainda estou com muita raiva e sinto a maior satisfação por ter surrado aquele homem.

— Notei isso quando dormi com a cabeça apoiada nos seus joelhos, lá na floresta. E isso perturbou meus sonhos, o mal da sua alma passou para a minha. Mas, por outro lado — disse o lama, largando o rosário —, eu adquiri mérito por salvar duas vidas, as vidas dos que me ofenderam. Agora preciso pensar sobre a causa das coisas. O barco de minha alma está balançando.

— É melhor dormir e acordará mais forte. É a coisa mais prudente a fazer — disse Kim.

— Eu vou meditar. É muito mais necessário do que você pensa.

Hora após hora, até de madrugada, quando a luz da lua empalideceu sobre os altos picos e, nas encostas, o que antes era total escuridão foi se transformando no verde suave da floresta, o lama ficou olhando fixamente para a parede. De vez em quando, o velho soltava um gemido. Do lado de fora da porta, fechada com uma trave de madeira, podiam-se ouvir as vacas desorientadas, perguntando pelo seu antigo estábulo, enquanto os habitantes de Shamlegh e os carregadores se entregavam à divisão das coisas roubadas e a uma verdadeira farra. O homem de Ao-chung era o líder. Quando abriram as latas de comida dos *sahibs* e descobriram que era muito gostosa, nem pensaram em abandoná-las. O fundo do lixão de Shamlegh ficou cheio de latas vazias.

Quando Kim, depois de uma noite de pesadelos, saiu para escovar os dentes, no frio da manhã, uma mulher de pele clara, com uma touca toda enfeitada de turquesas, puxou-o de lado para falar com ele:

– Os outros já se foram. Deixaram esta cesta pra você, como prometeram. Eu odeio os *sahibs*, mas quero que você nos faça um feitiço em troca da cesta, porque não queremos que a pequena aldeia Shamlegh fique mal-afamada por causa disso... do acidente. Eu sou a Mulher de Shamlegh – disse, olhando para ele com olhos vivos e brilhantes, contrastando com os olhares geralmente desconfiados dos montanheses.

– Com muito prazer. Mas esse encantamento tem de ser feito em segredo.

Kim levantou a pesada cesta como se fosse um brinquedo e atirou-a em sua cabana.

– Saia e tranque a porta! Que ninguém chegue perto até que eu tenha terminado – disse Kim.

– Mas depois... podemos conversar?

Kim emborcou a cesta no chão: dela caiu uma cascata de instrumentos de topografia, livros, diários, cartas, mapas e correspondência nativa perfumada com essências estranhas. Lá do fundo, apareceu uma pasta bordada, contendo um documento lacrado, dourado e colorido como os enviados pelos Reis entre si. Kim prendeu a respiração, deliciado, e, por algum tempo, analisou a situação do ponto de vista de um *sahib*.

– Dos livros não preciso. Eles são apenas tabelas de logaritmos... topografia, eu acho. – Deixou-os de lado. – As cartas não entendo, mas o coronel Creighton haverá de entendê-las. Devo guardar todas. Mapas... eles desenham muito melhor do que eu, é claro! Toda a correspondência com os nativos, ah, e especialmente a *murasla*, isto é, a carta do Rei. – Cheirou o saco bordado – este deve ser de Hilás ou de Bunar, o *babu* Hurri desta vez disse a verdade. Caramba! Isto é que é uma bela apreensão! Eu gostaria que o *babu* soubesse disto...

– O resto eu vou jogar pela janela – parou, examinando uma esplêndida bússola prismática e a ponta brilhante de um teodolito. Mas, afinal, um *sahib* não deve furtar e esses objetos poderiam depois tornar-se provas embaraçosas. Classificou e ordenou cada pedacinho de papel manuscrito, os mapas e as cartas dos nativos, e atou-os num pacote flexível.

Em outro lote, além dos três livros, firmemente fechados com cintas de metal, arrumou cinco cadernetas já gastas pelo uso.

– As cartas e a *murasla* do Rei tenho de levar no peito, debaixo da roupa e do cinto, e os livros manuscritos tenho de guardar no pacote dos mantimentos. Vai pesar muito. Bom, acho que não há mais nada importante. Se havia mais, os carregadores já jogaram no precipício. Agora, vocês vão para lá também. Recolocou no cesto as coisas que não lhe serviam, levantou-o e levou-o até o peitoril da janela.

Lá embaixo, a uns trezentos metros de profundidade, via-se um grande banco de névoa, arredondada e imóvel, que ainda estava fora do alcance dos raios do sol matinal. Outros trezentos metros mais abaixo, à medida que o vento dispersava um pouco o nevoeiro, podiam-se ver as copas verdes dos pinheiros parecendo um tapete de musgo.

– Não, acho que ninguém vai atrás de vocês! – a cesta saiu rolando pela encosta, derramando seu conteúdo durante a descida. O teodolito bateu numa saliência da rocha e explodiu como uma granada; livros, tintas, caixas de pintura, compassos e réguas voaram pelo ar, por um momento, como um enxame de abelhas. Mas Kim logo os perdeu de vista e, mesmo com a metade do corpo pendurada para fora da janela, por mais que aguçasse os ouvidos não conseguiu perceber qualquer som vindo do fundo do abismo.

– Quinhentas rúpias... nem mil rúpias dariam para comprar tudo aquilo – pensou, com tristeza. – Foi um desperdício, mas tenho todas as outras coisas... tudo o que eles fizeram... espero. E agora, como, diabos, vou me comunicar com o *babu*? E o que, diabos, vou fazer? E o meu velho, que está doente! Preciso envolver as cartas num pedaço de oleado. Isso é o mais urgente, caso contrário, tudo vai ficar manchado de suor... E estou sozinho!

Embrulhou todos os papéis num só pacote, dobrando cuidadosamente os cantos do rígido e pegajoso oleado, já que sua vida errante havia lhe ensinado a ser tão metódico quanto um velho caçador, em matéria de bagagens. Em seguida, com o mesmo cuidado, embalou os livros no fundo do saco de mantimentos.

A mulher bateu na porta.

– Mas... você ainda não fez nenhum encantamento! – disse, olhando ao redor.

– Não é preciso. – Kim tinha esquecido a necessidade de escrever umas palavrinhas milagrosas.

A mulher riu sem nenhum respeito, percebendo sua confusão.

— Não é preciso... pra você. Você é capaz de enfeitiçar só com uma piscada de olho. Mas pense no que será de nós, os pobres, quando você se for! Ontem à noite eles estavam todos muito bêbados para ouvir uma mulher. Você não está bêbado?

— Eu sou um sacerdote — disse Kim, recuperando-se, e, como a mulher não era exatamente feia, achou melhor enfatizar a sua profissão.

— Avisei que os *sahibs* ficarão indignados e vão fazer inquéritos e enviar um relatório ao Rajá. Também há um *babu* com eles e esses funcionários têm a língua comprida.

— Essa é toda a sua preocupação? — Kim já tinha um plano desenhando-se na cabeça; então sorriu encantadoramente.

— Não é só isso — disse ela, estendendo a mão áspera e escura, completamente coberta de prata incrustada de turquesas.

— Então vou resolver isso em um segundo — continuou Kim, rapidamente. — O *babu* é o mesmo *hakim* que andava vagando pelas montanhas Ziglaur. Você não ouviu falar dele? Eu o conheço bem.

— Sim, mas ele pode contar tudo pela promessa de uma recompensa. Os *sahibs* não distinguem um montanhês de outro, mas os *babus* têm olhos para os homens e... para as mulheres.

— Você vai levar uma mensagem minha pra ele.

— Por você eu posso fazer qualquer coisa.

Kim aceitou o elogio com calma, como devem fazer todos os homens em lugares onde são as mulheres que comandam nas questões amorosas. Arrancou uma folha de um caderno, pegou um lápis indelével e escreveu em grosseiras letras maiúsculas, empregando o tipo de escrita que as crianças usam quando escrevem porcarias nas paredes: "Tenho tudo o que eles escreveram: os desenhos do terreno e muitas cartas. Especialmente uma *murasla* de um rajá. Diga-me o que fazer. Estou em Shamlegh-sob-as-neves. O velho está doente".

— Leve isso ao *babu*, com certeza vai fechar a boca dele. Ele não pode estar muito longe.

— Não, com certeza. Eles ainda estão na floresta, do outro lado da cordilheira. Nossas crianças foram espiá-los, quando começou a clarear, e têm nos informado, com gritos, todos os movimentos deles.

Kim não conseguiu esconder sua surpresa. Nisso, ouviu-se um grito estridente, como um apito, vindo lá do fim do prado onde as ovelhas pastavam. Era o menino guardador do gado, que transmitia assim o recado recebido de seus irmãos, provavelmente posicionados do outro lado da encosta que desce até o vale de Chini.

– Meus maridos também foram por lá apanhar lenha – acrescentou a mulher, e, tirando do decote um punhado de nozes, abriu uma delas com grande habilidade e pôs-se a comer. Kim fingiu que não percebia.

– Você sabe o que querem dizer... as nozes, sacerdote? – disse ela timidamente, estendendo-lhe as cascas vazias.

– Que boa ideia! – exclamou Kim, fazendo de conta que não entendia a insinuação dela, enfiando rapidamente o pedaço de papel entre as duas metades da casca da noz. – Tem um pouco de cera pra evitar que elas se abram?

A mulher suspirou languidamente e Kim cedeu um pouco:

– Não se pagam serviços que ainda não foram prestados. Leve isso pro *babu* e diga a ele que quem lhe deu foi o Filho do Encantamento.

– Sim! Sim! É isso! Um mágico... que parece um *sahib*.

– Não, um Filho do Encantamento; e pergunte se ele tem uma resposta pra me mandar.

– Mas e se ele responder uma grosseria qualquer? Eu... eu tenho medo.

Kim riu.

– Realmente, ele está muito cansado e muito faminto. As montanhas são companheiras de cama muito frias. Ah...! – a palavra "mãe" já estava na ponta da língua de Kim, mas, a tempo, mudou para "irmã" – você é uma mulher inteligente e espirituosa. A esta hora, todas as aldeias em volta já sabem o que aconteceu com os *sahibs*... hein?

– É verdade. A notícia chegou a Ziglaur à meia-noite e amanhã até em Kotgarh já se saberá de tudo. As aldeias estão ao mesmo tempo com raiva e com medo.

– Não precisam temer. Passando pelas aldeias diga-lhes para dar comida aos *sahibs* e deixar que eles vão embora em paz. Temos de garantir que eles abandonem os nossos vales sem alarde. Uma coisa é roubar... matar é outra coisa. O *babu* vai entender e não vai nos incomodar depois com suas queixas. Vá logo. Eu preciso estar ao lado do meu mestre pra orientá-lo quando ele acordar.

– Bem, eu vou fazer o que você disse. Depois do serviço acabado... você não prometeu?... vem a recompensa. Sou a Mulher de Shamlegh e mando aqui por ordem do Rajá. Não sou uma mulher comum, só pra parir crianças. Toda Shamlegh está à sua disposição, se quiser: cascos, chifres e peles, leite e manteiga. É pegar ou largar.

Ela virou-se depressa e começou a subida da serra, com seus colares de prata tilintando sobre o vasto peito, em direção ao sol da manhã, que brilhava quinhentos metros acima deles. Dessa vez, enquanto selava cuidadosamente os cantos do oleado que embrulhava os papéis, os pensamentos de Kim vieram em língua nativa:

– Como pode um homem seguir direito o Caminho da Iluminação, ou o Grande Jogo, sendo o tempo todo importunado pelas mulheres? Primeiro foi aquela garota de Akrola, depois a mulher do ajudante de cozinha, atrás do pombal, sem contar as outras... E agora vem essa! Quando eu era criança, não me importava, mas agora sou um homem e elas não me respeitam como a um homem. Nozes, francamente! Ha, ha! Na planície, são as amêndoas que significam isso que ela quis dizer!

Em seguida ele saiu para fazer uma coleta pela aldeia, não com a tigelinha de esmoler, como é habitual nas terras baixas, mas com uma pose principesca. A população que vinha passar o verão pastoreando o gado em Shamlegh consistia em apenas três famílias: quatro mulheres e oito ou nove homens. Todas tinham sido bem abastecidas com latas de comida e bebidas variadas, de vodka branca até quinino com amoníaco, pois, na noite anterior, tinham recebido tudo o que lhes cabia na divisão do espólio tomado daqueles *sahibs*. Eles já tinham até mesmo cortado e repartido entre si a lona das barracas novinhas e distribuído as frigideiras de alumínio.

Os habitantes da aldeia estavam convencidos de que a presença do lama era para eles uma garantia absoluta contra todas as possíveis consequências do saque da bagagem dos estrangeiros e encheram Kim de presentes. Fizeram-no até mesmo beber a cerveja de cevada que chegava ali pela estrada de Ladakh. Depois saíram para se aquecer ao sol, sentados com as pernas penduradas sobre o abismo, conversando, rindo e fumando. Eles julgavam a Índia e seu Governo pela experiência que tinham com os poucos *sahibs* viajantes que os haviam empregado como rastreadores. Kim ouviu contar histórias de tiros mirando vários tipos de cabritos e cervos das montanhas, tiros perdidos por *sahibs* que já estavam no túmulo havia mais de vinte anos... Cada detalhe de cada caso estava nítido na memória dos montanheses como os galhos mais altos de uma árvore vistos contra a luz de um relâmpago.

Os homens falaram de suas pequenas doenças e, especialmente, do que era ainda mais importante para eles: as doenças dos seus rebanhos de pequenos animais capazes de manter os pés firmemente plantados na terra das encostas e nas rochas. Contaram de suas viagens até Kotgarh, onde vivem missionários estrangeiros, e, ainda mais longe, à maravilhosa Simla, onde as ruas são pavimentadas com prata e onde qualquer um, imagine, pode se empregar a serviço dos *sahibs* que andam em carros de duas rodas e gastam dinheiro a rodo.

Sério e altivo, embora caminhando penosamente, o lama veio juntar-se aos que conversavam debaixo dos beirais das cabanas, e todos se mexeram para dar-lhe bastante espaço. O ar leve confortou-o; sentou-se na borda do penhasco, ao lado do melhor entre aqueles homens, e, quando a conversa silenciou, distraiu-se jogando seixos no abismo. Na frente deles, a cerca de quarenta quilômetros em linha reta, levantava-se a próxima crista de montanhas, maciça, salpicada de pequenas manchas de vegetação que, na realidade, eram florestas enormes, cada uma delas exigindo um dia inteiro de marcha para atravessá-la até voltar-se a ver a plena luz do dia. Por trás da aldeia, a própria montanha Shamlegh impedia qualquer vista para o lado sul. Parecia que estavam todos sentados num ninho de andorinhas sob o beiral do teto do mundo.

De vez em quando, o lama estendia a mão e, com palavras discretamente sussurradas, apontava o caminho para Spiti e mais para o norte, através de Parungla.

– Mais além, onde as montanhas são mais compactas, fica Han-Le, o grande mosteiro construído por Stagstanraschen, sobre o qual se conta esta história:

E narrou uma história fantástica, cheia de milagres e feitiçarias, que deixou boquiabertos todos os homens de Shamlegh.

Virando-se um pouco mais para o oeste, orientou-se pelas colinas verdes de Kulu e procurou Kailung sob as geleiras.

– Pois pra lá é que eu fui, nos velhos, velhos tempos. Eu vim de Leh passando por Baralachi.

– Sim, sim, nós conhecemos esses lugares – disseram os homens de Shamlegh, todos grandes viajantes.

– E me hospedei duas noites com os sacerdotes de Kailung. Essas são as montanhas de que mais gosto! Benditas sombras sobre outras sombras! Ali meus olhos se abriram para este mundo, lá encontrei a

Iluminação; e lá eu me preparei pra iniciar minha Busca. Desde as altas montanhas, desci... montanhas altas e ventos fortes! Ah, justa é a Roda da Vida!

Então ele abençoou detalhadamente tudo aquilo que via: cada uma das grandes geleiras, as rochas nuas, as placas de pedra empilhadas entre a neve ou os pedaços de ardósia tombados das encostas; planaltos áridos, lagos de água salobra escondidos, as velhas árvores e os férteis vales irrigados, um após o outro. Fez isso como um homem que está morrendo e abençoa toda a sua gente e Kim ficou admirado ao ver a paixão com que o velho se ligava à paisagem.

– Sim... sim. Não há outro lugar como as nossas montanhas – murmuraram os moradores de Shamlegh. E espantavam-se de que houvesse gente que podia viver nas terríveis e quentes planícies onde o gado crescia até o tamanho dos elefantes e tornava-se inútil para arar terrenos íngremes; planícies nas quais, como tinham ouvido falar, as aldeias quase encostavam umas nas outras, por centenas e centenas de quilômetros, e onde havia bandos de salteadores e a própria polícia se apossava do que os ladrões deixavam para trás.

Assim ia findando o calmo entardecer quando a mensageira de Kim desceu pelo pasto íngreme tão silenciosamente como havia partido.

– É que eu mandei uma mensagem ao *hakim* – disse Kim ao lama, quando ela se curvou diante dele.

– Ele se juntou aos idólatras? Não, agora me lembro, ele curou um dos dois. Adquiriu mérito, embora aquele que foi curado tenha empregado suas forças para o mal. Assim é a Roda! E então, e o *hakim*?

– Eu estava com medo de que o senhor estivesse machucado e... eu sabia que ele é um homem instruído. – Kim pegou as cascas de noz coladas com cera e leu o que estava escrito em inglês atrás da sua mensagem: "Recebi seu obséquio. Por enquanto não posso deixar os atuais companheiros, vou deixá-los em Simla. Depois espero encontrar você. Inoportuno seguir cavalheiros irritados. Volte pelo mesmo caminho que veio, eu vou encontrá-lo. Altamente satisfeito com a correspondência conforme minha previsão". Ele diz, meu santo, que vai escapar dos idólatras e se juntar a nós. O senhor não acha que, então, devemos esperar por algum tempo aqui em Shamlegh?

O lama lançou um olhar longo e amoroso para as montanhas e balançou a cabeça negativamente.

– Não pode ser, *chela*. De todo o meu coração, eu desejo isso, mas estou proibido. Eu vi a causa das coisas.

– Por que não podemos ficar aqui, se as montanhas, cada dia mais, lhe devolvem as forças? Lembre-se de como estávamos fracos e magros lá no Dun.

– Minha força só me ajudou a fazer o mal e a esquecer a minha Busca. Quando cheguei às montanhas, tornei-me desordeiro e valentão. – Kim teve de se virar para esconder o riso. – Justa e perfeita é a Roda, que não se desvia do rumo nem por um fio de cabelo. Quando eu era jovem, muito tempo atrás, fiz uma peregrinação ao mosteiro de Guru Chwan, que fica entre os álamos – acrescentou, apontando para o lado do Butão –, lá onde guardam o Cavalo Sagrado.

– Silêncio! Calem a boca e ouçam! – gritaram os moradores de Shamlegh que estavam mais perto. – Ele está falando sobre Jam-lin-nin-kor, o cavalo que pode dar a volta ao mundo em um só dia.

– Eu agora estou falando só com meu *chela* – disse o lama, em tom de suave repreensão, e todos os homens saíram, espalhando-se como a geada da manhã nos beirais do sul. – Naquele tempo eu não estava à procura da verdade, mas sim de discussões doutrinárias. Tudo ilusão! Eu bebi a cerveja e comi o pão do mosteiro de Guru Chwan. No dia seguinte, alguém disse: "Vamos lá lutar contra o mosteiro de Gutok Sangor, para ver quem será o abade que vai mandar no vale inteiro e ficar com o lucro das orações impressas e vendidas em Gutok Sangor". Lá fui eu e lutei durante um dia inteiro. Veja só, de novo, a cobiça anda junto com o ódio!

– Mas como foi que lutaram, meu santo?

– Usando como armas nossos longos estojos de ferro para canetas e pincéis, como eu poderia lhe demonstrar... Lutamos debaixo dos álamos, os dois abades e todos os monges, e um deles me deu um golpe na testa que me abriu um talho até o osso. Veja! – e tirando a boina, mostrou uma enrugada cicatriz cor de prata. – Justa e perfeita é a Roda! Ontem à tarde fui atingido bem na cicatriz e, passados cinquenta anos, me lembrei exatamente de como isso aconteceu e da cara de quem me bateu; então me deixei levar um pouco pela ilusão. O que aconteceu em seguida, como você viu, foi... conflito e brutalidade. Assim é a Roda! O golpe do idólatra veio dar bem em cima da velha cicatriz. Eu tive uma grande emoção, minha alma escureceu e o barco da minha alma foi sacudido pelas águas da ilusão. Até chegar a Shamlegh eu não pude meditar sobre a causa das coisas nem descobrir as emaranhadas raízes do mal. Durante toda essa longa noite, eu me esforcei na meditação.

– Mas, meu santo, o senhor é inocente de qualquer mal. Deixe que eu me sacrifique pelo senhor!

Kim estava realmente triste de ver a angústia do velho e aquela frase, que tinha ouvido de Mahbub Ali, lhe escapou dos lábios inconscientemente.

– Ao raiar da madrugada – continuou o lama, ainda mais gravemente, o tilintar das contas do rosário intercalando-se com suas frases vagarosas – veio, enfim, a Iluminação. É isso... Eu sou um velho... criado e alimentado nas montanhas, e nunca mais voltarei pra descansar entre as minhas montanhas. Por três anos, viajei pela Índia, mas... pode alguma terra ser mais forte do que a terra-mãe? Meu estúpido corpo ansiava pelas montanhas e pela neve das montanhas, enquanto eu estava lá embaixo. Eu disse, e é bem verdade, que minha Busca não pode fracassar. Porém, ao sair da casa da mulher de Kulu, tomei de novo o caminho para as montanhas, enganado por mim mesmo. Não culpe o *hakim*. Ele apenas predisse, seguindo o impulso do meu desejo, que as montanhas me fortaleceriam. E essa força só me ajudou a fazer o mal e esquecer minha Busca. Eu me deliciei com a vida e a sensualidade da vida. Tudo o que eu desejava era encontrar ladeiras íngremes para escalar, e, procurando por elas, desgarrei-me do Caminho. Eu queria provar a força do meu corpo contra as altas montanhas, o que é um mal. E eu até mesmo zombei de você quando perdeu o fôlego ao pé das alturas de Yamunotri e quando não se atreveu a enfrentar a nevasca no desfiladeiro.

– Mas o que há de errado com isso? Eu estava mesmo com medo. Era justo. Eu não sou um homem da montanha e adorei ver sua força renovada.

– Lembro que mais de uma vez fiz isso só para que você e o *hakim* elogiassem a força das minhas pernas – disse o lama, apoiando melancolicamente o rosto numa das mãos. – Assim, a um mal se seguiu outro mal, até encher-se um pote de males. Assim é a Roda! Toda a Índia encheu-me de honrarias durante três anos. Desde a Fonte da Sabedoria, o cuidador da Casa das Maravilhas – e o lama sorriu –, até um garoto que estava brincando ao lado de uma grande arma... todo mundo ajudou a preparar meu Caminho. Por quê?

— Porque nós gostamos muito do senhor. Isto que está sentindo agora é apenas a febre causada pelo golpe que recebeu. Eu mesmo ainda estou tremendo e me sinto doente.

— Não! Isso foi porque eu seguia bem afinado com o Caminho como os címbalos de um templo, para manter-me fiel à Lei. Só que me afastei da Regra. A harmonia foi quebrada, ficou tudo desafinado: daí veio o castigo. Em minhas próprias montanhas, às portas do meu próprio país, no mesmo lugar que eu desejava tanto, recebi aquela pancada... Aqui! – tocou a própria testa. – Como se castiga um monge noviço que coloca os copos no lugar errado, assim eu, que fui abade de Tal-zen, fui punido. Não apenas com palavras, veja só, *chela*, mas com uma pancada.

— Mas os *sahibs* não conheciam o senhor, meu santo.

— Eles e eu nos parecemos. Ignorância e cobiça encontraram-se com ignorância e cobiça e gerou-se a ira. O golpe que levei vale pra mim como um aviso de que não sou melhor do que um iaque, um boi tibetano extraviado, e de que meu lugar não é aqui. Ver claramente a causa de um acontecimento já é meio caminho andado para a Libertação! "Volte para o Caminho", me diz a pancada. "As montanhas não são para você. Não é possível escolher a Libertação e ainda continuar a ser um escravo dos prazeres da vida." Eu gostaria de não ter encontrado aquele maldito russo!

— Nem o próprio Nosso Senhor Buda pode fazer a Roda girar para o lado contrário. E foi pelos méritos que eu já tinha adquirido que ainda recebi mais um aviso, para me fazer entender – continuou o lama, puxando de dentro da túnica a pintura rasgada da Roda da Vida. – Veja bem! Foi isso que percebi depois de ter meditado. A única coisa que o idólatra não rasgou completamente foi este pedacinho menor do que a unha do meu mindinho.

— Estou vendo.

— É só isso o que resta de vida neste meu corpo. Tenho servido à Roda toda a minha vida. Agora é a Roda que se põe a meu serviço. Se não fosse pelo mérito que adquiri guiando você para o Caminho, ainda teria de viver mais outra vida antes de encontrar meu Rio. Não está claro, *chela*?

Kim olhou para o desenho brutalmente estraçalhado. O rasgão atravessava a pintura em diagonal, da esquerda para a direita, desde a representação da Décima Primeira Casa, onde o desejo dá à luz a Criança, segundo o desenho dos tibetanos, atravessando os mundos humanos e animais, até a Quinta Mansão, a Casa dos Cinco Sentidos, vazia. A lógica era incontestável.

– Antes que Nosso Senhor Buda recebesse a Iluminação – continuou o lama, dobrando reverentemente os pedaços do desenho rasgado –, ele sofreu tentações. Eu também tenho sido tentado, mas isso agora acabou. Já sei que a Flecha de Buda caiu nas planícies... não nas montanhas. Então, por que estamos aqui?

– Não podemos esperar pelo menos até o *hakim* chegar?

– Eu já sei quanto tempo ainda vou viver neste corpo. O que um médico como o *hakim* poderia fazer?

– Mas o senhor está doente e abalado. O senhor não pode andar.

– Como posso estar doente, se estou vendo a Libertação diante de mim? – e ele se pôs de pé, desajeitadamente.

– Então precisamos conseguir mantimentos na aldeia. Oh, que cansativa é a estrada! – Kim sentia que também precisava de um descanso.

– Isso está de acordo com a Lei. Vamos comer e ir embora. A flecha caiu nas planícies... mas eu cedi aos meus desejos. Apronte-se, *chela*.

Kim virou-se para a mulher da tiara de turquesas, que estava à toa, jogando pedrinhas de cima do penhasco. Ela sorriu amorosamente.

– Encontrei o *babu* feito um búfalo perdido num milharal, bufando e espirrando de frio. Ele estava com tanta fome que até esqueceu sua pose e me disse palavras amáveis. Os *sahibs* não têm mais nada – disse ela, mostrando as palmas das mãos vazias. – Um deles sente muita dor no estômago. Foi você que lhe fez isso?

Kim assentiu, com um brilho nos olhos. A mulher continuou:

– Primeiro falei com o *babu* bengalês e depois com as pessoas de uma aldeia vizinha ao local onde eles estão. Os *sahibs* recebem todo o alimento de que precisam e as pessoas não estão cobrando nada por isso. O que foi saqueado da bagagem deles já está dividido. O *babu* está apenas contando mentiras para os *sahibs*. Por que ele não larga eles lá?

– Porque ele tem um coração muito grande.

– Nunca vi um bengalês com o coração maior e menos duro do que uma noz. Mas não importa... Agora vamos falar sobre nozes. Depois do serviço que lhe prestei, é hora da recompensa. Eu já lhe disse que toda esta aldeia é sua, se quiser.

– Pois é, mas... que azar! – respondeu Kim. – Até há pouco, meu coração estava planejando delícias... – e Kim continuou com todos os elogios típicos de tais ocasiões, que não há necessidade de detalhar aqui – e terminou sua resposta suspirando profundamente:

– Mas meu mestre, impulsionado por uma visão...

– Humm! O que podem ver esses velhos olhos senão uma gamela bem cheia de esmolas? – interrompeu a mulher.

– ...quer voltar para a planície – continuou Kim, sem ligar para a interrupção.

– Pressione o velho pra ficar.

Kim negou, balançando a cabeça.

– Eu conheço meu santo e sua fúria quando alguém o contradiz – respondeu o garoto, com grande convicção. – Suas maldições abalariam as próprias montanhas.

– Pena que essas maldições não serviram para evitar uma cacetada na cabeça dele! Fiquei sabendo que foi você o valentão que bateu no *sahib*. Deixe o santo homem aí, sonhando por mais um tempo. Fique!

– Mulher das montanhas – disse Kim com uma austeridade que, porém, não chegava a endurecer o contorno de seu jovem rosto –, essas questões são misteriosas demais pra você.

– Que os deuses tenham piedade de nós! Desde quando homens e mulheres são mais do que apenas homens e mulheres?

– Um sacerdote é um sacerdote. Ele diz que quer ir embora agora mesmo. Eu sou o seu *chela* e tenho de ir com ele. Precisamos de comida para a estrada. Em todas as aldeias ele é recebido com deferência, mas – acrescentou com um puro sorriso de menino – a comida daqui é muito boa. Dê-nos um pouco.

– E se eu não lhe der? Eu sou a mulher desta aldeia.

– Então vou amaldiçoar você... só um pouco... não muito, mas o suficiente pra que você se lembre – disse ele, sem poder evitar um sorriso.

– Você já me lançou muitas maldições com esses seus olhos semicerrados e com seu queixo empinado. Maldições? Quem se importa com meras palavras? – ela disse, cerrando os punhos contra o próprio peito. – Mas não quero que você se enfureça e pense mal de mim, que não sou mais do que uma catadora de capim e de esterco de vaca em Shamlegh, embora seja uma mulher rica.

– Eu não penso nada – respondeu Kim –, só penso que preferia não sair daqui, porque estou muito cansado, e que precisamos de comida. Aqui está o embornal.

A mulher agarrou a bolsa, com raiva.

— Eu fui uma boba — disse. — Quem é a mulher que você tem lá nas planícies? Branca ou morena? Eu também já fui branquinha. Você ri? Uma vez, há muito tempo, pode crer, um *sahib* olhava pra mim com muito interesse. Naquela época, há muito tempo, eu andava vestida com roupas europeias, na casa da Missão, que fica lá pra baixo — acrescentou, apontando para o lado de Kotgarh. — Muito tempo atrás, eu era cristã e falava inglês, como os *sahibs*. Sim. Meu *sahib* me disse que ia voltar e se casar comigo... pois é, ele ia se casar comigo. Mas ele foi embora... Eu cuidava dele enquanto esteve doente, mas ele nunca voltou. Então eu percebi que os deuses dos cristãos mentiram e voltei pro meu povo... Desde aquele dia, não olhei mais pra nenhum *sahib*. Não ria de mim. A crise já passou, viu, ó, projetinho de sacerdote. Seu rosto e seu jeito de andar e falar me lembraram o meu *sahib*, mas você não é nada, só um vagabundo mendigo a quem dei uma esmola. Você? Vai me amaldiçoar? Você não tem poder nem pra amaldiçoar nem pra abençoar! — e ela riu amargamente, pondo as mãos na cintura. — Seus deuses são mentiras, seus trabalhos são mentiras, suas palavras são mentiras. Não há deuses abaixo dos céus, eu bem sei... Mas, por um momento, pensei que o meu *sahib* tinha voltado e ele era o meu deus. Sim, houve um tempo em que eu tocava música no piano da casa da Missão de Kotgarh. Agora dou esmolas aos sacerdotes pagãos — concluiu sua fala com essa palavra, "pagãos", em inglês, e fechou o embornal, já cheio de mantimentos até a borda.

— Estou esperando por você, *chela* — disse o lama, escorado na ombreira da porta.

A mulher olhou de cima a baixo a alta figura do lama.

— Ele vai andando? Não pode andar nem um quilômetro! Para onde vão esses velhos ossos?

Ouvindo isso, Kim, já aflito com a fraqueza do lama e prevendo o peso do saco que teria de carregar, perdeu a paciência:

— E que lhe importa pra onde ele vai, mulher agourenta?

— Nada... interessa, sim, a você, sacerdote com cara de *sahib*. Você vai carregá-lo nas costas?

— Estou indo para as planícies — disse o lama. — Ninguém deve impedir meu retorno. Tenho lutado com minha alma até perder as forças. O meu estúpido corpo está esgotado e ainda estamos longe das planícies.

– Olhe só! – disse a mulher, simplesmente, e se afastou para deixar que Kim apreciasse a situação de total desamparo em que estava o velho. – Amaldiçoe-me! Talvez isso possa devolver-lhe sua força. Faça um encantamento! Invoque o seu grande Deus, já que você é um sacerdote – virou-se e se afastou.

O lama tinha agachado, sem forças, apoiado no portal. Um velho que leva um soco não consegue recuperar-se e logo se pôr de pé como um garoto. A fraqueza obrigava-o a inclinar-se para a terra, mas seus olhos, fixados em Kim, pareciam animados e suplicantes.

– Está tudo bem – disse Kim. – É este ar rarefeito que enfraquece o senhor. Daqui a um instante a gente sai! Isso é só a vertigem das alturas. Eu também estou com um pouco de enjoo de estômago desde...

E, ajoelhando-se ao lado dele, o menino consolou-o com as palavras que lhe vieram aos lábios. Daí a pouco a mulher voltou, mais arrogante do que nunca.

– Seu deus não serve pra nada, né? Tente o meu. Eu sou a Mulher de Shamlegh – disse ela com a voz rouca, enquanto seus dois maridos, seguidos por outros três homens, saíram de um estábulo carregando uma espécie de maca típica das montanhas, que se utiliza para carregar os doentes ou as visitas muito importantes. – Esse gado aí é seu – disse a mulher, referindo-se aos homens de sua aldeia sem sequer olhar para eles – por todo o tempo que precisar.

– Mas pelo caminho de Simla nós não vamos! Não queremos passar perto dos *sahibs* – gritou o primeiro marido.

– Estes não vão fugir, como fizeram os outros, nem roubar sua bagagem. Sei que dois deles são fracotes. Sonoo e Taree, peguem a parte de trás da liteira – ordenou ela, e os homens obedeceram imediatamente. Bajadla, agora deite o santo na maca. Eu cuido da aldeia e de suas virtuosas mulheres até vocês voltarem.

– E quando é que a gente vai voltar?

– Isso vocês têm de perguntar a esses sacerdotes. Não me aborreçam mais. Ponham o saco de provisões na maca, junto aos pés dele, que vai ficar mais equilibrado.

– Oh, meu santo, suas montanhas são muito mais gentis do que as planícies! – exclamou Kim, aliviado, enquanto o lama, trêmulo, era levado para a maca. – Esta é uma verdadeira cama de reis, um lugar confortável e honroso. E devemos tudo isso a...

– ...uma mulher de mau agouro – continuou ela. – Suas bênçãos me servem tanto quanto suas maldições. Sou eu que dou as ordens, não você. Levantem a maca e partam! Eia! Você tem dinheiro para a viagem?

A mulher puxou Kim até a cabana dela e se debruçou sobre um cofre inglês, velho e gasto, que tirou de baixo de sua cama.

– Eu não preciso de nada – disse Kim, sentindo-se zangado em vez de grato, como deveria. – Já me sinto esmagado sob tantos favores.

Ela olhou para ele com um sorriso estranho e pousou a mão em seu ombro.

– Pelo menos me agradeça. Eu sou uma mulher da montanha e tenho uma cara feia, mas, ao menos, como você diz, tenho algum mérito. Será que preciso ensinar a você como os *sahibs* costumam agradecer? – E, dizendo isso, o olhar duro da mulher suavizou-se.

– Eu não sou mais do que um monge peregrino – respondeu Kim, com um brilho nos olhos. – Você não precisa de minha bênção nem de minha maldição.

– Não. Mas num instante eu posso lhe ensinar o que você deveria fazer, se fosse um *sahib*. Depois, em dois tempos você alcança os homens com a maca.

– Que tal se eu adivinhar? – e Kim passou o braço ao redor da cintura dela e beijou-a na bochecha, dizendo, em inglês: – Muito, muito obrigado, minha querida.

O beijo era um costume praticamente desconhecido entre os asiáticos e, talvez por isso, a mulher de Shamlegh se inclinou para trás, em pânico, com os olhos arregalados.

– Da próxima vez – acrescentou Kim –, não confie tanto em seus sacerdotes pagãos. E agora, adeus! – concluiu em inglês, estendendo-lhe a mão, como fazem os ingleses. Ela apertou-lhe a mão mecanicamente.

– Adeus, minha querida.

– Adeus, e... e... – A mulher se esforçava para recordar, uma por uma, as palavras em inglês – ...você vai voltar algum dia? Adeus e... Deus o abençoe.

Meia hora mais tarde, enquanto a maca cambaleava e estalava ao subir o morro pela trilha que os conduziria de Shamlegh para o sudeste, Kim ainda viu a pequena figura na porta da cabana e acenou para ela com um trapo branco.

– Ela adquiriu mais méritos do que todos os outros – disse o lama –, pois ajudar um homem a seguir o caminho da Libertação vale quase tanto quanto alcançá-la para si mesma.

– Hum! – disse o rapaz, pensando sobre tudo o que tinha acontecido. – E pode ser que eu também tenha adquirido algum mérito... Pelo menos, ela não me tratou como se eu fosse uma criança.

Kim amarrou bem a frente de sua túnica, onde carregava o pacote de documentos e mapas, ajeitou melhor o valioso saco de alimentos junto aos pés do lama, apoiou a mão na borda da maca e reduziu o ritmo de seus passos para acompanhar a marcha lenta dos maridos resmungões.

– Estes também estão adquirindo mérito – disse o lama, depois de quatro quilômetros de marcha.

– Mais do que isso: serão pagos em prata – observou Kim. A mulher de Shamlegh lhe tinha dado dinheiro e ele achava que o certo era que seus homens o recebessem de volta.

A mulher de Shamlegh

CAPÍTULO 15

Duzentos quilômetros ao norte de Chini, deitado na argila azul do chão de Ladakh, estava o jovial *sahib* Yankling, vigiando atentamente os cumes das montanhas com seus binóculos, à procura de qualquer sinal de seu rastreador favorito, um homem de Ao-Chung. Mas aquele renegado, com um novo fuzil Mannlincher e duzentos cartuchos, estava bem longe, à caça de cervos almíscares para vender – e, na próxima temporada, o *sahib* Yankling seria informado de que ele esteve doentíssimo.

No topo dos vales de Bushahr, enquanto as águias do Himalaia, que veem muito longe, desviavam a rota ao avistar seu novo guarda-chuva listrado de azul e branco, apressava-se um bengalês que já tinha sido gordo e bonito, mas agora estava magro e curtido pelo clima. Ele acabava de receber os agradecimentos de dois estrangeiros ilustres que guiara habilmente para o túnel de

Mashobra, que leva a Simla, a bela e alegre capital de verão da Índia. Não era culpa sua se, cego pela névoa úmida, levou-os, sem perceber, para além da estação de telégrafo da colônia europeia de Kotgarh. Não foi por culpa dele, mas sim dos deuses, como explicou muito gentilmente, que os levou diretamente até as fronteiras do reino de Nahan, cujo rajá achou que eram desertores do exército britânico. O *babu* Hurri então explicou detalhadamente a grandeza e a glória de que seus atuais patrões gozavam lá no país deles, até fazer rir o sonolento reizinho. A quem perguntasse, o *babu* respondia explicando tudo isso, muitas vezes, em alta voz e de mil maneiras diferentes.

Mendigava pela comida, conseguia hospedagem, aplicava prontamente uma sanguessuga num inchaço da virilha, causado por um golpe desses que acontecem mesmo quando a gente rola por uma encosta rochosa no meio da escuridão, mostrando-se indispensável para os estrangeiros. As razões que apresentava para sua boa vontade jogavam a seu favor: disse que, assim como milhões de seus conterrâneos, estava convencido de que a Rússia seria seu grande libertador vindo do Norte; que ele era um homem medroso e temia ser incapaz de salvar seus ilustres patrões da ira de camponeses excitados; que, por ele, tanto fazia que batessem num santo homem ou não, mas...; que se sentia muito grato e recompensado por ter feito "o pouco que estava em suas mãos" para conduzir ao sucesso aquela aventura, a não ser pela perda da bagagem dos senhores; já tinha esquecido as agressões que sofrera, negava que tivessem acontecido naquela horrível noite debaixo dos pinheiros. Não pedia pagamento nem recompensa, mas, se fosse considerado digno dela, será que não estariam dispostos a dar-lhe uma carta de recomendação? Isso poderia ser útil mais tarde, se outras pessoas, amigos deles, viessem novamente do Norte, através dos desfiladeiros. Implorou que não se esquecessem dele na futura grandeza que alcançariam, porque achava que ele mesmo, Mohendro Lal Dutt, graduado pela Universidade de Calcutá, havia prestado algum serviço ao Estado.

Os estrangeiros deram-lhe uma declaração por escrito, elogiando sua cortesia, eficiência e capacidade como guia seguro. O *babu* guardou-a dentro de seu cinturão e soluçou, emocionado, pois tinham passado tantos perigos juntos! E conduziu-os, em pleno meio-dia, através do apinhado mercado de Simla, até a agência do Alliance Bank, onde os estrangeiros queriam apresentar-se e ser identificados. E dali o *babu* evaporou-se como a neblina da manhã na montanha de Jakk.

Agora podia ser visto, magro e seco demais para suar, apressado demais para propagandear os medicamentos que carregava num bauzinho com reforços de bronze, subindo pela encosta de Shamlegh: um homem justo que atingiu a perfeição. Um pouco mais adiante, seria visto, ao meio-dia, deixando de lado toda a sua presunção de *babu* e fumando recostado num catre, enquanto uma mulher, com uma tiara cravejada de turquesas, apontava para o sul através das colinas nuas. Ela explicou que liteiras com carregadores não viajam tão rápido como um homem sozinho, mas que àquela altura seus pássaros já deviam estar nas planícies. O santo homem não quis ficar esperando ali, apesar da insistência de Lispeth, a Mulher de Shamlegh. O *babu* gemeu ruidosamente, levantando seu volumoso traseiro e voltando de novo para as estradas. Não se importava de viajar após o anoitecer, mas a rapidez de sua marcha, que ninguém registrou em livro algum, surpreenderia as pessoas que costumam zombar de sua raça. Os moradores, gentilmente, lembrando-se do vendedor de remédios de Dacca que por ali passara dois meses atrás, davam-lhe abrigo para se proteger contra os maus espíritos da floresta. Ele sonhou com livros de estudos acadêmicos, com os deuses de Bengala e com a Real Sociedade de Londres, na Inglaterra. Na madrugada seguinte, lá se foi o guarda-chuva azul e branco balançando-se novamente, seguindo seu caminho.

À margem do Dun, com os montes Mussuri bem para trás e com as planícies, envoltas numa nuvem de poeira dourada, estendendo-se à sua frente, repousando uma maca desmantelada, como toda a gente das montanhas sabia, encontrava-se um lama doente que buscava um Rio que lhe daria a cura de todos os males. As aldeias quase brigavam entre si pela honra de hospedá-lo, não só porque o lama lhes dava sua bênção, mas também porque seu discípulo lhes pagava em bom dinheiro: um terço do preço que pagariam os *sahibs*.

A maca vinha viajando quase vinte quilômetros por dia, como se podia ver pelo estado engordurado e gasto das varas que os carregadores seguravam, e por caminhos raramente percorridos pelos *sahibs*. Atravessou o desfiladeiro de Nilang, debaixo de uma tempestade, durante a qual uma fina poeira de neve meteu-se por todas as dobras da túnica do lama, que permanecia impassível; passou entre os negros cumes de Raieng, onde se ouviam os berros das cabras selvagens através das nuvens; arfou e esforçou-se no barro mais abaixo; apoiava-se arduamente entre ombros e maxilares cerrados quando tinha de contornar as terríveis curvas da estrada talhada na pedra, abaixo de Bhagirati; balançou-se e rangeu com o trote rápido dos carregadores na descida para o Vale das Águas; correu através das úmidas várzeas daquele estreito vale; subiu mais e mais, de novo, até encontrar o rugido das rajadas de vento, para lá de Kedarnath; parava, na hora mais quente do dia, sob a sombra espessa de acolhedoras florestas de carvalhos; passou de aldeia em aldeia no frio da madrugada, quando até os mais devotos se perdoam por xingar, impacientes, homens santos com palavrões; ou percorreu, à luz de tochas, lugares em que mesmo os mais destemidos pensam em fantasmas... até que cobriu sua última etapa. Os pequenos montanheses suavam sob o efeito do calor intenso no sopé dos montes Siwaliks e rodeavam o sacerdote para receber a sua bênção e seu salário.

– Vocês adquiriram mérito – disse-lhes o lama. – Maior mérito do que vocês podem imaginar. E agora voltem para as montanhas – acrescentou com um suspiro.

– Com certeza. Pro alto das montanhas o mais depressa possível. – O carregador esfregou o ombro, bebeu uns goles de água, cuspiu e amarrou melhor suas sandálias de palha. Kim, com a cara abatida e cansada, pagou com um pouquinho de dinheiro tirado do cinturão, levantou o saco carregado de mantimentos, ajeitou bem sobre o peito, debaixo da túnica, um embrulho de oleado vermelho que contém escrituras sagradas e ajudou o lama a ficar de pé. A paz havia voltado aos olhos do velho e ele já não temia que as montanhas desmoronassem e o esmagassem, como temeu naquela terrível noite em que foram encurralados pela enchente de um rio.

Os homens apanharam a maca e sumiram de vista por entre as árvores raquíticas.

O lama levantou a mão para o paredão do Himalaia.

– Não foi entre vocês, ó, montanhas abençoadas, que caiu a flecha de Nosso Senhor Buda! E eu nunca mais respirarei o seu ar!

– Mas o senhor se torna um homem dez vezes mais forte com este ar daqui! – disse Kim, cuja alma cansada ansiava pelas bem cultivadas e suaves planícies. – Deve ter sido aqui, sim, ou aqui por perto, que a Flecha caiu. Nós podemos ir bem devagarzinho, talvez uma légua por dia, porque a Busca não falha, mas este saco pesa muito.

– Sim, nossa Busca não vai fracassar. E eu escapei de uma grande tentação.

Agora caminhavam apenas cerca de três a quatro quilômetros por dia e os ombros de Kim tinham de suportar muito peso: o fardo de um homem velho, mais o peso do saco de alimentos dentro do qual estavam os livros trancados, o pacote de manuscritos carregado no peito e os objetos da rotina diária. Ao amanhecer, mendigava, estendia cobertores para a meditação do lama, deitava a velha cabeça cansada em seu colo sob o calor do meio-dia, espantava as moscas até seu pulso doer, mendigava o alimento à noite novamente e massageava os pés do lama, que o recompensava com promessas de encontrar a Libertação ainda hoje, amanhã, ou no máximo no dia seguinte.

– Nunca houve um *chela* como você. Às vezes eu me pergunto se Ananda fez mais por nosso Senhor Buda do que você faz por mim. E você é um *sahib*? Quando eu era um homem... há muito tempo... esqueci isso. Mas agora olho muitas vezes pra você e a cada vez lembro que é um *sahib*. É estranho.

– O senhor já me disse muitas vezes que não existe preto nem branco. Por que me aflige dizendo essas coisas, meu santo? Deixe-me esfregar o outro pé. Isso me entristece. Eu não sou um *sahib*. Eu sou seu *chela* e estou com a cabeça muito pesada.

– Tenha um pouco mais de paciência! Juntos, vamos alcançar a Libertação. Então, você e eu, já na margem oposta do Rio, poderemos contemplar nossas vidas passadas, da mesma maneira que, nas montanhas, podíamos olhar para trás e ver todo o caminho que tínhamos percorrido no dia anterior. Talvez eu já tenha sido um *sahib*, antes, em outra vida.

– Eu posso jurar que nunca houve um *sahib* como o senhor.

– Bem, tenho certeza de que o Guardião das Imagens da Casa das Maravilhas foi um abade muito sábio em sua vida anterior. Mas agora, mesmo com as lentes que ele me deu, não consigo ver claramente. Quando olho fixamente, vejo sombras diante da vista. Mas não importa, nós conhecemos os truques desta pobre e estúpida carcaça que é o corpo... sombra tornando-se outra sombra. Eu ainda estou preso à ilusão do tempo e do espaço. Quanto foi que caminhamos hoje com nosso corpo?

– Talvez um quilômetro – e tinha sido uma caminhada muito cansativa.

– Um quilômetro. Ah! Mas em meu espírito, andei um milhão de quilômetros. Todos estamos presos, enrolados e atolados nessas coisas sem sentido!

Ele olhou sua mão magra, cheia de veiazinhas azuis, na qual, agora, as contas do rosário pesavam tanto.

– Você nunca tem vontade de me abandonar, *chela*?

Kim pensou no pacote de oleado e nos livros que trazia no embornal de provisões. Se ao menos alguém devidamente autorizado se encarregasse de entregá-los em seu destino, o Grande Jogo poderia continuar sem ele, porque naquele momento isso não lhe importava mais. Estava muito cansado, com a cabeça ardendo e preocupado com uma tosse que lhe vinha lá de dentro.

– Não – disse, quase rispidamente. – Eu não sou um cão ou uma serpente pra morder quando aprendi a amar.

– Você é bondoso demais comigo.

– Nem tanto. Eu fiz uma coisa sem sua permissão. Mandei uma mensagem pra senhora de Kulu, pelas mãos daquela mulher que nos deu leite de cabra esta manhã, dizendo que você estava um pouco fraco e precisava de uma liteira. Não entendo como fui tão estúpido pra não pensar nisso quando chegamos ao vale de Dun. Vamos ficar aqui até que eles venham nos buscar com uma liteira.

– Fico contente. Aquela é uma mulher com um coração de ouro, como você diz, mas tagarela... uma tagarela e tanto.

– Ela não vai cansar o senhor. Já cuidei disso também. Meu coração está triste por não ter cuidado bem do senhor, meu santo – disse Kim, com um soluço preso na garganta. – Eu deixei o senhor fazer caminhadas longas demais, nem sempre consegui boa comida e não prestei bastante atenção ao calor, fiquei conversando com outras pessoas, pelo caminho, e deixei o senhor sozinho... Eu... eu... ó, meu Deus!... Eu amo o senhor, mas agora é tarde demais... agi como uma criança... Ai, por que não me comportei como um homem? – E, oprimido pela fadiga, pela tensão e pelo peso, excessivos para sua pouca idade, Kim arriou soluçando aos pés do lama.

– Mas o que é isto? – disse o lama, gentilmente.– Você não se afastou nem por um fio de cabelo do Caminho da obediência. Como não cuidou bem de mim? Meu filho, eu tenho vivido de sua força, como uma árvore se alimenta da cal de uma parede nova. Dia após dia, desde que deixamos Shamlegh, eu venho roubando suas forças. Portanto, o seu desânimo não vem de qualquer pecado que você tenha cometido. É o seu corpo... o tolo e estúpido corpo... que está falando agora. Não a verdadeira alma. Sossegue! E pelo menos aprenda a conhecer os demônios que teve de combater. Eles são apenas filhos da ilusão, nascidos da terra... Nós vamos para a casa da mulher de Kulu. Assim ela vai continuar a ganhar méritos por nos hospedar e especialmente por cuidar de mim. Você ficará livre até recuperar suas forças. Eu tinha me esquecido do estúpido corpo. Se alguém errou, fui eu. Mas estamos perto demais das portas da Libertação para carregar-nos de culpa. Eu poderia louvar você, mas para que serviria isso? Em breve... muito em breve... vamos estar muito além de qualquer necessidade.

E assim acariciou e consolou Kim com sábios provérbios e frases solenes sobre esse mal compreendido animal, o nosso corpo, que, embora seja apenas uma miragem, insiste em apresentar-se como alma, obscurecendo o caminho e multiplicando imensamente males desnecessários.

– Eia! Vamos! Voltemos a falar sobre a mulher de Kulu. Você acha que ela vai me pedir que faça um novo encantamento para seus netos? Quando eu era jovem, há muito tempo, eu também vivia iludido por essas e outras quimeras e fui visitar um abade, um homem muito santo que buscava a verdade, embora eu ainda não soubesse disso. Sente-se e ouça, filho da minha alma! Contei-lhe minha história. Então ele disse: "*Chela*, aprenda esta verdade: existem muitas mentiras neste mundo e não poucos mentirosos, mas tão mentirosas quanto nossos corpos, só mesmo as sensações dos nossos corpos". Eu me consolava pensando sobre isso e ele, por sua grande generosidade, permitiu-me tomar chá em sua presença. Permita-me agora tomar um chá, porque estou com muita sede.

Rindo por entre as lágrimas, Kim beijou os pés do lama e começou a fazer o chá.

– O senhor apoia o seu corpo em mim, meu santo, mas eu me apoio no senhor para outras coisas, sabia?

– Talvez eu tenha adivinhado – e os olhos do lama cintilaram. – Vamos ter de mudar isso.

Assim, quando apareceu nada menos que o palanquim preferido da *sahiba* de Kulu, cercado pelo som de arengas, guinchos e com ares de grande importância, enviado de uma distância de mais de trinta quilômetros e conduzido pelo velho criado *orissa* de cabelos grisalhos, e, finalmente, chegaram às ordeiramente desordenadas casas baixas e brancas de Saharunpore, o lama tomou suas providências.

Depois de fazer as saudações de costume, a *sahiba*, debruçada de uma janela, disse alegremente:

– O que adianta uma velha mulher dar bons conselhos a um velho homem? Eu bem que disse... eu lhe avisei, santo, para vigiar bem o seu *chela*. O senhor fez isso? Nem precisa me responder! Eu já sei. Ele andou por aí, correndo atrás das mulheres. Veja só essas olheiras e essas reveladoras pregas dos lados da boca! Ficou esgotado! Que vergonha! Ainda mais sendo um sacerdote! – Kim olhou para ela, mas estava deprimido demais para sorrir e só podia sacudir a cabeça, negando.

– Não brinque com isso – disse o lama. – Não é hora para brincadeiras. Nós estamos aqui por motivos muito sérios. Nas montanhas eu fiquei doente da alma e ele ficou doente do corpo. Desde então, tenho vivido das forças dele... alimentando-me delas.

– Ambos são como crianças... o jovem e o velho – disse a *sahiba*, com um muxoxo, mas não fez mais nenhuma brincadeira. – Espero que a minha hospitalidade possa curá-los. Esperem um pouco que já volto para conversar sobre as boas e altas Montanhas.

À noite, como seu genro já havia voltado e ela não tinha de dar a volta à fazenda para supervisioná-la, foi direto ao assunto, que o lama explicou discretamente. Os dois velhos balançavam a cabeça, de vez em quando, concordando sabiamente entre si. Kim tinha se arrastado, cambaleando, para um quarto onde havia um catre e ali cochilava, encharcado de suor. O lama lhe havia proibido arrumar a cama dele ou preparar sua refeição.

– Eu sei, eu sei, ninguém sabe disso melhor do que eu – cacarejou a viúva. – Nós, que já vamos descendo em direção às piras funerárias, nos agarramos às mãos daqueles que vêm subindo do Rio da Vida com os jarros cheios de água... sim, com jarros cheios de água até a borda. Fui injusta com o garoto. Ele lhe emprestou sua força? É verdade que os velhos alimentam-se todos os dias da força dos jovens. Agora, temos de tratar da recuperação do menino.

– Você adquiriu mérito muitas vezes...

– Meus méritos... De que adiantam? Um velho saco de ossos sempre fazendo a comida para os homens que nem sequer perguntam "Quem cozinhou isto?". Mas se o mérito puder ser guardado e passado pro meu neto...

– Aquele que estava com dor de barriga?

– Imagine que o santo se lembra disso! Eu tenho de contar à mãe dele. É uma honra extraordinária! "Aquele que estava com dor de barriga!"... O santo homem lembrou-se na mesma hora! Como a mãe dele vai ficar orgulhosa!

– Meu *chela* é para mim tão querido como é um filho para o ignorante.

– Eu diria como um neto. As mães não têm a sabedoria de nossos muitos anos. Se uma criança chora, elas acham que os céus vão desabar. Mas uma avó está mais afastada da dor do parto e do prazer de dar o peito e por isso pode diferenciar o choro que é pura manha daquele causado pelos gases. E já que falamos de novo de... cólicas, da outra vez que o santo homem esteve aqui talvez eu o tenha importunado demais para me fazer encantamentos.

– Irmã – disse lama usando a palavra em geral usada pelos monges budistas para falar com uma monja –, se os encantamentos a confortam...

– São melhores que dez mil médicos.

– Então, se eles lhe trazem consolação, eu, que já fui abade de Tal-zen, vou escrever tantos encantamentos quantos você desejar. Eu nunca vi o seu rosto...

– Nem os macacos que roubam nossas nêsperas se queixariam disso. Ha, ha!

– Mas como disse aquele que está dormindo ali – continuou o lama, indicando a porta fechada do quarto de hóspedes, do outro lado do pátio – você tem um coração de ouro... e ele é, espiritualmente, um verdadeiro neto para mim.

– Ótimo! E eu sou sua vaca sagrada – disse ela, expressando uma crença puramente hindu, mas o lama budista deixou passar. – Eu sou velha, gerei filhos no meu ventre. Ah, e em outros tempos eu podia agradar aos homens! Agora, porém, eu posso curá-los. – O lama ouviu suas pulseiras tilintarem como se ela estivesse arregaçando as mangas pra por mãos à obra. – Vou tomar conta do seu garoto, vou dar-lhe remédios, alimentá-lo e ele vai ficar completamente recuperado. Vamos a isso! Vamos! Nós, os velhos, ainda sabemos alguma coisa.

Quando Kim, com todos os ossos doendo, abriu os olhos e tentou levantar-se para ir buscar a refeição de seu mestre na cozinha, sentiu-se fortemente imobilizado e viu uma velha figura coberta de véus junto à porta, acompanhada pelo servo de barba grisalha, que lhe disse detalhadamente todas as coisas que ele estava absolutamente proibido de fazer.

– Mas eu preciso arrumar...

– Você precisa arrumar? Você não vai a lugar nenhum! O quê? Uma caixa segura para guardar livros sagrados? Ah, isso é outra coisa! Os céus não me permitem interferir entre um sacerdote e suas orações! Vou lhe mandar um cofre e você fica com a chave.

Trouxeram uma caixa e colocaram debaixo da cama de Kim, e ele guardou dentro dela a pistola de Mahbub, as cartas embrulhadas em oleado, os livros trancados, as cadernetas de anotações e passou a chave, com um suspiro de alívio. Por alguma razão absurda, o peso de tudo o que carregara sobre seus ombros não tinha sido nada comparado com o peso daquilo que estava dentro da sua pobre cabeça. Era por isso que seu pescoço doía tanto durante as noites.

– Sua doença é rara entre jovens, hoje em dia, já que os jovens deixaram de cuidar dos mais velhos. O remédio para isso é dormir e tomar certos medicamentos – disse a *sahiba*, e Kim ficou feliz, ao mesmo tempo assustando-se e tranquilizando-se por ter de entregar os pontos.

A velha senhora meteu-se num misterioso tipo de laboratório asiático e pôs-se a preparar misturas fedorentas cujo gosto era ainda pior do que o cheiro. Ela ficou junto de Kim até ele engolir tudo e encheu-o de perguntas quando ele botou tudo pra fora de novo. Interditou o pátio em frente ao quarto dele e reforçou suas ordens por meio de um guarda armado. Se bem que o tal guarda já tinha para mais de setenta anos e que sua espada embainhada não tinha lâmina, só punho, ele representava a autoridade da *sahiba*, e as carroças carregadas, os servos tagarelas, bezerros, cães, galinhas e outras criaturas semelhantes tinham de dar uma grande volta para não passar por ali. Mas o melhor de tudo foi que, quando o corpo de Kim se desintoxicou, a velha mandou buscar, na multidão de parentes pobres que se apinhavam nos cômodos da parte de trás da casa, a viúva de um primo, muito hábil naquilo que os europeus chamam de massagem por não entenderem nada disso. Então, as duas mulheres puseram-se dos dois lados da cama do menino, deitaram-no na direção de leste a oeste, para que as misteriosas correntes telúricas que fazem vibrar o barro de que são feitos os nossos corpos ajudassem em vez de prejudicar o tratamento, e foram quase desmontando Kim durante uma longa tarde: osso por osso, músculo por músculo, ligamento por ligamento e, afinal, nervo por nervo. Reduzido a um mingau, de tanta massagem que lhe fizeram, meio hipnotizado pelo véus que cobriam os olhos delas, saindo do lugar a toda hora e tendo de ser reajustados, Kim afundou por trinta e seis horas em um sono profundo que ele absorveu como a terra seca bebe uma chuva.

Então, a velha senhora alvoroçou a casa toda com seus gritos e deu-lhe de comer. Mandou matarem galinhas, trazerem vários legumes e hortaliças, e os vagarosos jardineiros, de raciocínio lento, quase tão velhos quanto ela, tiveram de suar em bicas para cumprir as ordens. E ela pediu temperos picantes, leite e cebola, e mais uns peixinhos do riacho, limões para fazer sorvetes, codornas gordas apanhadas em arapucas e fígados de galinha, entremeados com fatias de gengibre, para assar no espeto.

– Já vi bastante coisa neste mundo – disse ela, curvando-se sobre as vasilhas abarrotadas de comida – e sei que há apenas dois tipos de mulheres: as que drenam as forças de um homem e aquelas que lhe devolvem as forças. Muito tempo atrás, eu era do primeiro tipo, agora eu sou do último. Não... não precisa fazer essa cara de sacerdote na minha frente. Eu estava só brincando. Mas se esse conhecimento não se aplica a seu caso neste momento, vai lhe servir quando voltar para a estrada novamente. Olhe, prima – disse à parenta pobre, sempre pronta a bajular sua caridosa benfeitora –, a pele dele está ficando brilhante como um cavalo recém-escovado. O nosso trabalho é semelhante ao polimento de joias que serão lançadas para as dançarinas... não é? Kim sentou-se e sorriu. A fraqueza terrível tinha escorrido de seu corpo como uma túnica esfarrapada. A vontade de falar de novo lhe dava coceira na língua, que, apenas uma semana antes, parecia coberta de cinzas só pelo esforço de dizer qualquer palavrinha. A dor no pescoço, que ele devia ter pegado do lama, desapareceu junto com as dores no corpo todo e o gosto ruim na boca. As duas velhas, agora um pouco mais cuidadosas com seus véus, embora não muito, cacarejavam tão alegremente quanto as galinhas que entravam ciscando pela porta aberta.

– Onde está o meu santo? – perguntou Kim.

– Mas que pergunta! Seu santo está muito bem – revidou a velha, furiosa –, mas nisto aqui ele não ajudou nada. Se eu soubesse de um feitiço pra fazer seu mestre criar juízo, eu o compraria mesmo que pra isso tivesse que vender minhas joias. Você acha que é santidade ele recusar a comida que eu mesma preparei e sair perambulando pelos campos, durante dois dias e duas noites, com a barriga vazia, até cair dentro de um córrego? E aí, quando ele, de tanta ansiedade que me causou, já tinha quase destruído o pouco que você tinha poupado do meu coração, me disse calmamente que tinha ido adquirir méritos. Oh, os homens são todos iguais! Não, não foi bem isso... ele me disse que tinha sido purificado de todos os pecados. Eu já poderia ter-lhe garantido isso sem que ele precisasse ficar ensopado daquele jeito. Agora ele está bem... isso tudo aconteceu há uma semana... mas eu é que não quero saber desse tipo de santidade! Uma criancinha de três anos teria mais juízo do que ele. Mas não se preocupe pelo seu santo. Ele não tira os olhos de você quando não está lá fora, chapinhando nos nossos riachos.

– Não me lembro de tê-lo visto. Só lembro que esses dias e noites passaram por mim como listras em preto e branco, abrindo-se e fechando-se. Eu não estava doente, eu estava apenas cansado.

– Uma exaustão que ocorreria, naturalmente, após alguns anos. Mas agora já está tudo resolvido.

– *Maharani* – Kim começou a falar, mas, ao ver o olhar dela, passou a chamá-la de modo mais carinhoso. – Mãe, eu lhe devo minha vida. Como posso lhe agradecer? Abençoada seja a sua casa dez mil vezes e...

– Não abençoe a casa – impossível transcrever exatamente as palavras irritadas usadas pela velha senhora. – Agradeça aos deuses, como sacerdote, se quiser, mas agradeça a mim, se desejar, como um filho. Puxa vida! Eu virei e levantei você e lhe dei tapinhas e massageei cada um dos dez dedos dos seus pés todo esse tempo pra você agora me encher a cabeça com orações rituais? Em algum lugar uma mulher deve ter parido você pra romper o coração dela. O que era que você dizia à sua mãe, meu filho?

– Oh, minha mãe, eu não tive mãe – respondeu Kim. – Disseram-me que ela morreu quando eu era muito pequeno.

– Ai, ai! Então, ninguém pode dizer que estou roubando nenhum direito dela se... quando você se meter pela estrada novamente e esta casa não for pra você mais do que uma entre as muitas que lhe serviram de abrigo alguma vez pra ser logo esquecidas depois de você lançar-lhes uma bênção qualquer. Não importa, eu não preciso de bênçãos pra nada, embora... embora... – Batendo o pé para chamar sua prima pobre, a viúva ordenou: – Leve essas bandejas para a cozinha. Você vai deixar a comida se estragando aqui, ó, mulher sinistra?

– Eu... eu também pari um filho homem, no meu tempo, mas ele morreu – lamentou-se a figura curvada da prima, escondida atrás do véu. – Você sabe que ele morreu. Eu estava só esperando suas ordens para pegar as bandejas.

– Eu é que sou uma mulher agourenta – exclamou a velha senhora, arrependida. – Nós, os que já vamos descendo em direção aos dosséis onde se contratam os sacerdotes para encomendar os defuntos, nós nos agarramos àqueles que ainda carregam grandes jarros cheios da água da juventude. Quando já não se pode dançar numa festa de rua, tem-se de se contentar em ficar olhando da janela e as mulheres passam quase toda a vida fazendo o papel de avós. O seu mestre já me deu todos os encantamentos que eu queria para o primogênito da minha filha, porque... não é isso mesmo?... ele já está completamente livre dos pecados. O *hakim* baixou de categoria, estes dias: na falta de clientes de melhor situação, ele passa o tempo por aí, envenenando meus servos.

– Que *hakim* é esse, mãe?

– Aquele mesmo homem de Dacca que me deu uma pílula pra me rasgar as entranhas. Apareceu aqui uma semana atrás, como um camelo extraviado, dizendo que você e ele tinham-se tornado irmãos de sangue na estrada de Kulu, e fingiu estar muito ansioso sobre a sua saúde. Ele estava muito magro e com fome, então eu dei ordens para que saciassem... a fome e a ansiedade dele.

– Se ele está aqui, quero vê-lo.

– Ele come cinco vezes por dia e lanceta os furúnculos dos meus servos pra não ter uma apoplexia. Está tão aflito por você estar doente que fica plantado na porta da cozinha e se farta com as sobras. Ele vai ficar aqui. Nós nunca mais nos livraremos dele.

– Mande-o vir aqui, mãe – por um instante, os olhos de Kim cintilaram de novo – que eu tento convencê-lo a partir.

– Vou mandar chamá-lo, mas fazê-lo ir-se embora vai ser uma tarefa dura. Pelo menos, ele foi capaz de pescar o santo homem de dentro do córrego; portanto, tem lá seu mérito, embora o santo não tenha dito isso.

– É um *hakim* muito sábio. Mande-o vir até aqui, mãe.

– Um sacerdote elogiando outro sacerdote? Que milagre! Mas se ele é seu amigo, embora vocês tenham brigado um bocado da outra vez que estiveram aqui, eu vou trazê-lo amarrado e depois vou servir-lhe um jantar de verdade, meu filho... Levante-se e desfrute do mundo! Ficar à toa na cama é a origem de muitos males... meu filho! Meu filho!

Ela desapareceu rapidamente, entrou feito um furacão na cozinha e, quase imediatamente depois, apareceu o *babu*, vestido com um amplo manto como se fosse um imperador romano, com pelancas como as do imperador Tito pendendo do queixo, de cabeça descoberta, com sapatos de couro novos, já recuperando sua gordura, transpirando alegria e saudações.

– Por Deus, Sr. O'Hara, como estou contente em vê-lo! Vou fechar a porta gentilmente. É lamentável que você esteja doente. Você está realmente muito ruim?

– Os papéis... os papéis do cesto! Os mapas e a *murasla*, a carta de um rei! – Kim estendeu-lhe a chave da caixa com impaciência, porque agora a principal necessidade de sua alma era livrar-se logo daquele encargo.

– Você está absolutamente certo. Esta é a visão oficial correta sobre o que deve ser feito. Conseguiu pegar tudo?

– Peguei tudo o que havia escrito à mão; o resto joguei da montanha abaixo.

De onde estava, Kim podia ouvir o ranger da chave na fechadura, o barulho do oleado pegajoso, difícil de desdobrar, e de papéis rapidamente folheados. Durante os dias ociosos de sua doença, ele tinha ficado muito agoniado só de pensar que aqueles papéis estavam debaixo da cama, uma agonia que não podia desabafar com ninguém. Por isso, sentiu como que um formigamento de alegria por todo o corpo quando Hurri, pulando como um elefante, deu-lhe novamente um aperto de mãos.

– Isto é ótimo, fantástico, Sr. O'Hara! Ha, ha!... Você passou a mão, de cabo a rabo, no resultado de todos as manobras deles... Eles me disseram que tinham perdido o trabalho de oito meses! Você não tem ideia de como me cansaram!... Olhe só, aqui está a carta do rei de Hilás! – E o *babu* leu algumas linhas da escrita persa, usada tanto nos documentos diplomáticos oficiais quanto nos fraudulentos. – O Senhor *sahib* rajá acaba de quebrar a cara. Ele terá de explicar oficialmente por que diabos escreve cartas de amor para o czar da Rússia. Estes mapas estão muito bem feitos... e aqui estão três ou quatro primeiros-ministros desses pequenos reinos do Norte implicados nesta carta. Por Deus, Senhor O'Hara! O Governo Britânico vai interferir na sucessão dos tronos de Hilás e Bunar e nomear novos herdeiros para esses reinos. Traição da mais infame... mas você não entende nada disso, não é?

– Então agora posso deixar isto em suas mãos? – perguntou Kim, porque era só o que lhe importava.

– Pode apostar que sim – o *babu* escondeu todo aquele tesouro entre as roupas, como só os orientais sabem fazer. – Vai tudo diretamente pro escritório central. A velha senhora acha que vou ser um hóspede permanente aqui, mas vou embora com tudo isso já, já... imediatamente. O Sr. Lurgan vai ficar orgulhoso. Oficialmente, você é meu subordinado, mas vou citar seu nome no meu relatório verbal. É pena que não nos permitam fazer relatórios escritos... nós, os bengaleses, somos excelentes nas ciências exatas. Ele jogou a chave de volta para Kim e mostrou-lhe a caixa vazia.

– Muito bom, ótimo! Eu estava exausto. Meu santo também esteve doente. É verdade que ele caiu num...?

– Oh, sim! Eu sou muito bom amigo dele, posso lhe garantir. O velho teve um comportamento muito estranho quando apareci aqui procurando por você, o que me fez suspeitar que talvez ele estivesse com os documentos. Então fui atrás dele em suas meditações e também para conversar com ele sobre temas etnológicos. Você vê: aqui, atualmente, eu sou uma pessoa insignificante em comparação com os encantos dele. Meu Deus, O'Hara! Você já reparou que o velho tem ataques? Sim, eu lhe garanto: ataques catalépticos. Pode ser que sofra também de epilepsia. Eu o achei nesse estado debaixo de uma árvore, às portas da morte, mas, de repente, ele se levantou e foi cair num rio. Quase se afogava se não fosse por mim, que o puxei pra fora.

– Tudo porque eu não estava lá com ele! – disse Kim.– Ele podia ter morrido.

– Sim, ele podia ter morrido, mas agora ele está seco e salvo e afirma ter experimentado a transfiguração – o *babu* bateu significativamente com um dedo na testa. – Tomei nota de tudo o que ele disse em estado de transe... pra enviar à Real Sociedade da Inglaterra. Você deve se apressar pra ficar completamente bom logo, voltar pra Simla, e na casa de Lurgan eu lhe contarei toda a minha história com os estrangeiros. Foi um caso esplêndido. Os fundilhos das calças deles estavam todos rasgados e o velho Rajá de Nahan achou que eram soldados europeus desertores.

– Os russos? Quanto tempo você ficou com eles?

– Um deles era francês. Oh, dias a fio! Mas agora o povo das montanhas acha que os russos são todos uns mendigos. Caramba! Eles não têm mais absolutamente nada a não ser o que eu arranjei para eles. E o povo simples... ah, eu lhes contei cada história!... Contarei tudo quando você chegar à casa do velho Lurgan. Teremos uma noite de comemoração! Conquistamos mais uma bela cereja para nosso bolo!

Sim, e os dois estrangeiros me deram um certificado! Essa foi a melhor parte. Você devia tê-los visto no Alliance Bank, tentando ser reconhecidos! E, graças a Deus Todo-Poderoso, você tinha surripiado todos os papéis deles! Você não está achando tanta graça, mas, quando ficar bom, vai rir muito. Agora vou direto pra estação. Você vai ganhar um monte de fichas por essa jogada. Quando é que vai pra Simla? Estamos muito orgulhosos de você, embora tenha nos deixado extremamente preocupados, especialmente Mahbub.

– Ah, Mahbub! Onde ele está?

– Vendendo cavalos aqui pela vizinhança, claro.

– Aqui! Por quê? Fale devagar. Minha cabeça ainda está um pouco pesada.

O *babu* baixou os olhos para a ponta do próprio nariz, meio encabulado.

– Bem, você sabe que eu sou um homem medroso e não gosto de grandes responsabilidades. Você estava doente e eu não sabia onde, diabos, estavam aqueles papéis, nem se estavam completos. Então, quando cheguei aqui, mandei um telegrama privado a Mahbub, que estava nas corridas de cavalos em Mirut, explicando como estavam as coisas. Ele apareceu aqui com os seus homens, fez amizade com o lama e depois me chamou de besta, e tem sido muito rude...

– Mas por quê... por quê?

– Isso é o que eu também me pergunto. Apenas me passou pela cabeça que, se alguém roubasse os papéis, eu gostaria de ter comigo alguns homens fortes e corajosos capazes de roubá-los de volta. Você sabe que esses papéis são de extrema importância e Ali Mahbub não tinha ideia de onde você estava.

– Mas... Mahbub Ali roubando a casa da *sahiba*?! Você está maluco, *babu*! – Kim exclamou, indignado.

– Eu queria os documentos. Suponha que ela os tivesse roubado? Isto nada mais é do que uma hipótese viável, acho. Você não gostou, não é?

Kim expressou sua desaprovação absoluta com um provérbio indiano impossível de citar aqui.

– Bem – disse Hurri dando de ombros – você não tem que me dar satisfação sobre seus gostos. Mahbub também ficou muito zangado. Ele já andou vendendo cavalos por aqui e disse que a senhora é muito direita e nunca cometeria um ato de desonestidade. Eu não me importo. Agora os papéis estão comigo e estou feliz por ter tido o apoio moral de Mahbub. Como disse, sou um homem muito assustadiço, mas, não sei por que, quanto mais medo eu tenho, maiores são os enguiços em que me meto. Gostei muito de que você tenha ido comigo pro vale de Chini e agora estou muito feliz por ter Mahbub por perto. A velha senhora, às vezes, comportou-se de modo muito grosseiro comigo e com minhas pílulas maravilhosas.

– Alá, tenha piedade! – Kim disse alegremente, levantando-se apoiado no cotovelo. – Que criatura incrível é um *babu*! E este homem andava sozinho, se é verdade que fez isso, com estrangeiros que estavam com a maior raiva porque tinham sido roubados!

– Ah, isso não foi nada, depois que eles se cansaram de me bater; mas se eu tivesse perdido os documentos é que seria realmente grave. Mahbub também quase me bateu, e passou o tempo todo se fazendo de amigo do lama. A partir de agora vou me dedicar apenas à minha pesquisa etnológica. E agora, adeus, Senhor O'Hara. Se eu correr, ainda dá pra pegar o trem das 4h25 pra Ambala. Vai ser ótimo quando contarmos toda essa história ao Sr. Lurgan. Vou comunicar oficialmente a melhora de sua saúde. Adeus, meu caro amigo; e, da próxima vez em que ficar emocionado, faça o favor de não usar expressões muçulmanas vestido com trajes de monge tibetano.

Apertou duas vezes a mão de Kim, comportando-se como um *babu* da cabeça aos pés, e abriu a porta. Assim que os raios do sol iluminaram sua cara triunfante, transformou-se de novo num humilde charlatão de Dacca.

– Ele roubou aqueles estrangeiros – pensou Kim, esquecendo sua própria participação naquele jogo – e passou a perna neles. Mentiu pra eles como só um bengalês é capaz. E ainda lhe deram uma carta de recomendação. Ele arriscou a vida zombando deles... Eu jamais teria ousado me aproximar daqueles homens depois dos tiros que deram... E Hurri ainda diz que é um homem medroso... E é verdade, ele é mesmo um homem medroso... Bom, preciso voltar pro mundo novamente.

A princípio, suas pernas bambearam como se fossem de pano e ficou tonto com a lufada de ar fresco e ensolarado. Acocorou-se junto à parede caiada enquanto repassava na memória os incidentes da longa viagem de maca, a fraqueza do lama... Agora, sem a distração das conversas, Kim sentia uma profunda pena de si mesmo, como qualquer outro doente. Seu cérebro perturbado desligava-se de tudo o que havia ao redor, do mesmo modo que um cavalo indomado, uma vez picado, foge das esporas. Estava mais do que aliviado por sentir-se livre dos papéis daquele cesto dos estrangeiros, eles agora estavam em segurança, nas mãos do *hakim*... Longe de suas próprias mãos, fora de sua posse.

Tentou pensar no lama, perguntando-se por que ele teria caído num riacho, mas o espetáculo do mundo que se via através das portas do pátio acabou por interromper o fio desses pensamentos. Então ele se pôs a olhar as árvores e o campo aberto, com cabanas de palha meio escondidas entre as roças... Olhava tudo com novos olhos, arregalados, incapaz de avaliar o tamanho, a proporção e o sentido das coisas que via... E ficou olhando, imóvel, por meia hora. Enquanto isso, sentia, mas não podia expressar em palavras, que a sua alma estava fora de sintonia com aquele ambiente: como uma roda dentada fora da engrenagem, como uma peça quebrada de um engenho de açúcar largada num canto, ali estava ele. A brisa que o acariciava, os gritos dos papagaios e o barulho da parte de trás da casa, cheia de gente reclamando, chamando e brigando, não entravam nos seus ouvidos surdos.

– Eu sou Kim. Eu sou Kim. E o que é Kim? – sua alma repetia essa pergunta sem parar.

Não queria chorar, nunca na sua vida sentira menos vontade de se lamentar, mas, assim mesmo, algumas lágrimas estúpidas escorreram-lhe pelo rosto e quase ouviu um estalo quando as rodas do seu ser engrenaram-se de volta no mecanismo do mundo externo. As coisas que um minuto antes refletiam-se em seus olhos como objetos estranhos, de repente, readquiriram suas devidas proporções. As estradas serviam para caminhar, as casas para se viver nelas, o gado para ser pastoreado, os campos para serem lavrados e os homens e mulheres estavam ali para conversar com ele. Todas as coisas eram reais e verdadeiras, plantadas sobre bases sólidas, perfeitamente compreensíveis, feitas da mesma argila que ele, nem mais nem menos. Sacudiu-se como um cachorrinho com pulgas e arrastou-se para fora do portão. A *sahiba*, a quem os servos de olhos vigilantes comunicaram todos os movimentos de Kim, disse:

– Deixem-no sair. Eu fiz a minha parte, a Mãe Terra vai fazer o resto. Avisem o santo homem, quando ele voltar de suas meditações.

No topo de uma pequena colina, que se erguia como guardiã dos campos recém-arados, a quase um quilômetro da casa, havia um carro de bois, vazio e desatrelado, e as pálpebras de Kim, acariciadas pelo ar suave, pesavam como chumbo quando ele chegou lá em cima. O chão era de terra limpa e não de ervas recém-brotadas – que, pelo simples fato de viver, já estão a meio caminho da morte –, mas apenas da boa terra esperançosa que contém a semente de toda vida. Kim sentiu-a com os artelhos, apalpou-a com as plantas dos pés e, suspirando satisfeito, esticando junta por junta, deitou-se à sombra do carro de bois. A Mãe Terra acolheu-o com tanta dedicação quanto a *sahiba*. Sua respiração atravessou-lhe o corpo, restaurando o equilíbrio que ele perdera por ficar tanto tempo deitado numa cama, longe das correntes de energia telúrica. Sua cabeça apoiou-se, inerte, sobre o seio da terra, e as mãos abertas do garoto entregaram-se à sua força. As grandes árvores de muitas raízes que o cobriam e até mesmo a madeira do carro, já morta e talhada por mão humana, sabiam exatamente o que Kim necessitava, embora ele mesmo não soubesse. Ficou ali por horas, num sono mais do que profundo.

Já perto da hora do pôr do sol, quando as nuvens de poeira, levantadas pelas vacas de volta para os estábulos, turvavam todo o horizonte, chegaram o lama e Mahbub Ali, caminhando com cautela, pois o pessoal da casa indicara para onde Kim tinha ido.

– Por Alá! Que loucura ficar aqui assim, em campo aberto! – murmurou o comerciante. – Podia ter levado cem tiros... mas não, não estamos na fronteira.

– E nunca houve no mundo – disse o lama, repetindo o que já dissera mil vezes – um *chela* como ele. Equilibrado, ajuizado, bondoso, com um coração alegre pelas estradas, sem se esquecer de nada, verdadeiro, atencioso e cortês. Grande será a sua recompensa!

– Sim, eu conheço o rapaz há tempo... como já lhe disse.

– E ele já tinha todas essas qualidades?

– Algumas delas, mas eu não tinha um feitiço forte como o seu pra fazê-lo parar completamente de mentir. Na verdade, ele tem sido muito bem cuidado.

– A *sahiba* é um coração de ouro – disse o lama prontamente –, cuidou dele como cuidaria de um filho.

– Hum! Metade da Índia parece disposta a fazer a mesma coisa por ele. Eu queria apenas ter certeza de que o garoto não sofreu nenhum dano e está aqui livremente. Como o senhor sabe, ele e eu já éramos velhos amigos quando vocês começaram a peregrinar juntos.

— E isso é um laço que nos une — disse o lama, sentando-se. — Nós já chegamos ao final da peregrinação.

— E não foi graças ao senhor que isso não acabou mal a uma semana atrás. Eu ouvi o que a *sahiba* lhe disse quando o carregamos para a sua cama. — Mahbub riu, puxando sua barba recém-tingida.

— Naquela época, eu estava meditando sobre outros assuntos. Mas o *hakim* de Dacca interrompeu minhas meditações.

— Se não tivesse feito isso — disse Mahbub em língua afegã, por uma questão de decência —, sua meditação teria acabado à beira do inferno de fogo, lugar dos descrentes e idólatras, apesar de sua simplicidade infantil. — Mas e agora, Chapéu Vermelho, o que é que vai acontecer?

— Esta noite mesmo — as palavras do lama soaram lentamente, com uma vibração de triunfo —, esta noite o garoto vai ficar livre, como eu, de toda mancha de pecado... Quando ele deixar seu corpo para se libertar da Roda das Coisas, vai estar tão protegido quanto eu estou. Eu recebi um sinal — e pousou a mão sobre o desenho rasgado, desdobrado sobre seus joelhos —, recebi um sinal de que meus dias estão contados, mas vou dar a ele uma proteção que irá durar por toda a sua vida. Lembre-se de que eu alcancei a Iluminação, como já lhe disse, há apenas três noites.

— Deve ser verdade que sou um sufi, um livre-pensador, como disse o sacerdote de Tirah quando roubei a esposa do primo dele — disse Mahbub para si mesmo —, pois cá estou eu a ouvir e aceitar, sem protesto, a mais impensável blasfêmia... — e continuou em voz alta: — Lembro-me da história. Então, o garoto vai para Jannatu l'Adn, os Jardins do Éden, mas como? O senhor vai matá-lo? Ou ele vai se afogar no maravilhoso rio de onde o *babu* puxou o senhor?

— Eu não fui puxado para fora de um rio qualquer — disse o lama, calmamente. — Você esqueceu o que aconteceu. Eu encontrei o Rio sagrado através do Conhecimento.

— Ah, sim! É verdade — gaguejou Mahbub, entre indignado e divertido. — Esqueci o curso exato dos acontecimentos. Você o encontrou conscientemente.

— E dizer que eu tiraria a vida dele é... não um pecado, mas simplesmente loucura. Meu *chela* me ajudou a encontrar o Rio. É justo que ele permaneça puro de pecado... comigo.

— Sim, ele precisa de uma boa limpeza. Mas, então, meu velho... e depois...?

– Que importância tem isso? Ele possui a garantia de chegar ao Nirvana... iluminado... como eu.

– Ah, bom. Eu estava com medo de que ele fosse montar no cavalo de Maomé e ir-se embora voando.

– Não... Ele deve continuar seu caminho como mestre.

– Ah! Agora eu entendi! Esse é o trote certo para o potro. Certamente ele deve continuar a ser um mestre. Ele é urgentemente necessário como escriba para o Estado, por exemplo.

– Ele foi educado pra isso. Eu adquiri mérito dando minha esmola pra essa finalidade. Uma boa ação nunca morre. Ele me ajudou em minha Busca. Eu o ajudei na sua. Assim é a Roda, ó, mercador do Norte. Que ele se torne um professor ou funcionário, o que importa? No final vai alcançar a Libertação. O resto é ilusão.

Mahbub resmungou, em sua língua afegã:

– O que importa? Já que eu tenho que levá-lo comigo para além de Balkh, daqui a seis meses? Eu vim com dez cavalos mancos e três homens robustos, graças àquele galinha do *babu*, pra tirar um garoto doente, à força, da casa de uma velha. E parece que agora tenho de ficar esperando, enquanto um jovem *sahib* é içado, por um velho chapéu vermelho, só Deus sabe para qual céu de idólatras! Logo eu, que sou considerado um jogador graduado no Grande Jogo? Mas o velho é louco pelo garoto e eu terei que ser meio louco também.

– Que reza é essa? – perguntou o lama, enquanto as frases em afegão escorriam da barba vermelha.

– Isso não importa; mas já entendi que, embora o menino esteja destinado a ir para o céu, pode continuar a prestar os seus serviços para o Governo, e já fico sossegado. Devo voltar pros meus cavalos, porque já está escurecendo. Não o acorde, não tenho vontade de ouvi-lo chamar o senhor de mestre.

– Mas... se ele é meu discípulo, como deveria chamar-me?

– Ele já me disse – Mahbub exclamou, rindo para disfarçar seu desgosto. – Eu não compartilho de suas crenças, Chapéu Vermelho... se lhe interessa um assunto de tão pouca importância.

– Isso não é nada – disse o lama.

– Foi o que pensei, e, portanto, o senhor, que é sem pecado, recém-lavado e três quartos afogado, não vai se emocionar ao ouvir-me dizer que o considero... um bom homem, um muito bom homem. Nós conversamos muito durante quatro ou cinco noites e, por mais que eu seja apenas um mercador de cavalos, ainda posso, como diz o ditado, reconhecer a santidade para além das patas de um cavalo. Sim, e eu também vejo por que nosso Amigo de Todos lhe deu sua mão em primeiro lugar. Trate-o bem e deixe-o voltar para o mundo como um mestre, quando o senhor tiver... lhe dado um banho de pés no rio, se achar que esse é o tratamento apropriado para o potro.

– Por que não acompanha o menino, seguindo você também o Caminho? – Mahbub ficou espantado com a enorme insolência da pergunta, que teria respondido com mais do que um tabefe se tivesse sido feita do outro lado da fronteira. Mas o humor da situação tocou sua alma mundana.

– Devagar... devagar... uma perna de cada vez, como meu cavalo manco venceu os obstáculos desde Ambala. Eu posso deixar pra ir ao Paraíso mais tarde, ainda tenho um longo caminho nesta estrada... Já fiz algum progresso, que devo à sua simplicidade. O senhor nunca mentiu?

– Para quê?

– Ó, Alá, ouça isso! "Para quê?", neste seu mundo! E o senhor nunca fez mal a qualquer pessoa?

– Só uma vez... com um estojo de canetas... antes de adquirir sabedoria.

– Sério? Tenho a maior admiração pelo senhor. Seus ensinamentos são bons. O senhor desviou um homem que eu conheço do caminho da confusão – disse Mahbub rindo alto. – Ele veio aqui com a ideia de cometer um assalto à mão armada. Sim, a atacar, roubar, matar e pegar o que queria.

– Uma grande loucura!

– E uma grande vergonha também. Foi o que ele percebeu depois de falar com o senhor... e com algumas outras pessoas, homens e mulheres. Então ele desistiu e agora planeja ir atrás de um grande e gordo *babu* para espancá-lo.

– Não estou entendendo nem uma palavra.

– Que Alá o livre! Alguns homens são fortes pelo seu conhecimento. Sua força é ainda maior, Chapéu Vermelho. Conserve-a... acho que vai conservá-la. Se o garoto não lhe atender bem, puxe-lhe as orelhas.

Ajustando seu largo cinturão, o afegão saiu andando sob a pálida luz do pôr do sol e o lama desceu das nuvens a tempo suficiente para ainda ver suas largas costas.

— Essa pessoa é completamente sem educação e está enganado pela sombra das aparências. Mas falou bem do meu *chela*, que em breve receberá sua recompensa. Vou rezar a oração!... Acorde, ó, você, o mais afortunado dentre os nascidos de mulheres! Acorde! Já achamos!

Kim emergiu do seu profundo poço e o lama esperou que ele espreguiçasse prazerosamente, estalando os dedos como se deve, para afastar os maus espíritos.

— Dormi cem anos. Onde... Meu santo, o senhor está aqui há muito tempo? Eu saí pra procurá-lo, mas... — acrescentou Kim, rindo e ainda meio sonolento — adormeci no caminho. Agora estou completamente bom. O senhor já comeu? Vamos pra casa. Há muito tempo eu não cuido do senhor. A *sahiba* tem alimentado o senhor direito? Quem lhe fez massagens nas pernas? Como está de sua fraqueza, da barriga, do pescoço e do zumbido no ouvido?

— Agora tudo já passou... tudo. Você não sabia?

— Eu não sei de nada, exceto que há muito tempo não via o senhor.

— É estranho que você não tenha ficado sabendo, quando todos os meus pensamentos se dirigiam só pra você.

— Eu não consigo ver seu rosto, mas sua voz soa como um gongo. Será que a culinária da *sahiba* fez o senhor ficar jovem de novo?

Kim olhou para a figura sentada de pernas cruzadas, cuja silhueta se desenhava em preto contra o restinho de luz verde opala do crepúsculo. Parecia a estátua de pedra do Buda, sentado logo acima das catracas de entrada do museu de Lahore.

O lama permaneceu em silêncio. Fora o clique-clique do rosário e o eco distante dos passos do Mahbub, o suave e brumoso silêncio do anoitecer indiano os envolvia por todos os lados.

— Ouça-me! Eu trago uma grande notícia.

— Mas...

A longa mão amarela ergueu-se, pedindo silêncio. Kim escondeu os pés sob a túnica, obedecendo.

— Ouça-me! Eu tenho uma ótima notícia! A Busca acabou. Agora vem a recompensa... Assim. Quando estávamos nas montanhas, eu me apoiava na sua força até que o jovem ramo inclinou-se e quase se quebrou. Quando descemos das montanhas, eu estava preocupado com você e com outros assuntos que carregava no meu coração. O barco da minha alma estava navegando sem rumo e eu não conseguia ver a

Causa das Coisas. Então, quando chegamos aqui, entreguei você aos cuidados da mulher virtuosa. Não comi nada, nem bebi água. E, no entanto, não conseguia encontrar o Caminho. Eles insistiam em me dar comida e ficavam gritando junto à minha porta fechada. Então me retirei para um buraco debaixo de uma árvore. Não comi. Não bebi. Durante dois dias e duas noites, fiquei mergulhado na meditação, com a respiração ritmada, da maneira certa... Na segunda noite, grande foi minha recompensa. A alma sábia desprendeu-se do meu tolo corpo e ficou livre. Até então eu nunca tinha conseguido isso, embora muitas vezes tenha estado a ponto de consegui-lo. Preste atenção, porque foi uma coisa maravilhosa!

– Sim, uma maravilha, sem dúvida. Dois dias e duas noites sem comida! Mas onde estava a *sahiba*? – disse Kim calmamente.

– Sim, minha alma soltou-se, livre, subiu como uma águia e viu que não existe o lama Teshu nem qualquer outra alma individual. Assim como uma gota desaparece dentro da água, a minha alma atingiu a Grande Alma, que está além de todas as coisas. Naquele momento, elevado pela contemplação, eu vi toda a Índia, do Ceilão, no mar, até as montanhas e as minhas próprias rochas coloridas de Tal-zen. Vi todos os campos e aldeias onde já paramos para descansar. Eu os vi ao mesmo tempo e no mesmo lugar, porque eles estavam dentro da Grande Alma. Assim eu soube que minha alma tinha passado para além da ilusão do espaço, do tempo e das Coisas. E então percebi que estava livre. Vi você deitado numa cama e rolando montanha abaixo com aquele idólatra estrangeiro – ao mesmo tempo e no mesmo lugar, na minha alma, que, como eu disse, havia tocado a Grande Alma. Também vi o estúpido corpo do lama Teshu caído no chão e o *hakim* de Dacca ajoelhado ao lado dele, gritando em seu ouvido. Minha alma estava sozinha e não via nada, porque, depois de ter chegado à Grande Alma, eu estava em tudo. Então meditei por milhares e milhares de anos, livre das emoções, plenamente consciente das Causas de Todas as Coisas. De repente, uma voz gritou: "O que será do menino se você morrer?", e me senti tomado por uma grande pena de você. Então eu resolvi: vou voltar para o meu *chela* para que ele não se desvie do Caminho. Aí, esta minha alma, que é a alma do lama Teshu, despegou-se da Grande Alma com agonia, náuseas e um sofrimento indescritível. Como as ovas saem do peixe, como o peixe sai da água, como a água cai da nuvem, como a nuvem surge do ar carregado de umidade, assim saiu a alma do lama Teshu, saltou para fora, soltou-se da Grande Alma. E uma voz gritou: "O Rio! Pegue o rumo do Rio!", e eu olhava para o mundo que, como já disse, estava todo num só tempo e num só espaço, e vi claramente o Rio da Flecha correndo aos meus pés. Naquele momento, minha alma foi retida por algum mal do qual eu não estava completamente purificado, esse mal pesou nos meus braços e se enrolou em volta da minha cintura, mas consegui me virar para baixo e correr, como uma águia em pleno voo, para o lugar onde estava o Rio. Assim, pela sua salvação, fui atravessando mundo após mundo. Vi o Rio da Flecha abaixo de mim, desci, sua água me cobriu e então eu me vi de volta no corpo do lama Teshu... mas livre de pecado. Nesse momento o *hakim* de Dacca segurou minha cabeça acima das águas do rio. O Rio está aqui, meu *chela*! Logo ali, atrás do mangueiral... Aqui!

– Alá seja louvado! Ainda bem que o *babu* estava ao seu lado! O senhor ficou muito molhado?

– Quem se importa com isso? Lembro-me de que o *hakim* só se importava com o corpo do lama Teshu. Com suas próprias mãos, puxou-o para fora da água sagrada, e então apareceu o seu mercador de cavalos com uma maca e vários homens, colocaram o corpo sobre ela e o levaram para a casa da *sahiba*.

– O que disse a *sahiba*?

– Eu estava meditando, escondido dentro do corpo, não ouvi nada. Assim, a Busca acabou. Pelos méritos que adquiri, o Rio da Flecha está aqui. Ele brotou a nossos pés, como eu disse. Eu o encontrei. Filho de minha alma, arranquei minha alma da Porta da Libertação para fazer você livre de todo pecado... assim como eu mesmo fiquei livre e sem pecado. Assim é a Roda! A nossa salvação é certa! Venha!

E o velho lama cruzou as mãos no colo, sorrindo como só pode sorrir um homem que conseguiu salvar a si mesmo e a quem ele ama.

O fim da Busca

Este livro foi composto com tipografia Electra e impresso em
papel Off-White 70g/m² na gráfica Paulinelli.